JAZMÍN.

SUSAN FOX

POR EL AMOR
DE UNA MUJER

Editado por Harlequin Ibérica.
Una división de HarperCollins Ibérica, S.A.
Avenida de Burgos, 8B - Planta 18
28036 Madrid
www.harlequiniberica.com

© 2025 Harlequin Ibérica, una división de HarperCollins Ibérica, S.A.
N.º 588 - 11.8.25

© 2003 Susan Fox
Por el amor de una mujer
Título original: Bride of Convenience

© 2004 Shirley Kawa-Jump
Segundo amor
Título original: The Daddy's Promise

© 2003 Jessica Hart
Paraíso tropical
Título original: Her Boss's Baby Plan
Publicadas originalmente por Harlequin Enterprises, Ltd.
Estos títulos fueron publicados originalmente en español en 2004

I.S.B.N.: 979-13-7000-852-9
Depósito M-11579-2025
Impreso en España por: BLACK PRINT
Fecha impresión Argentina: 7.2.26
Distribuidor exclusivo para España: LOGISTA
Distribuidores para Argentina: Interior, DGP, S.A. Pienovi 211 - Avellaneda
Cap. Fed./Buenos Aires y Gran Buenos Aires, VACCARO HNOS.

CAPÍTULO 1

ESTABA arruinada.

Vestía con la misma elegancia de siempre, esa vez el lujoso modelo era de un impecable color azulón tornasolado que realzaba su pelo rubio y su cuerpo perfecto. Parecía millonaria, pero apenas tenía unos miles de dólares.

Había ido allí a cambiar esa situación.

En el pasado, Oren McClain ya se había hecho cargo de algunos proyectos fallidos. Casi siempre ranchos o caballos maltratados. Tenía cierto don para ver las posibilidades de algunos fracasos o seres inadaptados. La gestión acertada o la reconversión o el respaldo podían dar unos beneficios apreciables u ofrecer algo de valor.

La esbelta rubia que había al otro lado de la habitación tenía alguna de esas posibilidades que siempre le habían llamado la atención. Podía notar que estaba serenamente desesperada a la vez que apuraba otra copa de vino.

Los demás asistentes a la multitudinaria fiesta estaban demasiado concentrados en sí mismos como para observar la tristeza hermética de aquellos ojos azules. Ninguno de ellos se habría dado cuenta de que su talento para conseguir que los camareros se acercaran a ella para cambiar discretamente la copa vacía por una llena era en parte porque necesitaba anestesiarse de la aburrida pretenciosidad de ese festejo tan elitista. Quizá ella estuviera demasiado angustiada como para darse cuenta, pero él sabía que acabaría haciéndolo. Si fuera necesario, estaba dispuesto a decírselo con toda la franqueza posible. Esos ojos encantadores encerraban una inteligencia cautelosa y el desaliento propio de una mujer aburrida de una vida superficial y sin sentido. Una vida que había estropeado y absorbido casi todo lo que merecía la pena de ella. Era lo que ocurría cuando la vida no tenía más obstáculos que los que se podían salvar con la belleza y una sonrisa encantadora. O una generosa propina.

Era evidente que le abrumaba que su vida superficial y privilegiada se acercara rápidamente a su fin. Oren McClain estaba seguro de que era uno de los pocos que sabían que para Stacey Amhearst, los días que le quedaban de intercambios de sonrisas y belleza, como los de propinas generosas y convincentes, no llegarían a sumar ni siquiera una semana.

Sin embargo, ella sí lo sabía. Por eso tenía ese aspecto distante y reservado. Además de aterrado.

Había aprendido mucho de sí misma durante los últimos meses y aquello no era una elucubración gratuita. Estaba realmente arruinada. Su espacioso piso y las exquisitas cosas que había en él tenían los días contados. Todos los esnobs ricos y hermosos que la rodeaban se enterarían pronto de la cruda verdad. Las invitaciones escasearían. La mayoría dejaría de contestar a sus llamadas. Los mayordomos y doncellas le darían excusas para no dejarla entrar. Sería el tema de conversación de todos mientras hacían aspavientos de espanto como si quisieran alejar de sí mismos la posibilidad de una desgracia tan inimaginable.

La mayoría estaría ansiosa de olvidar su caída y seguir adelante. Como si olvidándola rápidamente se vacunaran contra el riesgo de contraer un destino tan pavoroso; el de la mala suerte, las malas inversiones o las fortunas dilapidadas que llevaban a la pobreza y a la vergüenza de que tus iguales te dieran la espalda.

Algunos hombres, solteros o casados e infieles que apreciaban la clase, la educación y la belleza, podrían acercarse a ella para ofrecerle algún tipo de acuerdo, respetable o no, pero fracasarían. Él se ocuparía de ello.

Oren McClain no había vuelto a Nueva York después de tantos meses por un asunto nimio. Hacía algunas semanas que se había enterado de la situación, pero se había mantenido alejado y ha-

bía esperado a que una yegua purasangre y mal-
criada perdiera algunas carreras importantes para
aparecer y quedarse con ella por cuatro perras.

La potranca de elegante zancada que lo había
embelesado y enardecido; que se había reído de
su propuesta de matrimonio y no lo había tomado
en serio; que había pensado que las ofertas que él
le había hecho no eran más que exageraciones de
un paleto texano demasiado alterado por su libido
como para poder decir la verdad sobre lo que podía ofrecer a su esposa.

Quizá en ese momento ella lo viera de otra
forma. Al fin y al cabo, a la semana siguiente tendría que ir a alguna parte. Texas sería un sitio tan
bueno como cualquier otro para una mujer que
había perdido su vida privilegiada y estaba a
punto de verse rechazada por los suyos.

Una vez allí, cuando hubiera aprendido algo
sobre lo que era una vida satisfactoria y útil, quizá
llegara a amarlo.

Oren McClain se acercó cuando ella había terminado la copa de vino y ya había localizado a un
camarero para hacerle un gesto sutil.

Como fiesta de despedida, era un fracaso absoluto. Quizá lo fuera porque pocos sabían que era
una fiesta de despedida. Podía haberse quedado
en casa, pero Stacey Amhearst rechazó la idea in-

mediatamente. Era deprimente. Ya no podía fingir que era la noche libre de la cocinera ni que el mayordomo se había ido a ver a su madre enferma. Había ido allí en busca de consuelo y comida aceptable.

Había comida, pero poco consuelo. ¿Qué había esperado? ¿Que sus amigos obsesionados con los linajes la hubieran rodeado y se hubieran ofrecido para recaudar fondos con una subasta? Se habría tirado a las ruedas de una limusina si alguien que no fuera uno de sus más íntimos se hubiera enterado de su situación antes de que el jueves terminara su alquiler.

¿Era preferible vivir un desagradable exilio económico en alguna parte o que todos pensaran que había muerto trágicamente, pero rica? Abandonó la idea del *limocidio* cuando comprendió que después todos sabrían que estaba en la miseria.

En realidad, había tenido ciertas esperanzas de que esa noche algún hombre suficientemente rico la hubiera enamorado y la hubiera llevado a Las Vegas para casarse con ella. Su reputación para gastar dinero la habría ayudado a disimular un par de estratagemas para conseguir fondos. Al fin y al cabo, tenía mucha ropa cara que no se había puesto en público y alguna incluso tenía todavía las etiquetas. Con un poco de imaginación le resultaría fácil hacerla pasar por ropa nueva. Si su conciencia se lo permitía a su orgullo.

Sin embargo, uno de los inconvenientes de tanta sofisticación era que entre las pocas personas de su círculo que se casaban a su edad, la ceremonia ostentosa, con todas sus caras tradiciones, era un requisito fundamental del primer matrimonio.

Además, esa noche no había ni un solo hombre soltero que ella no hubiera tachado mentalmente de su lista de posibles maridos, así que no habría viaje a Las Vegas.

La depresión y la mala sangre habían hecho que sólo le quedaran ganas de llenar el estómago con comida deliciosa y de aturdirse con vino exquisito. Nunca le habían interesado las bebidas alcohólicas de ningún tipo y rara vez bebía. Hasta aquella noche. Era su fiesta de despedida. Era la última juerga de su calendario social antes de quedarse sin dinero y sin casa.

Entonces lo vio.

Al principio, el altísimo y brutalmente masculino ranchero de Texas le pareció un fantasma que habían conjurado, para atormentarla, el miedo y la desesperación.

Se merecía que el recuerdo de él la atormentara. No lo había tratado especialmente bien, pero él la había alterado. Su virilidad palpable y las cosas que ella había sentido eran tan amenazantes que había tenido que protegerse.

Se arrepentía de haberlo rechazado sin más. Había intentado tranquilizar su conciencia diciéndose que era demasiado honrado y franco, demasiado auténtico para ella. Un hombre auténtico como él se daría cuenta de que ella era demasiado frívola e incapaz de dirigir su vida. ¿Cómo reaccionaría un hombre así cuando se diera cuenta? Ella no podría soportar su opinión negativa. Prefería que pensara que era una esnob a una fracasada.

Lo que era peor, ¡tenía un rancho con ganado en algún rincón polvoriento de Texas! Ella no serviría para nada y se aburriría como una ostra. Lo único que habían tenido en común había sido esa atracción física incontenible que tanto la había asustado.

Ninguno de sus amigos sabía que no era tan sofisticada en el terreno sexual como ellos. En realidad, era tan poco sofisticada que tenía veinticuatro años y seguía siendo virgen. Había sido bastante feliz mientras esperaba al hombre de su vida y a la noche de bodas, aunque casi todos sus amigos se habrían reído de algo tan anticuado.

Entonces, conoció al vaquero y la abrumó tanto que se quedó espantada. Nunca habló con nadie de él porque sabía que se habrían burlado de ella porque era un ranchero de Texas o porque era tan viril y poco refinado o porque la había impresionado tanto que le había entrado el pánico.

¿No lo había conocido en otra fiesta de Buffy? Había sido hacía algunos meses y había hecho lo posible por olvidarlo. Por eso le sorprendía tanto pensar en él en aquel momento. Él había sido el invitado de alguien, pero Stacey no podía acordarse porque no había prestado atención cuando los presentaron. Su cerebro se fundió y sólo tenía ojos para el animal macho. Todo lo demás se desvaneció.

Stacey miraba a la alucinación, admiraba el elegante corte del esmoquin negro, notaba que el pulso se le aceleraba y se daba cuenta de que por primera vez desde hacía mucho tiempo el corazón le latía con fuerza de la emoción y no del miedo.

McClain, todavía se acordaba de su nombre, no era guapo, pero era impresionante y tenía una masculinidad que los demás hombres sólo podían soñar. Observar a su alucinación acercarse era tal placer que no dio el sorbo de vino que estaba a punto de dar.

Su alucinación se paró delante de ella y le quitó la copa de los dedos para dejarla en la bandeja que había llevado el camarero. Con la otra mano la sujetó de la cintura y ella notó una sacudida que le dijo que él era real.

El vaquero estaba allí.

Era altísimo, delgado y duro como una roca. Ella volvió a darse cuenta de que no era guapo en absoluto y de que sus rasgos rudos tenían un tono bronceado que recordaba a los de los indios, como lo hacía su pelo un poco largo y negro. Los ojos eran negros y brillantes y entonaban perfectamente con su color de piel y con la costosa tela del esmoquin.

Su voz era grave y profunda y evocaba imágenes muy sugerentes de una noche sensual en la cama.

–He estado esperando para bailar contigo, cariño.

Stacey tuvo la sensación de que la habitación se balanceaba ligeramente mientras él la llevaba diestramente a un rincón junto a la puerta. No importaba lo más mínimo que fueran los únicos que bailaban la delicada melodía que interpretaba un pianista en el otro extremo de la habitación.

Súbitamente, como la otra vez, fueron las dos únicas personas en el universo y Stacey sintió que la cabeza le daba vueltas por la idea. ¿Estaba bebida o la presión y la angustia habían hecho que se quebrara?

El calor que él transmitía era abrasador y la dureza pétrea de su enorme cuerpo hacía que le temblaran las rodillas. La mano que la tomaba de la cintura se apoyaba atrevidamente en lo más bajo de su espalda y el placer de encontrarse estrechada entre su mano y su cuerpo era casi erótico.

–¿Cómo... has venido?

Estaba tan aturdida que no estaba completamente segura de que él estuviera allí, pero su nombre se abrió paso entre la perplejidad: Oren. Era un nombre sureño. Un nombre apropiado para un vaquero, pero espantosamente pasado de moda.

Él sonrió levemente.

—Por el sistema habitual: una camioneta, dos aviones, un taxi y luego otro taxi.

—¿Cómo has venido a la fiesta?

Lo dijo delicadamente y con aire perplejo. Él la complació y ella no apartó los ojos de su boca.

—Como la última vez. Soy el invitado de un invitado.

Stacey le daba vueltas a la idea de las segundas oportunidades y estuvo a punto de no oír lo que él añadió. Además, estaba mirándolo mientras bailaban lentamente y el aturdimiento era mayor.

—He venido a Nueva York para verte —añadió él.

Aquellas palabras fueron como música celestial durante unos segundos, pero luego adquirieron un regusto amargo. ¿Qué habría pasado si ella hubiera aceptado su disparatada propuesta de hacía unos meses? No tenía suficiente claridad de ideas como para enumerar todos los espantos y desastres que se había ahorrado, pero ella sabía que si se hubiera casado con él, por lo menos la pérdida de su fortuna no le habría supuesto ni una mínima parte de la vergüenza por la que estaba pasando. Por lo menos, no estaría a seis días vista de encontrarse en la calle.

—Ah, ¿por qué?

La pregunta sonó un poco desesperada porque era el principio de las preguntas que le rondaban la cabeza: «Ah, ¿por qué no me casé contigo» o «Ah, ¿por qué fui tan idiota?»

—Quería ver si todo te iba igual.

Sus palabras la estremecieron. Bajó la cabeza y se encontró con la mirada clavada en la camisa que se veía entre las solapas del esmoquin. Los ojos le escocían y se mordió los labios para contener la emoción que estaba a punto de desbordarla.

Él siguió hablando como si no hubiera notado nada.

—Pensé que podría pasar unos días por aquí y salir contigo, saber lo que piensas ahora... A no ser que tu respuesta siga siendo negativa.

Stacey se dio cuenta de que le había apoyado las manos en el pecho y de que habían dejado de bailar. Aun así, tenía la sensación de seguir bailando, porque la habitación se movía.

—Creo que no me encuentro bien.

Salió. No se le ocurrió nada más que decir. En parte porque era verdad, pero también porque tenía que haberle dicho que no había cambiado de opinión o que seguía sin poder adaptarse a una vida con él.

Cualquiera de las dos cosas lo habrían desanimado y habría sido más considerado decepcionarlo de una vez que esperar a más tarde. Sin embargo, llevaba tanto tiempo anhelando un alivio o una liberación, que no pudo rechazar automáticamente esa tabla de salvación.

En ese momento empezó a sentir remordimientos, a pesar del aturdimiento por el vino. No fue un remordimiento muy acusado, pero prometía serlo. Sobre todo cuando había surgido un instinto de supervivencia y se había dado cuenta de que podría aceptar casi cualquier cosa con tal de no tener que pasar por apuros económicos.

Él había dicho que era rico; que tenía un rancho y pozos de petróleo; que podía ofrecerle joyas y trapos de marca...

De repente se acordó de que él había dicho todo eso. Los había llamado «trapos». Eso la conmovió entonces y recordarlo le conmovía en ese momento. Le conmovía tanto que quiso proclamar a los cuatro vientos la candidez de aquel machote grande y tosco que parecía sinceramente encaprichado de ella y que le había ofrecido, con sencillez y delicadeza, todo lo que ella necesitaba para ser feliz.

Joyas y trapos de marca... Como si le ofreciera la luna a una mujer a la que reverenciaba como a una reina, pero que era una mujer que estaba tan lejos socialmente que él no entendería que una esnob pretenciosa como ella jamás se pondría unos trapos de ningún tipo ni se casaría con un vaquero.

Ella no podía evitar acordarse de que la había tratado con delicadeza y deferencia, como si mereciera respeto, mimo e, incluso, adoración. Ella no se había merecido nada de eso en aquel momento ni se lo merecía en ése. Él era demasiado bondadoso y sincero para ella, demasiado delicado y cándido. Era demasiado honrado y se merecía mucho más que una tonta inútil como ella.

Agarrarse a aquella tabla de salvación era tentador, irresistiblemente tentador, y podía hacerle creer que quizá cambiara de idea sobre casarse con él, pero Stacey se dio cuenta de que no había caído tan bajo como para hacer eso. No podía aprovecharse de un hombre bueno para salvar su pellejo. Sería la más ruin de las mujeres si lo hiciera. Sobre todo en ese momento, cuando ya no tenía nada que darle a cambio.

–Oh, Oren, lo sien... –la habitación había dado un giro muy brusco–. No me siento bien –fue poco más que un hilo de voz, pero él lo oyó como si se lo hubiera dicho al oído.

La habitación seguía dando vueltas y ella se encontró aferrada a su costado mientras la sacaba de la multitud. Las rodillas apenas la sujetaban, pero la tenía firmemente agarrada de la cintura y nadie les prestó atención. Al menos, eso creyó ella.

Llegaron a la relativa tranquilidad del vestíbulo y se pararon.

—¿Estás mareada?

Ella tardó unos segundos en contestar.

—No.

Cuando lo dijo ya la había metido en el ascensor. Se cerraron las puertas y él la tomó entre sus brazos. Necesitó un momento para hacerse con su diminuto bolso de noche y metérselo en la faja del esmoquin, pero luego volvió a rodearla con los brazos y ella se recostó cómodamente contra él.

—¿Tendré que llevarte o puedes ir en un taxi?

Stacey apoyó la mejilla en su pecho duro y cálido porque no podía sujetar los párpados. Estaba remotamente consciente cuando se paró el ascensor y se mantuvo de pie porque él se volvió para que ella se agarrara a su cintura. La sostuvo lo suficiente como para que albergara la ilusión de que podía andar por sus medios.

No estaba especialmente bebida, pero estaba aturdida, somnolienta y torpe. Aun así, no quería que nadie la sacara de allí. No quería que la última imagen que todo el mundo tuviera de Stacey Amhearst fuera la de una mujer bebida a la que tenían que sacar del edificio. Bastante tenía con que dentro de unos días todos supieran que estaba arruinada.

Por lo menos, abandonar la fiesta con un desconocido alto y curtido sería un punto a su favor. Hasta que supieran de dónde era él y a qué se dedicaba.

La calidez de la noche le aclaró un poco las ideas. McClain la llevó hasta la fila de taxis que había en la acera. Ella se afianzaba con cada paso que daba, pero cuando llegaron hasta el primer taxi de la fila, pasaron de largo.

Stacey buscó algún otro taxi que él pudiera haber preferido, pero no había ninguno. Pensó que tendría una limusina, pero comprobó que tampoco había ninguna. Se detuvo sin entender nada.

—¿A dónde vamos?

—El paseo te vendrá bien —contestó él echando a andar.

—Son seis manzanas y debe de ser más de medianoche.

—Hace una noche preciosa.

Su ingenuidad era impresionante.

—Podrían asaltarnos.

Él esbozó una leve sonrisa para dejar claro que a un hombre como él no le impresionaba la delincuencia de la gran ciudad. Quizá tuviera razón. Era un hombre grande y de aspecto rudo, incluso vestido de esmoquin. Además, todo él decía que era mejor no molestarlo, lo cual disuadiría a los asaltantes que preferían víctimas más fáciles.

–Son seis manzanas –le recordó ella a la vez que se le sonrojaban las mejillas.

Lo había dicho con un tono un poco lastimero y mandón a la vez y todavía le quedaba suficiente juicio como para avergonzarse de eso ante un hombre como él.

Era el tono que habría empleado con cualquiera sin pensárselo dos veces, pero lo había empleado con Oren McClain; un hombre al que seis manzanas le parecerían un paseo de nada.

–Tienes que eliminar un poco del vino.

Ella captó el ligero tono de censura y se avergonzó de haber bebido como una cosaca. Había dado con ella en un mal momento y el poco orgullo que le quedaba estaba pasando por una prueba muy difícil.

–Quizá tengas razón –concedió Stacey.

Él le pasó el brazo alrededor de la cintura y ella hizo lo mismo, aunque vacilantemente. Esperaba que los efectos del vino le paliaran un poco el dolor de tener que recorrer seis manzanas con los zapatos de tacón.

No habían llegado al final de la segunda manzana cuando las ideas se le aclararon más y los pies empezaron a dolerle tanto que se replanteó ceder en su orgullo e intentar parar un taxi. Sin embargo, decidió no quejarse para que McClain comprobara que podía comportarse perfectamente.

Cuando llegaron a su edificio y se montaron en el silencioso ascensor que los llevaría a su piso, Stacey tenía las ideas completamente claras y juraba que nunca más bebería para escapar de sus problemas. Sólo los había empeorado, aunque algo le decía que tendría que corregir a la baja su concepto de peor.

Lo confirmó cuando llegaron a la puerta de su piso y quiso despedirse de Oren McClain.

–Me gustaría dejarte dentro –dijo él–. Estar seguro de que estás bien.

La sinceridad del tono transmitía que no pretendía nada más, aunque no podía estar completamente segura. Hasta ese momento, se había portado correctamente, pero la gente casi nunca era lo que parecía. Además, era más considerado zanjar las cosas antes de que se hiciera ilusiones. Ella no daba por sentado que todos se enamoraran de ella al instante, pero tampoco podía pasar por alto que él le había dicho que había ido a ver si había cambiado de opinión. Para hacer eso tenía que estar algo más que encaprichado.

Aparte, ella no quería darse la oportunidad de agarrarse al clavo ardiendo que Oren pudiera ofrecerle. No estaría bien aprovecharse de él y no estaba segura de hasta cuándo mantendría sus principios si pasaban juntos unos minutos más. Era una certeza perturbadora que su cuerpo todavía reaccionaba al atractivo de él y que sentía un estremecimiento en cada punto donde la había tocado de camino a su casa.

–Estoy muy bien. De verdad. Estoy cansada... y avergonzada de haber hecho el ridículo.

Él esbozó una media sonrisa.

–No hizo el ridículo, señorita Stacey. Sigues siendo la misma señora como Dios manda de siempre. Aunque un poco sedienta.

A Stacey le encantó el tono de ligera regañina, como si él creyera que estaba siendo muy estricta consigo misma, pero la amabilidad de las palabras le llegó al alma. Era demasiado caballeroso.

Demasiado caballeroso como para darle esperanzas o utilizarlo.

–Gracias –replicó ella en voz baja–. Buenas noches, señor McClain –se volvió hacia la puerta.

–Quizá necesites esto.

Ella se dio la vuelta, vio el diminuto bolso, lo tomó, forcejeó con el cierre y sacó la llave. Tenía la mano lo suficientemente firme como para poder abrir la puerta.

Sintió otro estremecimiento cuando él alargó el brazo para empujar la puerta, entró precipitadamente y se dio la vuelta.

–Me gustaría verte mañana –dijo él–. Llevarte a comer a algún lado.

Stacey sabía que se refería a cortejarla otra vez y no podía permitirlo. Tuvo que hacer acopio de toda su fuerza de voluntad para decírselo.

–Lo... siento. Lo siento de verdad, Oren. No... estaría bien.

Él estaba inexpresivo, como si sólo hubiera percibido el rechazo. ¿Lo habría ofendido o sólo lo habría enfadado?

Oren no sabía que ya no tenía servicio doméstico, pero ella sabía perfectamente que estaban los dos solos. Si él fuera una amenaza, podría tener un problema más grave que el de perder su fortuna.

Tenía miedo porque era tan grande y rudo que podría hacerle daño sin ningún esfuerzo, pero, al mismo tiempo, no temía nada. Quizá él no supiera nada de etiqueta ni qué tenedor usar ni cómo saludar a la realeza o a los invitados importantes en un besamanos, pero era todo un caballero.

–Muy bien, señorita Stacey –zanjó él con un aire solemne mientras se llevaba la mano al bolsillo interior de la chaqueta y sacaba una tarjeta–. He escrito el nombre de mi hotel y el número de mi habitación. Me quedaré hasta el jueves. Después del jueves, puedes ponerte en contacto conmigo en cualquiera de estos números de teléfono.

Stacey hizo un esfuerzo por agarrar la tarjeta porque él no se merecía una grosería y tampoco hacía falta que lo rechazara con agresividad. Como demostración, él se dio la vuelta y fue hasta el ascensor.

Stacey tuvo que morderse la lengua para no llamarlo. Entró en el piso y cerró la puerta antes de que él se diera la vuelta dentro del ascensor y le viera la cara.

¿Se había limitado a ser considerada con Oren McClain o había renunciado a la última oportunidad de un rescate fácil?

EL ROSTRO fantasmal que vio en el espejo a última hora de la mañana siguiente no tenía nada de noble, como tampoco lo tenía la lástima que sentía de sí misma. Stacey se obligó a seguir la rutina de tomar una ducha caliente y maquillarse y peinarse antes de ir al vestidor para decidir qué se ponía.

La precisión casi militar con la que estaban colgadas las perchas a un lado del enorme vestidor se burlaba de ella. Angelique se había ocupado meticulosamente de su ropa. También había colocado con la misma precisión todos los zapatos y las botas según los colores y Stacey sabía que su ropa interior estaba doblada y guardada con la misma pulcritud y esmero que habían hecho de Angelique el sueño de cualquier neurótico.

Sin embargo, la realidad era que en menos de una semana había sido completamente incapaz de mantener el orden que su doncella mantenía sin ningún esfuerzo. Esa incapacidad, como cualquier otra pequeña incompetencia con cosas triviales, había labrado la profunda falta de confianza que Stacey tenía en sí misma.

Si bien se había criado con un anciano abuelo que consideraba que las mujeres eran adornos sociales cuyo objetivo principal tenía que ser casarse bien y ser un buen complemento para un hombre rico, no había disculpas para que en esos tiempos no hubiera ejercido alguna profesión que le permitiera mantenerse.

Lo cierto era que la habían mimado y malcriado hasta convertirla en una inútil. Había llenado su tiempo con obras de caridad, actividades sociales y una o dos causas políticas, pero nada de eso podía traducirse en el dinero contante y sonante que le permitiera seguir con su ritmo de vida.

Habría sido una buena mujer para algún millonario que buscara un trofeo de buena familia, pero ella no lo había buscado. Siempre había podido rechazar cualquier cosa que le hubiera costado algún esfuerzo o no le hubiera divertido, y lo había hecho.

Sin embargo, no podía ignorar que dentro de unos días la mayoría de sus maravillosas cosas estarían guardadas en un almacén y ella viviría en una zona menos selecta de la ciudad. Aprendería a ir en autobús o metro mientras buscaba un trabajo que le permitiera tener un techo sobre la cabeza.

También tendría que pagar el almacén hasta que pudiera recuperar sus cosas.

Si tres años antes, cuando falleció su abuelo, ella se hubiera ocupado de sus asuntos económicos en vez de dejarlos en manos del ladrón que poco a poco la había estafado, ella no estaría metida en ese lío.

Su única esperanza era que los investigadores encontraran al estafador y lo que le quedara del dinero y ella lo recuperara. El ladrón estaba en algún lugar de Latinoamérica, de modo que su captura era más complicada no sólo por la distancia, sino por la escasa colaboración entre las instituciones que tenían asuntos más graves que resolver.

Su cerebro hizo un repaso mental de todos sus problemas y de todas las catástrofes posibles. Eran más de las once y ya le dolía la cabeza antes de levantarse, pero le seguía doliendo aunque se hubiera tomado una generosa dosis de aspirinas. Le doliera por la resaca o por los aterradores pensamientos, el dolor era el mismo, como lo era la angustia que sentía.

Cuando por fin decidió lo que iba a ponerse y se vistió, Stacey fue a su dormitorio. Bajó la mirada a la moqueta color marfil y se fijó en la tarjeta que le había dado McClain. Ella creía que la había tirado a la papelera, pero debió de fallar el tiro y había acabado en el suelo.

Su visión la irritaba profundamente. Ni siquiera era capaz de tirar algo a la papelera.

Exasperada, la agarró para tirarla cuando se quedó helada. Los vigorosos garabatos que había escrito en el reverso de la tarjeta daban el nombre de uno de los hoteles más bonitos y elegantes de Nueva York. También le daban una idea clara de cómo era McClain: atrevido, masculino y decidido. Su caligrafía no era rebuscada, refinada o difícil de leer. Era tan franca como él, sin pretensiones, pero las letras transmitían confianza. La fuerza con la que había apretado el bolígrafo no transmitía vacilaciones, no había temblado, sencillamente, lo había escrito. Era un hombre que decía lo que pensaba y pensaba lo que decía; no se le podía interpretar mal porque era muy claro.

Al sujetar la tarjeta entre los dedos, se le pasó un poco la ansiedad que tanto la angustiaba. Nadie engañaría o robaría a un hombre como McClain, aunque sólo fuera porque parecía capaz de dar una paliza de muerte a cualquiera que se atreviera a jugar con él.

Si él estuviera en su lugar, seguro que no estaría dando vueltas por la casa mientras se preguntaba dónde viviría y cómo sobreviviría. No temería buscarse un trabajo. Si sus amigos le dieran la espalda, los mandaría al infierno y dedicaría toda su energía a abrirse camino en la vida, aunque tuviera que buscar otra forma de hacerlo.

Ésa era la impresión que le daba Oren Mc-Clain. Por eso volvía a preguntarse qué vería un hombre como él en alguien como ella. ¿O acaso era el tipo de hombre con el que su arcaico abuelo confiaba que se casara? El tipo de hombre tan ocupado con su riqueza, su posición o sus negocios que elegiría una mujer como accesorio y se aseguraría de elegir una de buena clase para que le diera unos herederos guapos y hermosos.

Stacey suponía que algunos rancheros o magnates del petróleo texanos serían iguales en ese sentido que las elites de la costa este. Dio la vuelta a la tarjeta y comprobó que tenía seis números de teléfono.

Sintió una chispa de esperanza. Si Oren McClain buscaba un trofeo con forma de mujer, quizá ella no lo decepcionara. Cuidaba mucho su piel y su cuerpo y tenía un gusto y un refinamiento que nunca lo abochornarían. Seguro que no buscaba una mujer que montara a caballo, lanzara el lazo o cuidara el ganado mejor que él, porque eso podría haberlo encontrado en Texas. Antes de que sus esperanzas llegaran demasiado lejos, Stacey se hizo una idea de cómo sería un rancho de ganado en Texas. ¿Cómo era posible que alguien sobreviviera social o culturalmente tan lejos de una ciudad? ¿Tendría una doncella y una cocinera? Él había hablado como si tuviera dinero, pero ¿cuánto tenía realmente? ¿Cómo lo gastaba? ¿Lo gastaba todo en vacas, tierra y camionetas o también dedicaba algo a la casa? ¿Sería grande la casa? Volvió a acordarse de la frase de las joyas y los trapos de marca. Tuvo la sensación de que era sincero. Quizá no hubiera exagerado en cuanto a las cosas que podía ofrecer a una mujer. Si acaso, McClain podría no pasarse para no parecer un fanfarrón.

Las esperanzas de Stacey fueron creciendo. Él había dicho que había ido a Nueva York para verla, para comprobar si había cambiado de opinión, pero ella no podía creerlo sin más. Necesitaba más datos, pero también necesitaba un medio de conseguirlos que no fuera muy caro.

Empezó por Internet. Gracias a la tarjeta descubrió de qué parte de Texas era y encontró algunas informaciones periodísticas sobre las actividades petrolíferas y ganaderas de McClain. Una crónica social de un periódico de San Antonio mencionaba a Oren McClain en una recaudación de fondos, pero lo que más le llamó la atención fue que una serie de televisión se había rodado en su rancho.

Empezó a sentirse más tranquila sobre Oren McClain. No era un rechazado por la sociedad, era muy conocido en su zona de Texas y no se le había relacionado con asuntos turbios.

Dio un gruñido de autocrítica. Su abuelo habría investigado a cualquiera de sus pretendientes hasta tres generaciones antes y habría llegado a saber hasta el último céntimo que tenía. Stacey se había limitado a buscar un poco en Internet para desechar los antecedentes penales, a leer unas crónicas de sociedad y un directorio empresarial para comprobar que tenía suficientes recursos como para mantener a una mujer mimada.

Contrariada por haber llegado tan lejos en la idea de casarse con un desconocido por su dinero, se levantó y empezó a ir de un lado a otro. Su piso era grande, pero parecía como si cada vez se le fuera quedando más pequeño y la asfixiara.

Pensó en todo el dinero que había tenido o, más bien, en todo el dinero que había gastado. Daría cualquier cosa por tener el dinero que se había gastado en un año en ropa y joyas. Lo poco que le quedaba tendría que emplearlo en una penosa y modesta vida nueva. ¿Qué pasaría si no encontraba un trabajo? Ya había esperado dos meses. Lo desolador de su futuro le hacía casi imposible soportar la espera hasta el lunes, cuando podría volver a llamar a la agencia de colocación.

La noche del sábado se le presentó como un vestíbulo enorme y oscuro lleno de sombras. Ya estaba harta de la comida preparada que tenía en la nevera. Una comida buena y caliente la ayudaría a calmarse y a reunir el poco valor que le quedaba.

Stacey miró la tarjeta que había sobre el teclado del ordenador y se dio cuenta de que estaba a punto de caer tan bajo como para aprovecharse de Oren McClain.

Quizá tampoco fuera tan espantoso por lo menos comprobar si estaba dispuesto a llevarla a cenar. Quizá no dijera en serio lo del matrimonio. Al fin y al cabo, él había dicho que había ido a Nueva York para ver si su respuesta seguía siendo negativa. Quizá, si saliera con ella un par de veces, se daría cuenta de que no quería que fuese positiva. Quizá le hiciera un favor si le permitiera pasar un rato con ella hasta que se desilusionara.

Stacey no quiso pensar en lo mucho que había tergiversado las cosas para conseguir que sus motivos egoístas y su ansia por una comida caliente parecieran nobles. Lo pensó después de haber llamado a McClain para decirle que había cambiado de opinión.

Cuando ya habían concretado la cita y ella había colgado el teléfono, sintió tal remordimiento que estuvo a punto de volver a llamarlo.

Ella estaba en ascuas. Él casi podía oler el remordimiento de Stacey por la cita y le gustaba ese indicio de temperamento.

Seguramente, una pequeña aristócrata como Stacey estaría aterrada de ser pobre y, sin duda, estaba a punto de hacer casi cualquier cosa con tal de ahorrarse el espanto de estar arruinada. Era posible que incluso se casara con un texano tosco como él.

Lo había observado disimuladamente durante toda la cena como si fuera un caballo que podría comprar. Sabía que le gustaba estar junto a él porque había notado que se derretía cuando la acompañaba a través del restaurante con la mano en la parte baja de su espalda. O antes, cuando fue a recogerla a su casa y la tomó del brazo para bajar las escaleras y montarse en el taxi. También cuando llegaron al restaurante y él la agarró de la mano para ir del taxi hasta la puerta.

Era como un bombón en la cálida mano de un niño y a él le gustaba que su fría elegancia y su discreción fueran tan delgadas como un envoltorio de celofán. Hacía unos meses, ella se había comportado como si no supiera cómo lidiar con él, o con ella misma, cuando se aproximó. Todavía se comportaba así, pero él no sabía si lo hacía porque le gustaba más de lo que estaba dispuesta a aceptar o si, sencillamente, no tenía experiencia con hombres como él. Por lo menos, parecía que lo pasaba bien.

Él, seguramente, resultaría un bruto en comparación con los hombres a los que estaba acostumbrada. Él, desde luego, no era un pavo real. Tenía la piel curtida por el sol y los elementos, las manos grandes y callosas y ella era lo único realmente frágil y refinado que había en su vida.

Sin embargo, Stacey podía casarse con él porque sabía que tenía dinero y que la deseaba. A ella le corroería el remordimiento por casarse con él por algo que no fuera amor. No lo sabía por ninguna habladuría que hubiera sonsacado, sino por lo que había percibido de ella. Podía equivocarse, pero su intuición solía dar en la diana y le decía que la señorita Stacey Amhearst sabía distinguir el bien del mal. Sencillamente, todavía no tenía suficiente confianza en sí misma para hacer lo correcto sin importarle las consecuencias. Estaba dispuesto a aprovecharse de eso mientras pudiera.

Oren se apoyó en el respaldo para observarla mientras se tomaba la última cucharada de postre. Sabía que la habían educado para tratar la comida con cierto remilgo, pero esa noche había cenado como un vaquero medio muerto de hambre en un barracón. El motivo era evidente. Había perdido un peso que no le sobraba porque era una inútil en la cocina. A Oren le maravillaba que su abuelo la hubiera educado para ser una inútil. Sus hijas nunca dependerían de nadie. Su mujer tampoco. La única crítica que tenía hacia Stacey era que fuera inútil y dependiente, pero estaba dispuesto a presenciar el cambio. No había ningún motivo para que no pudiera ser elegante y hermosa y, a la vez, tener una buena dosis de independencia y de confianza en sí misma.

–Dime, Oren –a él le encantaba el tono de dignidad que ella daba a su nombre–. ¿El rancho está en las afueras de San Antonio?

Oren sonrió.

–Está a unas tres horas.

Oren notó que ella se llevaba la servilleta a los labios como si pensara en lo que acababa de oír o disimulara cierto espanto.

–¿Qué haces para divertirte si estás tan lejos?

–Hay bailes, barbacoas, rodeos, reuniones en la iglesia... Hay una feria y algún desfile. También hay fiestas en los pueblos, un par de bares abiertos por la noche, un campo de golf, un lago y también organizamos cosas en el rancho. Los compradores y otros colegas suelen aparecer de vez en cuando. Yo también voy a otros sitios cuando tengo que hacerlo.

Sabía que Stacey intentaba hacerse una idea y calcular si podría soportarlo.

–Casi toda la gente de por allí es buena gente, muy familiares y amigables. La sal de la tierra –añadió Oren.

La descripción de una vida sencilla, normal y corriente debió de impresionarla un poco porque le costó volver a dejar la servilleta sobre el regazo y luego se quedó mirándola un rato.

–Parece muy... agradable.

Stacey tomó la copa de agua y dio un sorbo que hizo que él se fijara en sus labios. Ella dejó precipitadamente la copa como si le desasosegara haberlo sorprendido mirándole la boca. Sonrió tímidamente y apartó un poco el plato del postre.

Oren le devolvió la sonrisa perezosamente.

–¿Qué hago para que me traigan la cuenta y así podamos irnos de este sitio?

Estaba declarándole que era un paleto de pueblo y, cómo había esperado, ella lo tomó con amabilidad. Sonrió con menos tensión.

Ella dejó la servilleta en la mesa junto al plato y se dirigió a él en voz baja.

–Aquí captan muy bien las sutilezas. Podías hacer algo así.

Levantó discretamente un dedo y volvió a bajarlo inmediatamente.

McClain le sonrió fugazmente y ella vio que miraba hacia otro lado con gesto serio. El brillo de sus ojos oscuros fue como una orden y al instante el camarero apareció junto a su mesa con una bandeja de plata.

McClain dejó un par de billetes de bastante valor y dijo en voz baja que se quedara el cambio. El camarero susurró un agradecimiento y desapareció tan rápidamente como había aparecido.

Stacey se dio cuenta de que no le había visto sacar la cartera y se preguntó cuánto tiempo habría estado esperando a que acabara el postre. Él no había pedido postre, pero ella había sido descortés al ceder a la insistencia de él para que lo tomara. Mejor dicho, había sido demasiado egoísta y avariciosa como para dejar escapar la que seguramente sería su última oportunidad de disfrutar con algo tan delicioso.

Oren le guiñó un ojo.

—Tienes razón. Estos tipos captan perfectamente las sutilezas.

Se levantó y todas las mesas de alrededor dejaron de hacer lo que estaban haciendo y susurraron ante su tamaño y virilidad. Oren se puso detrás de ella y le separó la silla. Luego la tomó del codo con unos dedos firmes que eran todo delicadeza y casi ardientes. Mágicos.

Nunca había sentido las sensaciones que le provocaba Oren McClain. Cada vez que la tocaba, sentía unos estremecimientos en sitios donde nunca se había imaginado que se podía sentir algo así. Era algo que la abrumaba. Cada vez que la había tocado y había sentido eso, también había tenido la certeza de que, si alguna vez hacía algo más que tocarla un poco, o la besaba, perdería el dominio de sí misma y sería el fin para ella. Todo el asunto de la intimidad física era un territorio desconocido para alguien que siempre se había mantenido alejada de lo que no fuera un contacto amistoso o un abrazo circunstancial. Quizá fuera porque Oren McClain era un hombre con una presencia muy física y viril. Una mujer reservada como ella todavía tenía poca experiencia, pero con un hombre como él era difícil saber qué se podía esperar cuando se trataba de los delicados asuntos sexuales. Ella, naturalmente, sabía todo sobre la mecánica de las relaciones sexuales, pero las palabras no tenían nada que ver con la experiencia empírica y su intuición le decía que, aunque hubiera tenido poca experiencia en ese terreno, una relación íntima con Oren McClain tenía que ser algo único. Era demasiado elemental, demasiado masculino y demasiado seguro de sí mismo como para no ser activo y, seguramente, primitivo en la cama.

¿Por qué la habría elegido un hombre como ése? ¿Querría una mujer dócil para dominarla? Era un hombre que podría dominar a cualquiera de una forma natural, entre otros a casi todos los hombres, pero ella tenía la sensación de que era algo que sólo se debía a su tamaño y su aspecto rudo. Era cualquier cosa menos autoritario cuando estaba con ella. No tenía necesidad de serlo. Como con el camarero, que había reaccionado a una mirada, McClain sólo tenía que mostrar mínimamente su voluntad para conseguir que se cumpliera.

Stacey iba pensando en todo eso mientras salían del restaurante y se quedaban debajo del toldo a esperar un taxi. Esa noche hacía más calor que la anterior. Además, McClain también transmitía calor y Stacey se sentía sonrojada por los nervios y la incertidumbre. Tenía unas ganas ridículas de llorar. Se había decepcionado a sí misma por tantas cosas, que casi había perdido la cuenta. Estaba avergonzada por tener miedo a mantenerse de pie por sí misma, pero esa vergüenza tampoco hacía que venciera sus miedos. Nada la estimulaba un poco, ni siquiera la preocupación de que aceptar la solución que parecía proponerle McClain fuera un remedio peor que la enfermedad.

Nunca debería haber llegado a ese punto; nunca en su vida se había imaginado que llegaría a ese punto. Sin embargo, allí estaba después de meses en los que la impotencia había ido en aumento a medida que iba descubriendo las cosas. Además, no había podido capturar al ladrón ni evitar un solo desastre.

La enrarecida vida que su abuelo había creído garantizarle, casi había desaparecido, excepto el fidecomiso que recibiría cuando cumpliera treinta años. No sólo le quedaban seis años, sino que tampoco estaba segura de que no se hubiera desvanecido como todo lo demás. Si tenía en cuenta su situación económica, esos seis años eran toda una vida a efectos del fidecomiso. El abogado de su abuelo lo había lamentado sinceramente, pero no se podía hacer nada al respecto.

Stacey consiguió esbozar una leve sonrisa mientras McClain le abría la puerta del taxi. Él se sentó junto a ella, apoyó el brazo en el respaldo del asiento por detrás de su espalda y consiguió que se olvidara de sus sombríos pensamientos. Él no la tocaba, pero el calor de su cuerpo enorme la abrasaba y no podía evitar derretirse un poco. Tuvo que hacer un esfuerzo para no dejarse llevar por el calor.

¿Por qué le parecía tan natural estrecharse contra él? No podía ser amor, porque el amor era algo más tierno y delicado. ¿Lo sería? El amor no podía ser ese anhelo por sentir el contacto con un cuerpo duro y masculino o el roce delicado de una mano curtida. Un anhelo que tenía poco o nada que ver con un sentimiento elevado y romántico y todo que ver con necesidades físicas y con la lujuria.

Era eso: lujuria. Algo que podía sentirse con fuerza, pero algo demasiado voluble y perecedero. El amor era puro, tierno y dulce, algo que se daba en el corazón y la cabeza y que perduraba.

La lujuria era primitiva e indiscriminada y sólo afectaba a la sensibilidad más superficial. La lujuria estaba en todas partes, pero, desde luego, no mejoraba la sociedad ni podía ser el fundamento de un matrimonio.

Tampoco podía serlo la necesidad imperiosa de dinero. Stacey cruzó las manos sobre el regazo y se aguantó las ganas de sacar alguna conversación intrascendente para ayudar a pasar el rato hasta que llegaran a casa. Era mejor que Oren McClain se diera cuenta de lo poco que tenían en común.

CAPÍTULO 3

SUBIERON en el ascensor en silencio. Era como si la tensión aumentara con cada piso que pasaban, hasta que, casi repentinamente, llegaron al piso de Stacey.

Esa noche no habría una despedida educada y escueta. Algo había pasado en el taxi y ella no sabía exactamente qué era ni cómo lo había sabido. Sin embargo, estaba segura de que notaba que se había tomado una decisión y que su acompañante se había comprometido a cumplirla.

Se aferró a su aplomo, abrió la puerta y entró en el piso. Le pareció que la tensión y el silencio eran mayores todavía, como si le acecharan sus secretos, como si estuvieran inmóviles para que no los descubrieran pero prestos a salir a la luz en cualquier momento.

Naturalmente, no había nada al acecho ni oculto. Era su conciencia que la hostigaba y se hacía notar. Tenía que hostigarla porque la cobardía estaba adueñándose de ella y sólo le faltaba cruzar los dedos para que Oren McClain volviera a pedirle que se casara con él; porque también había tomado una decisión en el taxi: aceptar. Sin embargo, al entrar en su edificio había decidido rechazarlo. Cuando llegaron a su piso volvió a cambiar de opinión y decidió casarse con él.

Tendría que ocultarle su angustiosa situación económica, pero tenía dinero suficiente como para conseguirlo durante algún tiempo. Aun así, ¿no hacía mal al ocultarle la verdad? Los secretos, sobre todo uno de la magnitud del suyo, no ayudaban a que un matrimonio saliera bien. Lo miró de soslayo y comprendió que sería una idiota si lo contrariaba. Si él no era feliz con ella o ella lo decepcionaba demasiado, no tendrían ninguna oportunidad de llegar a nada duradero.

Él era franco, sencillo y honrado, pero no por eso estaba obligado a tener que soportar todos los sacrificios o sufrimientos. Él había depositado esperanzas en ella. Muchas. ¿Cuáles serían exactamente?

El sentido común le decía que se había decepcionado demasiado a sí misma como para no decepcionarlo a él y que casarse con un hombre tan distinto a ella, sobre todo tan pronto, era meterse en un lío. Ya había tenido bastantes problemas y fracasos últimamente como para arriesgarse a tener otro, aunque en ese momento no se le ocurría nada peor que lo que le esperaba al final de la semana. O lo que llegaría después.

Haber pasado la noche con un hombre rudo y seguro de sí mismo, que además era caballeroso y atento con ella, le había dado una sensación de seguridad casi tan irresistible como su contacto. Por eso le costaba tanto asociar la idea de casarse con él con un problema grave.

Además, la realidad era que McClain había sido el único hombre que la había alterado de aquella forma. ¿Acaso eso no contaba nada?

Cuando llegaron al espacioso salón, Stacey lo invitó a que se sentara. Él eligió el sofá y ella se quedó impresionada de lo pequeño que parecía en comparación con él.

–¿Quieres beber algo?

Por lo menos tenía distintas bebidas y sabía hacer café.

–Sólo quiero que me hables, gracias.

Tanta sinceridad acrecentaba la tensión. Tenía un gesto severo y solemne. Igual que antes de que le pidiera que se casara con él. Stacey se acobardó. No estaba preparada para aquello. No estaba segura de qué decir ni cómo. No estaba segura de nada y se dio cuenta de que no quería tomar ninguna decisión definitiva. Sobre todo porque la aterraban las consecuencias. Si volvía a negarse, sabía que no tendría una tercera oportunidad, pero si aceptaba, ¿podría satisfacer las expectativas de un hombre que vivía en la inmensa soledad de Texas? Un hombre al que sólo conocía por lo que había visto en Internet y por unos días que había estado con él hacía varios meses.

McClain alargó una mano y la leve sonrisa que esbozó la animó a acercarse. Ella avanzó vacilantemente e hizo un esfuerzo para dejar su mano al alcance de la de él.

Él la tomó con calidez y Stacey se sentó obedientemente en el borde del sofá. Estaba tan alterada que se sentía susceptible y cautelosa.

Para disimularlo, se apartó bruscamente.

–Gracias por la velada –le dijo torpemente.

McClain la miraba intensamente con sus ojos negros y ella se sintió como si le estuviera sondeando el cerebro. No pudo dominar el remordimiento que le ardía en las mejillas.

Él no se anduvo con rodeos.

–Sabe lo que quiero preguntarle, señorita Stacey.

Ella notó una descarga por el tono grave de las palabras y apartó la mirada. Quería que aquello pasara de una vez, pero no quería tener que pasar por ello. Si él no se lo pidiera esa noche, ella no tendría que decidir nada. Sólo podía pensar en retrasarlo.

–Parece... que tienes prisa.

Stacey no pudo evitar volver a mirarlo para comprobar cómo se lo había tomado. Su solemnidad era una confirmación de que no habría ningún retraso.

–La vida es corta. Sé lo que quiero.

La rapidez con que trascurría todo seguía desconcertándola. Había oído hablar del amor a primera vista, pero no se lo creía. Hasta que pensó que quizá no hablaran de la misma cosa. Quizá sólo quisiera una aventura. Se avergonzó un poco al darse cuenta de que había esperado, como si fuera lo más natural del mundo, que volviera a pedirle que se casara con él.

–Entonces... no buscas una relación... a largo plazo.

Incluso si hablaba de matrimonio, quizá no se refiriera a eso de «hasta que la muerte nos separe».

Él no movió un músculo de la cara, pero bajó más el tono de voz y ésta se hizo más áspera.

–Sólo en un plazo de cincuenta o sesenta años; si tenemos suerte.

Stacey lo miraba fijamente y buscaba una pista en su expresión. ¿Se había enamorado a primera vista? ¿A los tipos rudos les pasaban esas cosas? Incluso si así fuera, ella nunca había pensado que fuera otra cosa que lujuria. Él no la conocía y, por lo tanto, no podía haber sentimientos.

En ella, desde luego, no los había. Sí, él le había llamado la atención; sí, la había ilusionado; sí, era una posible tabla de salvación, pero sentía poco más que cierta simpatía hacia él. Era un hombre que no encajaba con ella, un hombre con intereses muy distintos a los suyos.

Ella había esperado enamorarse un día e intentar no caer en esos matrimonios estériles y envarados que se basaban en el dinero y la clase social. Stacey también quería saber algo de lo que pensaba él.

–¿Qué pasa con el amor, Señor McClain? ¿Acaso no es lo más importante cuando dos personas van a comprometerse durante cincuenta o sesenta años?

Stacey captó el cinismo en lo más profundo de sus ojos y tuvo la primera impresión de que era cualquier cosa menos sencillo y transparente.

–Mire a su alrededor, señorita Stacey. Mucha gente se enamora, pero también se desenamora con la misma facilidad. Quiero apostar por la atracción entre las personas y la elección premeditada. Tenemos la atracción. Sólo queda la elección.

Metió la mano en el bolsillo interior de su chaqueta y cuando volvió a sacarla, Stacey vio un destello. Alrededor de la punta de su dedo índice había un diamante engarzado en un anillo de oro.

–Yo te elijo; elígeme tú.

Stacey no podía apartar la mirada del anillo. Era sencillo y elegante y ella tenía suficiente experiencia como para saber que valía una fortuna. McClain no sólo tomaba decisiones asombrosas y repentinas, sino que las respaldaba con todas sus fuerzas. ¿Eso era un síntoma de arrogancia o de confianza en sí mismo? ¿Estaba ella espantada o tranquilizada? Hizo un esfuerzo por mirarle a los expectantes ojos.

–¡Caray! –exclamó al darse cuenta del tiempo que había estado mirando ávidamente el diamante como si fuera una bola de cristal–. Pareces... decidido.

«E impresionantemente seguro de mí», añadió para sus adentros.

–Quizá –la lacónica respuesta hizo que ella escudriñara su sombría expresión–. Como dije, he vuelto para saber si habías cambiado de opinión. Si no ha sido así, quedaremos como amigos.

Stacey supo que en ese caso no volvería a verlo y se quedó atónita por lo que sintió. La idea de no volver a verlo le producía cierta tristeza.

Aunque él hizo parecer que un segundo rechazo no le haría daño, ella tenía la sensación de que lo hacía porque su orgullo ya se había rebajado bastante cuando decidió volver otra vez. Efectivamente, no habría una tercera oportunidad, pero le agradecía que no se lo dijera con todas las palabras. Seguramente, también sería por orgullo, pero le agradecía que le ahorrara esa presión innecesaria. Innecesaria, por lo menos, para él, porque ella estaba a punto de estallar por la presión al volver a darse cuenta de lo que se jugaba: su situación económica era desesperada. Súbitamente, no quiso cerrar definitivamente la puerta entre ellos. Por algún motivo supo que fueran cuales fuesen las esperanzas que había depositado en ella, por lo menos la deseaba lo suficiente como para que no le importaran sus incompetencias como esposa. Al menos durante una temporada.

Al fin y al cabo, no se trataba de que fuera a cocinarle o a lavarle la ropa o a limpiarle la casa. Él tenía que comprender que ella no podía hacer ese tipo de cosas y seguramente no esperaba que las hiciera. Podía ser una compañera para él, tener hijos suyos, llevar la casa y atender a sus invitados. A cambio, ella podría tener la familia con la que había soñado y nunca tendría que preocuparse por el dinero. Incluso aunque no fuera repugnantemente rico, tenía una casa y unos ingresos considerables. Además, mientras estuvieran juntos, nunca tendría que enfrentarse sola a ningún problema.

A no ser que Oren McClain resultara ser un problema mayor que los que ya tenía.

Había dudado demasiado tiempo. Se dio cuenta al notar le tensión en su enorme cuerpo.

–Ah... –la delicadeza del monosílabo hizo que los ojos de él resplandecieran levemente–. Ah, eh... Oren. ¿Estás seguro de que soy la mujer adecuada para ti? Yo no sé nada de vacas y ranchos. Apenas he conducido mi coche, siquiera.

–Yo pago a otros para que lo hagan por mí, señorita Stacey. Lo que me falta es una esposa e hijos –replicó él con brusquedad y sin dejar de mirarla a los ojos.

Stacey tenía la sensación de que él era una especie de detector de mentiras con forma humana y, a juzgar por su mirada, se preguntó si ya habría detectado algo que no iba bien.

–Si no quieres tener hijos y ayudarme a criarlos, te agradecería que me lo dijeras claramente –añadió McClain con tono sombrío.

Lo dijo con una solemnidad absoluta. Tener sus hijos y compartir su educación era un asunto muy serio para él. Innegociable. Él le gustaba por eso, le gustaba muchísimo. Stacey había sufrido mucho por no haber tenido dos padres durante casi toda su infancia y quería para sus hijos mucho más que lo que la vida le había dado a ella.

–Quiero hijos –afirmó ella–, pero ¿qué pasará si... las cosas no van bien entre nosotros?

–Entonces, no estaremos en una situación peor que la de los que creían que estaban enamorados.

Stacey lo miró. Tenía que decirle que estaba arruinada, pero ¿cómo reaccionaría él al saber que estaba a punto de aceptar porque necesitaba dinero? ¿Se ofendería? ¿Tendría otro concepto de ella? Él le gustaba y le había gustado desde que lo conoció. Sencillamente, no lo amaba y su situación angustiosa le impedía verlo de otra forma que no fuese como una tabla de salvación. Además, si fuera sincera, lo habría rechazado directamente la noche anterior si no se hubiera encontrado en ese embrollo.

Seguro que tendría otro concepto de ella cuando supiera lo que había pasado. Un hombre como él no respetaría a una frívola y mimada que se había expuesto a que la robaran, sobre todo cuando lo había hecho por pereza y desidia.

–Quizá... yo debería... confesar algo.

Las palabras habían brotado casi involuntariamente y tuvo ganas de volver a tragárselas. Naturalmente, no pudo. Aparte, debería haber sabido que no podría haber vivido sin decirle la verdad.

Oren McClain era grande y rudo y parecía insensible, pero era humano. Fuera cual fuese su reacción, si no le decía la verdad, se sentiría dolido cuando se enterara.

Stacey no había querido que un cazafortunas sin escrúpulos se hubiera fijado en ella para sacarle todo lo que pudiera y por eso McClain tampoco lo querría. Incluso podía ser uno de los motivos por los que se sintió atraído hacia unos meses. Al ser rica, no tenía que preguntarse si sólo buscaba su dinero.

El silencio se hizo más intenso. Él no había dicho nada, pero parecía como si esperara a que ella continuase. Estaba emocionada, pero hizo lo posible para que no se le notara ni le afectara al tono de voz. No podría soportar su lástima ni mucho menos su desprecio. Consiguió que su voz pareciera tranquila.

–No puedo casarme contigo, Oren. No sería justo para ti.

Se levantó y rodeó la mesa baja que había delante del sofá.

–¿Por qué? –le preguntó él con voz cansina.

Ella se detuvo y se agarró las manos sin mirarlo. No se atrevía a mirarlo a los ojos y comprobar su reacción. Era como si todo el universo estuviera pendiente de ella. Le costaba articular una palabra.

–Estoy... casi arruinada –reconoció con un hilo de voz. Intentó tomar aliento y se dio la vuelta para mirarlo serenamente–. No es justo que me aproveche de ti. Si me casara contigo, podría solucionar todos mis problemas, pero multiplicaría los tuyos.

El rostro de Oren se tornó granítico y se evaporó cualquier rastro de vulnerabilidad que había notado en él, o que esperaba haber notado. Él permanecía inmóvil y silencioso y ella siguió hablando.

–Si ahora aceptara, nunca estarías seguro de mis sentimientos hacia ti –sonrió sin ganas–. Al fin y al cabo, cuando tenía dinero me gustaste mucho, pero aun así te rechacé. No puedo aceptar una segunda oportunidad en estas condiciones.

Él entrecerró los ojos.

—¿Sigo gustándote?

Stacey lo miró al no esperarse la pregunta. Seguramente, eso no podía ser algo importante para él.

—Te mereces una mujer que se enamore de ti antes de llevar el anillo en el dedo. Una mujer a la que no le importe sin tienes dinero o no. Yo no soy esa mujer, Oren. No lo soy.

No pudo seguir hablando porque sintió que la garganta y las mejillas la abrasaban. No era por el bochorno, sino por la oleada de sensaciones que la dominaban al haber renunciado voluntariamente a una salvación fácil por ser honrada con McClain. Mejor dicho, honrada con Oren. Su nombre propio era anticuado y tenía algo de ingenuo. Era un nombre que indicaba que la persona que lo llevaba era demasiado buena como para que la engañaran. El tipo de persona a la que se podría engañar porque no veía la maldad de los demás.

Aunque la realidad era que Oren McClain parecía cualquier cosa menos ingenuo, a ella le parecía que podía ser vulnerable. Lo fuera o no, no iba a aprovecharse de él. Por lo menos podría consolarse por haber hecho lo correcto una vez en su vida.

Se tranquilizó un poco cuando vio que él volvía a guardarse el anillo en el bolsillo de la chaqueta. Por fin, la velada terminaría. Él se iría y no volvería a verlo jamás.

Todo había terminado, pero las rodillas le temblaban y casi no la sujetaban de pie, así que se dirigió hacia una butaca. McClain se levantó y la interceptó en menos de una zancada.

La sacudida que sintió cuando la agarró delicadamente de la mano estuvo a punto de terminar con sus temblores y se volvió para apoyar la mano que le quedaba libre en su poderoso pecho. Eso fue todo lo que pudo hacer antes de que él bajara la cabeza y pusiera sus duros labios sobre los de ella.

Estaba de puntillas porque la estrechaba con fuerza contra él. Ella le rodeó automáticamente el cuello con los brazos y se sintió arrastrada por el implacable empuje de su boca.

Cualquier beso anterior había sido delicado y casi casto en comparación con ese encuentro carnal de los labios. Era como si se hubiera roto una maldición, primero en él y luego en ella. La intuición que había tenido de sentirse abrumada por él se confirmó mientras le separaba los labios y le acariciaba el cuerpo con una destreza y osadía que acabó con su voluntad como si se deshiciera de un pañuelo de papel.

Antes de que se diera cuenta, estaba sentado en la butaca con ella en su regazo y abrazada desenfrenadamente a él. Le recorría todo el cuerpo con las manos y estaba tan jadeante y dominada que era como un muñeco de trapo.

Cuando llegó a pensar que iba a desmayarse, él apartó los labios y la abrazó con fuerza. Los cuerpos palpitaron al ritmo desbocado de sus corazones. McClain la besó cariñosamente en la frente y luego en el pelo antes de apoyar la mandíbula en el costado de su cabeza. Ella sintió su cálido aliento en la oreja.

–¿Quieres vender tus cosas o enviarlas a Texas?

Stacey cerró los ojos con fuerza. Besarlo como lo había besado equivalía a una rendición y McClain se había declarado vencedor.

Una leve esperanza cobró vida en ella. Él sabía que estaba arruinada y aun así quería casarse. Sabía que no lo amaba, pero eso tampoco le importaba. ¿Qué le importaba a Oren McClain?

Stacey levantó la cabeza e intentó recuperar cierta distancia, aunque sus brazos no le dejaban mucho espacio. Lo miró a los ojos y se sintió profundamente conectada con él. Él levantó una mano y le colocó bien un mechón suelto que tenía en la mejilla.

–Hay algo que tú también tienes que saber –dijo él con un tono grave y scrio–. Yo había oído hablar de tu problema y supuse que era un momento tan bueno como cualquier otro para volver a verte –bajó fugazmente la mirada a sus labios–. ¿Te molesta?

Stacey estaba asombrada y sacudió la cabeza distraídamente.

–No estoy segura.

Efectivamente, no estaba segura. La cabeza le daba vueltas por el beso y por saber que su vida estaba a punto de dar un vuelco que no podía imaginarse todavía.

–Si hay alguien que se aprovecha, ése puedo ser yo.

Stacey se estrechó un poco más contra él. Era realmente sincero y notó los primeros brotes de una confianza verdadera entre ellos.

–No habrás hecho que un hombre que trabajó para mi abuelo durante diez años me robara todo el dinero y me dejara en esta situación, ¿verdad?

Lo miró fijamente sin creer que tuviera nada que ver con eso, pero quería oírlo.

–Puedo ser culpable de hacerme con una mujer que pasa por un mal momento, pero te aseguro que no soy de los que la arruinarían para casarme con ella.

Stacey se quedó espantada, la sola idea de que se le hubiera pasado por la cabeza que era capaz de hacer algo tan espeluznante lo había ofendido. El brillo de ira en sus ojos lo dejaba muy claro.

Stacey le apoyó la mano en el pecho como una disculpa silenciosa.

–Gracias por decírmelo –sonrió con vacilación–. Somos unos desconocidos, Oren. No es una buena manera de empezar un matrimonio.

Entonces fue él quien esbozó la sonrisa. Ella notó la confianza que tenía en sí mismo y lo envidió por eso.

–Nos irá bien, señorita Stacey –volvió a sacar el anillo del bolsillo–. ¿Me permites?

Stacey miró el anillo. Parecía ridículamente pequeño entre sus dedos y ella se sintió la persona más fraudulenta del mundo mientras asentía con la cabeza.

McClain le tomó la mano izquierda, le separó el dedo anular y le puso cuidadosamente el maravilloso anillo. Luego la abrazó y le dio uno de los besos más delicados y cariñosos que le habían dado en su vida. Ella estuvo a punto de estropearlo con un sollozo de preocupación y miedo, pero consiguió contenerlo hasta que McClain salió del piso.

Cuando se preparó para acostarse y apagó la luz, casi había desgastado las alfombras de tanto ir y venir. Estuvo un buen rato tumbada a oscuras, estaba tan preocupada por lo que acababa de hacer, que estuvo dándole vueltas buena parte de la noche. Al final se convenció de que casarse con McClain era una decisión tan radical que podía resultar que fuera una de las mejores decisiones que había tomado en su vida.

Prefirió pasar por alto que en realidad ella no había decidido casarse con él. La verdad era que la decisión se la habían dado hecha porque no había tenido las agallas o la fuerza de voluntad de rechazar a McClain.

Intentó consolarse con la idea de que no había querido rechazarlo. Al fin y al cabo, seguía siendo el hombre más apasionante que había conocido. Y el más irresistible.

McCLAIN también era la persona más eficiente que había conocido. Como un aguerrido general en el campo de batalla, se puso al mando de los hombres y el material necesario para embalar todas sus pertenencias y enviarlas a Texas. Ella ya había acordado con la empresa de mudanzas que fueran el lunes para empezar a embalar, pero él se ocupó de todos los trámites para cambiar el destino. También se ocupó de cancelar el almacén.

El lunes a primera hora la había llevado para obtener la licencia de matrimonio y concertaron una sencilla ceremonia para el martes temprano a la que siguió una comida con algunos amigos íntimos.

Esa misma tarde, aterrizaban en San Antonio. Después de recoger el equipaje y de llevarlo a la avioneta de McClain, despegaban de San Antonio y llegaban al rancho pasadas las seis de la tarde.

La visión del rancho fue inesperadamente magnífica, impresionaban los árboles, los graneros,

los edificios y un gigantesco entramado de corra-
les con cercas de hierro o madera y con árboles
repartidos por todos lados. Alrededor, las praderas
y las colinas se extendían hasta el infinito, incluso
desde el aire. La casa, de un solo piso, de adobe y
con tejado de tejas rojas, formaba una C muy
compacta alrededor de un patio. Al contrario que
otros ranchos que había visto desde el aire, no
tenía piscina, pero Stacey se había fijado en que
había un riachuelo que formaba una poza som-
breada.

La sensación de aislamiento en la inmensidad sin
apenas árboles, era desasosegante para una mujer
que había vivido toda su vida en una de las mayores
ciudades del mundo. Texas era inmenso y el rancho
de McClain ocupaba buena parte del Estado.

Cuanto más lejos estaba de Nueva York, más
tensa y preocupada estaba Stacey. Sólo la confianza y la tranquilidad de McClain le daba cierta
seguridad.

Además, también le preocupaba el deseo sincero de no decepcionarlo. No porque le hubiera
solucionado su problema económico, sino porque
nunca se había encontrado con nadie que hiciera
tantas cosas de buena fe por los demás. Sobre
todo, cuando él no tenía ninguna garantía de que
ella fuera a corresponderle.

El día anterior hubo un momento en el que ella
pensó que McClain había cambiado de opinión.

Desde que había aceptado casarse, él había estado especialmente distante. Quizá hubiera sido porque había estado pendiente de la mudanza y de otros detalles que a ella no se le habían ocurrido pero, en cualquier caso, se preocupó. Ella se había ocupado de las escasas cuestiones económicas que le quedaban, entre otras, de ir a la policía para comprobar cómo avanzaba el asunto de la estafa.

McClain la había animado a que viera a sus amigas mientras él supervisaba la mudanza y ella lo había hecho, lo que hizo que todavía pasaran menos tiempo juntos. Aun así, los contactos fueron fríos, aunque su efecto en ella no lo fuera, y los besos fueron igual de fríos y breves.

Parecía como si hubiera conseguido lo que quería y no tuviera interés en cortejarla como había hecho antes. Al fin y al cabo, después de un matrimonio tan rápido y de tener que enviar todas sus pertenencias a Texas en un tiempo récord, tampoco era de extrañar que él no tuviera miedo de que ella cambiara de opinión.

También fue imposible pasar por alto el distanciamiento cuando ella se fue a vivir a su hotel. Ella había ocupado una habitación enfrente de la de él, pero ni siquiera cruzó el umbral de la puerta. Al principio, lo tomó como un ejemplo de su anticuado código moral y le gustó, pero mantuvo la distante rigidez incluso después de la ceremonia.

Todo ello hizo que se sintiera más insegura sobre él y sobre esa noche, que era su noche de bodas.

McClain se había comportado decorosamente durante toda la semana, pero ya era su mujer y no tenía motivos para mantener esa distancia física. Por otro lado, debería sentirse aliviada. Ella se había pasado toda la semana deseando dormitorios separados hasta que se conocieran mejor, pero no se atrevía a pedirlo.

Le estaba profundamente agradecida y, preparada o no, se debía a él como mujer. Sin embargo, ¿qué pensaba él? ¿Creía que había comprado una mujer?

La sensación de que se había vendido se hizo más intensa. Por eso se había empeñado en pagar la mudanza de sus cosas. También le había parecido importante pagar su parte, incluso la habitación del hotel. Él había comprado los anillos y había pagado al juez y todos los trámites del matrimonio. También había pagado las comidas y la sencilla pero elegante recepción, pero ella se había hecho cargo de los escasos costes que le habían quedado como novia. Entre otros, un último derroche para ponerle un precioso anillo en el dedo anular. Consiguió el tamaño acertado gracias a una maniobra sigilosa y como recompensa recibió un brillo de sorpresa en sus oscuros ojos y una sonrisa que le indicó que estaba contento. Ella no sabía qué podía gustarle y eligió un anillo de oro con un original dibujo grabado. A ella le pareció que el diseño era bastante sureño y en cuanto lo vio pensó que le gustaría a un vaquero. McClain no se lo había quitado ni un segundo y al menos eso la tranquilizó un poco.

La avioneta aterrizó suavemente como a dos kilómetros de los edificios, pero ella sintió que el estómago se le encogía. La habían educado para comportarse correctamente en cualquier situación, pero de repente se dio cuenta de lo lejos que estaba de su elemento natural. Toda una vida de inseguridad latente y la necesidad de agradar a los demás, por no decir nada de su reciente desastre económico, la habían minado tanto que se sentía como una idiota.

Además, todavía no había visto nada. Le preocupaba que la gente fuera tan distinta de la que ella conocía que se sintiera en absoluta desventaja. Las primeras impresiones eran fundamentales y no podía evitar sentirse más angustiada que de costumbre por dar una buena impresión. Sobre todo, cuando sus actos se reflejaran en McClain, como todo lo que él había hecho en Nueva York se había reflejado en ella. Afortunadamente, él había conseguido encantar a sus amigos más íntimos y se había comportado perfectamente en todas las situaciones. ¿Podría hacer ella lo mismo?

—Estás pálida, cariño. ¿Te mareas en los aviones?

Stacey lo miró y se encontró con la mirada de él. La forma de mirarla le dejaba muy claro que captaría cualquier matiz. No tenía intención de mentirle, pero tampoco quería decirle toda la verdad.

–Estoy un poco nerviosa.

La tomó de la mano y se la apretó cariñosamente.

–Tranquila. Podrías salir vestida de payaso y seguirías gustando a todo el mundo.

Ella dejó escapar una risa y él volvió a apretarle la mano. Una leve sonrisa se asomó a su inexpresiva boca.

–Ha sido como música celestial, señorita Stacey. Espero oírla más veces.

Le soltó la mano para desabrocharse el cinturón de seguridad, levantarse del asiento y abrir la puerta. Luego la ayudó a bajarse como si fuera una niña pequeña. En cuanto tocó el suelo, una camioneta se acercó hacia ellos seguida de una nube de polvo. McClain fue a hacerse cargo del equipaje y la dejó sin saber qué hacer.

El traje de lino color melocotón y los zapatos de tacón eran completamente inapropiados, no sólo para la ardiente pista de aterrizaje, sino para volar en una avioneta y montarse en una camioneta polvorienta. Se habría puesto otra cosa si hubiera sabido que terminaría el día de esa manera, pero ya era demasiado tarde. Era una mujer que siempre había sido muy puntillosa con su forma de vestir y se encontraba en la tesitura de tener que mantenerse limpia y planchada. Además de seca. Eran las siete de la tarde, pero parecía como si estuviera en un horno. Ya estaba sudando y después de las preocupaciones y tensiones de los últimos días, notaba que se marchitaba rápidamente.

La camioneta frenó un poco para pasar por encima del borde de la pista de aterrizaje, pero la nube de polvo la siguió y las envolvió a ella y a la avioneta.

—Parece que sigue sin llover —le dijo McClain al conductor que se había bajado para ayudarlo con el equipaje.

Cargaron las maletas en la parte trasera de la camioneta, le presentó al peón, que se llamaba Jeb, y abrió la puerta de vehículo para ayudarla a subir. La falda era demasiado estrecha, pero antes de que se la subiera discretamente, McClain la tomó de la cintura y la dejó limpiamente en el asiento. Ella se colocó en el centro, justo antes de que los dos hombres se colocaran a ambos lados y cerraran las puertas.

—Bert ha repuesto la alambrada —dijo Jeb mientras ponía el motor en marcha.

—¿Ha llegado el caballo castrado?

—No le ha sentado muy bien el viaje. Lo metimos en un corral, pero estuvo a punto de destrozarlo, así que lo hemos dejado en el redil de acero.

La cháchara siguió todo el camino hasta la casa y Stacey se sentía marginada y sin entender nada. Le sorprendió darse cuenta de lo mucho que había disfrutado la semana que había estado sola con McClain, pero en ese momento él no le hacía ningún caso y se sentía un poco dolida.

Quizá se debiera a la conversación sobre asuntos que desconocía. Las alambradas, los rediles, los pastos, los depósitos, los volantes y la laminitis hacían que se sintiera cada vez más lejos de su ambiente. Esperaba que no fueran cosas tan raras como parecían y que pronto las entendiera.

Cuando llegaron a la casa principal, Stacey decidió que le gustaba el estilo. La tranquilizó su considerable tamaño y tenía una majestuosidad y consistencia que indicaba que había pertenecido a varias generaciones de McClains.

Nunca había puesto en duda que fuese de su familia desde hacía cuatro generaciones, como él le había dicho, pero, sinceramente, tampoco había esperado algo tan magnífico. Además, como ella había conseguido perder los frutos de generaciones de Amhearsts, le consolaba un poco estar conectada con otro patrimonio familiar que perduraba.

Sintió una penetrante punzada de remordimiento ante la evidencia de que el patrimonio familiar de Oren McClain se mantenía con orgullo y que, seguramente, él habría contribuido a conservarlo y ampliarlo.

Se sintió como si al casarse con McClain hubiera escapado al castigo por lo que ella había hecho, como si hubiera hecho trampas. Aunque había aguantado las consecuencias, no había aplacado nada de su remordimiento.

Bastante malo era haberse casado con McClain por su dinero y, además, buscaba protección y algún sentido a la vida, aunque cuando tenía dinero, pocas veces se planteaba la protección y el sentido de la vida.

Las mujeres modernas se protegían solas, decidían sus propias metas e iban a por ellas. Desde luego, no se casaban con desconocidos apasionantes porque tenían que depender de alguien para conseguir esas cosas. La lista de sus defectos aumentaba poco a poco. Cuando la camioneta paró delante de la casa, Stacey tenía el ánimo por los suelos.

Los dos hombres se bajaron inmediatamente y McClain se dio la vuelta apara ayudarla. Cuando volvió a tomarla de la cintura y la dejó en el suelo, ella sintió una punzada de rabia. Hasta ese momento, siempre le había encantado que la trataran como a una pieza de porcelana, pero de repente lo detestó y le impresionó el súbito cambio del desánimo a la rabia. Aunque nunca se había permitido enfadarse demasiado, en ese momento lo hizo. La verdad era que no se había enfadado con Mc-Clain, sino consigo misma, pero las atenciones de él habían sido el detonante. También era verdad que había pasado una semana disparatada precedida de unos meses de tensión increíble. Quizá, una vez segura, sus sentimientos fueran impredecibles durante algún tiempo. Si se atenía a los buenos modales, ese arrebato de ira y resentimiento pasaría pronto y ella recuperaría su temperamento tibio.

McClain, en vez de ayudar a meter el equipaje, la acompañó hasta la entrada. Los arcos a lo largo de la fachada daban a un profundo porche con suelo de piedra y adornado con tiestos llenos de geranios que entonaban perfectamente con el color rojo de la puerta de doble hoja. Cuando llegaron a la puerta, McClain la abrió de par en par y, acto seguido, la tomó en brazos.

–Bienvenida a casa, señora McClain –gruñó Oren antes de darle el beso ardiente que ella había anhelado desde la noche que aceptó casarse con él.

Fueran cuales fuesen sus sentimientos oscilantes, quedaron arrasados por un tumulto de sensaciones carnales que la dejaron sin aliento. McClain, como si supiera que el peón les seguía los pasos, cortó bruscamente el beso y cruzó la puerta antes de que ella pudiera abrir del todo los ojos. Después de aquel beso, a ella tampoco le importaba mucho a dónde la llevara, sólo le importaba que él había empezado algo explosivo y lo había interrumpido para dejarla con ganas de más.

Ella no se recuperaba tan rápidamente como él y cuando la dejó en el suelo sintió que las rodillas le flaqueaban. Si no la hubiera sujetado, podría haberse caído al suelo de baldosas del vestíbulo. Cohibida porque el peón lo había visto todo, incluso su momento de vacilación, se apartó un poco de McClain y dio una vuelta para fingir que echaba una ojeada y así disimular el rubor.

El vestíbulo parecía sacado de una revista de decoración. Tenía un cactus más alto que ella, una mesa apoyada en la pared con un enorme espejo victoriano encima y, en la pared de enfrente, un cuadro antiguo de una mujer vestida con ropa de campo a la puerta de una cabaña y rodeada de praderas quemadas por el sol. ¿Sería una antepasada de McClain?

Antes de que pudiera preguntarlo, McClain dejó que se refrescara en el cuarto de baño del vestíbulo y luego la llevó a conocer toda la casa. Lo primero que hizo fue presentarle a Alice, la cocinera, y a Connie, el ama de llaves. Alice era la mujer del capataz y Connie estaba casada con uno de los peones. Las dos vivían en casas que había en el rancho, pero no en la casa principal, lo que sorprendió a Stacey.

Le gustaba el color y la energía de la casa, aunque era casi lo contrario de su apartamento de Nueva York. En los suelos de madera oscura había alfombras de lana de colores brillantes que entonaban con los muebles sólidos y masculinos.

Había algunos detalles femeninos, un cojín de seda, un florero con flores, volantes y encajes, algún cuadro, pero era claramente la casa de un hombre y decorada para un hombre. Todo parecía duradero y consistente y algunos objetos debían de ser de hacía algunas generaciones. Los vaqueros y los rancheros podrían entrar y salir sin sentirse fuera de lugar. Todo estaba limpio y cuidado, lo que le indicaba que el personal de la casa estaba orgulloso de su trabajo.

Estaba gratamente sorprendida por todo, sobre todo por tener aire acondicionado.

El dormitorio principal era mucho más grande que los otros cinco. Tenía una mesita baja junto a las puertas correderas y un pequeño sofá y una butaca enfrente de la cama. Todo transmitía una sensación de intimidad matrimonial para la que no estaba preparada. Era sorprendente que en una casa amueblada según el gusto de un hombre hubiera dos vestidores.

–Ya sé lo que estás pensando –comentó McClain burlonamente mientras ella lo miraba–. Si tu vestidor se te queda pequeño, puedes usar un poco del mío, siempre que me dejes algo de sitio.

El brillo de sus ojos le indicaba lo mucho que le había sorprendido la cantidad de ropa que tenía y, naturalmente, se preguntaba si cabría en los vestidores.

–No hace falta que traiga toda la ropa –aseguró ella.

Tampoco sabía dónde podría guardar la ropa que no era de la temporada. Seguramente había algún desván en una casa de aquel tamaño. O quizá encima del garaje para seis coches que había a cierta distancia de la casa. Además, podía plantearse la posibilidad de deshacerse de algunas cosas.

La idea la sorprendió, porque tendía a quedarse con toda la ropa aunque no la usara. Era el mismo sentimentalismo que le había impedido vender sus muebles, sobre todo los heredados.

Una vez vista la casa de Oren McClain, por lo menos tenía algunas esperanzas de que las antigüedades de los Amhearst pudieran añadir un detalle suyo en algún rincón. Quizá pudiera usar su porcelana y su cristalería para recibir, aunque no sabía si los actos sociales se celebraban en la casa. El comedor era bastante solemne, por lo que quizá pudiera usar su cristalería labrada.

Le resultaba más fácil encajar sus pertenencias en la casa de McClain que encajarse ella misma. Al verse en el espejo del vestíbulo, junto a la mujer del cuadro, se encontró muy urbana y fuera de lugar. Suponía que parecería igual de desplazada entre tantos objetos coloristas y masculinos. Lo que le recordó las diferencias entre McClain y ella. Él era alto, rudo y moreno; ella era baja, de aspecto frágil y rubia. Él era todo virilidad pura y dura y ella feminidad y delicadeza. Aunque eso se consideraba ideal, sólo era el preámbulo de una larga lista de diferencias menos deseables. Sus orígenes no podían ser más distintos y, seguramente, sus corazones, sus intereses y sus formas de pensar serían como la noche y el día. Notó esa diferencia con más crudeza que nunca y sintió una sacudida.

¿Qué había hecho? Se sintió como una niña que hubiera pedido un helado de fresa cuando en realidad lo quería de vainilla. Siempre había podido rechazar la fresa y volver a la vainilla, pero esa vez estaba casada y tenía que olvidarse para siempre de la vainilla. Quizá la comparación fuera bastante acertada. Nunca había tenido que ser una adulta, al menos, nunca había tenido que asumir las responsabilidades de una persona adulta. Sin embargo, se había casado con un hombre tan adulto que era difícil imaginárselo como niño. Además, no sólo era adulto, era todo un hombre adulto. No había nada más adulto que el ardor de sus ojos negros al apoyarse en la puerta del vestidor. Era la atracción sexual personificada con los dedos de las manos metidos en los bolsillos de los vaqueros y la lenta mirada de arriba abajo que le lanzó, por no decir nada de la descarada mirada de abajo arriba.

–Parece como si fueras a dejarte llevar por el pánico –le dijo él con aire cansino justo cuando ella sintió lo mismo.

–Estaba pensando... que somos tan distintos... –reconoció, dispuesta a ser tan sincera como pudiera.

–Así nos hicieron y lo agradezco más de lo que puedes imaginarte.

Él quería darle un sentido sexy, pero ella no hablaba de sexualidad. Ojalá ésas hubieran sido sus únicas preocupaciones. Hasta al momento, él la había fascinado como hombre, aunque la intimidad la pusiera nerviosa, pero no podían centrarlo todo en el sexo y las cuestiones entre hombres y mujeres. Como los demás matrimonios de mundo, ellos pasarían más tiempo fuera de la cama que dentro y no tenían casi nada en común, excepto un certificado de matrimonio.

–No me refería exactamente a esas diferencias –replicó Stacey.

–Y yo no puedo pensar en otra cosa –afirmó él con voz ronca.

Su rápida reacción borró todo lo demás y, repentinamente, notó todas las preocupaciones por tener que acostarse con él tan pronto y consumar el matrimonio. ¿Nunca volvería a tener una vida sin sobresaltos? Se encontraba como un ratón en un laberinto que intentaba encontrar la seguridad y la libertad que había tenido siempre, pero que sólo entraba en caminos que no llevaban a ninguna parte.

McClain sacó una mano del bolsillo y se la extendió con una mirada muy convincente. La áspera calidez tuvo un efecto inmediato y ella notó un estremecimiento en todo el cuerpo.

–Será mejor que cenemos antes de que se haga demasiado tarde para que Alice se vaya a su casa. Eres demasiado tentadora con una cama cerca –añadió.

Aquellas palabras dejaban muy claro que era inútil intentar retrasar una verdadera noche de bodas. ¿Acaso no lo sabía ya? McClain no era un hombre que esperaba para tomar lo que le pertenecía.

Se habían casado esa mañana y el matrimonio se consumaría esa noche. Era así de sencillo para un hombre tan práctico, seguro de sí mismo y abrumadoramente masculino. Además, consideraría que tenía derecho. Aunque ella no sabía si era porque creía que se había comprado una mujer o porque se había casado con la mujer que había ido a buscar a Nueva York. Esperaba que fuera lo segundo, pero también pensaba que quizá no lo supiera nunca.

Otra prueba más de que tendría que haber encontrado algo de temple para enfrentarse a un futuro propio y no a ése.

Ante su sorpresa, él no la besó, aunque sí le besó la palma de la mano. No le quitó los ojos de encima y, cuando hubo terminado, algo cambió en su mirada y la llevó hasta el vestíbulo.

CENARON en el comedor, que se había transformado mientras recorrían la casa. Habían puesto la mesa con porcelana, cristalería fina y flores recién cortadas. Junto a las flores había un candelabro precioso que daba una luz tenue y romántica a la habitación. Incluso había una botella de champán en una cubitera con hielo.

McClain le separó la silla para que se sentara y descorchó la botella con una destreza que indicaba bastante práctica. No derramó ni una gota y sirvió una cantidad moderada en las copas de flauta. Lo que venía a ser otra prueba de que Oren McClain no era el paleto que ella había pensado. Durante toda la semana habían ido a restaurantes y ella se había dado cuenta de que sabía usar los tenedores perfectamente y sus modales la convencieron de que podía estar en cualquier situación. Estaba algo avergonzada de haber pensado lo contrario.

También había observado que el esmoquin que llevó a la fiesta de Buffy no era el único que tenía, había visto más en el vestidor, lo que quería decir que tenía mucha vida social.

McClain se sentó en la cabecera de la mesa y a ella le gustó que la sentara a su derecha. Había cenado infinidad de veces con su abuelo que exigía que ella se sentara en la otra cabecera de la interminable mesa. Era un ejemplo más del distanciamiento emocional con el que la había criado, por lo que le gustaba esa sensación más acogedora.

McClain levantó la copa y esperó a que ella hiciera lo mismo.

—¿Quieres hacer el primer brindis o prefieres que lo haga yo?

—Hazlo tú.

Él esbozó una lenta sonrisa.

—Por lo próximos cincuenta años... y más.

La coletilla no se refería sólo a la cantidad de años. Stacey lo adivinaba en el brillo intenso de su mirada y sintió un arrebato de timidez mientras chocaban las copas y daba un pequeño sorbo.

McClain le sirvió un poco más mientras ella pensaba en un brindis, pero no se le ocurría ninguno especial, aunque sí tenía una esperanza sincera.

—Para que seamos felices durante esos cincuenta años... y más.

A él pareció satisfacerle, chocaron las copas y bebieron el champán. Luego, empezaron a cenar. Era una cena bastante corriente con verduras cocidas, patatas al horno y un filete grueso y jugoso.

Era el tipo de comida sin complicaciones que McClain también había preferido cuando estaba en Nueva York.

A Stacey, al revés que a sus amigos vegetarianos, le gustaba la carne y ésa, aunque con una preparación muy sencilla, estaba muy bien hecha. Quizá no supiera cocinar, pero apreciaba la buena cocina. También era posible que lo disfrutara tanto porque le aliviaba mucho saber que había una cocinera competente y que ella no tendría que ocuparse de nada.

–Espero que no te importe que no estemos pasando una luna de miel –comentó McClain.

El comentario la sorprendió y levantó la mirada para encontrarse con la de él clavada en ella.

–Hemos estado tan ocupados que ni siquiera me había acordado de la luna de miel –replicó ella con sinceridad.

–He estado tanto tiempo fuera que tenía que aparecer por aquí una temporada. Ya iremos a algún lado más adelante. Quizá después del herradero.

Ella no tenía ni idea de lo que era el herradero y lo pasó por alto.

–Te gusta viajar –le preguntó ella.

–Aquí es donde mejor me lo paso, pero ahora que tengo con quien viajar, será mucho más divertido.

Stacey sonrió. Era muy cariñoso e indicaba que McClain podía estar dispuesto a hacer algún cambio en su forma de vida si ella se lo pedía.

–Viajar está muy bien, pero yo también disfruto más con las cosas que están cerca de casa.

Quería devolverle el cumplido y decirle que ella también estaba dispuesta a hacer algunos cambios en su forma de vida.

Además, era verdad. Tenía amigos que cruzaban el mundo por cualquier motivo, pero a ella no le gustaba. Aparte, tenía mucha vida social en Nueva York. Según cómo aguantara el aislamiento del rancho, y el viaje desde San Antonio había aumentado la sensación de aislamiento, quizá pronto agradecería algunos viajes.

–Yo preferiría que pasáramos algún tiempo los dos juntos –insistió McClain como si quisiera que ella no se olvidara del asunto que le interesaba–. Tengo que dedicar algunas horas al rancho, pero podemos aprovechar el resto del tiempo para conocernos mejor.

Stacey se sintió conmovida, pero esa sensación se disipó pronto.

–Tienes que acostumbrarte a las cosas –siguió diciendo él– y eso incluye aprender a llevar el rancho. Si me pasara algo, los dos tenemos que saber que puedes ocuparte. Lo mejor es empezar con las cosas sencillas, como aprender a montar a caballo.

Stacey se quedó petrificada. No podía estar hablando en serio. Una cosa era aprender a montar a caballo, pero la idea de que ella tuviera que llevar

aquel rancho era disparatada. A ella le había preocupado tener que cocinar o limpiar la casa, pero
aquello era ir demasiado lejos. Sobre todo cuando
había sido incapaz de ocuparse de la fortuna de su
familia. No quería ser responsable de la fortuna
de McClain. No se trataba de inversiones, era ganado y petróleo. Stacey se sintió mareada.

–No lo dirás en serio... –empezó a decir con
cierto espanto que no podía disimular.

–Completamente en serio, señorita Stacey.
Eres perfectamente capaz. Tienes que mostrar
confianza en ti misma, pero la tienes dentro de ti y
puedes hacer lo que quieras. Quizá ésa sea la
clave; tienes que quererlo.

Al principio, su cerebro pasó por alto la pequeña puya del final porque había oído algo que
la había distraído. Algo que la había halagado,
como si Oren McClain hubiera visto que dentro
de ella había algo admirable que no había visto
nadie más. Algo que ella tampoco había visto y
que no estaba segura de que estuviera allí.

Su abuelo nunca había dejado entrever que
pensara que ella tuviera ningún talento. Quizá por
eso liquidó todos sus negocios durante los últimos
años, para que ella sólo tuviera que ocuparse del
dinero y las inversiones. McClain acababa de decir que él había captado algo que merecía la pena.
Quizá se lo hubiera imaginado ella porque quería
imaginárselo.

¿Acaso no se daba cuenta de que se había casado con él porque no había podido con sus responsabilidades? Le había contado cómo se había arruinado y había dado por supuesto que él se habría dado cuenta de que ella se casaba para salir fácilmente del embrollo. Al fin y al cabo, ninguno de los dos fingía que el matrimonio fuera por amor.

En parte, por eso estaba tan nerviosa ante la idea de tomar las riendas de todo lo de McClain. Sobre todo cuando sería algo parecido a convertirse en gobernadora de Texas.

Dio un precipitado trago de agua, pero no la ayudó a acabar con la sequedad de la boca. Tampoco podía seguir comiendo y dejó la servilleta junto al plato.

–Si quieres ducharte la primera, yo puedo recoger la mesa por Alice.

Ella tardó en reaccionar con la nueva conversación y en acordarse de que Alice era la cocinera. Stacey miró el elegante reloj que había en la pared y luego volvió a mirar a McClain.

–Sólo son las nueve... –replicó ella sorprendida ante la idea de que él quisiera acostarse tan pronto.

Ella no solía acostarse antes de la una o las dos de la madrugada y no conseguiría dormirse. Hasta que se dio cuenta de que McClain no pensaba precisamente en dormirse.

—Aquí nos levantamos a las cinco —le informó él mientras se levantaba para apartarle la silla—. Las nueve es bastante tarde.

Stacey se levantó un tanto nerviosa. Primero le comunicaba una cosa que la había sumido en el caos y luego seguía con otra casi igual de perturbadora. Estaba claro que él esperaba una intimidad completa esa noche, quizá antes de una hora, pero ella necesitaba algo de tiempo para prepararse emocionalmente.

No sabía cómo ralentizar un poco las cosas.

—Podemos recoger entre los dos. He oído algo sobre unos mensajes en el despacho, me parece que fue Connie.

Se detuvo al ver el brillo burlón que apareció en sus ojos.

—Me resulta difícil acordarme de no sé qué mensajes en una noche como ésta.

A Stacey le ardían las mejillas, pero no comentó nada. McClain aceptó el silencio de ella, tomó la cubitera y la llevó a la cocina para volver con una bandeja.

El silencio se hizo más profundo y al darse cuenta, Stacey notó que la tensión entre ellos era cada vez mayor. McClain se ocupó de retirar los candelabros y ella puso la vajilla en la bandeja.

Cuanto más se alargaba el silencio, más le pareció a ella que el ambiente se cargaba de electricidad. Cualquier sensualidad parecía aplacada en ese momento cuando la excitación más evidente flotaba en el aire.

Fueron a la cocina en medio de ese silencio sepulcral. No se podía disimular que la noche se dirigía inexorablemente hacia el momento de tener que compartir la cama.

Por lo menos sabía poner un lavaplatos. En cuanto lo hizo, él la agarró de las manos y la abrazó.

La miraba con intensidad.

—Estás nerviosa por esta noche.

Por lo menos, parecía comprenderlo y él sonrió levemente.

—No estés nerviosa. A lo mejor parece que he estado esperando durante años a que llegara esta noche, pero comprendo que es un poco precipitado para ti.

No la había soltado, pero la sensación de estar entre sus brazos tenía el mismo efecto turbador que tenía siempre y empezaba a derretirse.

Ya era su marido y seguro que tenía suficiente experiencia como para superar la inexperiencia de ella. ¿Acaso no se echó atrás hacía unos meses por lo mucho que la turbaba? Sin embargo, ya tenía la seguridad del matrimonio y que la abrumara no sería tan amenazador.

Él bajó la cabeza y la besó en los labios con firmeza. No era un beso arrebatador, como había esperado ella, sino persuasivo y tranquilo. Tampoco fue largo, lo que fue otra sorpresa. Sin embargo, ella tardó en abrir los ojos mientras él levantaba la cabeza.

—¿Por qué no vas yendo a hacer lo que quieras hacer? Yo iré enseguida.

Stacey se escabulló de sus brazos y se apartó, pero le preocupaba que más tarde no estuviera igual de alterada y casi deseó que él hubiera seguido y la hubiera seducido en aquel instante. Intentó sonreír y no parecer nerviosa, pero comprendió que no lo había conseguido al ver el brillo apagado de sus ojos.

—Intentaré... no tardar demasiado.

Stacey se arrepintió de haberlo dicho. Sus vacilantes palabras parecían insinuar que no podía esperar y que deseaba que él se diera prisa. En realidad, pensaba que no sería capaz y que todo saldría mal.

Le temblaban las piernas mientras iba al dormitorio, que estaba en el otro extremo del rancho. Intentó recordar todo lo que había oído o leído sobre el sexo. Quizá no fuera muy importante que tuviera experiencia o no. Eso era imposible, el sexo satisfactorio era prioritario para todos los hombres y, por lo tanto, lo sería aún más para un macho desenfrenado como McClain.

Sombría y medio mareada, se encerró en el cuarto de baño del dormitorio con la ropa de dormir. Estaba tan preocupada que no cabía en sí. Una ducha rápida y unos minutos secándose el pelo no la tranquilizaron mucho.

Era demasiado pronto. McClain le gustaba muchísimo y ella también parecía gustarle a él, pero ninguno de los dos había dejado entrever siquiera que aquello se pareciera al amor. Se atraían una barbaridad, pero no se conocían más que unos amigos recientes con intereses comunes.

Había leído un artículo que decía que si se tenían relaciones sexuales demasiado pronto, se interrumpía la maduración emocional de la relación de pareja y se impedía que ésta se hiciera más profunda. Ella siempre había considerado que el sexo era la máxima expresión de un amor profundo y entregado y por eso había esperado haberse enamorado perdidamente durante la semana.

Ella no creía en el amor a primera vista, pero sí creía en que una atracción profunda podía convertirse rápidamente en amor. Sin embargo, que no le hubiera ocurrido a ella significaba que tampoco le habría ocurrido a él.

Él parecía tan interesado en dar paso al aspecto sexual del matrimonio que ella empezaba a dudar que el amor fuera siquiera un aspecto secundario para él. Él se lo había declarado al proponérselo por segunda vez. Lo que había dicho sobre la atracción y la elección cobraba más importancia.

Quizá los hombres tan físicos y brutalmente masculinos sólo valoraran el aspecto carnal de una relación y apenas pensaran en el aspecto emocional. Ella pensaba justo lo contrario, pero era el momento de acostarse y era imposible que esa noche pasara sin una buena dosis de sexo.

Stacey terminó de peinarse y se miró en el espejo de cuerpo entero. La blancura satinada de su camisón y de la bata a juego le daban un aspecto de pureza casi intocable. Era la viva imagen de la virginidad femenina. Se sintió un poco aliviada al ver su reflejo casi etéreo. Quizá ello aplacara la ansiedad de McClain. No había demostrado precisamente que fuera una experta en esas lides, así que quizá pudiera hacerle comprender que para ella era algo monumental y cuando lo hubiera comprendido, quizá se planteara esperar a que los sentimientos entre ellos fueran más fuertes.

Stacey oyó un leve ruido en el dormitorio. Tuvo que reunir casi todo el valor que tenía para abrir la puerta del dormitorio y salir, pero hizo el esfuerzo antes de que perdiera todo el temple. Por lo menos tenía que demostrar madurez en eso.

Sin embargo, cuando vio a McClain sólo con los pantalones negros del pijama, que resaltaban la anchura de sus hombros y la musculatura del pecho y el abdomen, notó que el valor se esfumaba como se le esfumaba el aliento.

La novia estaba tan hermosa que dolía mirarla, pero era un dolor que merecía la pena soportar.

Después de echar una ojeada a los mensajes y de asegurarse de que no había nada urgente, Oren había ido al dormitorio para recoger algunas cosas y ducharse en uno de los cuartos de baño de invitados. Para no impresionar a su nerviosa novia, se puso unos pantalones de pijama. Sin embargo, cuando ella salió, le clavó sus delicados ojos azules en el pecho y él notó que parpadeaba algo impresionada.

Ella, vestida con un camisón de satén blanco que a la vez ocultaba y resaltaba su figura, sólo necesitaba unas alas y una varita mágica para parecer un hada salida de un cuento o un ángel.

A Oren le gustaba que en ese momento no fuera la sofisticada de la gran ciudad, sino alguien que parecía vulnerable, tímida e insegura. Los modales exquisitos que empleaba para mantenerse distante y segura, no le servían de nada y la preocupación que reflejaban sus ojos dejaba muy claro que ella lo sabía.

Sin embargo, ella no sabía que él no era el bárbaro sediento de sexo que temía. Era su noche de bodas, pero no hacía falta que ella hiciera nada más para demostrarle que no estaba preparada para llegar tan lejos como él habría querido. Además, él tenía otros motivos para hacer el esfuerzo de esperar.

Aun así, tampoco haría promesas precipitadas. Era un hombre que se preciaba de controlar su apetito sexual, pero se quedó sorprendido por la repentina falta de confianza en ese terreno. Stacey era su mujer y él sospechaba que la idea de estar casado hacía que estuviera menos seguro de poder contenerse. Para él, el matrimonio permitía dar rienda suelta al deseo sexual y él lo anhelaba. Sin embargo, no sería esa noche. Sus buenas intenciones no durarían muchas noches más, pero no sólo quería esperar a que todo fuera más natural entre ellos, sino que estaba esperando al resultado de algo que podía ser muy importante para su mujer. Además, no hacía falta ser muy perspicaz para saber que Stacey se lo agradecería; en ese momento y más adelante.

Ella se había quedado parada al verlo de pie junto a la cama y se había entrelazado los dedos en el regazo. Él lo interpretó como un gesto para mantener la actitud tranquila, aunque le pareciera más bien que lo hacía para no derrumbarse.

Alargó una mano y esperó a que ella la tomara.

S TACEY no podía apartar la mirada del rostro rudo y severo de McClain y no le importaba que le hubiera obligado, silenciosamente, a cruzar la habitación y tomarlo de la mano. Él ya lo había hecho otras veces y ella había obedecido automáticamente, como si no supiera si eso le gustaba o no. McClain le tomó la otra mano.

–Esta noche estás guapísima –lo dijo con un tono áspero, sexy y profundo–. No es que no lo estés a todas horas, pero esta noche lo estás todavía más.

Él se inclinó para besarla con delicadeza y ella dio un respingo por la sacudida ardiente que sintió en todo el cuerpo. Las manos entrelazadas mantenían los cuerpos separados, pero Stacey se acercó un poco más llevada por el anhelo de recibir un poco más de aquella dulzura inofensiva.

La boca de McClain se separó de la suya, pero ella volvió a acercarse porque se sentía mareada y un poco débil. Lo único coherente que le pasaba por el cerebro era que hasta el momento no había estado mal y que quizá estuviera bien.

—¿Prefieres el lado izquierdo o el derecho? —le preguntó él.

Ella abrió los ojos para mirarlo y sin llegar a creerse que le había hecho esa pregunta. Una pregunta que no entraba en el sistema de seducción que ella imaginaba.

—No estoy... segura —contestó antes de que se le aclararan las ideas—. Nunca he compartido una cama.

Perfecto. Reconocer que no había compartido una cama era lo mismo que dejar claro que no había tenido relaciones sexuales. Por lo menos eso esperaba ella.

Él hizo una mueca con la comisura de la boca y ella observó un brillo en sus ojos que le indicaba que había captado el mensaje. Ante su sorpresa, él no hizo ningún comentario, sino que se mantuvo en el asunto inicial.

—Siempre podemos cambiar de lado si te cansas —concedió él mientras la tomaba del cinturón de la bata, aunque se limitó a juguetear con la tela entre el pulgar y el índice.

Me gusta el tacto del satén —siguió él antes de soltarle el cinturón con un diestro movimiento.

La bata, naturalmente, se abrió. Las recias manos de McClain la abrieron un poco más y la tomó de la cintura. Ella le apoyó las manos en el pecho.

Fue un error. La sensación cálida de la piel que cubría los músculos era tan impresionante que la dejó sin aliento. Su cuerpo era la virilidad personificada y todo lo que tenía ella de femenino vibraba de excitación y miedo. Se elevó sobre ella y la fuerza del abrazo podría haberle destrozado todos los huesos, pero la sensación de protección y amenaza se fundieron de tal forma que ella se sintió completamente femenina, débil y poderosa a la vez.

Débil porque su feminidad era el contrapunto de su fuerza masculina, pero poderosa porque notaba que lo había atrapado de alguna forma primitiva que le permitía dominarlo.

Stacey sintió una sensación de dominio embriagadora hasta que él subió las manos por sus costados y la bata se deslizó sobre los hombros para caer en el suelo formando un elegante círculo a sus pies. Él apoyó las palmas de las manos en sus estrechos hombros y luego le recorrió los brazos desnudos con las yemas de los dedos.

El cuerpo del camisón era sencillo y tentador. Tenía un escote amplio y profundo que llegaba hasta la cintura. McClain recorrió con la mirada cada centímetro del escote antes de volver a levantarla para mirarla a los ojos. Su gesto era completamente inescrutable.

–Las señoras primero.

La intensidad de sus ojos negros revelaba un deseo casi incontrolable y cuando dejó de tocarla, ella se volvió vacilantemente para acostarse a la vez que deseaba huir a un sitio más seguro.

McClain recogió la bata, la dejó en la butaca y dio la vuelta a la cama para ir al otro lado. Eso le dio tiempo a ella para taparse hasta los hombros.

Contuvo la respiración cuando el colchón se hundió bajo su peso, él se metió debajo de las sábanas y se volvió para mirarla. No se acercó y dejó un palmo de distancia entre ellos, aunque ella notaba el calor de su cuerpo en todo el costado. Oren apoyó la barbilla en la mano y sonrió burlonamente.

–Tiene los ojos grandes como platos, señora McClain, pero la cena ha terminado y esta noche puedo pasar sin postre.

Le tomó una mano gélida con la que él tenía libre y se la llevó a los labios. Le besó los nudillos y luego se inclinó para depositarle un beso igual de delicado en los labios.

–Nada me gustaría tanto como hacer lo que suele hacerse en las noches de bodas, pero ya nos hemos precipitado con muchas cosas. Quizá sea preferible calmarse un poco y recrearnos con algunas cosas que nos hemos saltado.

Era una de las cosas más amables y consideradas que podía haber dicho y ella no pudo evitar que la embargara el cariño por él. Ella había esperado que esa noche no le exigiera intimidad, pero no había pensado sinceramente que él volviera a planteárselo. Efectivamente, no había vuelto a planteárselo porque ella estaba segura de que lo había planeado así desde el principio.

Su atracción hacia él se convirtió en algo mucho más consistente y profundo, aunque no estaba preparada para reconocerlo. Levantó la mano y le acarició la mejilla.

—Eres exquisitamente considerado, ¿verdad?

En realidad, no era una pregunta, pero hizo que lo pareciera.

McClain, como si el halago le incomodara, esbozó media sonrisa y ella supo que iba a hacer una broma.

—Caray, señora. Creo que la modestia me impide atribuirme virtudes que empiecen por palabras como «exquisitamente»... pero puede merecer un beso; como recompensa.

Stacey no había notado que él pudiera ser bromista y le gustó inmediatamente. Tampoco pudo evitar la sonrisa de alivio y placer. Lo engatusó para que se inclinara y cuando él obedeció, lo besó.

Una vez libre de la presión del sexo, el beso fue algo más intenso. Ella le rodeó el cuello con los brazos y él se acercó tanto que estaba medio tumbado encima de ella. El beso se convirtió en una llamarada que podía haberse escapado al control si McClain no se hubiera apartado.

Mientras recuperaban el aliento y esperaban a que el pulso se les calmara, la excitación amenazaba con elevase al máximo por la sensación de ser dos cuerpos abrazados y sólo separados por una capa de satén y un trozo de finísimo algodón.

Una vez más, McClain tuvo el dominio de sí mismo y el buen juicio de tumbarse de espaldas.

–Nos hemos portado como dos chiquillos que jugaran con cerillas en un pajar –los dos eran conscientes, pero la caja de cerillas era tan tentadora...

La comparación hizo que Stacey sintiera una felicidad que no entendía, salvo que fuera porque le había gustado. También le gustaba la sensación de profundo cariño hacia McClain.

Se reprendió un poco por pensar en él como McClain. Su nombre de pila era Oren y si bien lo llamaba así cuando estaba con él, siempre pensaba en él como McClain. Era un nombre rudo, duro e indestructible. Quizá lo hiciera porque necesitaba a alguien rudo, duro e indestructible en su vida.

Oren era un nombre más delicado, amable y vulnerable. No encajaba en absoluto con McClain y, sin embargo, por algún motivo, encajaba perfectamente con él. Quizá una parte del problema fuera que veía a McClain como a alguien que necesitaba y a Oren como a alguien a quien no merecía.

Era una idea que acababa de esbozar cuando él apagó la luz y se acercó. Notó que volvía a tomarle la mano y supuso que volvería a besársela, pero dejó las manos entrelazadas entre ellos y Stacey notó que el corazón le rebosaba de emoción.

–Buenas noches –le deseó él bruscamente.

–Buenas noches –le replicó ella con suavidad.

Era increíble estar acostada junto a McClain, a Oren, agarrada de su mano, deleitándose con el calor que desprendía y, al mismo tiempo, sintiendo una sensación maravillosa de tranquilidad.

Quizá lo que sentía fuera confianza y se dio cuenta de que hacía mucho, mucho tiempo que no tenía confianza en alguien. Al pensarlo, se preguntó si alguna vez habría tenido verdadera confianza en alguien, incluso en su difunto abuelo.

Sin embargo, esa noche la tenía en McClain. Mientras disfrutaba de la sensación de seguridad que le daba estar con él, cayó en uno de los sueños más apacibles que había tenido desde hacía mucho tiempo.

Stacey se despertó alguna vez durante la noche con la misma sensación de paz y satisfacción. Que se hubiera despertado abrazada a McClain sólo aumentaba esas sensaciones. No sentía la más mínima timidez, sino un somnoliento placer que podría haberla devuelto al sueño si McClain no se hubiera agitado en ese momento. El tono ronco de su voz era tranquilizador, pero las palabras no lo eran.

–Hora de levantarse, cariño.

Ella consiguió entreabrir los ojos, pero la habitación estaba en penumbra y hacía frío por el aire acondicionado, de modo que se estrechó contra su cálido cuerpo sin querer salir de allí. Seguía siendo de noche. McClain debía de haberse equivocado o hablaba dormido.

Casi había conseguido volver a los abismos del sopor cuando notó una mano enorme que le recorría la espalda y se posaba en su trasero. El gesto no le molestó gran cosa hasta que esa misma mano la sacudió suavemente.

–Vamos, señorita de ciudad. Está haciéndose tarde.

Stacey, algo más despierta, se apoyó en la almohada para mirar a McClain en la penumbra. Tenía la mandíbula cubierta de una incipiente barba y su cabello negro y algo largo estaba atractivamente despeinado, pero sus ojos tenían un brillo burlón que no podía disimular.

–No eres muy madrugadora. Supongo que eso cambiará dentro de unos días.

Él movió la mano en círculos por la espalda de ella y esa confianza hizo que Stacey se girara un poco con la esperanza de apartarle la mano delicadamente. McClain, en vez de captar la indirecta, se acercó y la besó firmemente en los labios.

Se sintió arrastrada antes de poder ponerse en guardia y si él no llega a terminar bruscamente el beso y a levantarse de la cama, ella podría haberse encontrado completamente seducida.

Stacey, cautelosa por lo fácilmente que él superaba sus defensas a primera hora de la mañana, se dio la vuelta a su lado del colchón, se sentó y apoyó los pies en el suelo. El despertador decía que sólo eran las cinco menos cinco y dejó escapar un leve gruñido.

McClain dio la vuelta a la cama para ayudarla a levantarse.

—Puedes usar este cuarto de baño. Ponte vaqueros si has traído alguno, pero si no, ponte pantalones. Esta tarde te compraremos algo de ropa de faena.

Después de esas concisas órdenes, le dio un pequeño empujón en dirección al cuarto de baño y la dejó sola. Ella, todavía aturdida, entró en el cuarto de baño y se encerró para prepararse. Hasta que se dio cuenta de que debería haber llevado algo de ropa, pero se maquilló, se lavó los dientes y se peinó antes de salir e ir al vestidor, donde estaban las maletas.

La noche anterior sólo había sacado las pocas cosas que necesitaba y en ese momento se dio cuenta de que esa mañana tampoco tendría tiempo para deshacer el resto del equipaje. McClain estaba deseando empezar y ella tenía que encontrar algo rápidamente para tenerlo contento.

Stacey abrió todas las maletas y las vació sobre la moqueta del vestidor para buscar algo. Se alegraba de haber llevado unos vaqueros. Además, se puso una blusa blanca, un cinturón de cuero y unas botas hasta los tobillos.

No podía saber cuándo podría desembalar y ordenar todo lo que había llevado a Texas. No sabía dónde estaban las cosas y tendría que preguntarlo. Sería maravilloso que Connie se ocupara de todo eso, pero sería mejor no dar nada por supuesto hasta que conociera las tareas normales de esa mujer.

Después de encontrar lo que buscaba y de vestirse, Stacey salió del vestidor justo cuando McClain entraba del vestíbulo. Iba vestido con la que debía de ser su ropa habitual en el rancho. Llevaba una camisa de cuadros, unos vaqueros gastados y unas botas negras que distaban mucho de parecerse a las que ella usaba en Nueva York.

Se había afeitado en algún cuarto de baño y parecía tan cómodo con la ropa de vaquero como con el esmoquin o el traje oscuro. Sus ojos negros la miraron de pies a cabeza e hizo una mueca con la boca.

—Por lo menos, las botas tienen buenos tacones, pero la piel es tan fina que va a estropearse. Te encontraremos otra cosa.

Le miró los ceñidos vaqueros de marca y ella captó que se debatía entre la complacencia masculina y cierta desaprobación.

—Y de paso algunos vaqueros y unas camisas —levantó la mirada hasta el pelo, que ella llevaba suelto—. Un par de sombreros y protección solar.

Stacey lo había escuchado absorta y se miró lo que le parecía una vestimenta perfecta. Jamás en su vida había vestido inapropiadamente y le impresionó que McClain dijera que su ropa no era la adecuada. Si cualquier otra persona le hubiera hecho un comentario similar sobre lo que se había puesto, ella se habría sentido insultada. Sin embargo, no sabía nada de la vida en el rancho y sería mejor fiarse de McClain. Además, no le hacía ninguna gracia que se le estropearan sus botas favoritas. No le gustaba la idea de que le comprara unas botas vaqueras porque no creía que fueran a gustarle. Las botas altas daban calor y eran tan duras que parecían muy incómodas. Sin embargo, a McClain le sentaban muy bien y parecía cómodo.

El desayuno fue un pequeño festín de huevos, carne, tostadas, melón y tarta de café y canela, pero Stacey casi ni lo probó. No estaba acostumbrada a madrugar tanto y quizá por eso no tuviera hambre. McClain le advirtió de que luego tendría hambre, pero ella no pudo terminar ni la mitad de lo que le habían servido. El café era tan fuerte que casi le dio nauseas y tuvo que compensarlo con agua y zumo de naranja.

Cuando terminaron, McClain la llevó al cuarto trastero que había junto a la cocina. Él buscó unas botas y vio los calcetines oscuros que llevaba ella.

–La próxima vez, ponte calcetines blancos. Esos te abrasarán los pies.

Stacey sonrió.

—¿Qué tiene que ver el color?

—El blanco es más fresco y tienen que ser gruesos. Esta tarde compraremos muchos. Además, no deberías usar bragas de encaje. Las mejores son de algodón blanco, nada sintético. Tú decidirás sobre el sujetador, pero necesitarás algo que aguante bien.

Stacey no pudo evitar una risita nerviosa.

—Disculpa, pero me preguntaba por qué sabes todo eso. ¿Todos los vaqueros lo saben?

McClain la miró con un gesto solemne, pero no completamente serio.

—Le sorprendería lo mucho que saben los vaqueros de la ropa interior femenina, señora McClain. Veamos si te caben estas botas.

Las botas parecían muy viejas. Cuando se las puso, McClain hizo lo que suelen hacer los vendedores de calzado: ella se levantó, él comprobó hasta dónde llegaba el dedo gordo y luego le apretó el pie para ver la anchura.

Ella dio unos pasos. Eran bastante cómodas, pero se sentía rara y el ruido que hacían no tenía nada que ver con el taconeo delicado y femenino al que estaba acostumbrada. Sin embargo, la altura del tacón le gustaba y le daba más estabilidad que los tacones que solía usar.

—Te quedan bien, pero cuando lleves los calcetines gordos te quedaran un poco justas —dijo

McClain. Cuando ella se dio la vuelta para mirarlo vio que tenía dos sombreros en las manos–. Vamos a ver éste.

Le puso el primer sombrero en la cabeza y se lo metió hasta las cejas. Volvió a quitárselo y le probó el segundo. Ése le quedaba bien y Stacey se lo colocó con las manos. También se sentía rara y buscó un espejo.

–Hay algún...

Stacey captó la mirada de McClain y se quedó callada.

Evidentemente, él estaba esperando que dijera la palabra «espejo» y también era evidente que le hacía mucha gracia que ella quisiera mirarse en un espejo.

–Hay uno en el vestíbulo.

El sombrero era marrón tostado y a ella no le entusiasmaba el color. El otro era de un marrón como el de las botas. Stacey se agachó para poner el sombrero junto a las botas y comprobar si los colores por lo menos entonaban.

–Bueno –gruñó McClain con un tono bajo–. Por fin puedo afirmar que he presenciado todas las peculiaridades femeninas que existen.

Stacey se asustó, se levantó bruscamente y lo miró con cautela. McClain sonreía a pesar del tono de censura de su voz. Stacey se puso el sombrero, pero se lo pensó mejor cuando empezó a seguirlo hacia la puerta trasera.

–¿Oren...? Creo que voy a hacer el último...

Stacey no terminó la frase intencionadamente. Él la miró por encima de hombro como si no hubiera captado la indirecta.

–Te esperaré en el patio.

A Stacey no le hizo falta ver su cara para saber que estaba riéndose. Stacey aceleró para no hacerle esperar hasta que se paró en seco en medio del vestíbulo. Hacía un ruido como si fuera una estampida de elefantes y fue de puntillas hasta el cuarto de baño.

Al volver, anduvo lo más suavemente posible porque al andar de puntillas le dolían los pies. Le pareció que tardaba una eternidad. Cuando salió al patio, estaba segura de estar preparada para conocer las instalaciones y dar su primera lección de montar a caballo.

YA HACÍA algo de calor, pero era agradable y el sol de la mañana daba un tono dorado a todo. Stacey se sintió optimista y consciente de que hacía muchísimo tiempo que no se sentía así.

McClain estaba tan absolutamente impresionante y sexy, sobre todo con el sombrero negro, que cuando llegó donde estaba él, lo agarró de la mano y tiró para que la besara.

Él obedeció sin quitarse el sombrero y gruñó.

–No me tientes.

La besó fugaz y firmemente y ella se sintió más animada todavía. Luego, fueron agarrados de la mano hasta el extremo opuesto del patio.

La mañana era maravillosa, McClain era un marido muy paciente y casi complaciente y, de repente, haber perdido su dinero ya no le parecía tan trágico y espantoso. Aquella mañana y la compañía de ese hombre le daban la sensación de que todo saldría bien, de que nunca volvería a pasarlo tan mal como lo había pasado los meses anteriores.

Empezó a mirar alrededor con verdadero interés mientras se dirigía hacia los edificios con McClain. Todo estaba impecable. Había vacas y caballos dentro de un gran entramado de cercas y los edificios, que parecían grandes desde el cielo, resultaron ser gigantescos.

Al principio, Stacey miraba hacia atrás de vez en cuando para ver si seguía viendo la casa porque tenía miedo de perderse. Al fin y al cabo, no había señales ni indicaciones y todos los edificios le parecían idénticos.

Por fin llegaron a lo que McClain llamó el establo principal. El ancho pasillo de tierra prensada separaba por lo menos una docena de cuadras a cada lado. Algunas cabezas de caballos asomaban por encima de las puertas y todas se volvieron a mirarlos mientras avanzaban por el pasillo.

Sonaron unos relinchos que parecieron saludos y Stacey sonrió. Realmente esperaba que fueran unos animales amigables porque era enormes.

–No hace falta que empieces hoy –la tranquilizó McClain–, pero será mejor que aprendas a cuidar de tu propio caballo antes de caer en la pereza. En algún momento tendrás que ser capaz de hacerlo sola porque todo el mundo tiene muchas cosas que hacer.

Stacey asintió con la cabeza porque comprendía que no podía ser una carga para nadie. Seguramente, podría aprender a cuidar de un caballo porque le pareció que tampoco exigían muchos cuidados. Supuso que a McClain le gustaría que se ofreciera a empezar ese mismo día.

–¿Por qué no empiezo hoy?

McClain la miró con satisfacción.

–¿Estás segura?

Stacey sonrió.

–Sí. ¿Qué tengo que hacer?

La pregunta era el preludio de una lección sorprendentemente interesante sobre el cuidado de su caballo. McClain le eligió una yegua castaña muy bonita que tenía la melena y la cola rubias. Después de que la conociera, McClain le dijo que le pusiera un ronzal. Stacey la sacó de la cuadra y la paseó arriba y bajo por el pasillo.

Estaba bastante impresionada por el tamaño de animal, pero no encontraba que fuera nada difícil y se alegraba de haber empezado en ese momento. Hasta que McClain le enseñó a levantar las pezuñas del animal para limpiárselas e inspeccionar las herraduras. Hubo una rápida preparación de la yegua, que ella no hizo tan rápidamente, y luego una lección práctica de cómo poner la silla de montar.

–¿Quieres que te ayude? –le preguntó él.

Stacey lo rechazó y volvió a notar su satisfacción, lo que le dio ánimos para ensillarla sola.

Después de unos minutos se arrepintió de haber sido tan voluntariosa. La silla se cayó y cuando consiguió ponerla correctamente, tenía los brazos doloridos. Abrochar las cinchas no fue más fácil y no creía que nunca fuera a conseguir ajustarlas suficientemente. Era desesperante que algo tan fácil resultara tan pesado, pero cuanto más se desesperaba, más empeñada estaba en apretarlas con fuerza.

Le pareció que había hecho algo muy importante cuando McClain anunció que las cinchas estaban bien y le propuso cambiar el ronzal por unas bridas. Ya estaba preparada para montar.

McClain, mientras supervisaba y le daba instrucciones, había ensillado su caballo, un alazán muy fuerte.

Él había tardado unos minutos en hacer lo que a ella le había costado un triunfo y eso hizo que Stacey tuviera ganas de hacerlo mejor la siguiente vez.

No tuvo tiempo de disfrutar de ese espíritu competitivo tan desconocido porque tuvo que afrontar la complicación de montarse en un animal tan grande.

–Me preguntaba si esos pantalones no estarían demasiado ceñidos –comentó McClain al comprobar que los vaqueros no le dejaban levantar el pie hasta el estribo–. Puedo ayudarte o puedes llevar la yegua junto a una bala de heno y montarte desde allí.

Stacey estaba dominada por el optimismo y supo cuál era la alternativa que él esperaba que tomara. Miró hacia la bala de heno y decidió que podía hacerlo todo por sus propios medios.

–Lo intentaré con la bala de heno.

McClain se dio la vuelta y se montó en su caballo con una facilidad que era una burla a su incapacidad. No lo hizo con esa intención, pero ella se sintió picada.

Stacey, mientras ya estaba pensando en hacerse con unos vaqueros que no le impidieran montar a caballo, llevó a la yegua junto a la bala de heno que había pegada a la pared del establo.

–Monta por la izquierda –le recordó McClain.

Ella tuvo que dar la vuelta y le costó una barbaridad conseguir que el enorme animal estuviera bien colocado y cerca de la bala. Cuando lo consiguió, se subió a la bala, pero la yegua se apartó un poco.

–Tómate el tiempo que necesites –le dijo McClain con toda la calma del mundo–. Has tirado de la rienda y ella ha pensado que querías otra cosa.

Consiguió montarse por fin, pero su sensación de triunfo duró muy poco al mirar al sucio suelo de tierra que había debajo. La distancia casi daba vértigo. Su optimismo y decisión se esfumaron y el miedo ocupó su lugar.

La yegua era un mamut. Se había acostumbrado a su tamaño cuando estaba en el suelo, pero en ese momento estaba sobre su lomo y cada movimiento de sus pezuñas amenazaba con desmontarla. Se agarró a las riendas y a la silla con las dos manos, pero la yegua torcía la cabeza y avanzaba hacia atrás.

–Suelta un poco las riendas, cariño. Cree que quieres que retroceda y nota tu tensión. Intenta calmarte.

–No puedo.

Esas palabras de cobardía se le habían escapado, pero le daba igual porque la yegua se había movido de lado y estaba a punto de aplastarle la pierna contra la pared del establo.

McClain no hizo caso y volvió a decirle lo mismo con tranquilidad.

–Suelta las riendas. Se parará en cuanto lo hagas.

Stacey, que se sentía desesperada y furiosa por haber rechazado las ofertas de ayuda de McClain, soltó un poco las riendas, pero debió de ser suficiente porque la yegua, efectivamente, se paró. McClain se puso a su lado.

–Puedes aprender a guiarla con las riendas cuando estemos fuera. Suelta un poco más las riendas y dale muy suavemente con los tacones en los costados.

Stacey miró el cuello del animal e hizo acopio de todo el valor que tenía.

–No mires al suelo –le aconsejó él–. Mira hacia delante, hacia las puertas abiertas.

Él iba diciéndole todo con paciencia infinita. Una vez más tranquila y cuando ya había aprendido las señales más sencillas, Stacey comprobó que la yegua obedecía todo lo que le indicaba.

Empezó a disfrutar, es más, le encantó y recuperó el optimismo. Las lecciones de McClain eran extraordinariamente prácticas y lo tuvo en cuenta para el futuro.

Todo había ido muy bien esa vez, pero quizá no debiera echar las campanas al vuelo todavía. Le había gustado que McClain la hubiera seguido tan de cerca y que no hubiera demostrado ni la más mínima impaciencia o censura. Eso era lo que más le había gustado, aunque le había llevado a intentar más cosas de las que habría hecho en otras circunstancias.

Cuando volvieron al establo, una hora más tarde, ella ya estaba convencida y le habría gustado seguir. En realidad, si habían montado todo ese tiempo había sido porque ella se había empeñado. McClain había insistido al final y ella entendió el motivo cuando intentó desmontar.

Las piernas se negaban a colaborar y a ella le pareció más desesperante que ser incapaz de montarse. No quería pedirle a McClain que la ayudara y llevó a la yegua hasta la misma bala de heno. Lo intentó hasta que las piernas le obedecieron.

Sin embargo, cuando posó la bota en el heno, la pierna se le dobló y ella se tambaleó. McClain estaba al lado y la agarró del brazo para dejarla caer suavemente sobre el heno. La yegua volvió la cabeza y la miró con curiosidad.

—¿Te has hecho daño?

McClain la miraba con un brillo burlón en los ojos, pero la boca era una línea recta.

—Sólo en el orgullo. ¿Podré volver a levantarme alguna vez?

—Las piernas se recuperarán. Intenta levantarte. Yo me ocuparé de la yegua cuando haya dejado mi caballo.

Al cabo de unos momentos, Stacey consiguió levantarse y caminó un poco para que le funcionaran las piernas. Vio que McClain estaba desensillando su caballo y pensó que podía terminar lo que había empezado. Soltó las cinchas satisfecha de que desensillarla fuera tan rápido. Se dio cuenta de que McClain cepillaba su caballo y ella hizo lo mismo.

Todo el esfuerzo se vio recompensado con una sensación de deber cumplido. También sabía que McClain estaba contento con ella y eso le satisfacía. Hasta ese momento, ella se había llevado la mejor parte del matrimonio, pero si para hacerlo feliz sólo tenía que participar en ese tipo de cosas, ella lo agradecería.

El optimismo iba en aumento hasta que volvieron a la casa y fueron al despacho.

McClain no se había olvidado ni había cambiado de opinión sobre enseñarle a llevar el rancho para que pudiera hacerse cargo de él si tenía que hacerlo.

Debería haber sabido que McClain no decía las cosas en vano. Pasaron el resto de la mañana en el despacho, aunque se limitaron a ver dónde estaban archivadas las cosas, a conocer el programa informático y a repasar su agenda profesional para los próximos meses.

Ella no tardó en darse cuenta de que no entendía nada y que nunca lo entendería. Acabó mirándolo un poco aturdida y él sonrió como si le hubiera leído el pensamiento.

–No te asustes. Presta atención y quédate con lo que puedas. Quiero que entiendas lo suficiente como para saber lo que hacemos. Hay un capataz, contables y distintos directores. Sólo tienes que saber cómo encaja todo y cómo funciona.

Dicho así no era tan espantoso y se sintió aliviada. Una vez libre de la presión, se quedó impresionada de que McClain, un machote texano como pocos, no fuera de los hombres que querían que su mujer fuera como un objeto de decoración y que no supiera nada y no saliera de casa.

A lo largo del día le había demostrado que quería compartir plenamente su vida con ella y, al parecer, sin reservas. Lo cual la conmovía, aunque también la preocupaba.

Había disfrutado cabalgando y paseando en una mañana tan maravillosa. Incluso había disfrutado al ocuparse del caballo porque había sido la primera vez en mucho tiempo que se sentía mínimamente útil para sí misma.

Sin embargo, no llevaba ni veinticuatro horas allí. Todo aquello era una novedad muy atractiva, pero ¿qué pasaría si la atracción se esfumaba? No había tenido tiempo para echar de menos Nueva York ni para saber si realmente soportaría el aislamiento.

Todavía no había conocido a nadie excepto al servicio de la casa y a un peón. McClain era la única persona que conocía de verdad y, una vez en su elemento, era muy distinto al que había sido en Nueva York.

En Nueva York había atendido todos sus caprichos y la había mimado. Una vez en el rancho, él se ofrecía a hacer las cosas, pero ella tenía la sensación de que esperaba que ella hiciera todo por sí misma.

¿Podrá adaptarse a él y vivir allí? Se había comprometido a hacerlo al casarse con él, pero si tenía en cuenta su costumbre de aburrirse y de cambiar de aficiones, ¿tendría fuerza para adaptarse a aquello?

Ese día había aprendido que cualquier trabajo del rancho era un trabajo arduo y que tenía responsabilidades, como asegurarse de guardar en su sitio la silla de montar y de dejar agua para el caballo.

McClain seguramente no pensaría en esas cosas porque las había hecho toda su vida y las hacía automáticamente. Ella ni siquiera se había ocupado de regar las plantas de su casa porque siempre lo hacía otra persona.

Siguió dándole vueltas durante la comida, pero el viaje al pueblo para comprar ropa adecuada la distrajo. Ella nunca se había comprado ropa de trabajo, pero la pequeña tienda también tuvo el efecto habitual y la animó bastante.

Estaba agotada por haber pasado tanto tiempo al aire libre. Lo normal habría sido que el agotamiento le hubiera quitado el apetito, pero Stacey estaba hambrienta y casi no pudo esperar a que sirvieran la cena. Comió exactamente lo mismo que McClain y cuando terminó, estuvo a punto de quedarse dormida en la mesa.

–Me parece que ha sido un día agotador –comentó McClain–. Puedes darte una ducha y acostarte...

Stacey estaba segura de que jamás se había acostado antes de las siete de la tarde, pero cada vez le costaba más mantener los ojos abiertos.

–No entiendo por qué estoy tan cansada, pero si de verdad no te importa, creo que voy a ducharme.

No había hecho más que apoyar las palmas de las manos en la mesa para levantarse y McClain ya estaba a su lado para ayudarla. No pudo ni emitir un gruñido. El cuerpo había ido doliéndole cada vez más, pero ya lo tenía tan rígido que el dolor era casi insoportable.

–A lo mejor prefieres un baño que te alivie un poco el dolor.

Stacey sacudió la cabeza.

–Seguramente me dormiría y me ahogaría. Una ducha está bien.

Había conseguido levantarse y el dolor había remitido un poco. ¿Quién habría dicho que una pequeña cabalgada podría hacerle eso? Al fin y al cabo, el caballo había hecho todo, pero en ese momento, le daba igual si no volvía a ver un caballo y mucho menos montar en él.

McClain subió con ella los primeros peldaños y luego la dejó sola. Cuando llegó al dormitorio, se acordó de llevarse con ella el camisón y la bata antes de encerrarse en el cuarto de baño.

Ya se había quitado la blusa y desbrochado los vaqueros cuando cayó en la cuenta de que primero tenía que quitarse las botas, pero no había forma de conseguirlo. Si intentaba apoyar la puntera de una bota en el tacón de la otra, no podía levantar la rodilla lo suficiente como para hacer palanca. Si se sentaba en la cómoda para doblar la pierna e intentar tirar de ellas, notaba calambres en las piernas.

Dolorida e insoportablemente furiosa, Stacey se levantó para volver a ponerse la blusa. Era ridículo, pero McClain tendría que ayudarla a quitarse las botas y ella estaba tan cansada que le daba igual lo que él pensara.

Cada vez que se movía, le dolía alguna parte del cuerpo. Vio unas tijeras en uno de los cajones y estuvo tentada de cortar las malditas botas si hubiera tenido fuerza para hacerlo.

El desánimo era impropio de ella, aunque la lástima de sí misma era algo a lo que empezaba a acostumbrarse. Se puso la blusa mientras recordaba que había estado cargando con una silla de montar y que eso era parte del precio que tendría que pagar por no haber ido nunca a un gimnasio.

Los botones de la blusa se resistían y sólo se abrochó los justos para resultar decente. Salió del cuarto de baño para buscar a McClain y notó una punzada de orgullo. McClain, el sensacional vaquero de Texas, se partiría de risa. Sabía que ya había disfrutado bastante durante el día, aunque era un caballero y no se había reído. Aunque si era sincera, ella se habría reído un poco si no hubieran sido sus botas.

Seguramente, McClain se había pasado toda su vida montado en un caballo y no comprendería lo mal que se sentía ella y no quería oír ningún comentario indulgente sobre las chicas de la ciudad.

Echó una ojeada a la habitación para ver si se le ocurría algo. Entonces pensó que él podría guardar un sacabotas en el armario. Había visto uno en la tienda del pueblo. Efectivamente, abrió el armario y se encontró con uno junto a tres pares de botas.

Aliviada, se agarró al marco de la puerta para sostenerse mientras lo usaba, pero el pie se le atascó a mitad de camino. No podía levantar la pierna lo suficiente como para sacar el pie y tampoco podía bajarlo hasta el fondo y acabar con esa nueva tortura.

–McClain...

Lo dijo con un hilo de voz que apenas se habría oído al otro lado de la habitación, pero la voz grave que le contestó hizo que diera un respingo.

–¿Tienes problemas con las botas?

Stacey, asombrada, intentó mirar por encima del hombro y estuvo a punto de caerse humillantemente, pero McClain llegó a tiempo de sujetarla del brazo.

CAPÍTULO 8

TENDRÍA que haber caído en la cuenta –farfulló él.

La tomó en brazos y la llevó a la butaca más cercana. Le quitó las dos botas con una facilidad y velocidad tal que Stacey se sintió incómoda.

–Vas a darte un baño todo lo caliente que puedas.

Stacey miró su rostro inexpresivo y salió de su agotamiento ante la sospecha de que él estaba dispuesto a hacer cumplir su sentencia. Ella sabía que no podría entrar y salir de la bañera por sus medios.

–No... hace falta. Una ducha caliente me vendrá de maravillas.

La miró con un brillo en los ojos y sonrió.

–Mentirosa. Estás agotada –dejó de sonreír–. Ha sido culpa mía. Estuviste demasiado tiempo montando a caballo.

–No, que va, Oren –se apresuró a replicar Stacey–. Sólo tenía algún problema con las botas. Son nuevas y están duras.

Hizo un esfuerzo sobrehumano para levantarse de la butaca como si tal cosa. McClain se apartó para dejarla pasar y ella esbozó una sonrisa forzada.

–No quiero doblar el cuerpo y no tendré que hacerlo en la ducha –ella dudó y quiso parecer agradecida–, pero gracias de todas formas.

Fue al cuarto de baño, aunque el esfuerzo por moverse normalmente hizo que le brotaran lágrimas en los ojos. McClain la siguió y pasó junto a ella para abrir el grifo de la bañera antes de que ella abriera el de la ducha.

Se volvió y la agarró de las muñecas antes de que ella se tambaleara. Luego empezó a desabrocharle los botones.

–No se trata de sexo ni de echarle un vistazo, señorita Stacey –refunfuñó con cierta impaciencia.

Ella no pudo evitar ruborizarse.

–Bueno, pues vas a echarme un vistazo, aunque supongo que la idea de vistazo varía de un hombre a otro.

–Puedo ayudarte hasta que estés en ropa interior y luego darme la vuelta.

–Ja, he oído hablar de la visión periférica, McClain, y de los espejos.

Él no hizo casos de sus bromas producto de los nervios.

–Puedes envolverte en una toalla antes de que te meta y conservarla mientras estás dentro.

Cuando hayas terminado, vuelvo a levantarte y me marcho mientras tú dejas la toalla en la bañera y te envuelves en otra seca. ¿Qué te parece?

Stacey miraba su ruda cara mientras él le quitaba el cinturón de los vaqueros, pero cuando él puso los dedos en el cierre del pantalón, ella sintió una oleada de calor en medio.

–¿Te tomarías tantas molestias? –le preguntó ella.

Los dedos de McClain vacilaron un instante.

–Yo no me ocupo de lavar la ropa. Si necesitas varios juegos de toallas para meterte en la bañera y recuperarte un poco, yo no me consideraré un desconsiderado.

McClain estaba sinceramente molesto y enfadado consigo mismo y ella se sintió tan conmovida que sintió mucha ternura.

–Vamos, Oren, no te lo reproches. Soy perezosa y nunca había hecho nada tan cansado. Es culpa mía –levantó la mano y le acarició la mejilla–. No te sientas culpable, por favor.

Él la miró a la cara y dejó las manos quietas. Se inclinó y le dio un fugaz beso.

–¿Quieres una toalla antes de que te quite la camisa y el pantalón?

Ella se sintió más conmovida por tanto respeto.

–Puedo esperar.

No tenía sentido ser tan ridícula. Era su marido y no era tan horrible que la viera en ropa interior.

Él habría visto lo mismo si la hubiera visto en traje de baño.

Le quitó hábilmente la blusa y le bajó los pantalones hasta los tobillos para que apenas tuviera que levantar las piernas. De paso, también le quitó los calcetines y Stacey se sintió desnuda frente a él.

Cuando él se dio la vuelta para comprobar la temperatura del agua y abrir el grifo de agua fría, ella se quitó rápidamente la ropa interior y se cubrió con una de las toallas que había en la encimera. Empujó el sujetador y las bragas con el pie hasta dejarlos debajo del resto de la ropa.

–¿Te has tapado con la toalla? –ella asintió–. Adelante, entonces.

McClain se volvió y la tomó de la mano mientras ella se metía en la bañera y se sentaba.

–¿Seguro que no está demasiado caliente? Tampoco hace falta que te achicharres.

–Está bien.

Stacey intentó apoyar la cabeza en la bañera, pero el borde estaba más lejos de lo que se imaginaba y tuvo que agarrarse del brazo de McClain. Él la ayudó a ponerse bien y luego se levantó para sacar otras dos toallas. Le puso una detrás de los hombros y la otra de almohada.

–Mmm... es maravilloso, Oren. No puedo creérmelo. Muchas gracias.

–Me parece que las costuras dobles te han hecho daño en las rodillas. ¿Y más arriba?

–También.

–Ahora entenderás por qué se necesitan costuras planas por dentro.

Ella sonrió con cansancio.

–Nunca se me habría ocurrido.

–Y ya no lo olvidarás.

Stacey puso los ojos en blanco.

McClain se dio la vuelta hacia al armario y sacó un frasco de aspirinas, una crema antibiótica y un tubo pequeño con otra cosa.

–Cuando estés seca, ponte esta crema en las ampollas de las costuras. Ésta –señaló el tubo pequeño–, puedes ponértela en cualquier sitio que te duela, pero también puedes tomarte una aspirina ahora.

Abrió el frasco, sacó un par de pastillas y llenó un vaso con agua. Se quedó junto a ella mientras se tomaba las aspirinas y luego dejó el vaso junto al lavabo.

Stacey no recordaba desde cuándo no la cuidaban así, salvo su niñera cuando era pequeña. Los recuerdos de su madre eran muy borrosos.

McClain era amable y concienzudo. Hacía que se sintiera cuidada y su corazón se abrió más a él.

–Si tienes trabajo en el despacho, no te preocupes por mí –lo tranquilizó ella.

–Casi te quedas dormida en la mesa y todavía pareces cansada.

McClain le acercó una esponja y una pastilla de jabón.

–Tengo que hacer un par de llamadas rápidas –siguió diciendo él–. En cuanto termine, volveré.

La miraba como si no estuviera seguro de poder dejarla sola y ella sonrió para parecer un poco más despabilada.

–Estoy bien. Haz las llamadas y no tengas prisa.

McClain dejó la puerta entreabierta. Stacey miró el jabón. Tenía mucho sueño, pero empezó a frotarse con la esponja. Se prometió que en cualquier caso se ducharía por la mañana y consiguió abrir el grifo de agua caliente para calentar un poco el agua.

Al cabo de un rato oyó a McClain en el dormitorio.

–¿Sigues despierta?

–Estoy bien.

Decidió que si él se iba, ella podría salir porque estaba poniéndose un poco morada y creía que ya no mejoraría mucho por quedarse en el agua.

–Volveré dentro de unos minutos, a no ser que quieras salir ya.

–Estoy bien –repitió ella, que quería que se fuera.

Él ya había hecho bastante y podría apañarse sola. También le fastidiaba decir que estaba bien porque cada vez que lo hacía parecía como si los dos supieran que no era verdad.

No oyó ningún ruido y se levantó con mucho cuidado. McClain había dejado una alfombra de baño y ella se alegró de que todo discurriera mucho más fácilmente y sin tanto dolor. Se secó, se aplicó el antibiótico donde lo necesitaba y luego el linimento por todo el cuerpo, hasta en los brazos. Sintió un calor relajante y, además, el potingue no olía mucho.

Se puso el camisón y se volvió para vaciar la bañera. Lo mínimo que podía hacer era escurrir un poco la toalla que había usado para bañarse. Stacey hizo un esfuerzo monumental para retorcer el tejido empapado. Hizo lo que pudo y luego la dejó dentro de la bañera. Las demás toallas las metió en el cesto.

Se lavó los dientes, salió al dormitorio y vio la cama abierta. Pensó sentarse en la butaca para esperar a McClain, pero no se sostenía de pie.

Quizá si se tumbara podría esperar a que volviera él. La luz encendida la ayudaría. Pronto, se durmió.

Oren entró en el dormitorio y vio que su mujer estaba acostada y profundamente dormida. Tenía la nariz y los pómulos un poco quemados por el sol, como los dorsos de las manos. Tenía un aire angelical, joven e inocente. Y frágil.

Demasiado frágil para un bruto como él.

Había pensado que su estancia allí la mejoraría, que le sacaría la personalidad y el ánimo que había notado en ella. No había aprobado la vida que había llevado y había considerado que la de él era más valiosa. Como si la vida de ella hubiera sido inútil y la de él llena de sentido. Se había propuesto corregir eso porque se había enamorado de ella.

Sin embargo, Stacey no era un caballo maltratado o díscolo al que había que domar para que tuviera una utilidad. Era una mujer con defectos, fallos y miedos que tenía que solucionar por ella misma. También era una mujer bella y elegante que era amable, delicada y dulce. No había necesitado un programa de afianzamiento de la personalidad.

Por eso se sentía un majadero arrogante. Se había casado con una mujer para convertirla en lo que él creía que tenía que ser. Ella había sido infeliz, incluso cuando tenía dinero, y por eso había pensado que podría encontrar algo satisfactorio en él. Algo que fuera más importante que tener los vestidos más elegantes, comprarse cualquier antojo y asistir a fiestas de postín. Algo que se mereciera la mujer de la que se había enamorado.

Sin embargo, un día después de casarse, ella estaba agotada y dolorida, tan machacada de montar a caballo que apenas podía moverse.

Había sido demasiado exigente con ella. Se había dado cuenta de que ella quería agradarle porque se sentía en deuda y él le había dado a elegir, aunque sabía lo que ella se sentiría obligada a elegir.

Sus manipulaciones la habían llevado a ese estado. Stacey no era suficientemente fuerte ni estaba en buena forma. Él lo había sabido, pero no se lo había tomado en serio. Por eso estaba dormida antes de que anocheciera y también por eso había decidido olvidarse de sus expectativas y rectificar.

Cuando Stacey se despertó a la mañana siguiente, miró el despertador que había en la mesilla y se dio cuenta de que se había quedado dormida. ¡Eran las cinco y cuarto!

Además, estaba sola en la enorme cama. La almohada de McClain estaba arrugada y todavía se notaba el calor de su cuerpo. Espantada de pensar que él ya se hubiera ido, se levantó y fue al cuarto de baño. Le sorprendía que no la hubiera despertado después de lo que había dicho de madrugar. Se sentía descansada y mucho mejor que el día anterior. Eligió los vaqueros nuevos que ya le había lavado Connie y una de las camisas de cuadros que se había comprado. Le costó un poco ponerse las botas, pero el movimiento estaba soltándole los músculos.

Salió corriendo con la esperanza de que McClain siguiera desayunando. Entró en el comedor justo a tiempo de que Alice le sirviera la comida. McClain estaba doblando el periódico cuando Stacey fue hasta su silla. Él se levantó para separársela.

–No hacía falta que te levantaras tan pronto –gruñó McClain.

Stacey comprendió inmediatamente lo que pasaba y sintió una punzada de intranquilidad.

–No me habrás dado ya por un caso perdido, ¿verdad? –preguntó suavemente mientras tomaba la servilleta.

Él tardó en contestar, lo que confirmó sus sospechas.

–Lo de ayer fue exagerado. Mejor dicho, te obligué a que exageraras.

Exagerado. Por su cabeza pasaron todos los momentos del pasado, de un pasado remoto, cuando había exagerado. Cuando fue a patinar y se raspó las rodillas; cuando se desmayó durante un partido de balonvolea que jugó a pesar de tener gripe; cuando se dislocó un tobillo al aprender a esquiar. Pequeñas cosas que no asustaban a los demás padres, pero que enfurecían a su abuelo y éste se las prohibía.

–Tú no me has obligado a hacer nada –dijo Stacey mientras se ponía la servilleta en el regazo–. Además, me gustó montar a caballo.

–Fue excesivo. Demasiado pronto.

Stacey agarró el zumo de naranja y se acordó de otras conversaciones en las que su abuelo la desanimaba a hacer las cosas y le decía que las dejara en manos de personas más preparadas.

Le había sido imposible tener curiosidad o espíritu de aventura con un abuelo autoritario que no ahorraba palabras crueles o cortantes si ella se empeñaba en hacer algo que a él no le gustaba. ¿Sería McClain como su abuelo? Ella había pensado que era lo opuesto, pero quizá el día anterior no hubiera sido el buen comienzo que ella había imaginado.

No podía dejar de pensar en la palabra «exageración» y en las veces que se la habían reprochado o le habían recordado sus terribles consecuencias.

Stacey decidió que ella también iba a apretar un poco las tuercas.

—Yo esperaba volver a intentarlo hoy.

—Hoy, no —gruñó McClain.

Ella vio confirmadas sus preocupaciones y dio un sorbo de zumo.

—Si no me equivoco, dijiste que mañana lo haría mejor. Mañana es hoy.

Ella lo miró a los ojos. Él le aguantó un segundo la mirada antes de bajarla a la fuente que le había pasado.

—Hoy tienes que quedarte en casa y curarte antes de volver a montar. Quizá dentro de un par de días...

Stacey se sirvió beicon y salchichas.

—Es una tontería —se atrevió a decir con un tono desenfadado—. Esta mañana estoy mucho mejor.

Cuanto más me muevo, más ligera me encuentro. Estoy deseando montar y hacerlo mejor.

McClain apoyó el antebrazo en la mesa y la miró con seriedad.

—Anoche te vi. No podías ni moverte.

Stacey notó otra vez la misma punzada. Una cosa era que él se preocupara y quisiera ahorrarle malos ratos, pero temía que pudiera ser algo más.

—No será porque ya puedes asegurar que nunca montaré bien a caballo, ¿verdad?

—Estuviste menos de una hora montada.

—Ahí iba yo. No estuve montando todo el día. Lo de anoche no demuestra que no pueda montar a caballo sino que no estoy en buena forma —se calló un instante al ver que él endurecía el gesto—. Si hoy vuelvo a montar, me pondré más fuerte y practicaré para poner mejor y más deprisa la silla.

—No estoy dispuesto a volver a verte machacada —dijo él con aspereza evidente—. Hoy no vas a montar a caballo y quizá mañana tampoco. Después no montarás más de veinte minutos al día hasta que vayas poniéndote en forma.

Stacey se sentía impotente. Estaba segura de que no había nadie en Texas a quien protegieran de esa manera. Sintió una rebeldía que no había sentido nunca.

—Soy más fuerte de lo que parece, Oren. Además, soy capaz de decidir lo que puedo hacer y lo que no —replicó con mucho cuidado de no levantar la voz.

No tenía mucha seguridad en ese tipo de decisiones porque sistemáticamente daba por sentado que no podía hacer grandes esfuerzos, sobre todo físicos. No estaba muy segura de que hacer algo diferente fuera a dar mejores resultados, pero la otra forma de encarar la vida le había complicado mucho las cosas.

McClain volvió a mirarla y ella adivinó que estaba algo más que irritado.

—¿Eso crees?

El tono de reto era evidente, como lo era el de advertencia. Stacey no sabía por qué se había metido en ese lío. Todo el mundo sabía que era una cobarde y nunca afrontaba una dificultad si podía evitarlo. Sin embargo, se había empeñado en que le permitiera hacer algo que estaba claro que era demasiado para ella.

Seguramente, McClain tenía razón. Sería más sensato esperar un par de días y tomárselo con cierta calma. McClain era el experto en caballos y esas cosas. Daba la sensación que él pensaba que ella estaba buscando pelea, pero ¿qué alternativa la fastidiaría más a ella? ¿Hacer lo que había hecho siempre o ponerse a prueba?

La pregunta seguía flotando entre los dos.

—Sí.

Sonó más rotundo de lo que había pretendido, pero al decirlo le pareció que era vital para ella.

Stacey se sentía decidida a cambiar después de toda una vida de frivolidad y caprichos. Al fin y al cabo, aprender a montar a caballo y seguir viva tampoco era una operación a corazón abierto o salvar el mundo.

Esbozó una ligera sonrisa para aliviar la tensión.

—Soy la mujer de un ranchero. Tú querías que participara de todo y aprendiera cómo funcionan las cosas –siguió sonriendo–. Hasta ahora, me he quemado un poco con el sol, me he hecho algunas ampollas y tengo un poco de agujetas. Todo eso no es nada, salvo que te incordié anoche. Aparte...

Al oírse decirlo de esa forma se daba ánimos y le quitaba importancia.

La expresión de McClain era tan sombría que tuvo que seguir, consciente de que estaba más apasionada con eso que lo que había estado en su vida con cualquier otra cosa.

—Aparte, lo importante es que conseguí hacer todo lo que me dijiste; conseguí mantenerme montada y lo pasé bien, Oren. Lo pasé muy bien montada en un caballo. Estaba preocupada de no encajar aquí, de que no me gustara nada, pero me gusta, Oren. Me gustó estar ahí fuera y la mañana tan maravillosa que hacía. Me gustó tanto que quiero repetirlo.

Stacey se calló al darse cuenta de que había ido subiendo de tono a medida que se entusiasmaba con su convicción. Estaba dando mucha importancia a algo que sería una nimiedad para cualquiera. Desde luego, lo sería para McClain. Montar a caballo durante una hora sería una ridiculez para unos vaqueros que se pasaban toda la vida encima de uno y no hablaban de ello.

Stacey miró hacia otro lado y se sirvió melón. McClain seguía sin decir nada, pero ella notaba que la atravesaba con la mirada. Seguramente estaría pensando que era una tarada y planteándose por qué se había casado con ella.

—De acuerdo, montaremos a caballo.

Aquellas palabras, apenas murmuradas, hicieron que se volviera hacia él para buscar un gesto de desaprobación en su expresión solemne, pero una débil sonrisa fue iluminando su rostro.

—Lo harás, Stacey McClain.

Ella supuso que era un halago en el idioma de los vaqueros y sonrió prudentemente y con alivio. También notó las primeras chispas de emoción y sintió como si estuviera naciendo algo nuevo y muy bueno.

CAPÍTULO 9

LOS DÍAS siguientes fueron muy buenos, efectivamente, y discurrieron de formas muy distintas que Stacey disfrutó con toda su alma. Por las mañanas, después de desayunar, montaba a caballo y luego iba a alguna parte del rancho en camioneta. Incluso condujo un tractor y le pareció ridículamente divertido.

Las tardes las pasaba en el despacho con la parte administrativa y todos los días había cosas distintas. Por las noches no se quedaban siempre en casa. A veces iban al pueblo a cenar en un restaurante. Una tarde fueron a una barbacoa que daban en un rancho cercano y conoció a algunos de sus vecinos. Comprobó que los amigos de McClain le llamaban Mac u Orie. También comprobó que lo respetaban y lo apreciaban mucho y le emocionó que ese aprecio se lo brindaran a ella sin ninguna reserva.

Les llegaban invitaciones para una cosa u otra y McClain le dijo que le gustaría que ella organizara recepciones parecidas en el rancho.

Hubo dos mañanas que no montó a caballo porque fue con McClain a una feria de ganado en Fort Worth. Se quedaron a ver el rodeo y, naturalmente, McClain la llevó de compras a Dallas.

Cuando tenía algún momento, también desembalaba las cosas que había llevado desde Nueva York y había almacenado en el enorme garaje. Entonces, un cuadro o una antigüedad de los Amhearst se hacía un hueco entre los muebles de Oren. Connie le ayudó a desembalar y colgar su ropa de verano y a repartir la ropa de invierno entre dos de los cuartos de invitados.

Todas las noches se daba un baño de agua caliente porque su cuerpo seguía reaccionando a las nuevas exigencias. Al cabo de un par de semanas, los dolores musculares fueron desapareciendo y los baños eran ya una costumbre placentera más que una necesidad.

No había dos días que fueran iguales y a Stacey le asombraba lo poco que echaba de menos a Nueva York. Parecía como si estuviera ocupada cada minuto del día, pero eran los momentos más tranquilos y felices que recordaba. Además, la relación cada vez más profunda con McClain también era cada vez más cariñosa.

Sin embargo, todo ello tenía dos defectos que pronto empezaron a molestarla. El segundo más preocupante era que todavía no había consumado el matrimonio. La tensión sexual entre ellos a veces era tan explosiva que parecía que iba a estallar, pero McClain siempre se contenía en el último momento.

Si las cosas no hubieran ido tan maravillosamente bien entre ellos, quizá su preocupación habría sido mayor, pero era una preocupación en cualquier caso.

Sin embargo, su mayor preocupación y la verdaderamente profunda era que por muy bien que se encontraran juntos, todavía no le había oído decir nada parecido a «te quiero».

Ella, naturalmente, tampoco lo había dicho, pero ya estaba enamoradísima y tenía que esperar el momento adecuado para decírselo.

Al final, seducir a McClain fue una decisión repentina. Seguramente, él le declararía su amor en un momento de intimidad, como lo haría ella. Le animaba que a él le resultara cada vez más difícil contenerse.

Si bien no tenía ninguna experiencia en nada que no fuera un beso y no daba la imagen de seductora, notaba perfectamente que había que intentar otra cosa. Durante los últimos meses había intentado otras cosas y le habían salido bien, de modo que eso también podía salir bien.

Stacey se miró en el espejo del vestidor. Se había comprado el diminuto pijama cuando estuvieron en San Antonio. Lo hizo por si acaso, lo que quiere decir que lo vio y lo compró por si acaso tenía que recurrir a él.

Los tirantes parecían extremadamente frágiles, pero eran más que suficientes para sujetar ese poco de nada. El escote llegaba hasta donde empezaban los pantalones y la tela era tan transparente que apenas ocultaba lo que tapaba.

Si McClain no lo captaba, el próximo paso tendría que ser la desnudez, aunque la diferencia entre estar desnuda y llevar ese pijama era meramente semántica.

¿Qué pasaría si él le daba un beso de buenas noches y se daba la vuelta para dormir como llevaba haciendo todas esas noches? Stacey no creía que su vanidad pudiera soportarlo.

Nerviosa, apartó un poco el pijama y miró la camisa de cuadros y el pantalón vaquero. Se encontraba muy cómoda con aquella ropa. Se fijó en la nadería que sujetaba entre las manos y decidió que no era su estilo en absoluto, pero que daba la medida de su preocupación por ese asunto.

No había oído los pasos de McClain, amortiguados por la moqueta, y cuando habló se llevó un buen susto.

—¿Qué es eso?

Stacey lo miró y las mejillas le ardieron mientras se daba la vuelta y escondía el pijama en la espalda.

—Ah... bueno... nada importante.

Fue hacia la puerta abierta del vestidor y consiguió ocultarse un poco para dejar el trozo de tela.

–Has dejado algo.

McClain pasó junto a ella para entrar en el vestidor y se dirigió hacia el espejo de cuerpo entero. Stacey se volvió y vio que el pantalón del pijama estaba en el suelo delante del espejo. Se tapó la boca con la mano y se agachó para recogerlo, pero él se dio la vuelta y lo levantó para mirarlo, se sintió humillada.

Sin embargo, se sintió algo más que humillada cuando él se rió y fue hacia ella. Además, bajó la mirada y vio la otra parte del pijama.

–¿Y qué es esto?

A Stacey no se le escapaba la exagerada curiosidad del tono de voz mientras se agachaba para agarrar la parte superior del pijama. Ella se retorcía por dentro cuando él se levantó y tardó un momento en encontrar los tirantes y sujetarlos con cada dedo pulgar.

–Es tan fino que puedo verte a través, cariño.

Stacey no podía contener un balbuceo de vergüenza o histeria. Él bajó un poco el cuerpo del pijama y la miró por encima. La expresión era seria, pero los ojos tenían un brillo burlón.

–¿He estropeado una sorpresa?

Ella consiguió emitir un sonido parecido al chillido de un ratón.

–No... del... todo...

Dio un paso adelante y se lo arrebató de las manos. Abochornada y un poco furiosa, su desesperación se desvaneció.

–Decidí que tenía que ponérmelo para seducirte y dejar de preocuparme por no...

Stacey se calló, espantada de haberlo planteado de aquella manera. Intentó dar marcha atrás.

–Naturalmente, me preocupa que no hayamos hecho el amor. Claro que si se necesita algo tan llamativo para seducirte la primera vez, pues a lo mejor tampoco quiero hacer el amor en esas circunstancias...

Repasó mentalmente lo que acababa de decir y se quedó tan impresionada que tiró aquella cosa al suelo.

–Tampoco quiero decir eso... ¡No sé lo que quiero decir! Salvo que no sé por qué han pasado tantos meses y no... –hizo un gesto de impotencia con la mano–. Empiezo a preguntarme qué sientes; qué sentimos los dos. ¿Tengo que ganarme algo? Me gustaría saber a qué atenerme; tengo que saberlo. ¿Estamos casados o es una cita eterna y llena de insatisfacción?

La inmovilidad de McClain le cayó como un jarro de agua fría. La rudeza de su cara se había petrificado y sus ojos no tenían nada de burlones. Su mirada era abrasadora y parecía un poco peligroso, casi fiero.

Lo veía en sus ojos cuando se olvidaba de ser civilizado y se convertía en un hombre primitivo... primitivo y sexy a más no poder.

Stacey levantó una mano con aire cansino y dejó escapar una risita nerviosa.

–Lo siento. No quería plantearlo de esa manera. Estoy... trastornada. Ilógicamente trastornada y no sé por qué.

–Yo puedo adivinarlo.

Las palabras de McClain parecían más bien un gruñido y Stacey casi se quedó sin respiración.

–No... no me he expresado bien. No he elegido las palabras correctas y me parece que te he dado una impresión equivocada –balbució Stacey atropelladamente–. No, sé que te he dado la impresión equivocada.

–A mí me ha parecido verdadera.

La voz grave seguía pareciendo un gruñido, pero ella tenía la impresión de que estaba tomándole el pelo y no estaba enfadado. McClain se acercó un poco a ella y Stacey notó que el corazón le daba un vuelco. ¿Miedo? ¿Emoción?

–Bueno... sí y no, pero, sobre todo, no. En cualquier caso, no tiene nada que ver con tu...

McClain sonrió levemente, pero no lo hacía porque le divirtiera, ¿o sí?. Stacey retrocedió otro paso. La incertidumbre y la excitación se mezclaban con tanta fuerza que el instinto le decía que saliera corriendo.

Era absurdo. No corría ningún peligro con McClain, pero nunca lo había visto así y no podía estar segura del todo. No sabía cómo manejarlo y eligió la salida que mejor conocía, la cobardía. Stacey se dio la vuelta con toda la calma que pudo para irse hacia las partes más públicas de la casa.

Sin embargo, a esas horas, Connie y Alice ya se habían marchado.

–¿Adónde vas?

Stacey lo miró por encima del hombro y siguió andando, aunque más despacio.

–Al... al salón. Hay un programa de noticias que me apetece ver.

–Yo tengo todas las noticias que le interesan, señorita Stacey.

El gruñido se había convertido en una voz áspera a la que siguió una sonrisa lenta y sexy tan lobuna que supo que no podía fiarse de ella.

Tampoco se le ocurría ninguna respuesta coherente y con la mezcla de nervios, tortura, excitación y ansiedad femenina, le resultaba imposible contener una oleada de risitas histéricas.

–No preguntaré de qué noticias hablas, McClain –se atrevió a decir entre risitas, aunque sin dejar de ir hacia la puerta–. Voy a ver la televisión.

McClain dio tres zancadas, la agarró del brazo y la llevó a la cama entre mordiscos en el cuello que hicieron que ella se riera sin control.

Se tumbó junto a ella, la besó en el cuello, le desabrochó la camisa y siguió besándola hasta que las risitas se convirtieron en jadeos de placer y la besó en la boca. Los juegos dieron paso a algo mucho más serio.

McClain levantó la cabeza para mirarla a los ojos nublados y extasiados. Luego miró lo que acababa de dejar al descubierto y levantó la mano para seguir descubriendo más.

Los besos eran más intensos y profundos. Siguió besándola por el cuello y le dejó una marca invisible para reclamar todo lo que él quería. Casi inmediatamente, ella se cimbreaba debajo de él, lo abrazaba y se dejaba arrastrar por la fuerza de sus manos y de sus besos.

La intimidad se estrechaba cada vez más entre ellos y dejaba a la vista un poco más de cada cuerpo, palmo a palmo, jadeo a jadeo, hasta que no quedó nada que los separara.

Cuando ella creía que no podía haber nada más maravilloso, se unieron como el hombre y la mujer se han unido desde el principio de los tiempos y sus almas se elevaron hacia los cielos donde las maravillas eran millones de resplandecientes rayos de placer. Esas maravillas alcanzaron una intensidad casi insoportable que dejó un regusto dulce e inolvidable mientras iban apagándose como fuegos artificiales en el cielo oscuro. El silencio de la habitación era el ideal para apaciguar los corazones y para que la dulzura se apoderara de ellos hasta más tarde, cuando la necesidad reapareciera con toda su exigencia y volvieran a despegar en busca de las alturas.

Los días siguientes fueron los más maravillosos que había vivido Stacey. Había una cercanía especial fruto de la intimidad plena, una comunicación que ella no había podido prever y los hábitos fueron adaptándose a los cambios.

Rara vez se alejaban uno del otro y hacían juntos todo tipo de cosas, entre otras, ducharse y bañarse desnudos en el riachuelo. Hacían románticas escapadas dentro del rancho y se acostumbraron a tumbarse en la parte de atrás de una camioneta en medio del campo para ver las estrellas; eso si no se dedicaban a placeres más intensos.

Lo único que impedía que la felicidad fuera absoluta era que ninguno de los dos, independientemente de la pasión que sintiera, había confesado su amor como lo hacían todas las parejas del mundo.

Stacey se consolaba con el convencimiento de que McClain la quería porque podía verlo en sus ojos y todo lo que hacía era de hombre enamorado.

Todo era tan perfecto entre ellos que sólo podía deberse al amor. Ella amaba a McClain casi insoportablemente, aunque no le salía decirlo con tantas palabras.

Era un riesgo que flotaba sobre una relación que había nacido por motivos completamente equivocados y que había resultado ser tan extraordinariamente afortunada y tan maravillosamente bendecida que Stacey tenía miedo de que se gafara si decía las palabras «te quiero».

Un día, repentinamente, todas las oportunidades que no había pedido llegaron inesperadamente a su fin.

La llamada telefónica pareció surgir de la nada, aunque ella pronto comprendió que había sido la única en tener esa sensación. Estaban llegando a la casa una hora antes de la hora de la comida cuando Alice contestó una llamada telefónica en la cocina.

–Es para usted, señorita Stacey. Es una conferencia. ¿Quiere contestar en el despacho?

–Sí, ahora mismo voy.

Stacey dejó el sombrero en el perchero del vestíbulo y entró en el cuarto de baño para lavarse las manos. Luego, fue al despacho mientras se preguntaba qué amiga de Nueva York podría llamarla.

–¡Hola! –saludó despreocupadamente.

Sin embargo la llamaba un hombre y no era un amigo.

–¿Señora McClain? Soy el inspector Warren de la policía de Nueva York y tengo algunas noticias sobre su asunto.

Stacey tardó un rato en asimilar lo que había oído. ¿Noticias? Se sentó en la silla giratoria que había detrás del escritorio.

Afortunadamente, estaba sentada, porque las noticias no eran buenas, eran maravillosas. Stacey escuchaba atentamente y sin salir de su asombro, tan concentrada que casi no se dio cuenta de que McClain había entrado y se había sentado en una butaca junto al escritorio.

Aun así, su atónita mirada no lo buscó y se fijó en él hasta que el inspector dijo «McClain».

–Iré lo antes que pueda –farfulló antes de colgar.

Se sentía como si la impresión le hubiera arrebatado toda la fuerza del cuerpo. Si hubiera estado de pie, las piernas se le habrían doblado. Stacey se dejó caer contra el respaldo de la silla y repitió mentalmente toda la conversación. Se habría pellizcado si no hubiera querido oír la confesión de McClain.

–¿Contrataste un detective para que buscara a mi estafador?

McClain tenía una expresión sombría.

–Eres mi mujer. Yo tenía los medios para intentar encontrarlo. El procedimiento hace que algunas veces la ley no sea tan eficiente como una investigación privada, sobre todo en el extranjero.

–El inspector Warren dice que tu detective lo ha encontrado y que la policía de Nueva York ha conseguido su extradición de Brasil. También ha recuperado el dinero. No todo, pero más que suficiente.

–¿Cuánto es más que suficiente?

Stacey sonrió aliviada y emocionada.

–Tanto que con una gestión juiciosa habrá poca diferencia entre el estilo de vida que llevaba antes y el que podría...

Se quedó muda. La seriedad del rostro de McClain indicaba que había captado el mensaje con toda claridad, aunque quizá no fuera el que ella había querido mandarle. Asustada, dio la vuelta al escritorio, se arrodilló delante de él y le tomó las manos.

—Sólo significa que no he perdido la fortuna de los Amhearst y que la última Amhearst no está en la ruina. Sigo siendo tu mujer, pero ahora soy tu mujer rica.

—Todo lo que yo tengo es tuyo, Stacey, y lo fue desde el día que nos casamos —afirmó él solemnemente—. Ayer ya eras rica, multimillonaria. Hoy, eres más rica todavía. La diferencia real es que si hoy tienes dudas o quieres replanteártelo, no tendrías que esperar al divorcio para volver a vivir como siempre has vivido.

Stacey miraba su cara sin saber qué había dicho o hecho para que él dijera eso. Estaba emocionada, aliviada y casi entusiasmada por las noticias, pero no se atrevía a demostrarlo porque en los ojos de él no veía ni alivio ni entusiasmo, sino cierto desencanto y un poco de resignación.

Estaba pensando una forma de preguntárselo cuando él le tomó la mano y sonrió.

—¿Cuándo crees que podrás irte a Nueva York?

La sonrisa la despistó porque indicaba cierta expresión y eliminaba el desencanto. Ella también sonrió con cautela.

–En cuanto me duche y meta algunas cosas en la bolsa. ¿Cuánto tardarás tú?

Él negó con la cabeza.

–Mañana tengo que ir a esa feria. Tendré que pasar dos días en Fort Worth. Luego está el consejo de administración de McClain Oil y no puedo perdérmelo.

–Entonces, esperaré.

La sonrisa de él se convirtió en una mueca y volvió a negar con la cabeza.

–Me subiría por las paredes si supiera que estabas esperándome. Puedo tomar un vuelo a Nueva York dentro de unos cuatro días, si sigues allí.

–No quiero ir sin ti.

–Y yo tengo que hacer esas cosas, cariño –se inclinó hacia delante y le tomó las dos manos–. Tienes que ocuparte de todo. Que tu abogado pague lo que ha hecho. Además, también tienes que conseguirte otro abogado. Nuestro abogado puede decirte cuál es el que te conviene en Nueva York. Le llamaré y le pediré una lista mientras haces la maleta.

Stacey le tomó la cara entre las manos.

–Oren... no tengo palabras para decirte lo agradecida que estoy por lo que has hecho. Si no hubieras contratado a alguien... Incluso si las autoridades lo hubieran encontrado, quién sabe cuándo hubiera recuperado el dinero.

McClain sonrió levemente y ella captó cierta tristeza, aunque no fuera evidente.

—El único agradecimiento que quiero es que vuelvas a casa cuando todo esté organizado.

—¿Adónde iba a ir?

Lo besó con ganas de convencerle de que eso no había cambiado nada entre ellos y de que lo único que quería era volver al rancho con él.

Después del beso, McClain la mandó a hacer la maleta mientras él llamaba a las líneas aéreas. Stacey dio por supuesto que no conseguiría un billete de avión hasta última hora del día, pero después de ducharse y de meter algo de ropa en la bolsa, comieron algo y tomaron la avioneta.

Llegaron a San Antonio con el tiempo justo para facturar el equipaje y darse un beso de despedida. Una vez en el aire, Stacey se sintió fatal. Tenía motivos porque sabía que lo último que tenía que haber hecho era irse a Nueva York sin él.

TODAS las buenas acciones tenían recompensa. Oren pensó que su acción tampoco había sido tan buena y que en parte lo había hecho por su propio interés. Efectivamente, había contratado a uno de los mejores detectives internacionales, pero las primeras pistas tardaron el tiempo suficiente en confirmarse como para que, gracias a su deseable mujer, Oren no fuera capaz de contenerse en sus planes privados.

Si esperó para hacer el amor con Stacey, fue por esas primeras pistas tan prometedoras. Si ella podía recuperar el dinero, él consideraría que lo acertado sería esperar a que ella supiera con certeza lo que quería hacer.

La idea inicial de mimarla quedó fuera de lugar y por eso se propuso ser más escrupuloso con lo demás. Sin embargo, el tiempo fue pasando hasta que se la encontró dispuesta a seducirlo.

Tenía que haberle dicho lo del detective desde el principio, pero no quería que ella se hiciera ilusiones. Haberse arruinado había sido muy doloroso para ella y existía la posibilidad de que no recuperara un céntimo. Por eso no quiso someterla a una tensión innecesaria. Ya había tenido bastante con la investigación policial.

En cambio, ella había aceptado la idea de rehacer su vida con él. ¿Lo habría hecho si hubiera sabido que existía la posibilidad de que recuperara su forma de vida anterior? Quizá se hubiera interesado por el rancho porque creía que no tenía a donde volver, pero se había adaptado a todo tan rápida y entusiastamente que él, egoístamente, no quiso estropearlo.

Él había acabado cediendo y haciendo el amor con ella, pero no le había confesado sus sentimientos. Si ella recuperaba el dinero y lo dejaba, él por lo menos conservaría algo de orgullo. Además, estaba seguro que ella no le ocultaría una confesión de amor y su silencio en ese aspecto era muy significativo.

Ella le había dicho muchas cosas cariñosas con la palabra «gustar». También solía decirle que podría enloquecer por un hombre como él. Stacey tenía muchas formas de decir las cosas, pero nada se aproximaba a una declaración de amor.

Estaba claro que ella tenía una segunda oportunidad. Sin embargo, si una promesa, un anillo de boda y unas relaciones sexuales maravillosas no eran suficientes, entonces, unas palabras de amor tampoco lo serían.

Para ser un hombre que dirigía diestramente un par de pequeños imperios y que solía tomar más decisiones acertadas que equivocadas, tenía que reconocer que no se había cubierto de gloria en lo que se refería a su mujer y a su matrimonio.

Sin embargo, él ya había hecho todo lo que estaba en su mano. Ya había corrido suficientes riesgos y se había equivocado todas las veces que iba a hacerlo. El resto dependía de su mujer.

Nueva York le pareció grande, ruidoso y bullicioso. No le importaba el tamaño, pero el ruido y el trajín de gente le llamaban la atención después de ese tiempo en Texas. La batalla por conseguir un taxi la desesperaba. En el rancho se montaba en un vehículo e iba donde quisiera, lo dejaba aparcado en la calle, nada de aparcamientos, y casi no había tráfico.

En Nueva York había rejas en las ventanas, sistemas de seguridad muy complejos, alarmas en los coches, puertas de acero y detectores de metales. En casa de McClain no había ni una puerta con pestillo y las llaves de todos los vehículos estaban siempre puestas.

El rancho era un lugar inmenso, escasamente poblado, donde los vaqueros se tocaban el borde del sombrero en señal de respeto, la llamaban señora McClain y todo el mundo era franco y amigable.

En Nueva York no tenían cabida las puertas sin pestillo ni los incautos ni las personas demasiado abiertas. Todo el mundo tenía prisa y estaba demasiado tenso como para darse cuenta de los encantos que son corrientes en los pequeños pueblos de Texas.

Ella no recordaba haberse sentido impaciente y crispada cuando había vivido allí. Le encantaba la energía y vitalidad de la gran ciudad y todo le parecía interesante y lleno de vida.

Le sorprendió darse cuenta de lo abrumador que era todo. El sol no brillaba y no era sólo por los edificios gigantescos. Podía notar el humo, pero a lo mejor le parecía exagerado por contraste con el aire limpio, aunque a veces un poco polvoriento, de Texas.

En general, todo lo que antes le resultaba conocido y adorado, en ese momento le parecía raro e incomparable con su vida en el rancho.

Stacey tampoco se encontró mucho más cómoda con sus amigas. Se sintió como si hubiera entrado en un universo desconcertante. Ya no le interesaban nada esas cosas. Ya no le interesaban las exposiciones ni la última colección del modista de turno ni los éxitos de Broadway. Le interesaban más los caballos, las ferias de ganado y la lluvia, lo cual, era más que sorprendente.

Además, había empezado a pensar en los hijos. La imagen de un niño o una niña morenos se le presentaba con cierta frecuencia y le emocionaba la idea de una familia. Por lo tanto, cuanto más tiempo estaba en Nueva York, más convencida estaba de que quería criar a sus hijos en el rancho y de que nunca los mandaría a un internado como habían hecho con ella.

Se quedó impresionada al darse cuenta de lo lejos que había llegado con sus planes. Sobre todo, cuando llevaba cinco días en Nueva York y McClain tenía que aparecer todavía. Su excusa de que no podía dejar las cosas que tenía que hacer le parecía más endeble cada vez que pensaba en ella.

Al principio se sintió un poco ofendida, pero cayó en la cuenta de lo que podía estar pasando y se tranquilizó. No había hablado con él desde el día anterior y ya no lo haría hasta que lo viera.

Lo que la mantenía en pie era el profundo deseo de volver a estar con él y de aclarar un par de cosas entre ellos. Eso y la idea de los hijos.

Ya había hecho todo lo que tenía que hacer en Nueva York. En cuanto pudo, tomó un taxi y recogió el equipaje del hotel.

Oren había tenido un día de perros con un caballo. Luego volvió a casa, se duchó, cenó solo y salió a una reunión de ganaderos. Los problemas con el caballo eran culpa suya. Estaba demasiado distraído para tratar con un animal tan poco dócil y al final había tenido que dejarlo para no estropear lo poco que había avanzado.

Había intentado hablar con Stacey durante todo el día, pero en el hotel le dijeron que lo había dejado esa mañana. Quizá hubiera decidido quedarse con alguna amiga. Había intentado localizarla en el teléfono móvil, pero le salía el buzón de voz.

Quizá tuviera que acostumbrarse a no tenerla a su disposición siempre que quisiera. No sabía cómo le había ido con sus amigas porque ella no le había contestado cuando se lo había preguntado. Parecía más interesada en hablarle de sus asuntos. Naturalmente, también podía deberse a que él tampoco le había hablado de lo que había hecho cuando volvió de la feria de ganado y del consejo de administración. No había mentido realmente sobre lo de no haber podido ir a Nueva York el día anterior, pero la excusa de la reunión de ganaderos había sido muy mala.

Los dos se escabullían y eso era muy significativo para él. No era una buena señal. Estuvo a punto de llamar a las líneas aéreas para saber si había tomado un billete para Texas, pero decidió que eso era ir demasiado lejos. No iba a espiarla. Si ella no quería decirle lo que hacía, no lo haría. Igual que podía quedarse con él para siempre si quería. O no.

Cuando llegó a la solitaria casa después de la reunión, eran más de las nueve. Al entrar en el vestíbulo, vio un papel en el borde de la mesa y otro en el suelo junto a la pata. Se acercó para dejar el sombrero en la mesa y cuando fue a recoger los trozos de papel comprobó que al lado de ellos había un pétalo de rosa. En el primer papel estaba escrita la frase: «Él me ama».

Sonrió de emoción y la tensión de su cuerpo dio paso a una embriagadora sensación de placer. Stacey estaba en casa. Se agachó para recoger la segunda nota y el pétalo: «Él no me ama». Se le borró la sonrisa de los labios. Se levantó para mirar por todo el vestíbulo. Podía ver más papeles y pétalos por la moqueta. Dejó los dos primeros papeles y pétalos encima de la mesa y fue a ver adónde llevaban los demás.

«Él me ama»; «Él no me ama»...

Era el típico juego de enamorados sólo que con pétalos de rosa en vez de con una margarita. Oren se moría de ganas por verla, pero intentó resistir el impulso de dejar el rastro de pétalos y papeles para ir directamente al dormitorio.

Sabía que la encontraría allí, pero ella se había tomado aquella molestia –¿cuánto habría tardado en hacer todos los papeles?– y él haría todo lo que ella quisiera. No iba a estropeárselo a ella ni a él mismo.

Le costó más de lo que se había imaginado. Tuvo que recorrer toda la casa, del salón al vestíbulo y al ala este. Él ya había captado perfectamente el mensaje. Stacey no sabía si él la amaba y esa cantidad de pétalos y mensajes indicaban una preocupación casi infinita con ese asunto.

La dicha que sentía no se parecía a nada que hubiera sentido en su vida, pero aumentó cuando dio la vuelta a la esquina del pasillo y vio una luz tenue en el dormitorio.

Stacey estaba tumbada boca abajo en la cama y rodeada de un montón de pétalos de rosa. Ella se apoyaba en los codos mientras arrancaba pétalos de una rosa. No podía oírla, pero sí podía leer sus labios.

Oren se acercó lentamente y ella levantó su mirada azul. El olor de las rosas era especialmente intenso. El camisón de seda que llevaba puesto era nuevo y el escote era tan profundo que no veía dónde acababa. Tampoco le importaba nada no verlo porque con lo que veía estaba más que satisfecho.

Stacey se sentó en los talones y lo miró con una sonrisa.

–¿Has recibido mis mensajes?

McClain se tumbó de costado a través de la cama. Los pétalos que aplastó dejaron escapar un olor más fuerte todavía. Se apoyó la barbilla en un puño y la miró.

–Todos y cada uno, cariño –Stacey percibió lo ardiente de su mirada–, pero ya no sé por dónde vas con los pétalos.

Stacey hizo un esfuerzo para no arrojarse en sus brazos. Hasta ese preciso instante no se había dado cuenta de lo muchísimo que lo había echado de menos.

Cada segundo que había pasado lejos de McClain había sido un esfuerzo para no volverse a Texas. Tenía que resolver un asunto y se había prometido ocuparse de sus cosas, al precio que fuera.

Necesitó más dominio de sí misma para llevar a cabo ese pequeño juego romántico. Había esperado mucho tiempo y no iba a dejar que ninguno de los dos soltara el anzuelo hasta que hubieran terminado.

Sobre todo, cuando su matrimonio ya no tenía nada que ver con el dinero. Decidió que había sido una suerte que ninguno de los dos hubiera dicho aquellas palabras, especialmente ella, porque cuando se declarara, McClain estaría seguro de que lo hacía por verdadero amor.

Ella ya sabía que todo lo que McClain había hecho desde el principio había sido por amor, aunque no lo hubiera dicho con palabras. ¿Las diría en ese momento?

El anhelo de que él lo abrazara hizo que diera un paso hacia el premio.

–No estoy segura de que importe mucho si el pétalo dice me quieres o no –dijo ella con calma.

–Seguro que sí importa –replicó él antes de agarrar la rosa intacta que había junto a ella.

Se la acercó para olerla, la miró cuidadosamente para elegir un pétalo y lo arrancó. Clavó los ojos en los de ella.

–Ella me quiere.

Tiró el pétalo entre los dos y arrancó otro.

–Ella no me quiere.

La tiró por encima del borde de la cama como si lo despreciara y Stacey dejó escapar una risita nerviosa.

Lo repitió con todos los pétalos hasta que quedó uno.

–Este debería predecir y asegurarme que vas a decirme que me amas. Como el último tuyo predice y asegura que yo voy a decirte que te amo –dijo Oren con una sonrisa–. Yo sé que el último pétalo que tienes en la mano dice que te amo, así que terminaste con el pétalo acertado.

Stacey sintió una oleada de emoción. Ese juego tan tonto había resultado ser, casi, una declaración.

Sin embargo, ella sabía que el último pétalo de Oren decía que ella no lo amaba e intentó que eso no empañara la diversión.

Oren se rió, como si supiera lo que estaba pensando ella.

–Estoy seguro de que has seguido lo que decían los pétalos y, desde donde estás sentada, parece que este pétalo dice que no me quieres. Supongo que estás decepcionada, a no ser que sea verdad que no me quieres...

–Oren... ha sido una bobada, una forma de empezar algo. No importa cuál sea tu último pétalo porque te amo y llevo mucho tiempo esperando para decírtelo.

Apartó la rosa para acercarse a él, pero McClain levantó la mano para detenerla.

–Mira, cariño –levantó la rosa con el único pétalo para que ella lo viera mejor.

Ella comprobó que el último pétalo no lo era en realidad y que había dos. Estaban tan juntos que parecían uno. McClain había estado tomándole el pelo.

–Ella no me quiere –dijo mientras tiraba uno de los pétalos fuera de la cama–. Ella me quiere –arrancó el último pétalo y se lo guardó en el bolsillo de la camisa antes de tirar el tallo al suelo–. Ahora, arranca ese pétalo que también dice que me quieres y guárdalo en el bolsillo con el mío.

Stacey arrancó el último pétalo y tiró el tallo con la esperanza de que cayera junto al de McClain. Luego, se acercó a él para guardar el pétalo en el bolsillo de su camisa y, entonces, él apretó la mano de Stacey contra su pecho.

–Estoy enamorado de ti, cariño, y lo he estado desde la primera vez que te vi, cuando entré en aquella fiesta tan ostentosa en Nueva York y alguien me presentó a una rubia preciosa. Ella me miró a los ojos, extendió su gélida mano, sonrió y dijo: «Bienvenido a Nueva York, señor McClain».

Me enamoré perdidamente –le tomó la mano y se la besó sin dejar de mirarle a los ojos–. Sigo enamorado de ti, mi amor, y creo que siempre lo estaré.

A Stacey le escocían los ojos, pero no podía hacer otra cosa para contener las lágrimas.

–Oren... te amo. Estaba tan emocionada... esa noche. No había conocido a nadie como tú. Ahora creo que me enamoré de ti en ese momento, pero no creía en el amor a primera vista y estaba espantada y abrumada por lo que sentía.

No podía evitar las sensaciones que se apoderaban de ella, sensaciones que eran una mezcla de amor y felicidad con un toque de remordimiento por haberlo rechazado la primera vez que le propuso que se casara con él.

–Me sentí fatal por rechazarte la primera vez y luego volviste cuando yo necesitaba a alguien y sabía que no me merecía una segunda oportunidad. Yo sabía que me gustabas, pero no me permitía sentir lo que sentía de verdad. No podía olvidar lo mucho que me impresionabas y aun así fui capaz de tomar la decisión, fría y egoísta, de permitir que me rescataras –notaba que los ojos le rebosaban de lágrimas de felicidad–. Quizá lo que me abrumaba fuera la presión de lo que sentía por ti, porque cuanto más me dejaba llevar por lo que sentía hacia ti, menos abrumada me sentía –esbozó una sonrisa vacilante–. Te quiero muchísimo,

Oren, muchísimo, pero... –dejó que el silencio se espesara unos instantes–. Empiezo a preguntarme si vamos a dejar de hablar de una vez y vas a besarme. Hace años que no estoy en tus brazos.

La sonrisa se borró repentinamente del rostro de McClain.

–Creía que nunca iba a llegar a esa parte, señora McClain.

Se abrazaron y empezaron a rodar entre pétalos de rosas mientras se devoraban con besos hasta que Oren se separó, soltó una maldición y se quedó quieto. En el camino había perdido casi toda la ropa. Stacey sólo podía perder el liviano camisón y hacía rato que había desaparecido por el borde de la cama.

Oren se soltó de ella y se llevó la mano a la espalda. Un segundo después levantó el tallo de la rosa que Stacey creía haber tirado al suelo y la miró con un brillo burlón en los ojos entrecerrados.

–Recuérdame que mire bien el suelo cuando te lleve en brazos a la ducha dentro de un rato.

Volvió a besarla y pasó mucho tiempo antes de que los dos pensaran en otra cosa que no fuera darse placer el uno al otro.

Tendrían por lo menos cincuenta o sesenta años de noches como ésa, pero sólo pasaría un mes antes de que empezara a sentir mareos por la mañana. Cuando se dieron cuenta del motivo,

echaron cuentas y comprendieron que aquella noche había sido el principio de otra cosa maravillosa entre ellos.

La felicidad pudo haber sido completa cuando
llegó el primer hijo, pero con los años aprendie-
ron que los límites de su felicidad iba a ampliarse
cada dos años aproximadamente hasta que tres niños morenos entraron en sus vidas.

Luego, llegó la sorpresa de la niña, que nació
cuando el menor de los niños empezaba a ir al jardín de infancia. En el preciso momento que la en-
fermera la dejó en los brazos de su padre, se pudo
notar que era la niña de sus ojos.

JAZMÍN.

SHIRLEY JUMP

SEGUNDO
AMOR

HARLEQUIN™

CAPÍTULO 1

EL RATÓN ganó. Por incomparecencia de su rival.

Si el timbre no hubiera sonado, Anita Ricardo estaba segura de que le habría vencido. Entonces, habría logrado apuntarse un tanto en un día tan caluroso y funesto como aquél.

Bueno, quizá medio tanto.

El timbre volvió a sonar. No tenía nada que ver con la melodía armoniosa del timbre del apartamento en el que había vivido en Los Ángeles. El lugar al que había tenido que renunciar para trasladarse a Mercy, Indiana, para comenzar una nueva vida.

Desgraciadamente, en aquel instante, una nueva vida significaba tener que vivir de alquiler en una casa destartalada con un ratón como compañero de piso.

¡Vaya!, puesto de aquella manera, su vida parecía el argumento de un culebrón de mala calidad. Anita se puso de pie, se acercó a la puerta, agarró el pomo y tiró. La puerta se negó a moverse. Por segunda vez en aquel día, la humedad de finales de agosto había hinchado la madera de tal manera que resultaba imposible abrir la puerta. La primera vez, lo había logrado con un pequeño empujón. Pequeño porque ella no era una mujer grande. Medía un metro sesenta y pesaba unos cincuenta kilos.

El timbre sonó por tercera vez y Anita tiró del pomo con las dos manos.

–Un momento –gritó.

Quizá fuera el fontanero que venía a hacer algo con el óxido que salía por el grifo. O el electricista que el dueño había prometido enviar para arreglar los interruptores antes de que le diera un calambre. O, incluso, si Dios quisiera, podría tratarse del operario de telefónica que venía a conectarla con el mundo exterior.

Anita tiró con fuerza. La puerta se movió un milímetro. Empujó con más fuerza y... el pomo se rompió y se quedó con él en las manos.

–¿Hola? –dijo la voz temblorosa de una mujer desde el exterior.

–Un momento, por favor. Tengo un pequeño problema –intentó volver a colocar el pomo en su sitio, pero le resultó imposible. Se inclinó sobre la puerta, acercó el ojo a la mirilla y vio...

Una lata de jamón de York.

–¿Quién es? –preguntó Anita a la lata.

La lata se hizo a un lado, dejando paso a un ojo cubierto de arrugas.

–Hola, querida. Bienvenida a Mercy –la mujer se enderezó y volvió a colocar el jamón enfrente de la mirilla–. Soy del comité de bienvenida de Mercy.

–¿Tiene un destornillador?¿ O... un mazo?

–¿Ha dicho «mazo», querida?

–No importa. Voy a abrir la ventana –Anita sabía muy bien que la puerta trasera estaba igual de atascada; ya la había intentado abrir aquella misma mañana.

Quitó el pasador de la ventana y, después de un par de tacos y un buen empujón, logró abrirla. Con un ligero esfuerzo salió al exterior.

La mujer ni siquiera pestañeó al verla aparecer de aquella manera tan poco convencional. Debía tener unos ochenta años y llevaba una bata de flores brillantes.

–Aquí tiene, vecina –le puso una cesta en los brazos–. Me llamo Alice Marchand.

Anita trastabilló un poco bajo el peso inesperado de la cesta que estaba llena hasta arriba de comida y cosas para la casa.

Anita sintió ganas de llorar por la emoción.

Qué locura. Tenía calor y estaba cansada y empapada en sudor. Nada más. Un buen vaso de limonada y una buena comida y volvería a ser la mujer optimista de siempre.

–Muchas gracias, señora Marchand.

–Oh, no. No estoy casada. Nunca encontré un hombre al que pudiera soportar –se acercó más a ella y le guiñó un ojo–. Además, todavía estoy esperando a mi príncipe azul.

Anita se rió.

–La cesta es preciosa. Muchas gracias de nuevo.

–No es nada. Sólo un poco de hospitalidad de Indiana –la señorita Marchand se inclinó hacia la cesta y señaló al interior–. Hay mermelada de naranja de mi vecina Colleen y un pan hecho espe-

cialmente por las señoras de la iglesia presbite-
riana. Ah, y un cupón para el salón de belleza de
Flo. Aunque ya no es lo mismo desde que Claire
se marchó; es la persona que vivía en esta casa,
¿sabe? La nueva chica, Dorene, lo hace lo mejor
que puede, pone todo su empeño, pero no es
Claire –la señorita Marchand se atusó su peinado
con una mano–. Echa demasiada laca. Ten mucho
ojo.

–Lo tendré en cuenta –habría invitado a la mujer a un vaso de limonada, pero no creía que una
persona de esa edad pudiera trepar por una ventana.

–¿Le apetece tomar algo? Puedo entrar y...

–Parece que ya tiene las manos muy ocupadas.
Y, dentro de poco, las tendrá aún más –hizo un
gesto hacia la tripa de Anita.

Anita miró hacia sus pantalones cortos y su camiseta enorme. Acababa de empezar su séptimo
mes de embarazo y toda su ropa se le había quedado pequeña. Sin embargo, aún no había comprado nada de embarazada. Las cosas amplias eran
bastante cómodas y lo mejor para su apretado presupuesto.

–¿Cómo ha sabido que estaba embarazada?

–Intuición femenina. Eso por no hablar de las
pequeñas pistas que hay sobre el balancín –dijo la
mujer señalando un par de libros sobre embarazos
que Anita había dejado allí esa mañana. Además,
al lado, había dos pares de patucos a medio hacer,
uno rosa y el otro azul.

–¡Ah, eso! Yo...

La señorita Marchand agitó una mano en el aire para quitarle importancia.

–No hace falta que me dé ninguna explicación. Es bonito ver a alguien joven hacer algo a mano –dijo–. Que tenga un buen día. Ah, y si necesita ayuda o alguna reparación, llame a John Dole. Aquí está su número. Ahora que está retirado, trabaja haciendo arreglos en las casas. Es el hombre más encantador que haya conocido jamás, y con los hijos más inteligentes que haya visto nunca. Yo lo sé bien. Todos pasaron por mi clase de biología con nota. Bueno, incluso Claire se casó con uno de ellos –dijo con una sonrisa–. Siempre fue una chica brillante.

–¿Ha dicho John *Dole*? –dijo Anita sin poder respirar–. ¿Tiene algún hijo llamado Luke?

La señorita Marchand asintió.

–Sí. Y otro que se llama Mark y Nate y Katie. Qué familia, los Dole. Si alguna vez llega a conocer a alguno de ellos lo querrá con locura.

–Ya me ha pasado –en un instante, Anita vio la cara de Luke de nuevo, en la penumbra de su oficina. Aquel beso... no, no fue sólo un beso, fue algo más, como una erupción abrasadora de deseo. Un beso, nada más, pero había sido suficiente para asustar a Luke y desbaratar el mundo perfecto de Anita.

–¿Vive... vive aquí?

Pues sí, querida. Vive a un par de manzanas de aquí. Es la casa blanca de la calle Cherry. Deberías pasarte por allí para saludarlo. Si sois viejos amigos... –la frase terminó con una suave entonación interrogativa al final.

–En realidad. Él es el culpable de que yo esté aquí.

–¡Oh! –la señorita Marchand miró directamente a su barriga.

–Oh, no. Éste no es su bebé –dijo con una carcajada–. Cuando lo conocí en California, hablaba muy bien de Mercy, como si esto fuera el paraíso. Al menos, en comparación con Los Ángeles. Por eso estoy aquí –se llevó una mano al vientre.

–¿Sabe él que está aquí?

–No. Yo... bueno, no he tenido la oportunidad de decírselo.

No había pensado verlo. De hecho, los hombres nunca estaban en sus planes. Lo único que le importaba a Anita era encontrar un lugar agradable donde su hijo pudiera crecer feliz, rodeado de buena gente. De momento, Mercy parecía cumplir todas sus expectativas.

–Bueno, yo no me preocuparía por eso –le dijo la mujer con un guiño–. Por aquí las noticias vuelan. Seguro que Luke vendrá pronto a hacerle una visita.

Anita lo dudaba, pero no expresó su opinión en voz alta.

–Esta cesta tiene un aspecto estupendo. Muchas gracias por la bienvenida.

El comentario no animó a la señorita Marchand a cambiar de tema.

–Si quiere hablar con Luke, puede llamar a John. Luke está allí, con su familia. Ese joven acaba de pasar por un momento muy difícil –tiró de una correa de piel y el pequeño perro salchicha, que Anita no había visto hasta entonces salió de detrás de la mujer, moviendo la cola, ansioso por seguir su camino. Cuando la señorita Marchand llegó a la acera, volvió la cabeza hacia ella.

–Tiene el número justo detrás del jamón.

Se despidió con la mano y se alejó acera abajo. Anita permaneció un rato en el porche, abrazada a la cesta de comida.

En Los Ángeles, nadie habría tenido un gesto así. Sus vecinas nunca se le habían presentado, ni le habían ofrecido el teléfono de alguien capaz de arreglarlo todo. Eso le demostraba, una vez más, que había tomado la decisión correcta para su bebé y para ella.

Un chirrido claro sonó a sus espaldas. El ratón estaba sentado en el alféizar de la ventana, arrugando la nariz, observándola. Pestañeó varias veces y, después, levantó su hocico puntiagudo, olisqueando.

–No te hagas ilusiones –le dijo Anita–. No pienso compartir nada.

El ratón bajó la cabeza y se dirigió hacia ella. Al hacerlo, a Anita le pareció muy delgado y hambriento. Y solo.

Anita buscó en la cesta y encontró un paquete de galletas saladas.

–Bueno, pero sólo una.

Sacó una galleta del paquete y lo tiró al suelo del porche. El ratón se dirigió hacia ella. Anita metió la cesta por la ventana y, cuando estuvo dentro, la cerró.

«Ajá». Quizá no tuviera agua caliente. Ni una

puerta que poder abrir. Ni electricidad en la que confiar. Pero había logrado engañar a un astuto ratón.

Estaba segura de que aquélla era una señal de que su vida iba a mejorar. Si no era así, tenía una linterna, un abanico y un montón de galletas para salir al paso.

Luke Dole había estado paseándose por la moqueta del dormitorio de su hija durante los últimos veinte minutos. Repasó por enésima vez los sitios donde podría estar Emily pero no logró nada.

Se había marchado justo al salir del colegio. Cuando a los cinco minutos lo llamó el director, Luke supo por qué había desaparecido. Sólo una semana de curso y ya la habían expulsado por mal comportamiento.

Eran las diez y media, una hora y media más tarde de la hora a la que tenía que estar en casa, y no tenía ni idea de dónde podía estar. Ya había salido a buscarla una vez y no la había encontrado. Había vuelto a casa con la esperanza de encontrarla allí, pero la cama todavía estaba hecha y faltaban sus sandalias del armario junto a la puerta. Por la cabeza se le pasó de todo.

–Me recuerda a cuando yo tenía que esperaros a ti y a tu hermano.

La voz de su padre lo hizo dar un respingo. Se dio la vuelta y se encontró a John Dole en la puerta, con un batín azul marino y un vaso de agua en la mano.

–¡Papá! No te he oído levantarte.

–Bueno, yo si te he oído a ti. Parece que aquí hubiera una manada de elefantes –dijo el hombre mientras se dirigía a la cama de su nieta–. Seguro que está bien, Luke –le dijo mientras se sentaba sobre el edredón gastado de Barbie; demasiado infantil para un hombre de su corpulencia.

–Ya hace más de una hora que debería haber llegado. ¿Dónde puede estar? Creo que voy a llamar a la policía.

–Mercy no es Los Ángeles, Luke. ¿No te acuerdas de cuando tenías doce años? Mark y tú siempre estabais por ahí, construyendo fuertes, cazando ranas, persiguiendo al pobre perro de la señorita Tanner...

Luke se rió.

–Creo que la señorita Tanner todavía está enojada con nosotros por eso.

–De todas formas aquel perro era insoportable. Se pasaba el día ladrando, por el amor de Dios –le dio un trago al vaso y, después, lo dejó sobre la mesilla de su nieta.

A Emily le había encantado la habitación cuando se la regalaron a los siete años. Pero, ahora, sólo era un motivo más de discusión. Luke detestaba que no le diera importancia a la ilusión con la que Mary y él se la habían comprado.

Su padre se puso de pie y se acercó a él.

–Emily está pasando por un mal momento. Ha perdido a su madre cuando más la necesitaba.

–Yo también he perdido a Mary, papá. No sé qué hacer. No sé cómo ser padre y madre a la vez

–había llevado aquella carga él solo durante dos años–. Siempre lo estropeo todo.

–Los dos tenéis que solucionar un par de cosas, eso es todo. Todo pasará.

Luke había oído aquellas palabras infinidad de veces. Se lo habían dicho desde el psiquiatra que había atendido a la niña después de la muerte de Mary, hasta los maestros y directores que habían intentado que recuperara su nivel en la escuela o que mejorara su comportamiento rebelde. También se lo habían dicho los vecinos que pensaban que llevándoles comidas calientes se iba a solucionar el problema. Se había mudado a casa de sus padres con la esperanza de que le ayudaran a derribar el muro que Emily se había construido a su alrededor.

Quizá no era la persona apropiada para criar a Emily. Quizá otro hombre...

Aquel pensamiento casi le rompe el corazón. Hundió la cara entre las manos mientras una angustia terrible le oprimía la garganta.

–¿Cuándo, papá? ¿Cuándo va a volver todo a la normalidad?

Los ojos de John brillaron.

–Ojalá pudiera darte esa respuesta –agarró a su hijo con fuerza–. Ve a buscar a Emily. Habla con ella. Nunca he visto a dos personas que se necesitaran más el uno al otro.

Qué cierto era aquello. Cada uno de ellos era lo que el otro necesitaba y, aun así, seguían rechazándose, como si estuvieran peleándose por el último salvavidas en un barco que iba a pique.

Luke se dirigió hacia la puerta.

Una vez más, se recorrió con el coche las calles de Mercy. Era una ciudad pequeña, con apenas seis mil habitantes, así que, no había muchos sitios donde buscar. Durante media hora, no vio nada en la calle, aparte de algún perro. Después, en la esquina de la calle Lincoln con Lewis, vio una figura familiar, con el pelo fucsia y una camiseta naranja, colándose por la ventana de una casa.

Era donde había vivido Claire Richards hasta que se casó con el hermano gemelo de Luke, Mark. La casa se había venido abajo desde que Claire la dejó hacía doce meses. Ahora, según le había dicho su madre, había un nuevo inquilino. Aunque, no estaba seguro si le había dicho que ya vivía allí o estaba a punto de llegar.

La casa estaba a oscuras. Emily debía verla como un escondite perfecto.

Luke aparcó el coche delante de la casa contigua. Rodeó la casa y se fue a meter por la ventana por la que había visto entrar a Emily.

Anita pegó un bote en la cama. El ruido provenía del dormitorio de al lado, el que había comenzado a preparar para convertirlo en su oficina. Demasiado fuerte para un ratón. A menos que el ratón hubiera invitado a un montón de amigos.

El corazón le repicaba con fuerza en el pecho.

Por su mente pasaron imágenes de su inevitable fallecimiento: un policía meneando la cabeza ante el cadáver, los titulares de los periódicos de Mercy compadeciéndose por la muerte de su vecina más reciente.

Anita tomó aliento para aclarar sus ideas.

Un arma. Necesitaba un arma. A la luz de la luna que se colaba por las ventanas sin cortinas, no vio nada que pudiera servirle. A menos que esgrimiera un par de sandalias rojas con tacones de aguja.

Entonces, en la esquina, descubrió una caja con una etiqueta en la que se leía: cocina.

¡Eureka!

Anita se levantó de la cama y se acercó a la caja. Entonces, volvió a oír otro ruido. Esperaba que no se tratara de Jack el destripador con mejores herramientas que ella. Abrió la caja y agarró lo primero que encontró: una sartén antiadherente.

Se dirigió hacia la puerta blandiendo la sartén en una mano mientras que con la otra se sujetaba el estómago para contener las náuseas. Salió sigilosamente de la habitación y fue hacia la puerta de al lado. Como un policía de una película de acción, se pegó a la pared, asomándose por la esquina del pasillo, con la sartén lista para el ataque.

Al principio, no vio mucho, pero, luego, vio que un hombre se estaba metiendo en la casa por la ventana. Un hombre grande. Anita cruzó la puerta de puntillas y se dirigió hacia él en silencio.

El hombre no notó su presencia. Estaba demasiado ocupado refunfuñando. Hizo una pausa en el alféizar y Anita aprovechó la oportunidad. Antes de pensárselo dos veces, levantó la sartén y la dejó caer con todas sus fuerzas. Sin embargo, su fuerza, o quizá su conciencia, flaqueó en el último segundo y lo que habría sido un golpe letal se convirtió en poco más que un coscorrón.

El hombre dejó escapar un grito de dolor, levantó las manos para protegerse contra un nuevo ataque y se lanzó hacia delante cayendo pesadamente sobre el suelo de madera.

Anita levantó la sartén lista para golpear de nuevo. Después, dudó un instante.

En el suelo de su casa había un hombre. Un hombre grande. Si lo dejaba fuera de combate, ¿cómo diablos iba a sacarlo? Y eso si lograba abrir la puerta. También podía llamar a la policía, pero todavía no tenía línea y, además, en Mercy no había una comisaría de policía como tal. Quizá debía ir a por los tacones de aguja y amenazarlo para que él sólo se largara.

Pero, primero, tenía que actuar con inteligencia. Debía obligarlo a arreglar la puerta. Y, quizá, a mover la mesa de la cocina al otro lado de la habitación. De vez en cuando, su decisión de vivir sin un hombre presentaba algunos pequeños inconvenientes logísticos.

Anita levantó la sartén más arriba. Y si las cosas se ponían feas, podía atarlo con el cable inservible del teléfono y dejarlo para el ratón.

–¡Oye! ¡Ése es mi padre! –gritó una voz femenina a sus espaldas–. No lo golpees.

Antes de que Anita pudiera reaccionar, notó que una chica, no mucho más alta que ella, le quitaba la sartén de las manos.

El hombre del suelo gruñó. Se llevó una mano a la cabeza y se giró en el suelo.

–¿Quién eres tú y qué estás haciendo en la casa de…? –se echó hacia delante, pestañeando–. ¿Anita?

Ella conocía aquella voz. Y aquella cara. No podía ser. Imposible. El corazón le repiqueteaba en el cerebro. El hombre que estaba en el suelo no era ningún ladrón. Se trataba de…

–¿Luke?

–Papá. No hables con ella. Está loca. Eso por no mencionar que ha intentado matarte –la chica dejó la sartén en el suelo y se dirigió hacia su padre. Anita se acordaba de ella. La había visto en un par de ocasiones cuando todavía llevaba dos coletas. Ahora se acercó a Luke, sin tocarlo, fingiendo indiferencia pero, obviamente, preocupada.

–¿Estás… bien?

–Sí –Luke se levantó, sacudiéndose los pantalones.

Se giró hacia Anita con la boca y los ojos abiertos por la impresión.

–Si ésa es tu manera de decir hola, no me gustaría ver cómo dices adiós.

LUKE no se molestó en ocultar la sorpresa que le había causado encontrarse con Anita en Mercy. ¿Hacía más de un año que no la veía y ahora vivía al lado de su casa? ¿Qué se había perdido?

–¿Qué estás haciendo aquí?

–Vivo aquí.

–¿Por qué?

–¡Oye! Que has sido tú el que ha entrado en mi casa por la ventana –dijo ella mientras se agachaba para recoger la sartén. La luz de la luna que se colaba por la ventana le iluminó el rostro con un suave brillo–. Puesto que yo tengo la sartén, seré yo la que haga las preguntas. ¿Por qué estabas colándote por la ventana de mi estudio?

–Estaba buscando a Emily –le lanzó al pelo de su hija una mirada cargada de reprobación. La chica se encogió de hombros y se entretuvo haciendo círculos con el pie en el suelo–. La vi entrar por la ventana y vine detrás de ella.

–Sólo estaba buscando un lugar donde esconderme.

–¿Crees que así vas a evitar el castigo? –le preguntó Luke–. ¿Por eso? –preguntó señalando el pelo fosforescente de la muchacha.

Emily dejó escapar un resoplido de disgusto y se cruzó de brazos.

–Odio mi vida.

Luke sintió que le hervía la sangre.

–Emily Anne, ve al coche ahora mismo. Te voy a encerrar durante los próximos cien años.

–No puedes obligarme a nada –dijo la chica con los puños apretados.

–¡*Emily*!

Anita dio un paso hacia delante y dejó la sartén en una caja. Levantó una mano, como si fuera a tocar a Luke, pero después la retiró. Él se sintió decepcionado.

Quizá el golpe en la cabeza le había aflojado un par de tornillos.

–Voy a por hielo para tu cabeza –dijo ella– y a por limonada para todos. Después, cuando nos hayamos calmado, podemos comenzar de nuevo.

Igual que había hecho tantas veces mientras había sido la consultora de marketing para la empresa de Luke y su hermano. Anita sabía quitarle fuego a una situación con un par de palabras. La habían contratado para el lanzamiento de la empresa, hacía seis años, y ella se había quedado incluso cuando no había habido dinero para pagarla. Se había quedado porque era una amiga.

Y durante un breve periodo, mucho más que eso para Luke. Pero, entonces...

Alejó esos pensamientos de su mente. No pensaba meterse allí, ni en ese momento ni nunca. Su única prioridad era Emily. Las mujeres, y aquélla en particular, no encajaban en la ecuación.

Eso era exactamente lo que le había dicho a

Anita y lo que se había dicho a sí mismo hacía un año y medio. Al mirarla en aquel momento, sentía que necesitaba recordar sus motivos.

¿Por qué se había ido ella a vivir a Mercy? ¿Por qué en aquel pueblo de entre todos los miles de pueblos que había en el país? ¿Estaba allí para retomar las cosas con él? O lo que era peor, ¿para echarle en cara lo desagradable que había sido con ella al cortar la relación como lo hizo? Decidió no preguntar, por si acaso la respuesta no era apta para menores.

Le dolía la cabeza, justo donde le había golpeado con la sartén.

—Me has dado un buen golpe —le dijo mientras se frotaba el chichón incipiente.

Anita se volvió con una sonrisa.

—Y eso que no te di con todas mis fuerzas.

Quizá fuera la intimidad de la luz de la luna o la suavidad de sus facciones, pero su sonrisa hizo que se le encogiera el estómago como hacía mucho tiempo que no le pasaba.

Anita estaba allí. De nuevo en su vida.

Sentía un millón de emociones diferentes, como si fuera una explosión de fuegos artificiales.

Ahora debería marcharse, antes de que empezara a ahondar en el tema en el que no quería pensar. Pero sus pies seguían moviéndose hacia delante, como si tuvieran vida propia.

En un segundo, ya estaban en la cocina. Adelantó a Anita y tiró de la cadena de la lámpara del techo que a la vez era un ventilador.

—Yo que tú no haría eso —le dijo Anita, agarrándolo de la mano; pero ya era demasiado tarde.

Luke sintió un impacto más fuerte que el del sartenazo e, inmediatamente, retiró la mano.

La luz se hizo y todos pestañearon.

–Parece que funciona –la bombilla de la lámpara brillaba con fuerza, quizá con demasiada intensidad. Un segundo más tarde, se oyó un siseo y la bombilla explotó. Una lluvia de chispas y de trozos de cristal cayó sobre ellos y sobre la pequeña mesa de madera de la cocina.

La habitación volvió a quedar sumida en la oscuridad.

–¡Bien hecho, papá! –dijo Emily.

Anita suspiró y se limpió los trozos de cristal del pelo y la camiseta.

–¿Qué es lo que les pasa a los hombres? ¿Por qué pensarán que siempre lo saben todo?

–Porque lo sabemos –dijo Luke con una carcajada–. O, al menos, nos gusta que lo parezca. Tiene que ver con nuestra inseguridad natural.

La suave risa de Anita resonó en el silencio.

–Y eso viniendo del tipo que decía que sabía muy bien por donde iba y, en lugar de conducir rumbo a San Francisco, estaba conduciendo en la dirección contraria.

En la oscuridad, su broma sonó aún más personal, casi íntima, como si se tratara de alguna broma entre amantes. Él recordó el viaje en coche con ella. Durante dos horas estuvo perdido por la carretera de la costa sin saber en qué dirección iban. Aunque eso nunca lo admitió ante ella.

Luke se aclaró la garganta.

–Bueno. ¿Tienes una vela?

–Ahí –Anita encendió una cerilla y prendió la vela que estaba en el centro de la mesa. Apagó la cerilla y fue a por un cepillo y un recogedor.

A la luz de la vela, estaba más hermosa si cabía, casi radiante, mucho más que la última vez que la había visto. Siempre había pensado que el nombre de Anita le iba muy bien, suave y fuerte a la vez.

Ahora llevaba el pelo más corto; pero seguía teniendo el mismo color castaño con reflejos cobrizos. Hacía dieciocho meses, lo llevaba por debajo de los hombros, con cascadas onduladas que se rizaban en las puntas. Ahora los rizos le jugueteaban por el cuello, resaltando sus delicadas facciones.

Y allí estaba, en la casa donde había vivido la mujer de su hermano.

¿Por qué? ¿Había ido tras él? ¿A acabar lo que habían empezado? ¿Y por qué aquella idea lo aterraba y a la vez lo turbaba?

Durante un segundo, se imaginó acabando lo que habían empezado en California. Pero una mirada a su hija, sentada con la cara enfurruñada, tamborileando la mesa con los dedos, le recordó cuáles eran sus prioridades.

–¿Limonada? ¿Té helado?

Anita hizo un gesto hacia la nevera.

Sus ojos color chocolate se encontraron con los de él y la chispa volvió a saltar de nuevo.

–Ummm... tenemos que volver a casa. Gracias, pero... tenemos que volver.

Ella sonrió.

Él pensó que se había portado como un idiota, balbuceando. Por una vez, deseó tener el encanto que tenía su hermano gemelo. Sólo unas palabras amables y podría haber salido de la casa de Anita con el ego intacto.

Sin embargo, él murmuró algo sobre la hora, agarró a su hija del brazo y salió por la puerta trasera antes de seguir humillándose.

–¿Qué te parece quedarte castigada hasta que hagas los dieciocho años? –le preguntó Luke a Emily. Su furia por su desaparición, y por el sartenazo, volvió con fuerza.

Además, era mucho más fácil centrarse en regañar a Emily que pensar en Anita y en el porqué de su presencia allí.

–Podríamos ponerte uno de esos aparatos electrónicos para que no te pudieras alejar más de cincuenta metros. Porque, durante la semana que viene, eso es lo más lejos que vas a llegar. Y eso si te dejo volver a salir de tu habitación.

No hubo respuesta. Emily se cruzó de brazos mientras miraba por la ventanilla.

–He hablado con el director –no hubo respuesta–. Sólo hace una semana que ha comenzado el curso y ya te han echado. Sabías que eso iba a pasar cuando te pusiste el pelo de ese color ¿En qué estabas pensando para hacer algo así?

Miró hacia su derecha y vio el perfil de su hija. Como el de su madre. Bajo aquel rosa fosforescente, tenía el mismo color dorado de su madre y los mismos ojos azules.

A pesar de todas las cosas que habían salido mal, de todos los errores que había cometido y que ya no podía reparar, Luke amaba a Emily. Nunca había dudado de lo que sentía por ella. Algunas veces, eso era lo único que lo mantenía en pie, que lo animaba a intentar romper el muro que los separaba.

Levantó una mano para tocarla, pero la retiró; sabía que ella lo rechazaría.

Llegaron a la casa de sus padres y antes de que parara el coche del todo, Emily abrió la puerta y salió disparada hacia la casa. Luke suspiró, aparcó el coche en el garaje y se dirigió hacia la casa, sintiéndose cansado, como si tuviera cien años en lugar de treinta.

¿Cuándo se había convertido su hija en esa adolescente enfadada que no sentía el más mínimo afecto por su padre?

¿Qué le había pasado a la niña que solía subirse encima de él, suplicándole que siguieran con el juego un rato más antes de irse a la cama? ¿La misma niña que le daba besos de mariposa y abrazos de oso?

¿Dónde estaba su vida? ¿Aquélla con la que había soñado desde que Emily nació?

Luke meneó la cabeza, obligándose a dejar de soñar con el pasado. Sabía que había un futuro para él, y para Emily. Lo sabía.

Lo que no sabía era cómo conseguirlo.

El lunes por la mañana, Anita estaba sentada en la cocina, untándose mermelada de naranja procedente de la cesta de bienvenida.

A recordar: «Nunca volver a tomar nada procedente de Colleen Tanner. O no tiene ni idea de cocina o se le olvidó echar el azúcar. Aquella mermelada sabía a naranjas agrias mezclada con cemento».

Anita se apretó la nariz y se obligó a tomar otro mordisco. Aparte del jamón, no tenía mucho más para comer, al menos, no hasta que llegara el correo con su cheque. Sus ahorros se los había gastado para mudarse a aquella casa.

En cualquier momento, llegaría el cheque por el trabajo de escritora que había comenzado justo antes de mudarse. Era una buena suma con la que podría pagar todas sus facturas, llenar el frigorífico y ampliar su vestuario con ropa apropiada para una futura mamá.

Y no podía olvidarse de los patucos.

A Gena, la amiga de Anita, le habían encantado los dos pares de botines que Anita había hecho y había insistido en que se los dejara en la tienda para intentar venderlos. Los patucos se habían vendido enseguida por lo que le encargo que le confeccionara unos cincuenta pares, tan rápido como pudiera. Con la mudanza no había tenido mucho tiempo. La semana siguiente, podría enviarle algunos pares. ¿Quién habría imaginado que un entretenimiento que le había enseñado su madre podría acabar como una buena fuente de ingresos?

A pesar de que no tenía corriente y de que vivía con un ratón, Anita se mostró optimista. El vaso estaba medio lleno y el bebé estaba en camino. Lo suficiente para estar emocionada y plantearse el futuro con alegría.

El tiempo había anunciado una lluvia refrescante. El dueño de la casa le había prometido enviarle un electricista enseguida. Y la compañía de teléfono le había asegurado que iría ese mismo día. Probablemente, esa noche tendría casi todo lo que necesitaba.

Anita se llevó una mano al vientre.

–Todo se va a solucionar, hijito.

Desde el mismo instante en el que entró por la puerta del banco de esperma de Los Ángeles, había sabido que estaba haciendo lo correcto. Durante toda su vida, sólo había deseado una cosa: una familia. No iba a esperar a que apareciera su media naranja, si es que existía. Especialmente, después de que Nicholas le dijera que no estaba interesado en tener hijos. Su relación, breve y tempestuosa, que había comenzado a finales de verano se había acabado antes de la siguiente primavera. Cuando le devolvió el anillo de compromiso ya sabía lo que iba a hacer. Formaría su propia familia ella sola. No necesitaba a ningún hombre.

Cuando la prueba de embarazo dio positiva decidió comenzar una nueva vida. Avisó con quince días de antelación, dejó la empresa de marketing para la que había trabajado y su piso, dispuesta a buscar una nueva vida para su hijo y para ella.

Cuando era pequeña, su madre le había hablado con mucho cariño del pueblecito de Indiana donde había crecido. Su madre había muerto hacía muchos años y ya no recordaba el nombre del pueblo, pero sí, todo lo que le había contado sobre él. Eso la hizo desear instalarse en un lugar así para criar a su hijo. Mercy, Indiana, era lo más parecido a lo que le había descrito. Después de tantos años sintiéndose fuera de lugar, esperaba encontrar allí las respuestas que estaba buscando.

El cartero paró frente a su casa y le dejó un montón de cartas en el buzón. Anita cruzó la habitación y se dirigió hacia la puerta. Al ir a abrirla, recordó que tenía que arreglarla y optó por la ventana.

Por la cantidad de cartas, quedaba patente que su correspondencia de Los Ángeles la había encontrado. Ojeó los sobres mientras volvía a entrar por la ventana.

Dejó a un lado las facturas, junto a un montón de propaganda. Al final del todo, había un sobre pequeño que casi pasa por alto.

La carta del editor de la revista con la que había empezado a trabajar era muy amable pero contenía muy malas noticias:

Recortes de presupuesto... sentimos comunicarle... escribe maravillosamente... no vamos a necesitar sus servicios... le deseamos mucha suerte.

El trabajo con el que contaba se había esfumado.

Junto a la carta había un cheque con el cuarenta por ciento de lo que esperaba. Ésa era la cantidad que los editores ofrecían cuando no podían usar todo el trabajo que habían contratado. Y aquello no le llegaba para nada.

Cuando consiguió aquel trabajo pensó que había tenido mucha suerte. Allí estaba la oportunidad para trabajar en casa y cuidar de su hijo. Había imaginado que entre el negocio de los patucos y el de los artículos tendría para vivir en un pueblo pequeño como Mercy.

Pero ahora parecía que se iba a quedar corta.

Fuera, un trueno estalló. Un minuto más tarde, la lluvia comenzó a caer golpeando el asfalto con fuerza. Por la esquina derecha de la cocina empezó a entrar agua. Anita puso una cazuela debajo de la gotera. Entonces, una sinfonía de gotas empezó a inundar la casa. Cuando terminó, había colocado media docena de cacharros debajo de otras tantas goteras.

Había que reparar el tejado.

El ratón se paseó por el suelo de la cocina, olfateando. Miró a la mesa de la cocina y se coló entre las sillas. Hizo una pausa, giró la cabeza hacia arriba para mirarla y olisqueó.

—Das pena cuando pides de esa manera —Anita dejó caer un trozo de pan, untado con aquella horrenda mermelada. El ratón se acercó sigiloso, lo olió y se lanzó de cabeza hacia el agujero de su ratonera en la pared de la cocina.

Anita se rió.

—No te culpo. Dame unos cuantos días y estaremos cenando filetes. Ya se me ocurrirá algo.

Las cosas, después de todo, podían ir peor. Tenía un jamón enlatado. Galletas. Y una mermelada que podía utilizar como masilla. No eran los mejores manjares del mundo, pero no se moriría de hambre.

Sin pensárselo dos veces, agarró su ordenador portátil. Iría a la biblioteca, se conectaría a Internet y navegaría por la red hasta que encontrara otro trabajo para hacer desde casa. Y, aquella noche, se pondría a hacer patucos hasta que se le cayeran los dedos.

Tenía experiencia, referencias. No pasaría nada.

Eso era. Un plan. Ya se sentía mejor.

Dejó una nota para el electricista y con un paraguas salió a la calle.

La lluvia golpeaba su pequeño y destartalado coche. Anita metió la llave en el contacto.

Nada.

–Vamos, pequeño –pisó el pedal a fondo mientras giraba la llave.

Como resultado obtuvo el silencio más absoluto.

Salió del vehículo, cerró la puerta y levantó el capó. Todo parecía normal. Los mismos cables y tubos que habían estado allí durante los últimos seis años.

Sin trabajo. Sin coche. Sin dinero. Hasta ella tenía que aceptar que estaba enfrentándose a un problema para el que no tenía solución.

Todavía no conocía a nadie en el pueblo, aparte de la señorita Marchand, que dudaba que tuviera muchos conocimientos de mecánica.

«Siempre está Luke», le recordó su mente. Nones. No iba a pedirle ayuda. Buscarlo sería abrir puertas que era mejor dejar cerradas.

Por otro lado... estaba su padre, el hombre habilidoso que sabía hacer de todo. Quizá entre sus habilidades estaba la de reparar coches.

Abrió el paraguas y, con la bolsa del ordenador al hombro, se dirigió hacia la casa de los Dole.

Mercy era un pueblo pequeño y, en menos de cinco minutos, ya la había encontrado.

Se dirigió a través del jardín hacia la puerta y, antes de tocar el timbre, dudó un instante. ¿Y si le abría Luke? No le importaba.

Y si aquello era verdad ¿por qué se había mudado al mismo pueblo que el único hombre en el que había confiado?, le preguntó una voz en el cerebro. ¿Por qué le había importado tanto verlo tan abatido con su hija?

Luke Dole no cabía en sus planes de futuro. Caramba, pero si ni siquiera cabía por la ventana.

Era, exactamente, el tipo de hombre que menos necesitaba: un adicto al trabajo que se pasaba la vida en la oficina. Además, Anita no confiaba en nadie. La vida le había enseñado que la gente la dejaba, justo cuando más lo necesitaba. Estaba muy bien sola, muchas gracias.

No. No pensaba dejar pasar a Luke por la puerta, ni de su casa, ni de su vida. Otra vez no.

CAPÍTULO **3**

EL SONIDO del timbre llegó hasta la pequeña oficina que Luke se había montado en la habitación al lado de la cocina.

Dejó de trabajar en el programa que Mark le había enviado y se puso de pie. Se estiró para quitarse el cansancio provocado por varias horas sentado al ordenador. Trabajar en casa tenía sus ventajas, sobre todo, la de poder vigilar a Emily de cerca, pero también tenía sus inconvenientes. Al final del día, echaba de menos las comodidades de su oficina en California. Una silla de madera no era tan cómoda como su sillón de cuero.

Antes de llegar a la puerta, Emily apareció en la cocina.

–Voy a salir –dijo, mientras agarraba su mochila de encima de la mesa. Se había puesto una camiseta en la que ponía «Ángel» en la parte delantera. Luke decidió que no iba a comentar nada sobre la ironía de su atuendo.

–Estás castigada, ¿te acuerdas?

–Pero, papá...

El timbre volvió a sonar y Luke se dirigió hacia la puerta.

–Te he dicho que no... –dijo mientras abría la puerta. La frase se le quedó atragantada.

Anita. En la puerta de su casa, mojada y con aspecto cansado. Y mucho más hermosa que cualquiera que hubiera visto en mucho tiempo.

Tragó con fuerza y, por un minuto, se olvidó de dónde estaba.

Con la mirada le recorrió su cara con forma de corazón, la curva elegante de su cuello, el bulto tentador de su pecho y... Se paró en seco al notar el bulto de su vientre.

¿Anita estaba embarazada?

Su mirada se dirigió hacia su mano izquierda. Nada.

¿Y soltera?

Apretó la boca.

Pero... pero...

Por mucho que lo intentaba no podía imaginarse a Anita embarazada. Y sola.

–No soy una obra de arte, ¿sabes? –dijo Anita con suavidad.

Luke volvió a mirarla a la cara.

–Perdona. Llevo una mañana muy dura –abrió la puerta de par en par–. Entra.

Ella dio un paso al frente y se quedó en la entrada.

–En realidad, estaba buscando a tu padre.

–¿Mi padre?

–Se me ha estropeado el coche y la señorita Marchand me dijo que tu padre arreglaba de todo. No sé mucho de coches. Bueno –se rió–, en realidad, no sé nada.

Él también se rió al escuchar su risa.

–Recuérdame que nunca te deje mi coche.

Ella volvió a reírse.

Luke volvió a mirarle el vientre y quiso preguntarle sobre su embarazo, pero no se le ocurrió cómo hacerlo sin que sonara mal. Así que, sólo se le ocurrió una pregunta.

–¿No hay nadie contigo que sepa de coches?

–Vivo sola –fue todo lo que ella dijo.

Luke debía haberse dado cuenta de eso la noche anterior. Sólo había un plato en el fregadero, un vaso en la encimera.

–Eso debe de ser duro –dijo él.

–No. En realidad, no lo es –dijo ella con una sonrisa, pero estaba claro que no iba a hablar de la falta de un hombre en su vida–. Se me da bien lo de ermitaña. Excepto en lo que a reparaciones se refiere. Y no sólo con el coche, a esa casa le vendría bien un buen equipo de especialistas.

–No me pareció tan mal anoche. Aparte de lo de la luz, claro.

Ella se rió.

–En la oscuridad todo se ve bien. Verás –empezó a enumerar ayudándose de los dedos–, la puerta de la calle no abre, hay goteras en el techo, el agua sale color café, no tengo teléfono y... ¡ah, sí! que no se me olvide el ratón.

–Vaya. Peor imposible. Mi padre no volverá hasta dentro de unas horas, ¿Por qué no pasas y te tomas un café? –la invitó él, con una sonrisa. Alargó la mano y le tomó la suya, con la intención de guiarla hasta la cocina. En cuanto la tocó, entre ellos surgió una oleada de calor, repentina, como si hubiera accionado una alarma sin quererlo. Luke la soltó inmediatamente y se metió las manos en los bolsillos, después, la llevó por el pasillo–. Bueno, me imagino que te han pasado un montón de cosas desde la última vez que nos vimos... –comenzó a decir él, cuando su hija lo interrumpió.

–Papá, tengo que ir a la biblioteca. Tengo que hacer un trabajo para el viernes –Emily estaba apoyada en la encimera de la cocina, con los brazos cruzados.

Ahora resultaba que estaba interesada en los trabajos de clase. Luke se imaginaba que sólo era una excusa para escapar.

–No.

La muchacha se dejó caer en una silla y tiró la mochila al suelo.

–Vale. No me digas nada cuando me quede historia.

Luke suspiró.

–Busca la información que quieras en las enciclopedias que la abuela tiene en la sala.

La chica miró hacia el cielo.

–Necesito cosas actuales no de la Edad de Piedra.

–Tienes que quedarte en casa, Emily. Estás castigada.

Ella le dio una patada a la mochila.

–¿Así que, cuando me quede podré echarte la culpa?

–Cúlpate a ti misma. Si no hubieras...

–Yo tengo aquí el ordenador portátil –los interrumpió Anita señalando al bulto que llevaba al hombro–. Yo misma iba a la biblioteca para conectarme a Internet porque todavía no tengo teléfono en casa. Emily podía buscar algo desde aquí.

Emily seguía con el ceño fruncido.

–Bueno –concedió.

Luke levantó las manos al cielo.

–No sé por qué no se me ha ocurrido a mí. ¡Por el amor de Dios, soy programador!

–Tienes muchas cosas en la cabeza –dijo Anita, comprensiva. Se acercó a él y le habló bajo–: Déjame ayudarla. Quizá a una persona que no sea su papá le resulte más fácil llegar a ella –le dedicó una sonrisa y él sintió que se tranquilizaba.

–De acuerdo.

Ella pasó por delante de él en dirección a la mesa de la cocina y él no pudo evitar que su aroma a jazmín lo arrastrara, llevándolo dieciocho meses atrás. El recuerdo de Anita en sus brazos, sus cuerpos entrelazados, sus labios...

¿Qué diablos estaba haciendo? Lo último que necesitaba era pensar en eso.

Dejó escapar un suspiro y volvió a recuperar el control de sus sentidos y de su pulso. Emily era su prioridad. Su vida podía esperar. La de su hija comenzaba en aquel momento y necesitaba un padre que no se distrajera. Además, obviamente, Anita tenía otras prioridades.

Aquel pensamiento activó un sentimiento extraño de desolación. Anita tenía derecho a una vida, a un hombre. A él no debía preocuparle lo más mínimo los derroteros de su vida personal.

Pero sí le preocupaba. Más de lo que estaba dispuesto a admitir.

Anita se sentó en la mesa, sacó el ordenador y lo abrió. Por la marca del aparato y el modelo, Luke supo que había elegido lo mejor del mercado. Tenía buen gusto en cuanto a tecnología; algo digno de respeto.

–Soy Anita –dijo mirando a Emily–. No creo que te acuerdes de mí, y anoche no fue un encuentro muy amistoso. La última vez que te vi, tenías diez años y habías ido a visitar a tu padre a la oficina.

Emily dudó un instante.

–Encantada, de nuevo –dijo entre dientes, como si le costara ser amable, y enseguida se volvió a los libros.

Anita sacó el cable del teléfono y lo conectó al ordenador.

–¿Te importa si te dejamos sin línea un rato?

Luke apenas escuchó la pregunta. Estaba demasiado ocupado mirándola.

Anita tenía unas manos delicadas, más adecuadas para una concertista de piano que para una consultora. Tenía gracia y soltura y parecía que se sentía bien en cualquier parte. Y cuando estaba contenta, su sonrisa era realmente preciosa.

Ella se movió en la silla y la falda se le subió, dejando al descubierto unos centímetros de muslo. Quién habría dicho que una línea de piel tan insignificante podría hacer que el corazón le fuera a tal velocidad.

–¿Luke? ¿Puedo usar la línea de teléfono? –volvió a preguntar ella, devolviéndolo a la realidad.

–¡Ah! ¡Sí! –dijo después de aclararse la garganta–. ¡Claro! –agarró el cable y lo conectó a la pared.

–Gracias.

Anita volvió al ordenador y abrió el navegador de Internet.

Emily gruñó y dejó caer la cabeza entre las manos.

–Odio la historia.

–Pues es muy interesante. ¿Quieres que te dé un consejo? Lo mejor es tomárselo como un cuento. Mira a los personajes de la historia como si fueran los protagonistas de una novela. Así descubrirás que tienes ganas de saber cómo termina la historia.

Emily se echó para atrás en su asiento.

–Nunca me lo había planteado así.

–Toma. Prueba en esta página. Hay un montón de información sobre la Segunda Guerra Mundial. Yo escribí un artículo sobre un grupo de veteranos antes de marcharme de Los Ángeles y encontré un montón de información aquí –empujó el ordenador hacia la chica y le dejó el control.

–¡Qué bien! –se inclinó hacia delante y, mientras buscaba información en el ordenador, iba tomando notas en una libreta.

Anita se giró en la silla y la falda se le subió otro par de centímetros.

Luke apartó la vista de inmediato y se concentró en el objeto menos sexy de la habitación: un bote lleno de galletas integrales.

«Piensa en la galletas», se dijo a sí mismo. «En la mantequilla, en las tostadas»...

Antes de poder concentrarse en nada, ya estaba mirando de nuevo a las fabulosas piernas de Anita. Mientras ella estuviera allí, no iba a poder pensar en otra cosa y eso era muy peligroso. Demasiado peligroso.

Estaba embarazada, se dijo a sí mismo. De otro hombre. Luke tenía sus propios problemas. Sólo tenía que pensar en Anita como una amiga. Nada más.

Aunque la curiosidad por saber por qué estaba allí y por qué estaba embarazada y sola le estaba carcomiendo, no le preguntó nada. Por lo menos, no le preguntaría mientras su hija estuviera en la habitación.

Anita se puso de pie y se acercó a él.

–Lo está haciendo muy bien –se acercó aún más y bajó la voz–. Pero quizá deberíamos dejarla sola, para que no piense que estamos vigilándola –dijo con una sonrisa– y deje de trabajar sólo para fastidiarte.

Él le devolvió la sonrisa.

–La conoces muy bien.

Ella se encogió de hombros.

–Es que yo también he tenido doce años.

Luke le indicó que lo acompañara a la sala de estar. Cuando Anita se sentó en uno de los sillones, la falda volvió a subírsele.

Luke se sentó enfrente e intentó por todos los medios mantener la mirada en su cara

–No deberíamos usar tu ordenador, ni tu tiempo –dijo él, intentando hablar de algo–. Emily puede utilizar mi ordenador.

–No importa –dijo Anita–. Además, todavía llueve a raudales. Iré a la biblioteca cuando deje de llover.

En ese caso, Luke deseó que no dejara de llover.

–Además te conozco muy bien, Luke. Sé que no te gusta que enreden en tu ordenador –dijo ella con una sonrisa–. Lo tratas como algunas personas tratan a sus mascotas.

La carcajada que salió de su garganta tronó en la habitación y, durante un segundo, a Luke le costó reconocerse a sí mismo.

–Me imagino que tienes razón. Nunca te interpongas entre un hombre y su ordenador.

–Lo recordaré –dijo con un tono más profundo, como si estuviera recordando un momento muy especial.

Una noche en la oficina de Luke, los dos estaban cansados porque llevaban trabajando todo el día en un proyecto, compartiendo una comida china en la oficina, riéndose y bromeando. Después, sin bromear en absoluto, Anita se encontró atrapada entre Luke y el escritorio, saboreando con ansiedad la boca de él, mientras él, cegado por la pasión, se apretaba contra ella para sentir mejor cada centímetro de su cuerpo.

Luke se aclaró la garganta y se puso de pie, alejándose de ella, de su perfume a jazmín y de unos recuerdos que era mejor olvidar. Se puso a juguetear con las fotos de la repisa de la chimenea.

–¿Qué te parece Mercy?

Ella rió.

–No se parece mucho a Los Ángeles.

–Oye, que tenemos un pequeño centro comercial. Y dos semáforos. Estamos civilizados.

Ella se rió.

Comparado con California, esto es el desierto.

Él se apoyó en el marco de la puerta, adoptando una postura relajada

–¿Quiere eso decir que nuestro pueblo te aburre?

–En absoluto –dijo con tranquilidad–. Esto es exactamente lo que estaba buscando.

Él no se había movido ni un ápice; pero ella sabía que no estaba nada relajado. La tensión se apreciaba en los músculos de su cuello.

Era como si temiera que ella sacara a colación aquella noche, delante de su hija. Aquella noche loca en su oficina. Ella quizá no fuera la mujer más elegante del mundo, pero tampoco se tenía por una mujer con poco tacto. Tampoco era del tipo de mujer que pidiera explicaciones. Hacía un año, él le había dejado claro que aquel beso no había significado nada y ella había aceptado.

Y, ahora, ya no necesitaba una relación. Ya no confiaba en nadie. En especial en los hombres. Lo único que un hombre podía hacer era complicarle la vida. Ya había aprendido la lección con Nicholas. Se llevó una mano al vientre; su nueva vida estaba allí dentro.

De repente se sintió bastante incómoda. Le llevó un minuto descubrir la razón: siempre había mantenido una relación profesional con Luke y nunca había estado en su casa ni había compartido nada privado con él. Aparte de aquella noche en su oficina, pensó sin poder evitarlo.

Se aclaró la garganta y cambió a un tema más seguro.

–¿Qué tal está Mark?

Luke sonrió.

–Aunque no lo creas, se ha casado.

–¿Mark? –Anita no podía ocultar su sorpresa–. Pensaba que su objetivo era convertirse en el soltero más viejo del mundo.

–Y así era. Hasta que conoció a Claire y se quedó prendado.

–¿Claire? ¿Claire Richards? ¿La que vivía en mi casa?

–Sí, la misma. Se enamoraron y se casaron. Es una larga historia. Recuérdame que te la cuente algún día.

–Lo haré –le dijo ella con más suavidad de la que pretendía.

Entre ellos, la temperatura se elevó y el silencio se hizo más espeso.

–Y... –comenzó él, después de una pausa–. ¿Qué te ha traído a Mercy? ¿Asuntos de trabajo?

Ella se rió.

–En realidad, ahora no estoy trabajando mucho. Dejé mi trabajo en Los Ángeles cuando me quedé embarazada y ahora estoy por mi cuenta. Haciendo patucos.

–¿Patucos? –se quedó tan sorprendido como cuando le dio con la sartén en la cabeza.

–Es una larga historia –dijo ella, utilizando las palabras de él.

–Quizá me la cuentes algún día mientras cenamos.

Ella vio la sorpresa que inundó su rostro, como si él mismo se hubiera sorprendido por la invitación.

–No creo que sea una buena idea. Quiero decir... –hizo una pausa porque no sabía muy bien qué era lo que quería decir. Entonces se imaginó sentada en un restaurante con Luke, con velas en la mesa, riéndose y compartiendo una comida.

–Sí. Quizá tengas razón –la interrumpió él.

Anita se puso de pie, estirando la espalda. En cuanto se movió, su estómago comenzó a sonar de manera escandalosa, como protestando por su negativa a cenar.

Lo último que había comido había sido una buena porción de aquella horrible mermelada y la vida que llevaba dentro debía estar protestando.

Desde que se había quedado embarazada, parecía que toda su vida giraba en torno a la comida. Panchitos, patatas fritas, pepinillos, etc. A veces, en mitad de la noche, se despertaba deseando comer las cosas más inverosímiles. Y se encontraba conduciendo en busca de una tienda que abriera por la noche.

–Debería irme –le dijo a Luke, dirigiéndose hacia la entrada–. Ya vendré en otro momento a por el ordenador.

Su estómago volvió a tronar, como un volcán.

–¿Tienes hambre?

Ella sintió que se le iluminaba la cara. Hizo una pausa en la puerta de la cocina. Luke estaba a escasos centímetros detrás de ella.

–Sí, un poco. Bueno... mucho. Aunque no importa, tengo jamón en casa.

–Déjame que adivine, ¿del comité de bienvenida de Mercy? –soltó una carcajada que sonó a aire fresco–. Aléjate de la mermelada de la señorita Tanner.

Anita hizo una mueca.

–Ya la he probado. Ni siquiera el ratón la ha querido.

–Escucha, parece que de momento no va a parar de llover. ¿Por qué no te quedas a cenar? Con mi familia. Nada personal.

–No debería...

Luke hizo un gesto hacia su hija, todavía entusiasmada con lo que estaba encontrando en la red.

–Parece que Emily ha encontrado una mina de información y no creo que deje libre tu ordenador. Después, yo mismo puedo echarle un vistazo a tu coche.

–No puedo abusar de esa manera...

Luke se le acercó al oído.

–No he visto a mi hija hacer nada en los últimos seis meses. Sea cual sea tu toque mágico, espero que continúe hasta que acabe el trabajo.

Ella sintió su aliento cálido en la oreja que la transportó de nuevo a aquella noche que la había besado. Aquella vez que Anita había seguido sus instintos en lugar de su cabeza. El deseo de probar de nuevo aquel trozo de cielo se apoderó de ella.

Quedarse allí, con Luke, era una locura. Él era el tipo de hombre que ella había jurado evitar: un adicto al trabajo que se olvidaría de su existencia en cuanto pisara la oficina. Ella había aprendido hacía tiempo que podía hacerlo casi todo ella sola.

Dependía de ella misma, de nadie más. Y Luke era demasiado peligroso.

Pensó en decirle que no y ya había decidido qué excusa darle cuando vio las chuletas que había descongelándose en la encimera. Al lado de unas patatas.

Chuletas. Patatas. Con mantequilla.

La boca empezó a hacérsele agua. Y eso que la comida aún no estaba cocinada. Ella no era muy buena cocinera. De hecho, ni siquiera sabía cómo se utilizaba el horno. Y hacía mucho tiempo desde que había comido algo que no estuviera en una lata o en una caja. Y mucho más había pasado desde que no compartía una comida con una familia.

Anita sintió que unos dedos le agarraban el corazón para obligarla a quedarse. Cuando era pequeña, había pasado muchas horas viendo *La Casa de la Pradera*. Y, entonces, lo que más había añorado había sido el calor del comedor de los Ingels. Incluso ahora, si veía alguna repetición de la serie, sentía que el corazón se le encogía.

Anita meneó la cabeza para apartar aquel recuerdo. Por el amor de Dios, casi tenía treinta años, ya no necesitaba una madre que le hiciera galletas y que la esperara con un vaso de leche al salir del colegio.

Antes de que pudiera dar una respuesta, una mujer, rodeada de perros y de bolsas, entró por la puerta de la cocina.

—¡Dios Santo! ¡Qué día! —dejó las bolsas en la encimera y le dedicó una caricia a cada uno de los perros que la rodearon llenos de júbilo.

–Hola, Emily. Qué agradable verte con los deberes –la pequeña mujer de pelo gris, enfundada en unos vaqueros y una sudadera roja, se acercó a la muchacha para darle un beso–. Luke, querido, ¿puedes ayudarme con la compra? Hay unas cuantas bolsas en la camioneta–. Le dio las llaves e hizo una pausa para mirar a Anita–. ¡Vaya! ¡Hola! Creo que no nos conocemos. Soy Grace Dole.

–Anita Ricardo –respondió ella, estrechando la mano que le ofrecía la mujer.

–Ah, ya recuerdo. Mark y Luke hablaban maravillas de ti cuando trabajabas con ellos.

–¿Ah, sí? –preguntó sorprendida. No se permitió el lujo de pensar si Luke hablaba maravillas de otras cosas que no fueran el trabajo.

–Anita es *guay*, abuela –dijo Emily, mientras se ponía de pie–. Me ha dejado el ordenador y me ha enseñado unas páginas estupendas para mi trabajo.

Grace, una mujer de sesenta años, levantó la mano para chocar los cinco con su nieta.

–¡Qué *chachi*, Em!

El sonido alegre de la risa inundó la habitación. Hasta los perros se unieron a ellos con sus ladridos.

–Mamá, ¿cuándo has aprendido a hablar así? –preguntó Luke, todavía riéndose.

Grace levantó la barbilla y puso cara de superioridad.

–Soy una abuela moderna. Si hasta llevo las zapatillas de moda –levantó el pie para mostrar las deportivas juveniles.

–Pronto te veo buscando en mi armario, abuela

–dijo Emily, riéndose aún más–. Vaya, no me reía así desde... –dejó la frase sin acabar.

Luke dejó escapar un suspiro. Una sombra cruzó por su rostro.

Entonces, un silencio pesado inundó la habitación. Emily miró al suelo y Luke, a algún punto lejano en la ventana. Los ojos de Grace se llenaron de tristeza.

Anita se sintió incómoda. Ella era una extraña, presenciando lo que, sin duda, era un momento muy íntimo. No tenía ningún derecho. Lo mejor sería marcharse y dejar a los Dole solos; pero no sabía cómo hacerlo con diplomacia.

–Bueno –dijo Grace, finalmente–. Vamos a poner esas chuletas y esas patatas en la parrilla. He traído tomates y lechuga para hacer una ensalada. Anita, ¿puedes ir cortándolos? –Grace le señaló la tabla y el cuchillo que estaban en la encimera de enfrente.

–Debería irme...

–Tonterías –Grace le puso unos tomates en la mano–. Es la hora de la cena y ya estás aquí. Quédate. Sólo te pido que después me ayudes con los platos y no hagas como mis hijos y desaparezcas por la puerta de atrás –levantó una ceja en dirección a Luke.

–A mi madre le gusta exagerar –Luke miró a Anita con una sonrisa que la penetró como un cuchillo penetra en la mantequilla. Después, se volvió hacia su madre–. Si mal no recuerdo, yo he ayudado con los platos mucho más que Mark.

Grace alargó una mano y le dio unas palmaditas en la mejilla.

–Siempre has sido un buen chico –le dijo con una sonrisa maternal.

Anita se giró y se ocupó de lavar los tomates. Sentía un nudo en el pecho.

Ella no pertenecía a aquel lugar. Debería marcharse. Irse a la biblioteca. Sumergirse en el trabajo hasta que estuviera tan cansada que sólo pensara en dormir.

Pero sus piernas se negaban a moverse. Mientras, seguía lavando los tomates.

Grace empujó a Luke hacia Anita.

–Ayúdala con los pepinos y a preparar la ensalada. Y no te olvides de removerla. Una ensalada es una mezcla de ingredientes, no un montón de capas.

–No me puedes culpar porque me gusten las cosas ordenadas.

–Tú has vuelto a definir el orden, Luke –dijo su madre entre risas–. Siempre te he dicho que la vida es desordenada, así que, no intentes ordenarla como si fueran fichas de dominó. Y ni te atrevas a dejar mi ensalada como una obra de arte.

Él sonrió y se acercó a Anita.

–Ya conoces el dicho de «perro ladrador poco mordedor».

–Te he oído, Lucas. Compórtate –le dijo su madre, seria. Después esbozó una sonrisa–. Y haz que nuestra invitada se sienta como en casa.

Y así fue como Anita Ricardo entró en la vida de los Dole.

DEBERÍA haber una ley que prohibiera los perfumes que huelen tan bien. Cualquier cosa que pudiera distraer tanto a un hombre como para que se le cayera de las manos un cuchillo. ¡Dos veces!, debería estar prohibido.

Aunque, a decir verdad, no era sólo el aroma a jazmín lo que aturdía a Luke. Era la mujer que llevaba el perfume: Anita.

Ella estaba a su lado, en silencio, cortando los tomates. En la cocina sólo se oía el ruido de los utensilios y el de Emily al teclear el ordenador. Ese silencio realzaba sus otros sentidos

Como el olfato. El tacto. La vista. Por el rabillo del ojo, podía verla. El tono tostado de su piel, el pelo castaño que se le rizaba en la puntas alrededor del cuello. El vestido de tirantes.

Anita estaba a varios centímetros de él, pero el radar de su piel vibraba con cada movimiento.

Acabó de cortar los pepinillos. Por fin. Parecía que los había cortado un niño de cinco años con una sierra; pero, al menos, ya estaba hecho. Ya no había motivo para seguir al lado de ella. Debería sentirse contento de poder alejarse.

En lugar de eso, se acercó un paso más y echó los trozos en la ensaladera.

–Vamos a acabar esta ensalada –alargó la mano para tomar los tomates que ella había cortado.

Ella alargó las manos en el mismo instante, rozándolo. En el momento del contacto, una corriente eléctrica los recorrió. Él la miró. Sus miradas se encontraron un instante, el tiempo suficiente para saber que ella había sentido lo mismo.

–Me gusta ese tarro –dijo ella de repente.

–¿El azucarero? Mi madre lo hizo hace algún tiempo, en su fase de ceramista.

Ella lo miró con cara de sorpresa.

–A mi madre le gusta decir que es una artista dispersa. Un mes es el macramé, el siguiente, el vidrio lacado –tocó la cabeza del perro de barro–. Charlie está aquí desde antes de que se pusiera a hacer punto.

–Es bonito.

–Si todavía estás aquí en Navidades, es posible que acabes con una de las creaciones de Grace elaborada exclusivamente para ti.

¿De donde había salido aquello? Estaban en agosto. ¿Por qué estaba hablándole a Anita de las Navidades?

–Me gustan las manualidades –dijo ella.

–Oh, venga. Tú eres una chica de Los Ángeles. Allí no se hacen manualidades.

Ella se rió.

–Ya no vivo allí. He cambiado.

Él se permitió mirarla un rato. Los latidos de su corazón se le aceleraron y sintió que le dolían las manos por la necesidad de tocarla.

–Sí. Y mucho. Ya no llevas tacones ni traje de chaqueta.

–Ni tengo trabajo –le dijo ella, dejando escapar una risita–. Mis prioridades han cambiado.

–Ya veo –dijo Luke, con una voz tan tenue que casi era un susurro.

–¿Qué tal va esa ensalada? –preguntó Grace.

Anita se alejó de Luke.

–Lista.

Agarró los trozos de tomate que faltaban y los echó en la ensaladera, después se acercó al fregadero para aclararse las manos.

–Casi –dijo Luke–. Nos olvidamos de removerla.

Anita pensó que no se había olvidado. Pero había necesitado alejarse antes de que aquella corriente magnética la engullera.

¿Qué estaba haciendo allí? ¿En un lugar al que no pertenecía? ¿Cómo si fueran una familia?

Ella era una persona realista. Es decir, no se engañaba a sí misma con cuentos de hadas y caballeros andantes. Esas cosas no ocurrían. Por lo menos, no a ella.

Se secó las manos con un paño de cocina. El latigazo de deseo que había sentido al tocarlo, todavía estaba allí. Y dejar que su cuerpo mandara sobre su cerebro era un suicidio emocional. Lo último que deseaba al ir a Mercy era encontrarse con un hombre, especialmente, con *ese* hombre. Estaba allí para criar a su hijo, para formar su propia familia de dos. Nada más.

Dejó el paño en la encimera.

–¿Sabes? Todavía no he acabado de desembalar las cosas. Debería marcharme.

–¿Qué? ¿Y quedarte sin probar nuestra ensalada? –su tono tenía un toque de broma–. Además, si te marchas ahora, mi madre nunca te lo perdonará.

–Yo... yo...

–Eso por no hablar de esas sabrosas chuletas que te están esperando –dijo señalando hacia el grill–. No te puedes imaginar lo buena cocinera que es mi madre.

Anita se rió.

–Es que me siento rara. Como una intrusa.

–De intrusa nada –dijo Luke acercándose a ella–. Sólo somos dos viejos amigos –dijo colocándole la ensaladera en las manos– que van a comer juntos. ¿De acuerdo?

Ella asintió con la cabeza.

–Bien –dejó sus ojos de color azul cobalto fijos en ella–. Me alegro de que lo hayamos aclarado.

Anita tragó con dificultad.

–Sí. Yo también.

Si eso era cierto, ¿por qué sentía esa necesidad de acercarlo a ella y probar algo que nada tenía que ver con las chuletas?

Hormonas. Sí eso era. Nada que una buena tableta de chocolate no pudiera curar.

Anita miró hacia la ensaladera.

Una ensalada era tan efectiva contra las hormonas como una pistola de agua contra un rinoceronte enfadado.

Mientras las patatas y las chuletas se hacían en el grill, Luke tomó el camino del cobarde y se retiró a trabajar. Anita estaba a unos metros, trabajando con Emily. Después de aquella conversación sobre la cena, por llamarla de alguna manera, se sentía trastocado. Como si en el cerebro se hubiera encendido un interruptor relacionado con la pubertad.

Hormonas. Sólo era eso. Demasiada testosterona acumulada. Nada que unas buenas chuletas y unas buenas patatas no pudieran curar.

Luke estaba sentado en su escritorio, decidido a trabajar, pero le resultaba imposible concentrarse en otra cosa que no fuera Anita.

Por el contrario, ella no parecía tener ningún problema. Podía verla, al otro lado de la habitación, riéndose y charlando con Emily. Luke se encogió de hombros, puso los dedos sobre el teclado y escribió.

Logró escribir media página llena de palabras sin sentido. Como si hubiera colocado mal los dedos sobre el teclado.

–Eso es fantástico, Emily. Eso es de nota. Y qué te parece... –la voz de Anita se perdió cuando se levantó y se inclinó sobre la libreta de Emily para anotar algo.

¿Es que no se daba cuenta de lo que le pasaba a su vestido cuando se inclinaba de aquella manera?

Luke dejó escapar un juramento entre dientes. El ordenador parecía mirarlo como diciéndole: «Bueno, ¿vas a hacer algo?».

Se pasó una mano por el pelo y se recostó en la silla. Después, volvió a incorporarse, ajustó el monitor tres milímetros a la derecha y volvió a colocar los dedos sobre el teclado.

Nada.

—La cena está lista —dijo su madre.

—Gracias a Dios —murmuró Luke.

Echó la silla hacia atrás y se puso de pie. Anita se enderezó también y su vestido amarillo volvió a su posición normal. Debería alegrarse de que dejara de mostrarle las piernas.

Pero lo que pensaba y lo que debería pensar no tenían nada que ver.

Ella lo miró por encima del hombro y sus ojos color avellana se clavaron en los de él durante un segundo. Antes de darse la vuelta, una sonrisa iluminó su rostro.

Si le hubiera dado un golpe en la cabeza no se hubiera sentido más aturdido. Pestañeó varias veces. ¿Cuándo había sido la última vez que una mujer lo había hecho sentirse así? ¿Como si le hubieran dado un golpe en el estómago?

Había pasado dos años sin sentir nada. A excepción de aquella noche en su oficina. Había perfeccionado el arte de mantenerse al margen de las emociones. Había aprendido, hacía mucho tiempo, que dejarse llevar por las emociones conducía a elecciones estúpidas en las que las personas, y no sólo él, salían dañadas.

Y ahora, en unas cuantas horas, Anita se había colado en su vida y le había dado un revolcón a su corazón. ¿Eso era algo bueno?

Por supuesto que no. Emily era su prioridad. Y, sin embargo, una pequeña parte de él, controlada por ese interruptor relacionado con la pubertad, le gritaba que le prestara atención.

Más tarde. Ahora, el trabajo y Emily. Nada más.

Se dirigió hacia el comedor y se sentó en una silla de caoba enfrente de Anita. Ella tenía la cabeza inclinada y estaba ocupada colocándose la servilleta sobre el regazo. Emily se sentó a su lado y le lanzó una mirada a Luke; las comidas familiares no la atraían mucho.

Grace entró con una bandeja, la colocó en el centro de la mesa y se sentó.

—Espero que estéis hambrientos —dijo—. Tenemos un montón de comida.

—Siempre haces demasiado, mamá —dijo Luke—. Ésa es una de las cosas buenas de estar aquí.

—No quiero que nadie tenga que decir que no doy bien de comer a mi familia —y miró a Anita—. O a mis invitados.

—Hace mucho que no como así. Quizá tengáis que pararme para que deje de repetir.

Grace se rió.

—He criado a dos chicos con muy buen apetito. Estoy acostumbrada.

—Eso está bien porque yo como por dos —dijo Anita.

La puerta de la cocina se abrió y el padre de Luke entró en casa. Hizo una pausa para lavarse las manos y entró en el comedor. Se dirigió hacia su mujer y le dio un beso en la mejilla.

—¿Qué hay para cenar, cielo?

Su mujer lo miró con una sonrisa.

—Para ti sobras. Para los demás, chuletas con patatas.

—Caramba. ¿Esta noche me tocaba cocinar a mí,

verdad? Me enredé trabajando con los armarios de la cocina de Henry y me olvidé. Me di un buen golpe en un dedo... –se paró en seco al ver a Anita–. Parece que tenemos invitados –le ofreció la mano sana–. John Dole.

–Anita Ricardo –dijo Anita, estrechándole la mano–. Una... amiga de Luke.

¿Amiga? ¿Antigua compañera de trabajo? Nada de eso describía su relación.

De hecho, ni siquiera tenían una relación. Ella vivía en el mismo pueblo que él, eso era todo.

La fuente le llegó a Luke. Se sirvió un par de chuletas y una patata y se la pasó a su madre. Después se lanzó sobre la comida. Cualquier cosa con tal de olvidarse de la mujer que tenía delante de él.

–¿Qué te ha traído a Mercy, Anita? –preguntó Grace.

Anita se tragó el trozo de carne.

–En realidad he venido por Luke.

Grace y John miraron a su hijo a la vez, después, a la tripa de Anita. Él sintió la necesidad de levantar un cartel que dijera: «Soy inocente». Pero todos sabían que él llevaba un año en Mercy y Anita debía de estar de unos seis o siete meses. Obviamente, él no tenía nada que ver con el bebé.

–Me habló tan bien de este lugar cuando trabajábamos juntos que me hizo desear venir aquí. Parece el lugar ideal para criar a mi hijo.

Luke podía ver la pregunta en los ojos de su madre. Grace, sin embargo, era lo suficientemente educada como para no preguntarle por el padre del niño.

–Te encantará Mercy –le dijo la mujer.

–Eso espero –dijo ella con calma.

–¿Dejaste Los Ángeles por esto? –preguntó John–. Vas a echar de menos la playa. Yo siempre le estoy diciendo a Grace que deberíamos irnos a Florida.

–Ya vamos a ir esta semana en ese crucero por nuestro aniversario –dijo mientras se ponía algo de salsa sobre su patata–. Seguro que antes de que acabe el viaje estás cansado del calor.

–¿El calor que tú y yo vamos a generar? –preguntó John con picardía.

Grace se puso un poco colorada.

–¡John! –lo amonestó ella–. Que hay niños en la mesa.

–Abuela, que tengo doce años –le respondió Emily exasperada–. Sé muy bien lo que es el sexo.

Luke se quedó atónito. ¿Cuándo se había hecho su hija tan mayor? ¿Y cuándo había aprendido lo que era el sexo? Desde luego, no era un tema con el que le apetecía continuar, especialmente, después de lo que Anita le había hecho sentir esa tarde.

–Cómete la cena –le ordenó Luke.

Emily respondió empujando la carne con el tenedor.

–Sabes que no como carne, papá. Soy vegetariana –arrugó la nariz y dejó el tenedor sobre el plato–. Además, pienso que es muy desagradable matar una vaca para servirla en un plato.

–¡Emily! –Luke miró a sus padres, después, le lanzó a su hija una mirada enfadada–. La abuela y el abuelo trabajan muy duro para poner esa comida sobre tu plato, no les faltes el respeto.

–Bueno, es la verdad. Alguien tiene que matar a esos pobres animales y trocearlos...

–Ya está bien –la interrumpió Luke antes de que la chica siguiera describiendo el proceso.

–Emily –intervino Anita–, ¿por qué no les cuentas qué tal va el trabajo sobre Churchill?

–Bien –dijo Emily sin apartar los ojos del mantel.

–Está mejor que bien. Has encontrado cosas realmente interesantes y yo me quedé muy impresionada con lo bien que escribes. Sé de periodistas que no saben escribir frases tan inteligentes como las que tú escribiste en la introducción.

Emily levantó la cabeza y se giró hacia Anita. El halago le brillaba en los ojos.

–¿De verdad... de verdad te parece que hice un buen trabajo?

Anita sonrió y asintió.

–Seguro que te ponen un sobresaliente.

–Siempre me ha gustado escribir –la admisión se escapó de sus labios–. Me encantan los libros de J.K. Rowling. Debe ser muy agradable escribir cosas así.

–El que más me gustó fue el segundo de Harry Potter –dijo Anita–. ¿Los has leído todos?

–Oh, sí. A mí el que más me gustó fue el tercero, cuando Harry y Hermione... –Emily se lanzó a una descripción de su escena favorita. Anita asintió e introdujo detalles que ella recordaba de la novela.

La mirada de Luke iba de su hija a Anita. ¿Había aterrizado un extraterrestre en la mesa del comedor? ¿O era aquélla su hija, admitiendo que le gustaba escribir e intercambiando opiniones sobre un autor?

Anita no sólo era un ángel, era una enviada de Dios. Después de aquello, pensó que tenía que hacerle una oferta que no pudiera rechazar. Y, en el extraño caso que dijera que no, lograría hacer el trato más atractivo. Costara lo que costara, no le importaba.

Anita era la respuesta que había estado buscando.

Anita conocía a Luke lo suficiente como para saber cuándo tenía algo en la cabeza. Después de la cena, había ayudado a recoger mientras charlaba animadamente con Grace sobre el pueblo. La madre de Luke era una mujer entrañable y le hablaba a Anita como si fuera un miembro más de la familia.

Casi como a una hija.

Anita se sintió llena, y no sólo por la buena comida, sino también de cariño.

Sin embargo, una vocecilla interior no dejaba de repetirle que aquélla no era su familia. Que sólo era una cena y que no significaba nada más.

«No te hagas ilusiones».

Cuando acabaron de fregar los platos, Luke se le acercó.

–Te llevaré a casa y le echaré un vistazo al coche. Mi padre se ha hecho daño en la mano, así que, sólo me tienes a mí.

–¿Sabes algo de motores?

–Algo. Uno no crece en una casa como ésta sin ir aprendiendo cosas.

–De acuerdo. Ahora mismo, no puedo permitirme llamar a un mecánico, así que, me parece bien. Voy a buscar mis cosas.

Unos minutos más tarde, Anita y Luke estaban solos en su camioneta, en dirección a la casa. Durante el corto trayecto, él no habló mucho, sólo le dijo el horario de la biblioteca cuando ella se lo preguntó. Mantuvo las dos manos al volante, como si temiera perder el control y tocarla.

Aparcó en la puerta de la casa de ella. Había dejado de llover y lo primero que Anita notó al bajar del coche fue lo bien que olía. En la entrada de la casa, había un gran olmo y sus ramas llegaban hasta la casa. El césped estaba verde y lleno de margaritas.

–Esto es precioso –dijo en voz alta.

–A veces lo encuentro demasiado tranquilo; pero sí, tienes razón, es precioso.

Luke sacó el ordenador y el paraguas del coche y la siguió hasta la casa.

–Te va a sonar ridículo, pero aquí se siente la mano de Dios. En Los Ángeles todo es hormigón y cemento. Es difícil encontrar a la madre naturaleza entre los rascacielos y las autopistas. Pero, aquí... –Anita respiró profundamente para llenarse los pulmones y se rodeó con los brazos.

–Espera un mes. Cuando necesites algo un domingo y no encuentres nada abierto o cuando te quedes sin teléfono por tercera vez en una semana. Entonces, tendrás una opinión muy diferente de Mercy.

Anita negó con la cabeza.

–No lo creo. He... –se interrumpió y, con una sonrisa, se llevó una mano a la tripa–. Hemos venido para quedarnos.

Luke dejó sus cosas en el columpio del porche y se quedó mirándola un rato.

–Me alegro de volver a verte, Anita –tragó con dificultad, sin apartar los ojos de ella–. Me alegro mucho.

–Me he acordado de ti muchas veces durante este tiempo –ya lo había dicho–. Me preguntaba qué sería de tu vida.

–Apañándomelas como puedo.

Ella alargó una mano para tocarlo con la intención de consolarlo; pero, cuando su mano tocó la piel desnuda de él, el sentimiento se tornó en algo totalmente distinto. Ella le mantuvo la mirada, en sus ojos había una pregunta que no se atrevió a hacer.

–Debería... debería echarle un vistazo al coche antes de que se haga de noche.

–Oh, claro –dio un paso hacia atrás y se alejó de él–. Está ahí –sacó las llaves del bolso y se las dio. Él cerró los dedos sobre el metal e hizo una pausa, como si quisiera decir algo. Pero no dijo nada, dio media vuelta y se dirigió hacia el vehículo.

Anita se frotó el cuello. ¿En qué estaba pensando? ¿Por qué lo había tocado así? ¿Es que todavía no había aprendido que el que juega con fuego siempre se quema?

Se sentó en el columpio y se empujó con los pies.

La brisa ocasionada por el movimiento hizo que se enfriara un poco. Cerró los ojos y apoyó la cabeza en el respaldo.

Nunca debería haber ido allí, tan cerca de él. Había cientos de pueblos que podía haber elegido. Pero en ninguno de ellos estaba Luke. Y por mucho que intentara decirse que no quería tener una relación con él...

Sí quería.

Había visto cómo miraba a su hija. El amor en sus ojos. La preocupación paternal. Estaban pasando por un momento difícil, pero eso era normal después de lo que les había sucedido. Sobre todo, al estar Emily entrando en la adolescencia. Aunque, tras todas las peleas, se podía ver el amor.

Luke era un buen hombre. Ella lo había sabido desde el mismo instante en que lo conoció. En aquella época en la que pertenecía a otra mujer. Cuando lo estaba pasando tan mal.

Pero ya no. Ya no le pertenecía a ninguna otra mujer.

Aquel tipo de pensamientos sólo traían problemas.

Anita dejó de columpiarse, se puso de pie y entró en la casa. Probó con un enchufe y dejó escapar una exclamación de júbilo al comprobar que tenía luz. Después, sirvió un poco de limonada en un vaso para Luke.

Se dijo a sí misma, que lo único que estaba haciendo era llevándole un refresco a un amigo. Fuera hacía calor y él le estaba haciendo un favor. No estaba pensando en tener nada con él. No estaba ligando con él.

Quizá fuera un buen hombre, pero hasta los buenos hombres se marchaban. Incluso los buenos hombres te dejaban. Ya había tenido bastantes desilusiones en la vida. No iba a buscarse más.

Él había abierto el capó del coche y se había quitado la camisa. Anita contuvo el aliento. Nunca había visto a Luke así y tenía que admitir que estaba realmente bien.

Muy bien, a decir verdad.

Se acercó para darle la limonada y sintió que el pulso se le aceleraba al ver su cuerpo desde una mejor perspectiva.

—Te... te he traído esto —dijo ella.

Él levantó la cabeza bruscamente, golpeándose con el capó.

—Debería ponerme un casco cuando andes cerca —le dijo mientras se frotaba la parte dolorida.

Dios Santo. Su pecho era aún mejor que su espalda. Tenía el torso musculoso y la piel, bronceada. Le dio el vaso antes de que se le cayera de las manos.

—Eres una diosa —se secó la frente con el dorso de la mano y se tomó la limonada de un trago—. Pensé que la lluvia iba a refrescar el ambiente, pero parece que lo ha empeorado.

Ella esperaba que siguiera así mucho tiempo para poder verlo sin camisa más a menudo.

–¿Sigues corriendo y haciendo ejercicio?

–Diez kilómetros todos los días.

–Se nota –dijo ella y se sorprendió de su osadía–. Quiero decir...

–Hace mucho que no me piropeaba nadie.

–Pues no sé por qué no. Eres un tipo muy atractivo, Luke.

Él se encogió de hombros.

–No salgo mucho.

–¡Ah! –dijo ella mirando al suelo–. ¿No sales con nadie?

–No he salido con nadie desde... –miró hacia otra parte–. No.

–¡Ah! –el aire entre ellos comenzó a espesarse. Anita pensó en hacer algo–. Tienes un poco de grasa –agarró un trapo de la caja de herramientas–. Aquí –dijo mientras le limpiaba la mejilla. La grasa no desapareció por lo que volvió a intentarlo.

El pecho de Luke subía y bajaba y Anita tuvo que hacer un esfuerzo para concentrarse en lo que estaba haciendo. Su colonia, un aroma a bosque y a fruta fresca la tentó.

–No... no sale.

Y entonces, la boca de él estaba sobre la de ella y sus brazos alrededor de su cuerpo. Igual que la primera vez. Una erupción de deseo, más poderosa que ninguno de ellos, estalló entre los dos.

S US LABIOS se movieron contra los de ella, como si estuvieran marcando territorio, con un hambre insaciable de poseer más. Ella se puso de puntillas, apretándose contra él, el trapo se le cayó al suelo, mientras, el corazón le latía desbocado. Se acopló a su metro ochenta y cinco sin dificultad, como si estuviera hecha para él.

Él le acarició la piel desnuda de la espalda, por el borde del vestido, y la caricia encendió otro fuego en ella. ¿Cuánto tiempo hacía que no la tocaban? ¿La besaban? ¿La querían?

Infinito.

Él saboreó el café de después de cenar y un deseo largamente contenido. Ella ya no podía recordar por qué había decidido mantenerse alejada de él. Era tan agradable, tan perfecto.

Lo conocía desde hacía tanto tiempo que al tocarlo sentía a la vez sorpresa y familiaridad, como si volviera a casa después de muchos años de ausencia.

Enredó los dedos en su pelo, empujando su cabeza hacia abajo para tomar más de él. Más de todo.

Luke la atrapó contra él coche y ella pudo notar contra su cuerpo que el deseo lo había golpeado a él también. Ella ya no podía oír otra cosa que el rugido salvaje del deseo. Sus bocas y sus manos se movían apasionadas al unísono en un baile de frenesí. Anita se dejó llevar por las sensaciones.

Por Luke.

De repente, él se separó y se alejó de ella. Anita abrió los ojos, pestañeando para hacer frente a la claridad. Después, se llevó una mano a la boca hinchada. Todavía podía sentir sus labios y una sensación dulce y nostálgica hizo que le temblaran las rodillas.

—Eso no debería haber pasado —dijo él. Su voz sonó como si procediera de ultratumba—. Lo siento.

—Yo no te dije que no, Luke. Yo deseaba ese beso tanto como tú —dio un paso al frente y le puso una mano en el brazo—. No hay nada de malo en besarse.

Él dejó escapar un suspiro.

—No creo que quieras tener nada conmigo. Y yo no pienso volver a pasar por eso. Con nadie.

—Sé que ha sido muy duro desde que murió tu mujer, pero...

—Pero no puedo —se inclinó y agarró el trapo para limpiarse las manos y lo volvió a dejar en el coche—. Lo que acaba de pasar es... —meneó la cabeza—. Una locura. Dejé que se me fuera de las manos. Por segunda vez. Lo siento. Llevo demasiado tiempo solo y...

—Luke, lo entiendo.

—No. No lo entiendes. Tengo una carga demasiado pesada sobre mis hombros. No puedo tener nada contigo, ni con nadie –dejó escapar un suspiro–. No creo que tener una relación fuera una buena idea.

Ella levantó las manos al cielo.

–Me has besado y te he besado, eso es todo. Eso no quiere decir que tengas que llevarme al altar. ¿Quieres saber por qué me has besado?

Él se enderezó.

–Yo lo sé.

–Porque me deseas –respondió ella–. Y yo te he besado por la misma razón. Reconócelo. Ninguno de los dos ha olvidado aquel beso en tu oficina.

Él respiró hondo, con la mirada clavada en sus labios.

–No; creo que no.

–Así que tenemos eso pendiente.

–¿Tú crees que es eso?

–Sí. Y ahora te vas corriendo muerto de miedo.

–Yo no tengo miedo.

–Oh, sí; sí lo tienes –dio un paso hacia él y le señaló el pecho con un dedo–. Estás aterrado. Y todo lo demás, son excusas para volver a esconderte en tu caparazón. Te conozco, Luke, mejor de lo que tú piensas.

–Yo no me escondo en ningún caparazón.

–Oh, sí. Sí lo haces. Te dedicas de lleno a trabajar y pretendes que el mundo no existe. Siento atracción por ti, no voy a pretender lo contrario, pero no soy tan tonta como para tener una relación contigo. Sé muy bien qué tipo de persona eres –le dio unos golpecitos con el dedo en el torso–. Tú, mi amigo, eres una tortuga.

–¡Vaya! Creo que me gustaba más cuando me echabas piropos.

Ella sonrió.

–De acuerdo, una tortuga con un bonito caparazón –dejó la mano sobre el coche–. Bueno, si esto está claro, creo que podemos ser amigos. Nada de ideas románticas, sólo amigos.

–Sí, sólo amigos.

–Bien –asintió con una sonrisa, convencida de que eso era exactamente lo que ella quería. ¿Verdad?–. Perfecto.

Dió media vuelta y se alejó.

Bien, eso estaba bien.

También podía golpearse la cabeza con la caja de herramientas. Luke pensó ir tras ella, pero se imaginó que sería mejor mantener las distancias.

Odiaba tener que admitir que tenía razón. Anita había dado en el clavo. Quizá él también debería hacer frente a los hechos.

Era una tortuga.

Se volvió a inclinar sobre el coche y se concentró en los cables, bujías y demás. Una hora más tarde, se subió al Toyota, metió la llave en el contacto y la recompensa fue el sonido del motor al ponerse en marcha.

Probablemente, se había cargado su amistad con Anita, y cualquier esperanza de que lo ayudara con Emily. Era como si tuviera que volver a meter el genio en la lámpara. No podía ser. Había llevado su relación a otro nivel y, aunque ella había dicho que volverían a ser sólo amigos, él sabía que era imposible. Dudaba que fuera capar de volver a mirarla o pensar en ella en términos de «amistad». Aquella palabra sólo estaba destinada a los tipos con los que compartía alguna cerveza en el bar.

Quizá no pudiera reparar el daño que había infringido a su amistad con ella, pero podía hacer que el coche volviera a funcionar. Para un hombre que todo lo estropeaba, no estaba mal del todo.

Anita no volvió a salir, ni siquiera cuando su coche arrancó. Él apagó el contacto, recogió las herramientas, se volvió a poner la camisa y se dirigió hacia la puerta de la casa.

También tenía que arreglar aquello.

Tocó el timbre y esperó. Nada. Volvió a llamar.

—Gracias por arreglarme el coche.

Luke se giró y vio a Anita sacar la cabeza por la ventana. Después sacó una pierna, y la falda se le subió hasta la cadera.

¡Oh, Dios!

Se olvidó de apartar los ojos. Bueno, quizá no fue un olvido. Antes de que pudiera ver mucho más de aquella pierna dorada y suave, ella sacó la otra pierna y salió al porche, con la falda en su sitio. Maldición.

Ella señaló a la puerta.

—El tirador está roto. Además, la puerta se atasca con la humedad. Pero la ventana también sirve —se rió—. Al menos, hasta que pase esta ola de calor.

Él dejó escapar un gruñido.

–No deberías andar saltando por la ventana todo el día. ¿De cuánto estás, de seis o siete meses?

–Siete –se encogió de hombros–. Estoy bien. Estoy bastante ágil. Todas esas clases de aeróbic a las que iba.

–Mira... –dijo él cabizbajo. Después, le dio unas cuantas vueltas a las llaves antes de continuar–. Me he portado como un estúpido hace un rato. Vamos a hacer un trato: yo te arreglo la puerta y tú puedes pagarme con otro favor. Si te parece bien.

Ella levantó una ceja.

–Se trata de Emily.

Anita se quedó pensando un instante. Casi se sentía decepcionada porque el trato fuera ése. Se mordió el labio y apartó la mirada.

–De acuerdo. Pero sólo si tú haces algo por mí.

–Lo que quieras.

–Ve a la tienda más cercana y tráeme todo el chocolate que encuentres. Voy a necesitarlo –volvió a levantarse la falda y desapareció por la ventana.

Necesitó comerse tres chocolatinas antes de volver a mirarlo a la cara. Los envoltorios estaban esparcidos por la mesa de la cocina. Luke había insistido en que pusiera los pies sobre una silla mientras él servía dos vasos de limonada.

–De verdad, no tienes que mimarme –dijo Anita.

–A las mujeres embarazadas hay que mimarlas mucho.

Ella sonrió.

–Si insistes.

–Pues sí –volvió a llenar los vasos–. Me gustaría volver a pedirte perdón por...

–No, por favor –dijo Anita, levantando una chocolatina–. Si vuelves a disculparte voy a pensar que tienes algo contra mí. Estoy embarazada, Luke. No se contagia.

–No es eso, Anita –jugueteó con uno de los envoltorios–. Y no es que no sienta atracción por ti. Que sí. Mucha –su mirada encontró la de ella.

A ella le dio un hipo nervioso.

–Sí, claro. Ahora sí que estoy atractiva. Tan sexy como el Everest.

Él meneó la cabeza.

–Tú no ves lo que yo veo –dudó un instante, como si fuera a decir algo.

Anita esperó. Llena de esperanza, para ser honesta consigo misma.

Pasó un segundo. Otro.

–Tenías razón, ¿sabes? Me das miedo –sonrió un poco–. Hace ya bastante que no trato con ninguna mujer –lanzó el trozo de papel a la basura y cruzó las manos sobre la mesa–. Bueno, no quería hablar de eso. Lo que quería era ofrecerte un trabajo.

Eso era lo último que ella hubiera esperado.

–¿Un trabajo? Pero si ya he dejado el marketing.

–No; no en mi empresa. Mark y yo trabajamos a menor escala, de momento. Quizá en el futuro necesitemos ayuda, pero por ahora no–agarró el vaso con las dos manos–. Necesito ayuda con Emily.

–¿Emily?

–Quiero que trabajes con ella. Que la ayudes.

–¿Con su trabajo?

Él negó con la cabeza.

–Ayudarla a que vuelva a ser mi hija. Eres la única persona con la que la he visto mantener una conversación civilizada en mucho tiempo. Hace una semana que empezaron las clases y todavía no la he visto agarrar un libro. El año pasado tuvo unas notas malísimas –tomó aliento–. Quiero que me ayudes a llegar a ella.

Anita levantó las manos.

–Lo que necesita es un psicólogo, no a mí. Yo no sé nada de niños.

–¿Tu fuiste niña una vez, no?

–Por supuesto, pero...

–Eso me vale.

Anita meneó la cabeza.

–Yo no estoy preparada para ayudar a tu hija a sobrellevar el dolor. Podría decir las palabras equivocadas y hacerle más daño.

–Todo lo que tienes que hacer es lo que has hecho hoy.

–¿Qué he hecho?

–Ayudarla con los deberes, alabarla un poco. La han echado una semana por lo del pelo. Eso por no mencionar su manera de vestir. Si pudiera ponerse un poco al día, aprobar alguna... quizá entonces...

–¿Un poco de éxito podría hacerla querer más?

–Eso es.

Anita se puso de pie y dejó el vaso en el fregadero.

–No sé, Luke. No tengo ni idea de lo que debo hacer. Podría empeorarlo todo.

–Confía en mí; no puede ser peor.

Ella se giró.

–¿Tan mal está, eh?

Él suspiró.

–Emily no ha sido la misma desde que Mary murió. Es como si hubiera construido un muro enorme y se negara a quitar ni un solo ladrillo. Lo he intentado todo. No te puedes ni imaginar el número de psiquiatras con los que he hablado en estos dieciocho meses.

Anita cruzó los brazos y se apoyó en el fregadero.

–¿Qué te han dicho?

–Dos de ellos me aconsejaron que la medicara. Otro me dijo que sólo era una fase –Luke agarró otro envoltorio y se dedicó a doblarlo–. No pienso drogar a mi hija. Y sé que esto es más que una fase. Necesita hablar con alguien –dejó el trozo de papel encima de la mesa–. Y ese alguien no soy yo.

Anita se acercó a él y le puso una mano en el hombro.

–Luke, te quiere. Volverá a ti.

Él negó con la cabeza.

–Anita, tú me conoces. Soy una persona realista. No creo en esas historias de final feliz. Yo trabajo con cifras y hechos. Emily está resentida conmigo por la muerte de su madre y me ha cerrado todas las puertas. Diablos, hay días en los que ni yo mismo me gusto.

Ella se inclinó y lo miró a los ojos. En las profundidades de su azul, vio tanto dolor que le hizo daño–. Estás haciéndolo lo mejor que puedes. No es como si a uno le dieran un manual con las instrucciones.

–No lo entiendes. Es más que eso. Emily ni siquiera... –meneó la cabeza como negándose a acabar la frase–. Emily es lo más importante de mi vida en este momento. Estoy dispuesto a hacer lo que sea para conseguir entenderme con ella antes de que sea demasiado tarde y... –hizo una pausa para tomar aliento–. La pierda para siempre.

–No es demasiado tarde. Va a estar bien. Los dos vais a estar bien.

Él dejó escapar un gruñido y apartó la mirada.

–No lo sé. Necesito tu ayuda, Anita. ¿Aceptas el trabajo?

Ella miró a la pila de facturas que tenía encima de la mesa. Y que no iban a ninguna parte. Aparentemente, al ratón no le gustaba el papel.

–Anita –continuó él, inclinándose hacia ella como si temiera que fuera a decir que no–. Te pagaré quince dólares a la hora, si te parece bien. Eso era lo que le pagaba a su anterior profesor particular. Si pudieras dedicarle unas... cuatro o cinco horas diarias durante los próximos días, eso podría ayudarla a ponerse al día.

–No me parece bien que me pagues por ayudarte.

–Imagínate que es un trabajo de marketing –le dijo con una sonrisa–. Tienes que intentar vender a mi hija que vuelva a portarse bien.

Ella soltó una carcajada.

–Si lo pones así...

–¿Soy irresistible?

–Claro –dijo ella, asegurándose que lo decía en tono de broma.

Era irresistible. Sus razones para no empezar una relación con él y mantener su corazón protegido le habían sonado muy sensatas hacía unos minutos. Pero, ahora, todo había cambiado sólo por su sonrisa.

Hormonas. Eso era todo.

Extendió la mano. Cuando se la estrechó, sintió que una ola de calor le corría por las venas, haciéndola vibrar.

–Ahora puedo tomar algo más para cenar que el jamón de la cesta. El ratón se va a poner muy contento.

–¿Tienes problemas económicos?

–Acabo de quedarme sin el trabajo con el que contaba, eso es todo. Pero todo saldrá bien. Siempre salgo a flote. Aunque flotaré un poco mejor con un buen flotador –dijo tocándose la barriga.

–Anita, si necesitas algo...

–Puedo cuidar de mí misma, Luke. Decidí hacer esto yo sola y lo voy a hacer.

–No pasa nada por pedir algo de ayuda, ¿sabes?

–Tampoco pasa nada por besar a un amigo.

Él dio un paso hacia atrás y miró a su alrededor, como buscando un sitio por donde escapar.

–Será mejor que te arregle la puerta antes de irme –se puso de pie–. Voy a por mis herramientas.

Anita volvió a sentarse y puso los pies encima de la otra silla.

–Aquí estaré.

Sus ojos azules se clavaron en los de ella.

–Lo sé.

Anita agarró otra chocolatina. Sabía que iba a necesitar una buena cantidad de chocolate si iba a trabajar cerca de Luke y de aquellos maravillosos ojos.

Gracias a Dios por el trabajo. Luke se metía de lleno en su trabajo cada vez que Anita aparecía por casa. Era mucho más fácil pasar las horas junto al ordenador que preguntándose por qué diablos le había ofrecido aquel trabajo.

Por parte de Emily, las cosas iban de maravilla. Había respondido bien a la ayuda de Anita y, en tres días, casi se había puesto al día con sus deberes. Incluso había empezado a sonreír cuando ella llegaba. Aquel gesto de felicidad había sido toda una sorpresa.

La pequeña habitación que Luke tenía al lado de la cocina se había convertido en la cámara de los horrores. Anita seguía llevando esos vestidos de tirantes que parecían que se le iban a volar con una racha de viento. Por desgracia, aquella semana no había soplado ni una brizna de aire.

El largo de la falda cada día parecía más corto. Cada vez se le veían más las piernas y Luke se estaba volviendo loco.

Cada vez que la veía, sentía que le subía la libido un poco más.

El lunes, el pelo se lo había recogido en una coleta que le caía por el cuello. Aquel estilo le daba un toque elegante y, a la vez, sensual hasta decir basta.

El martes, se puso carmín en los labios, una sombra roja y brillante que hacía que no pudiera apartar la mirada de su boca. Hasta tal punto, que se quemó al agarrar unas tostadas.

El miércoles, apareció con las uñas de las manos y de los pies pintadas de rojo. Del mismo tono endiablado del de los labios. Él había echado un vistazo a sus pies y se había distraído de tal manera que se había chocado contra la pared.

El jueves, llevaba unas sandalias y un vestido negro corto. Con las uñas y los labios rojos y el pelo suelto sobre los hombros, parecía un pastel de chocolate y fresa.

Aquello había llevado a Luke al límite de la paciencia y del autocontrol. Había murmurado una excusa y se había pasado el día en la ciudad, comprando cosas que no necesitaba.

Cuando volvió a casa, Anita ya se había ido. No estaba decepcionado. En absoluto.

Dejó lo que había comprado en la mesa de la cocina y se dejó caer en una silla. Los libros de Emily y sus apuntes estaban por toda la mesa. Emily entró en la cocina, se sirvió una vaso de leche y miró a la pared.

—Por si acaso estás vigilándome, te diré que ya me he puesto al día con todas las asignaturas. Y mañana ya vuelvo al «cole» por lo que me perderás de vista.

—Eso es fantástico, Em —Luke cerró el libro de matemáticas—. ¿Te está ayudando Anita?

Ella se encogió de hombros.

–Al menos no me hace sentir como una estúpida como otros profesores.

Su hija se encogió de hombros. El rosa fluorescente del pelo había ido perdiendo su intensidad y su melena rubia ya sólo ofrecía una tonalidad rosa clara.

–Tú no eres ninguna estúpida.

–Bueno, tú lo dices porque eres mi padre.

–Hija, yo nunca te mentiría. Y menos en algo tan importante –mientras decía eso algo se encogió en su interior–. Había algo que le había ocultado toda la vida. Su secreto era algo que Emily no necesitaba saber. Si lo descubría, se rompería su relación y ella era todo lo que tenía. Optó por cambiar de tema–. ¿Te ha dicho Anita algo de mí?

Bueno, de acuerdo, aquél no era el tema más idóneo.

Emily arrugó la nariz.

–¿Qué dices, papá? ¿Por qué iba a decir algo de ti?

–Bueno, ya sabes. Solíamos trabajar juntos y... –¿Por qué le estaba contando aquello a Emily? ¿Tan desesperado estaba para intentar sonsacar información de una niña de doce años?–. ¿Es ése tu trabajo sobre Churchill?

–Sí.

Él lo ojeó.

–En vez de leerlo, ¿por qué no me cuentas lo que has aprendido?

–Papaaaá. Esperaba que me dejaras ir a casa de Sarah un rato. Por favor, ya lo he acabado todo.

–Ve –dijo él con un suspiro–. Pero vuelve a casa a la hora de cenar.

Si Anita hubiera tenido cualquier otra opción, la habría tomado sin dudarlo. Pero estaba a más de mil kilómetros de distancia de cualquier amigo, sola en un pueblo desconocido y ahora...

Sin casa.

El viernes por la mañana, apareció en la puerta de Luke y tocó el timbre.

–Anita –la saludó Grace con una amplia sonrisa–. ¡Que sorpresa! Emily está en clase, pero estará de vuelta a la hora de comer.

–En realidad, he venido a ver a Luke.

La sonrisa de la cara de la mujer se intensificó.

–Bueno, eso también es una sorpresa maravillosa. Ten cuidado con las maletas.

Anita miró hacia la media docena de bolsas y maletas de colores que había en el vestíbulo. ¿Se marcharía Luke?

–Hola –dijo Luke desde la puerta de la cocina. Llevaba unos pantalones cortos vaqueros y una camiseta blanca. Iba descalzo y el pelo aún lo tenía mojado de la ducha.

Tenía un aspecto espectacular.

Anita se quedó sin palabras.

–¿Has venido a buscar a Emily? Ha ido a clase.

–Lo sé, me lo ha dicho tu madre. He venido a verte a ti –señaló las maletas–. ¿Te vas?

–No, se van mis padres. Cumplen cuarenta años

de casados y van a hacer un crucero para cele-
brarlo. Diez días por las Bermudas.

Anita recordó que había oído a Grace mencionar algo durante la cena.

–¿Y tú te vas a quedar aquí con Emily? ¿Solo?

–Ése es el plan, ¿Por qué?

Anita volvió a mirar las maletas.

–Quizá éste no sea el mejor momento para pedirte nada, pero... –cerró los ojos para tomar fuerzas–. Necesito un lugar donde quedarme. Mi cocina se ha incendiado.

–¿Qué? ¿Qué ha pasado?

–El dueño tuvo la feliz idea de contratar a un so-
brino suyo para arreglar la electricidad con el fin
de ahorrarse un dinero. No sé dónde consiguió el
título el muchacho, pero lo hizo todo mal. Cuando
intenté utilizar la tostadora saltó una chispa en alguna parte y muchas otras la siguieron.

Él la miró de arriba abajo en medio segundo.

–¿Estás bien? ¿Te hiciste daño? ¿Qué me dices
del bebé?

–Estamos bien, Luke –dijo ella riéndose–. Pero
la cocina necesita una reparación total, desde una
nueva instalación hasta la pintura. Y el olor... Dios
mío, es horrible –arrugó la nariz–. Creo que hasta
el ratón se ha marchado.

–Entonces, quédate aquí. Con nosotros. Debe-
rían cerrar esa casa.

Oh, Dios. Quizá aquello era un error. Tal vez
debía buscar una habitación. O aguantar en aquella
casa apestosa sin electricidad y sin cocina.

O plantarle cara a la realidad. Hasta aquel momento, su nueva vida era todo un desastre. Hubiese sido mucho mejor quedarse en Los Ángeles. Sola. Dejando a Luke y a todos los sentimientos que despertaba a miles de kilómetros de distancia.

O... podía quedarse allí durante unos días. Hacer que Luke se pusiera un jersey e ir a comprar todo el chocolate que pudiera permitirse. ¿Cuánto tiempo tardarían en arreglarle la cocina?

Anita miró a Luke y a aquella sonrisa irresistible que había permanecido en su mente durante todo el viaje de Los Ángeles a Mercy.

—¿Qué me dices? —insistió él al ver que ella dudaba.

—Gracias —dijo ella asintiendo con la cabeza.

CAPÍTULO 6

AQUELLA misma tarde, los padres de Luke partieron rumbo a las Bermudas. Anita fue a su casa a recoger unas cuantas cosas y se acomodó en la habitación de los invitados. Emily estuvo en casa tres segundos, después, se marchó a casa de Sarah como premio por su primer notable en mucho tiempo.

A las cuatro en punto, Anita y Luke estaban solos en la casa.

Él debería estar trabajando en el nuevo proyecto que le había enviado Mark. De hecho, antes de que llegara ella había estado plenamente concentrado en el trabajo.

Pero, desde que ella llegó, ya no pudo pensar en otra cosa.

—¿Ya te has acomodado?

—No tenía muchas cosas que traer, sólo una maleta y el ordenador. He dejado al ratón.

—Pobre.

—Sobrevivirá —Anita se movió en el asiento. Su abdomen había aumentado durante los últimos días y la falda se le subió unos centímetros.

Quizá, él debería marcharse a la casa de ella. Con el ratón y las paredes chamuscadas. Si se quedaba allí, probablemente acabaría con un ataque al corazón.

Se aclaró la garganta.

—A Emily le han puesto un notable.

—¿De verdad? Cuánto me alegro.

—Estaba encantada. Aunque por supuesto, no iba a reconocerlo.

Anita se rió.

—La has ayudado mucho.

—No tanto. Es una chica inteligente.

—Has logrado que vuelva a sonreír. Eso es mucho más de lo que yo he logrado en dieciocho meses. No nos llevamos muy bien.

—Dale un poco de tiempo.

—No lo tengo. Ya tiene doce años. Dentro de poco, se marchará de casa para ir a la Universidad. Ésta es mi última oportunidad.

Ella se levantó y se acercó a él.

—Lo lograrás. Yo te ayudaré con las clases. Ya verás como todo se arregla.

Luke se giró hacia ella y se encontró con su mirada color miel llena de preocupación. Antes de aquel beso, habían sido amigos. Durante mucho tiempo. Eso aún estaba ahí.

Nunca había pensado en la confianza que tenía en ella. Anita siempre había estado ahí, dispuesta a prestar una mano amiga cuando la había necesitado.

Pero ahora había algo más. Otro tipo de relación estaba surgiendo entre ellos. Algo mucho más... apasionado.

Alargó la mano y le tomó la suya. Sólo buscaba consuelo. Al menos, eso fue lo que se dijo.

Antes de darse cuenta de lo que estaba haciendo, Anita estaba en sus brazos. Sólo quería abrazarla, pero, en cuando sintió la calidez de su cuerpo y el aroma a jazmín de su piel, perdió la razón.

Acercó los labios a los de ella.

–Anita... –fue todo lo que logró decir antes de besarla.

Llevaba una semana aguantándose el deseo, mirándola sin tocarla. Pero ya no pudo más y estalló. No tuvo opción.

Anita dudó un segundo, después, lo rodeó con sus brazos y se entregó a su beso.

Él metió los dedos en su pelo castaño y pensó qué pasaría si estuvieran en el dormitorio en lugar de en el salón.

No pensó en su embarazo, en sus responsabilidades, ni en su trabajo ni en su hija. Durante unos minutos, sólo pensó en él y en su deseo.

Con las manos le recorrió la espalda y se paró a acariciarle los glúteos. Después, movió las manos al frente para capturar sus pechos con las palmas. Con los pulgares le acarició los pezones y éstos respondieron endureciéndose.

Anita gimió y se apretó más contra él, avivando un fuego que ya estaba al rojo.

Él nunca había sentido un deseo de tal magnitud. Era tan poderoso que le hacía volverse loco. Nunca había sentido una necesidad así, tan fuerte, una necesidad que lo impulsaba a continuar.

La abrazó y se apretó contra ella. Abrió más la boca, muerto de deseo, suplicando más. Como si no supiera dónde ir, la tocó aquí y allá, por todas partes, explorando su cuerpo, que conoció cinco años antes; pero no, de aquella manera.

Demasiado pronto, demasiado rápido, Anita le tomó la cara con las manos.

–Luke –dijo con un suspiro.

Él necesitó unos segundos para desconectar las manos de su libido. Deslizó las manos hasta su cintura y deseó que la erección desapareciera pronto.

–Esto podría ir más lejos y no estamos preparados. Lo sabes –confesó Luke.

En su mente una voz no dejaba de gritar que quería más.

–Tienes razón –dijo ella haciendo un esfuerzo por calmar su respiración–. Deberíamos...

–Parar.

–Sí.

«Maldición».

–Si vamos a vivir juntos, aunque sólo sea por unos días...

–No podemos hacer esto.

«¿No?»

–Es jugar con fuego.

Sabía que tenía razón. Hacía una semana, le había dicho que no le interesaba tener nada con ella. Mentira.

La deseaba. Quería besarla. Tocarla. Y sí, maldición, quería hacer el amor con ella hasta perder el sentido.

Nunca había deseado a nadie como la deseaba a ella.

Ni siquiera a su propia esposa.

–Papá, ya estoy en casa.

Luke se alejó de Anita justo antes de que Emily entrara en el salón.

–¿Qué hay para cenar? –preguntó.

–¿Qué te parece si saludas primero? –dijo Luke.

Emily miró al techo, fastidiada.

–Hola, papá, ¿qué tal el día? Hola, Anita. Y, ahora, ¿qué hay para cenar?

Anita se rió.

–Sugiero que vayamos a la cocina. Así podemos charlar tranquilamente mientras preparamos la cena.

Los tres entraron en la cocina y, mientras Luke y Anita preparaban algo de pasta, Emily se puso a organizar la mesa.

–¿Qué tal está Rocky? –le preguntó Emily a Anita.

Luke levantó una ceja.

–¿Rocky?

–El niño, papá. Le da muchas patadas así que le he puesto Rocky.

–¡Oh! –Luke se sintió como un tonto.

–Cada vez me da más patadas. Creo que se está quedando sin sitio ahí dentro.

–¿Estás segura de que es un niño? –era la primera vez que se refería al bebé. Durante las dos últimas semanas se había vuelto loco pensando en ella y en él, pero nunca había pensado en el bebé que estaba en camino. No le había preguntado nada. ¡Por el amor de Dios, ni siquiera sabía para cuando lo esperaba!

–No lo sé. Prefiero que sea una sorpresa. No hay muchas sorpresas en esta vida. Ésta es una de las mejores –dijo con las manos sobre el abdomen.

–Seguro que es un niño –dijo Emily con una gran sonrisa y Luke sintió que se deshacía al verla tan contenta.

–La cena ya está lista –dijo mientras se acercaba a la mesa para servir los platos.

–¿Qué os parece si nos vamos al cine después de cenar?

A Emily se le encendió el rostro.

Luke recordó que le encantaba el cine; pero no podía recordar la última vez que había ido con ella. ¿Cómo podía haber dejado que pasara tanto tiempo?

Emily abrió la boca para decir algo y después la cerró.

–Casi se me olvida –dijo fastidiada–. Esta noche hay una reunión en el colegio.

–¿Quieres que vaya?

Ella se encogió de hombros.

–Creo que se supone que debes ir –se sacó un papel del bolsillo y se lo entregó–. Dice que deben ir los dos padres.

–Oh, Emily –Luke odiaba aquellos momentos, cuando la muerte de Mary se presentaba ante ellos y los golpeaba en la cara. Y sólo había hecho falta un papel del colegio.

–Como mamá está... –dijo mientras le daba vueltas a los espaguetis con el tenedor–. Pensé que podía venir Anita –murmuró–. Así podría ver mi examen; pero, no te preocupes, es una...

–Me encantaría, Emily.

En la boca de la niña se dibujó una sonrisa.

–Voy a cambiarme –dijo y salió disparada.

Volvió en un momento con unos pantalones cortos y una camiseta a juego. El pelo se lo había recogido en una coleta y se había puesto brillo en los labios.

Aquélla era la hija que Luke recordaba. Le hubiera apetecido agarrarla y atraerla hacia él pero aún tenía que esperar un poco.

Emily ayudó a recoger la mesa sin que nadie le dijera nada, después, corrió hacia el coche y se sentó en el asiento trasero.

–Parece que la ha poseído un extraterrestre –le dijo Luke a Anita desde la casa–. Ésa no es mi hija.

–La Emily de verdad estaba ahí todo el tiempo. Sólo necesitaba un pequeño empujón.

–Bueno, sea lo que sea lo que has hecho, funciona. Primero las notas, ahora esto. Creo que te voy a nominar para que te den el premio Nobel de la Paz.

–Yo no diría tanto –Anita se inclinó hacia delante, intentando ponerse las sandalias–. ¡Vaya! Apenas puedo verme los pies. Esto es tan... vergonzoso. Luke, ¿podrías...?

–Claro.

Se inclinó sobre sus pies y le calzó las sandalias. Tenía los pies pequeños y delicados y el esmalte rojo les daba un toque atrevido.

¿Cómo podían ser tan eróticos y tan turbadores unos pies?

Su mente volvió al salón y a aquel beso, a sus pechos, a sus manos acariciándole...

Por fin, ya estaban las sandalias en su lugar. Luke se enderezó y agarró las llaves del colgador. Después se alejó de Anita antes de que ella se diera cuenta de lo que su testosterona había provocado.

No iba a tener nada con Anita. ¿Es que todavía no había aprendido la lección? Nunca podría ser el padre de ese niño. Nunca podría acercarse a él. Ya le había pasado una vez. Sólo un idiota volvería a cometer el mismo error por segunda vez.

Mary había sido muy buena con Emily. Quizá demasiado. Había construido un mundo para ellas dos, un mundo al que nunca lo invitaron. Si saliera con Anita y, después, se casara con ella, ¿le pasaría eso con su hijo?

Una pequeña parte de él se atrevía a soñar que con Anita sería todo diferente. Ya había visto su esfuerzo por unirlo a Emily. Y lo que sentía por ella.

Bueno, era algo que nunca había sentido por Mary.

—¿Luke? ¿Te pasa algo?

—No, nada.

—Sé que algo te preocupa. Te voy a dar la lata hasta que me digas lo que es. Así que, será mejor que lo sueltes ahora.

—De verdad que no me pasa nada.

Ella hizo una pausa en el porche.

—¿Prefieres que me quede en casa? ¿Quieres ir tú solo con ella?

—No, no es eso. Además, Emily quiere que vayas tú y yo haría cualquier cosa por ella. Ella lo es todo par a mí.

–Lo sé –Anita puso una mano sobre su hombro. Él meneó la cabeza.

–No lo entiendes. Emily es especial.

–Es tu hija. Lo entiendo.

–Es más que eso. Ella es... –cerró la boca y miró a las llaves que tenía en la mano–. Vamos a llegar tarde si no salimos ya.

La reunión del colegio había ido muy bien. Emily había presumido de su notable en un examen y del sobresaliente en el trabajo de Churchill. Después, los había llevado a ver una naturaleza muerta que había hecho para la clase de arte. La mayoría de sus profesores hablaron de su cambio de actitud y le dijeron a Luke que veían en ella un gran potencial.

Ahora, los tres estaban esperando en la cola de la heladería para comprarse un helado. Las buenas conexiones entre ellos eran evidentes.

Detrás de ellos escucharon un ladrido. Los tres se dieron la vuelta. Se trataba del dóberman de la señorita Tanner.

–Señorita Tanner, le presento a Anita Ricardo.

La mujer dejó escapar un gruñido.

–Ya sé quién es. Yo sé todo lo que pasa en este pueblo. Oye, muchacho, ¿me pones un helado de plátano?

–Señora, no puede entrar aquí con ese perro –le dijo el adolescente con la cara llena de granos que estaba tras la barra.

–Díselo a él, majo, porque mi Garbancito quiere un helado.

El perro sintió el aroma de los helados y puso las patas sobre el mostrador.

El muchacho dio unos pasos hacia atrás.

–¿Cuántas... cuántas bolas?

–Tres, por favor. Y para mí una tarrina de chocolate y fresa.

Anita ahogó una carcajada. En los Ángeles había visto a mucha gente excéntrica, pero nunca había visto a nadie llevar a su dóberman a tomar un helado.

–Colleen tienes que acostumbrarte a dejar esa bestia en casa –dijo la señorita Marchand desde la puerta. Afuera, su perro salchicha estaba atado a una farola.

–Soy muy vieja. La gente tiene que hacer lo que yo quiera.

–No eres vieja. Sólo cabezota.

–¿Quiere un helado, señorita Marchand? –dijo Luke, metiéndose entre las dos para que dejaran de discutir.

–Qué amable, Luke. Una tarrina de moca, gracias. Te esperaré en una mesa de fuera con mi nueva vecina –dijo mirando a Anita.

–Te llevaré algo –le dijo él a Anita–. Ya sé lo que te gusta –le susurró al oído–. Chocolate con chocolate y más chocolate.

Anita sonrió y se aguantó las ganas de apoyarse en él y sentir el calor de su cuerpo. Desde lo que había pasado en el salón, tenía que hacer un gran esfuerzo para mantenerse alejada de él.

Sin darle tiempo a decir nada, la señorita Marchand la agarró del brazo y se la llevó a la terraza donde se sentaron en una mesa. Ahora que el sol se había puesto, la temperatura había caído y hacía una noche muy agradable.

Perfecto, pensó Anita. Se reclinó en la silla de mimbre. Absolutamente perfecto.

—¿Qué tal en el pueblo? —le preguntó la mujer.

—Me encanta —Anita echó un vistazo a los árboles que se alineaban a lo largo de la calle y las parejas de enamorados que paseaban por las aceras—. Es maravilloso.

—Ummm. Ya veo que has encontrado a Luke.

—Necesitaba que me arreglaran el coche y...

—Él estaba a mano. Eso por no nombrar lo guapo que es —dijo la mujer con una sonrisa pícara—. Soy vieja, pero no tonta.

—No hay nada entre nosotros —dijo ella a la defensiva—. Sólo somos amigos.

—Ya, ya. Ya he oído eso antes. Pregúntale a Luke lo amigos que son Mark y Claire ahora.

—No, en serio; no estamos saliendo.

Y no saldrían; no, si podía mantener la cabeza muy fría. Conocía a Luke. Era un buen hombre, pero también uno de los que trabajaban sin descanso y que mantienen sus emociones a buen recaudo. Prefería seguir sola a tener un compañero que no daba compañía.

—¿Por qué no?

Anita se alisó la falda.

—Es complicado.

—¿Es el padre del niño, verdad? —intervino la señorita Tanner que las había estado escuchando en silencio.

La señorita Marchand se giró hacia Anita y se quedó esperando una respuesta. Fue como si todas las mesas de la terraza se quedaran en silencio.

–No. No hay padre. Bueno, sí pero no... –dejó escapar un suspiro–. Es complicado.

–Vosotros los jóvenes –gruñó la señorita Tanner–. Cuando yo tenía tu edad las cosas eran blancas o negras.

La señorita Marchand le lanzó a su amiga una mirada.

–Basta ya, Colleen.

La señorita Tanner volvió a su postre. Garbancito lamió las últimas gotas de su helado de banana de la acera y se echó junto a su ama.

–Luke es un buen hombre –dijo la señorita Marchand–. No sé cuáles serán las *complicaciones* de las que hablas. Pero sean cuales fueren, espero que tengas en cuenta el corazón de Luke. No está para que le hagan daño.

–Yo nunca le haría daño a Luke.

–Eso espero. Pareces un buena chica; pero tienes que entender que éste es un pueblo muy pequeño. Nos preocupamos por los nuestros. Y lleva un tiempo convertirse en uno de nosotros. No sé si me entiendes.

Tenía que haberse imaginado aquello. No iban a recibirla con los brazos abiertos, no hasta que demostrara sus buenas intenciones.

–Lo tendré en cuenta, señorita Marchand.

CAPÍTULO 7

NO TIENES que hacer esto, lo sabes –Anita se movió incómoda contra Luke. Por más que lo intentaba, no lograba encontrar la postura adecuada.

–Esto no es exactamente algo que puedas hacer tú sola –él abrió las piernas un poco más. Ella se acomodó mejor contra su cuerpo. Ya estaba.

Más o menos.

Cada vez que estaba cerca de Luke, se sentía incómoda. No podía evitarlo. Estaba nerviosa, excitada, deseando un poco más de lo que había probado el viernes por la noche...

Vaya, vaya. Iba a necesitar mucho chocolate. Quizá en el hospital lo metieran por vena.

Se había propuesto mantenerse alejada de él. Incluso se había dicho una docena de veces aquella mañana que no iba a pedirle que fuera a clase con ella. Pero, luego, sin quererlo, las palabras se le habían escapado.

–Aunque podría buscarme otro acompañante. Quizá tengas demasiadas cosas que hacer...

–Quieres dejarlo ya y concentrarte en la respiración.

Ella se rió.

–Te gusta estar al cargo de todo, ¿verdad?

Él le colocó las manos a ambos lados del abdomen. Sus palmas se notaban cálidas a través del algodón fino del vestido.

–Se me da bien.

Ella puso sus manos sobre las de él y echó la cabeza hacia atrás. Desde aquel ángulo, Luke parecía más fuerte y musculoso. Depender de él no era tan malo, después de todo. Sólo sería durante un par de horas en las clases de preparación al parto que daban en el hospital.

–Se me da mejor si yo soy la que está al mando.

–Respira –ordenó él.

Ella practicó la respiración.

–¿Estás centrándote en algo?

–No.

–Pues será mejor que lo hagas. Si no, Jan se enfadará muchísimo contigo.

Jan era la matrona que impartía las clases. Tenía tanta energía y era tan entusiasta que parecía que se cargaba las pilas entre clase y clase. Hacía veinte minutos, Jan había entrado cantando. Después, les había contado las experiencias maravillosas de los nacimientos de sus cinco hijos.

Ahora, tenía seis parejas en el suelo, practicando las respiraciones mientras ella iba comprobándolo todo.

–¿Os parece bonito, Steve y Barbara? –dijo Jan a la pareja que estaba a la derecha de Anita. Las pareja había dejado de hacer los ejercicios hacía unos minutos–. Seguid practicando ahora mismo –les ordenó.

–No puedo –se quejó la mujer. Dejó escapar un gemido y se llevó una mano al vientre–. ¡Ay! Creo que estoy de parto.

Jan dejó caer una mano.

–Esas contracciones son totalmente normales. Cuando estés de parto, cariño, no tendrás ninguna duda. Es precioso. Es un milagro –añadió la mujer con una mano en el pecho.

–Va a doler –dijo Barbara–. ¿Cuándo nos anestesian?

–¿Anestesiarte? No hace falta anestesia. Con las respiraciones tendrás suficiente.

–Yo quiero que me pongan la epidural –Barbara entrecerró sus ojos maquillados, como retando a la comadrona–. ¿De acuerdo?

Jan se encogió de hombros.

–Por supuesto, la madre elige. Pero sigamos practicando las respiraciones; por si acaso –se acercó a Anita y a Luke–. Tenéis que estar tan contentos con vuestro hijo...

–Bueno... No es... –comenzó a decir Anita.

–Lo estamos –la interrumpió Luke–. Mucho.

Anita giró la cabeza para mirarlo. ¿Qué pretendía? Si seguía diciendo cosas así, todo el pueblo iba a pensar que el hijo era suyo. Aquello iniciaría un problema que ella no necesitaba.

–Vamos, ¿estás centrada en algo?

–Todavía no he encontrado nada –confesó Anita.

–Bueno, yo tengo algo para ti. Siempre funciona –le indicó a Luke que se levantara y que se sentara enfrente de ella–. Mira aquí –dijo Jan señalando a sus ojos–. Y no apartes la mirada.

–Ummm. Vale.

–Ahora, respira.

Anita se puso a respirar. Miró a Luke y pensó en el beso del día anterior y en la tensión que había crecido entre ellos desde entonces.

Tomar el aire. Soltar. Pensar en Luke. Mirarlo.

–¡Vaya, Nellie! Si sigues respirando así vas a tener a ese niño aquí mismo –le dijo Jan–. Relájate, cariño, esto no es una carrera.

Anita sintió que la cara se le ponía colorada.

–Quizá debería centrarme en otra cosa.

–Mira –Luke se metió la mano en el bolsillo y sacó algo redondo de plástico–. ¿Te acuerdas de esto? –dijo mientras le ponía un reloj en la mano.

–¿Lo has guardado todo este tiempo? –preguntó ella mirando a la cara del pato Donald que la miraba desde la esfera del reloj.

–Por supuesto, tú me lo diste.

Recordaba el día, hacía más de un año. A la mañana siguiente de aquel beso ardiente y sin sentido. Había sido un regalo de cumpleaños tonto, para quitarle hierro a lo que había sucedido.

–Era una broma. Nunca pensé que lo ibas a guardar.

Él se encogió de hombros.

–Lo guardé como recuerdo.

–¿Recuerdo de qué? ¿De que debes pronunciar mejor? –preguntó entre risas.

–No –dijo él, quitándole el reloj de la mano–. De que tenía que tomarme las cosas menos en serio. Que tenía que vivir con alegría.

–¿Y funcionó?

Él sonrió.

–Sólo cuando lo utilizaba para centrarme.

–Un poco difícil cuando lo tienes en el bolsillo.

–Exactamente.

Ella le quitó el reloj y se lo puso sobre la barriga.

–Ahí. Ahora los dos podemos mirar al pato Donald y recordar que tenemos que reírnos en los momentos más difíciles.

Él sonrió.

–Parece un plan.

Ella se inclinó hacia atrás quejándose de la espalda.

–Recuérdame lo que he dicho cuando esté gritando para que me pongan la epidural.

Al instante, Luke estaba detrás de ella, dándole un masaje en los riñones.

–Oh, eso es perfecto. Luke, eres genial.

–Hacemos un buen equipo.

Ella sintió que algo especial le recorría las venas. ¿Miedo a la felicidad? No lo sabía. Una sola frase y allí estaba ella, pensando en el futuro.

–Bueno, clase –dijo Jan dirigiéndose al frente de la clase mientras daba un par de palmadas para atraer la atención de todos–. Vamos a ver un vídeo sobre un nacimiento.

–Creo que ya lo he visto en el colegio –dijo alguien de atrás.

–Éste es un poco diferente –dijo Jan mientras le daba al botón de *Play*.

En el vídeo apareció un parto real. Con sonidos. A todo color.

–¡Dios mío! –susurró Anita–. Nunca vimos nada así en el colegio.

–No deja mucho a la imaginación, ¿verdad? –dijo Luke con una mezcla de sorpresa y pudor.

–No –sonrió ella–. ¿Tú crees que son actores?

Jan estaba apoyada junto a la pared, en la cara tenía una expresión radiante. Como la de algunas mujeres en el día de su boda. El resto de las personas en la habitación tenía una expresión como si estuvieran viendo una película de miedo.

La cinta continuaba mostrando todo el proceso al detalle.

–Vaya. ¿Has visto eso? ¿Cómo han metido ahí una cámara? –ella cerró los ojos con fuerza–. Avísame cuando acabe esa parte.

–No puedo, yo tampoco estoy mirando.

Ella ahogó una carcajada.

–¿No viste todo esto con Emily?

–Me perdí lo mejor. Me quedé atrapado en un atasco y Mary tuvo a Emily antes de que yo llegara.

Anita abrió un ojo.

–Vale. Ya puedes volver a mirar. No es nada malo, sólo un par de pechos.

–Bien. Mi parte favorita.

Anita le dio un codazo.

–Se supone que tienes que concentrarte en mí.

–Eso es lo que estoy haciendo –le susurró al oído–. Por completo.

Ella sintió que el corazón se le hinchaba. Intentó concentrarse en la respiración para no pensar en Luke. Pero era extremadamente difícil, no iba a lograr olvidarse de él mientras lo tuviera tan cerca.

¿Por qué le había pedido que la acompañara? ¿Por qué no se lo había pedido...? ¿A quién? ¿A la señorita Marchand? ¿A Garbancito?

No conocía a nadie en Mercy. A nadie a quien llamar cuando se le rompiera una tubería o cuando el coche se le estropeara o cuando fuera a parir. A nadie excepto a Luke.

Se había prometido que iba a hacer aquello ella sola, que no iba a confiar en nadie. Y allí estaba, haciendo exactamente lo contrario.

El vídeo acabó con escenas de una pareja feliz junto a un bebé en un columpio, mientras, de fondo, sonaba música clásica.

–Vaya. Esa escena siempre logra conmoverme –dijo Jan. Se pasó una mano por los ojos y paró el vídeo–. Me hace desear tener otro.

–Yo quiero que me anestesien y que me hagan una cesárea –dijo Barbara–. No pienso tener a mi hijo en una bañera, rodeada de cuatro de mis amigos gritándome: «Tú puedes».

–Vaya, Barbara. A mí me pareció muy interesante –dijo su marido–. Ella le lanzó una mirada que podría haberlo dejado fulminado. Él se encogió de hombros y siguió frotándole la espalda.

Jan les dio unos folios con técnicas de respiración mientras recogían sus cosas.

–Hasta la semana que viene. Papás, recordad que tenéis que cuidar a las mamás para que ellas puedan cuidar de los bebés. Muchos mimos y muchas vitaminas.

Los tres hombres salieron detrás de sus esposas. Luke salió al lado de Anita, los últimos en abandonar la sala.

Cuando llegaron a las puertas de la salida, él se paró y puso una mano sobre la de ella, antes de que ella pudiera abrir. Su palma era cálida y mucho más grande que la de ella.

A ella le gustó. Y aquello era algo muy peligroso. Tenía que dar marcha atrás, pisar el freno.

–¿Quieres un trozo de tarta de manzana?

–¿Tarta de manzana? –ella se sintió tentada. Por la golosina y por la sonrisa cálida de él.

–No quiero que Jan piense que no cumplo con mis obligaciones. Tengo que tener a esta mamá bien alimentada.

Anita se rió.

–No creo que una tarta contenga muchas vitaminas.

No debería ir. Sabía a lo que aquello conduciría. Dentro de unos cuantos días, Luke volvería a ser el de siempre, esa persona dedicada al trabajo, distante, ocupado, y ella estaría sola. Si fuera inteligente, se ahorraría el pastel y el corazón roto.

–Hay una cafetería en el centro donde ponen la mejor tarta del mundo. La dueña la hace ella misma.

–¿Casera? –la tentación era demasiado fuerte.

–Por supuesto.

Ella sintió su aliento cálido cerca del cuello. Sólo un trozo de tarta. Nada más. Así de sencillo.

Pero no podía engañarse a sí misma.

Nada de lo que tuviera que ver con Luke era sencillo.

Luke había notado un cambio en Anita durante los dos últimos días. Desde que se besaron en el salón, la situación entre ellos estaba tensa.

Él se había propuesto mantenerse alejado de ella después de besarla. Pero, entonces, habían tenido que ir a la escuela y, después, a tomar un helado. Después, el sábado por la mañana, la había visto con Emily en la cocina, haciendo pasteles con una bata demasiado corta.

Se la había encontrado en todas partes. En su casa. En su cocina.

En todos sus pensamientos.

Ahora estaban en la cafetería de Marge. Ella estaba sentada delante de él, recostada en la silla, con los ojos cerrados y una expresión de serenidad en el rostro. Daba pena molestarla.

—Eres demasiado bonita para preocuparte —dijo él con suavidad.

Anita abrió los ojos.

—Debes estar hablando con otra chica. ¿Te has dado cuenta de que tengo diez kilos de más?

—Por un buen motivo —no quería decirle que la redondez de su vientre había suavizado su figura, haciéndola más mujer, más Anita que nunca. De alguna manera, no encontró la manera de decirle aquello sin que sonara rudo.

Ella se enderezó.

—¿Me has traído un trozo de tarta?

Él se rió.

—Por supuesto. No puedo olvidar mis deberes.

Le puso el plato delante y se sentó enfrente de ella con su propio trozo.

Ella agarró el tenedor.

—No tienes que hacer esto, Luke. Puedo encontrar a otra persona que me ayude con las clases. También puedo hacerlo sola.

—Yo quiero ayudarte, Anita.

Ella meneó la cabeza.

—Eso complicaría las cosas.

Él la miró fijamente.

—Sí, es cierto.

Él ya estaba más que complicado. Sabía, con sólo mirarla a los ojos, que desde que volvió a su vida lo había obligado a admitir la verdad. Una verdad que había intentado ignorar desde que se habían dado aquel primer beso. Una verdad cada vez más evidente.

Nunca había estado enamorado de su mujer. Su matrimonio había sido una farsa.

Sin embargo, cada vez que estaba cerca de Anita, su corazón saltaba como nunca antes lo había hecho

Nadie sabía la verdad de su relación con Mary y nadie lo sabría. El coste podría ser demasiado elevado para Emily.

—Tienes razón —le dijo—. Además, estás... —señaló hacia su tripa.

—¿Estoy qué?

—Embarazada de otro hombre —Luke cortó un trozo de tarta y le clavó el tenedor—. Podrías volver con el padre del niño. Probablemente, me estoy entrometiendo.

Anita comió un trozo de manzana.

—Eso nunca va a suceder.

—No lo digas tan segura. Todos los niños necesitan un padre y una madre. Si hay alguna posibilidad...

—No la hay, créeme —Anita pasó un dedo por el borde de su vaso de agua—. Ni siquiera él lo sabe.

Luke hizo una pausa.

—¿No se lo has dicho?

—Fui a un banco.

—¿Qué hiciste? ¿Quedaste con un cajero?

Ella dejó escapar una carcajada.

—No fue un banco banco. Sino un banco de esperma.

—Tú... tú... —hizo una pausa intentando asimilar lo que acababa de oír—. ¿Has pagado para quedarte embarazada? ¿Qué pasó con el chico con el que estabas saliendo cuando me marché? —recordaba lo celoso que se había puesto al verlos juntos, aun sabiendo que no tenía ningún derecho. Después de todo, él era el que le había dicho que no quería nada con ella, que no estaba listo para una relación.

—¿Nicholas? Fue una de esas relaciones estúpidas. No sé en qué estaba pensando. Ni siquiera lo conocía bien. Me imagino que sólo quería... —miró hacia otro lado—. Da igual. Todo acabó con un compromiso que él rompió en cuanto mencioné la palabra «hijos». No iban con su estilo de vida, me dijo —se encogió de hombros—. Fui una tonta, debí haberme dado cuenta antes. Depender de otra persona para conseguir la felicidad sólo lleva a la decepción

—No siempre.

—Discrepo —la manera en la que lo dijo dejó claro que el asunto estaba zanjado.

Luke dejó el tenedor sobre el plato.

—¿Así que, decidiste ser madre tú sola?

—Sí.

—Suena bastante egoísta.

—Vaya, gracias, Luke.

—No quería decir eso. Sólo... —dejó escapar un suspiro—. Sé lo difícil que es criar a un hijo uno solo y no me puedo imaginar eligiendo algo así. ¿Por qué lo hiciste?

—Siempre he querido tener una familia y no he encontrado a nadie que quisiera tenerla conmigo. Eso por no hablar de alguien a quien amar —paró para dar un sorbo a su vaso de agua—. Me pareció lo más fácil.

—¿Estás contenta con la decisión?

—Ahora mismo, sólo estoy hambrienta. Vamos a comernos la tarta y a dejar de examinar mis elecciones, ¿vale?

—Pero...

—Pero hace cinco minutos decidimos que no deberíamos tener nada —se metió un trozo de pastel en la boca, lo masticó y lo tragó, después pinchó otro trozo—. Y, para que lo sepas, estoy contenta. Muy contenta.

—Ese niño va a crecer sin un padre.

—Yo crecí sin un padre y no soy ninguna asesina —apartó el plato vacío—. Mira, sé que lo ideal es una familia con dos padres. Pero yo no tuve esa oportunidad. Así que, me conformo con lo que tengo. ¿Quién dice que no puedo hacer que funcione? ¿Quién dice que no puedo trabajar en casa, criar a mi bebé y tener un ratón como animal de compañía? –le dedicó una sonrisa de esas suyas que él conocía tan bien–. ¿Y ser feliz para siempre jamás?

–Anita, eso no funciona así, sabes...

–Luke, no lo digas. Quiero a este bebé más de lo que jamás pensé que fuera posible querer y eso que todavía no ha nacido. He cambiado toda mi vida. Sin dudas, sin arrepentimientos, sin un marido. Y sé, lo siento aquí dentro –dijo mientras se presionaba la tripa con una mano– que vamos a estar muy bien.

Luke miró hacia la plaza del pueblo. Estaba vacía y unos pajarillos revoloteaban por el suelo picoteando algunas migajas. Anita estaba equivocada. No tenía ni idea de lo que se le avecinaba.

Lo que iba a desear tener a una persona a la que consultar todas las decisiones, desde el tipo de leche hasta el colegio. Lo que desearía compartir con alguien la tarea de educar a su hijo. Lo que le preocuparía estropearlo todo.

Pero ¿cómo podía decírselo? Tenía la cara radiante, llena de esperanza. Se acariciaba el vientre concentrada.

No podía hablarle de las noches difíciles que le esperaban, las decisiones duras que tendría que tomar, las infecciones de oídos y las peleas del colegio, las fiebres de cuarenta grados y los exámenes de quebrados.

No podía darle ninguna lección porque él le había dejado toda la responsabilidad a Mary y no se había dado cuenta de lo difícil que era hasta que se encontró solo.

Sólo había una posibilidad.

Luke apartó su trozo de tarta y agarró a Anita de las manos, atrayéndolas hacia él. Ella lo miró sorprendida.

No podía dejar a Anita hacer aquello sola. Lo necesitaba, quisiera reconocerlo o no. Y su bebé también.

La miró fijamente a los ojos, respiró hondo y dijo:

–Cásate conmigo.

POR ENÉSIMA vez, Anita estaba pensando en la conversación en la cafetería. Se había levantado y había dejado a Luke sentado en la mesa.

Había vuelto a la casa, hecho las maletas y regresado a su casa de alquiler sin acabar. No le importaba si estaba reparada o no. Sólo necesitaba un lugar para estar lejos de Luke. Un lugar para pensar.

Ya habían pasado doce horas y no había hecho otra cosa.

Le había hecho una propuesta por compasión, como si pensara que ella no podía hacer aquello sola. Lo último que necesitaba era un hombre que quisiera casarse con ella por pena. Si alguna vez se casaba, cosa que dudaba bastante, lo haría por amor. El tipo de amor que una chica podía esperar que durara, en lo bueno y en lo malo, lloviera o hiciera sol.

¡Como si aquel amor existiera!

–Si sigues barriendo el porche con tanta fuerza vas a atravesar la madera. Una mujer joven, no mucho mayor que ella, estaba en la acera, empujando un carrito doble. Dentro había dos bebés de pelo negro, comiendo pan.

–Me llamo Katie Webster, la hermana pequeña de Luke –la joven tenía una sonrisa amable. Llevaba pantalones cortos y una camiseta.

–Hola –dijo Anita. Dejó el cepillo contra la pared y bajó las escaleras. Se inclinó sobre la silla y miró las caritas casi idénticas de aquellos angelitos.

–¡Qué niños tan preciosos!

–Son muy traviesos –rió Katie–; pero me encantan. Te presento a Gracie y Eddie.

Uno de los mellizos alargó un puño y le dio a Anita en la nariz. Después, se rió cuando ella soltó un sonido lastimero.

–Son adorables –se enderezó y alargó la mano–. Me llamo Anita Ricardo.

–Lo sé. Todo el pueblo está hablando de ti.

–¿Ah sí?

Katie se rió.

–Acostúmbrate. Mercy siempre está buscando algo de lo que hablar y, en este instante, Luke y tú sois el centro de atención.

Anita meneó la cabeza.

–Pero si no hay nada entre Luke y yo.

Katie levantó una ceja.

–Eso no es lo que se dice en la peluquería. Aquellas señoras ya os están casando.

Aquella palabra hizo que su estómago se le encogiera.

–Creo que necesito sentarme –dio unos pasos atrás y se apoyó en la entrada.

–No te culpo. Hay que acostumbrarse a esto.

–Pensé que sería...

–¿Una vida maravillosa? En parte lo es, pero tiene su lado malo.

La niña acabó con su trozo de pan y le quitó a su hermano el suyo.

–Gracie, eso no se hace –dijo, devolviéndole el trozo al niño–. Qué calor hace hoy.

Anita se incorporó

–¿Quieres entrar un momento? ¿Te apetece una limonada?

Katie miró a los mellizos.

–¿Tienes algo de valor? ¿Algo que se pueda romper?

Anita se rió.

–Seguro que estarán bien.

–De acuerdo, pero después no digas que no te advertí.

Katie sacó algunas cosas de debajo de la silla y se las entregó a Anita.

–Toma esto y yo llevaré a los niños. Te he traído algunas cosas: ropa, un monitor, una bolsa para los pañales. Mi marido vendrá más tarde con un balancín y un corral.

Era un regalo muy generoso. Anita pestañeó sin saber qué decir.

–Muchísimas gracias. Todavía no he comprado muchas cosas. ¿Estás segura de que no necesitas todo esto para otro bebé?

Después de una intensa búsqueda, había logrado encontrar trabajo para algunas revistas. Además, ya le había mandado a su amiga una remesa de patucos por lo que estaba a punto de recibir algo de dinero.

–¿Estás de broma? Tengo unos mellizos de dos años. Ya tengo bastante. Matt dice que quiere tener cinco. No Gracie, no le metas el dedo en el ojo a Eddie. Le he dicho que puede quedarse en casa. Eddie, no te comas el pelo de tu hermana. Yo me iré a construir casas todo el día. Creo que su trabajo es el más fácil de los dos. Eddie, te dije...

Anita se inclinó sobre la silla.

–¿Quién quiere unas galletas? –preguntó alegremente.

Anita se encontró con dos manos pegajosas tirándole de la ropa.

–¡Yo. Yo! –gritaron al unísono.

–Creo que acabas de ser elegida tía favorita. Por ellos y por mí. Katie les desabrochó el cinturón y los ayudó a salir. Ellos subieron las escaleras a gatas y se pararon en la puerta antes de que las mayores llegaran arriba.

Anita abrió la puerta.

–Tienes que disculpar el aspecto de mi cocina. Todavía no está terminada.

Todavía había que pintar la cocina y el pasillo por lo que tendría que buscarse un lugar para quedarse hasta que la pintura se secara. Había un sitio al que sabía que no iría: la casa de los Dole. Había terminado con Luke. Definitivamente.

–No me puedo creer que te hayas puesto a hacer galletas con este calor. Eso por no mencionar la manera en la que estabas barriendo el porche hace un instante. Creo que estás intentando sacarte a un idiota que yo me sé de la cabeza.

Anita se dio la vuelta y se puso a preparar la limonada. Había intentado de todo para quitarse a Luke de la cabeza y nada había funcionado.

–¿Por qué dices eso? –le indicó una silla y ella se sentó enfrente.

–Porque mi hermano me ha contado todo lo que ha pasado. No sé en qué estaría pensando para pedírtelo de esa manera.

–¿Te ha contado lo que pasó?

Katie se rió.

–No tenemos muchos secretos en la familia. Si vas a formar parte de ella, lo mejor es que lo sepas desde el principio.

Anita meneó la cabeza.

–Vine a Mercy a empezar mi propia vida, no a colarme en la de nadie. Quiero hacer esto por mí misma, sin depender de otra persona. No quiero casarme con Luke. No quiero formar parte de tu familia –se llevó una mano a la boca–. Perdona, no quería decir...

–Lo sé. No tienes que disculparte. Gracie, no le des a tu hermano en la cabeza.

Anita agarró el tarro de las galletas y le dio una a cada uno de los mellizos. Después, le ofreció una a Katie.

–Me gusta mucho tu familia. Pero a veces me siento rara al estar rodeada de tanta gente.

–¿Tienes hermanos?

–Algo así –Anita se volvió a sentar a la mesa–. Era hija única. Nunca conocí a mi padre y mi madre se murió cuando tenía diez años. He crecido en varias casas.

Katie se llevó una mano a la boca.

–Eso es horrible.

–Al final todo salió bien –se le hizo un nudo en la garganta cuando Katie alargó una mano y la puso sobre la de ella. Parecía que aquel embarazo la estaba volviendo una sensiblera–. ¿Qué tal está Emily?

Katie se dio cuenta de que quería cambiar de conversación y no insistió sobre el tema.

–No le habla a Luke, pero está bien. Piensa que te ha hecho algo.

–Debería hablar con ella.

–No, no lo hagas. Mi hermano es un gran tipo, pero tiene las habilidades comunicativas de un orangután. Tiene que aprender a comunicarse. Con Emily –se inclinó hacia delante con una sonrisa–. Y contigo.

Eddie entró llorando en la habitación.

–Gracie me ha pegado –dijo con su lengua de trapo.

–¿Has visto lo que te espera? En realidad son un encanto. Sobre todo cuando están dormidos –dijo con una carcajada.

Anita miró a los niños y se preguntó a quién se parecería el suyo. Durante un segundo, sintió pena por no tener un marido al que sacarle parecido.

No, se dijo a sí misma. Sin pena ni arrepentimientos. Había tomado aquella decisión con los ojos muy abiertos.

–¿Se parecen a su padre?

–Son clavados a Matt. Pero creo que tienen la personalidad de mis hermanos. Oye, tengo una idea. El miércoles por la noche ponen una película en el parque. Todo el mundo va con una manta y la merienda. Suele ser antigua, pero lo pasamos muy bien. ¿Quieres venir con Matt, los niños y conmigo?

–Por supuesto –dijo Anita. Eso le serviría de distracción.

–Fantástico. Te recogeremos sobre las siete. Trae algunas galletas y te ganarás a Matt al instante.

–Trato hecho.

Katie se puso de pie.

–Será mejor que me lleve a los niños a casa. Si no se echan una siesta, luego no hay quien los aguante –se cubrió la boca para tapar un bostezo–. Perdona, creo que yo también necesito dormir un rato.

Anita la acompañó hasta la puerta y engañó a los niños con sendas galletas para que se sentaran en la silla.

–Encantada de conocerte. Y muchas gracias por todo lo que me has traído.

Katie puso una mano sobre el brazo de Anita.

–¿Sabes? Ya formas parte de la familia. Te quedes con Luke o no.

–Pero...

–Es como si te hubiéramos adoptado, Emily, mamá y yo –Katie sonrió y dejó a Anita–. Además necesitamos a alguien que herede toda esta ropa de bebé–. Cuando consigamos que Nate siente la cabeza, tendrás a alguien al que pasarle las cosas. Es el único soltero que queda en la familia –se despidió de Anita y se marchó empujando el cochecito.

Anita volvió a la casa. Agarró la escoba, pero no se puso a barrer. Se quedó observando la figura de la hermana de Luke mientras se alejaba y pensó en lo que le había dicho. ¿Qué era aquello de adoptarla? ¿De que formaba parte de la familia estuviera con Luke o no?

¿La echaría él de menos tanto como ella a él?

Debería estar intentando distanciarse de él. Todos sus instintos le decían que lo hiciera antes de que saliera perjudicada. Pero su corazón...

Su corazón no escuchaba.

—Oye, Luke, ¿qué tal va ese programa? La voz de Mark sonaba clara y segura al otro lado del hilo telefónico. Era jueves, habían pasado dos días desde que Anita le dejó plantado en la cafetería. Llevaba un par de horas sentado en la mesa de la oficina, sin lograr avanzar mucho—. No es porque tema que te vayas a retrasar, ya sé que normalmente acabas antes de tiempo.

Luke se recostó en el asiento.

—Últimamente, he estado un poco... liado.

—¿Con Anita?

—¿Quién te ha hablado de ella?

Mark se rió.

—Katie se lo dijo a Claire. Me alegro por ti, hermano. Te mereces ser feliz.

Luke dejó escapar un gruñido.

—Yo no diría que soy muy feliz en este preciso instante.

De hecho, desde que Anita había rechazado su proposición, se sentía bastante desgraciado.

–Dale la vuelta al vaso. Está medio lleno, no, medio vacío.

–Es más que eso –dijo dejando escapar un suspiro–. Anita está embarazada.

–Sí, eso también lo sé. No es... –Mark no acabó la frase.

–No, no es mío. Fue a uno de esos bancos de esperma.

Mark dejó escapar una carcajada.

–¿Por qué será que no me suena nada extraño en Anita? Es una chica con carácter, mejor para ella.

–¿Qué quieres decir con mejor para ella? ¿Está embarazada y sola y...?

–Ella no es Mary, Luke.

Luke se echó para adelante en la silla.

–¿Sabes eso?

–Soy tu mellizo, Luke. Yo lo sé todo.

–¿Pero, cómo...?

–Sumé dos y dos, eso fue todo.

Mary y él se habían casado rápidamente, pero, aun así, las fechas no coincidían.

–¿Se lo has dicho a alguien?

–No. No es asunto mío. Es tu vida.

Luke dejó escapar un suspiro.

–Ni siquiera lo sabe Emily.

–¿Crees que eso es... lo mejor?

–En su momento, nos pareció la mejor decisión; pero, ahora... –Luke jugueteó con los papeles que tenía encima del escritorio– No sé qué hacer. Tiene doce años.

–Ya es bastante mayor.

–Pero ha sufrido mucho –Luke hizo una pausa–. Volviendo al programa, tengo un par de preguntas.

–¿Volvemos a los negocios?

–Para eso has llamado, ¿no?

–He llamado para saber de ti –la preocupación en la voz de su hermano era clara, a pesar de los kilómetros que los separaban.

–Estoy bien –insistió Luke–. Y si me dices lo que necesito saber, podré volver al trabajo y tu cliente podrá tener su programa a tiempo. Entonces, todos contentos.

Mark dejó escapar un ruido de desaprobación.

–De acuerdo. Pero con una condición.

–¿Qué?

–Que no te escondas tras este proyecto y te olvides de la preciosidad que vive a dos manzanas de tu casa. Tienes la oportunidad de conocer el amor verdadero. No lo dejes escapar.

–Mark...

–Puedo oír tu reticencia en la voz así que no digas nada. Lo que tuviste con Mary estuvo bien, pero no era... bueno, no era lo que el amor puede llegar a ser. Lo sé. Sé que te estarás riendo, probablemente, yo soy la última persona de quien esperarías oír algo así.

Luke se rió.

–No hace mucho que eras un soltero empedernido.

–Al conocer a Claire todo cambió para mí. Yo te he visto con Anita, entre vosotros dos hay algo.

Algo que no sucede todos los días. Date una oportunidad, Luke.

–Ahora mismo me odia.

–No, no te odia. Está enfadada contigo. Pero eso puedes cambiarlo, créeme. Cortéjala. Las chicas son muy románticas.

–De acuerdo, tú ganas. Le enviaré un ramo de flores e iré a rondarla con una armónica.

Mark dejó escapar una carcajada.

–No estoy seguro de lo de la armónica.

–Yo no soy un galán como tú –dijo Luke.

–Ya pensaré en algo. Sólo ve a verla.

–¿Podemos volver ya al programa?

Durante la siguiente hora, hablaron del proyecto. Luke le prometió un borrador para finales de la semana.

Cuando colgó el teléfono, se puso a trabajar con el ordenador. Debería sentirse entusiasmado con el nuevo proyecto. Siempre le habían gustado los retos. En cualquier otro momento, el trabajo le habría satisfecho. Pero ahora, sentía que le faltaba algo por estar allí en lugar de... ¿En lugar de dónde?

Sabía muy bien dónde quería estar. Con Anita. Pero eso ya lo había estropeado.

¿En qué había estado pensando al pedírselo así?

Si él hubiera sido ella, habría hecho lo mismo. No la culpaba.

¿Por qué se lo había pedido? Al principio, se había dicho que era por el bebé. Para que creciera con dos padres; pero él sabía que se estaba engañando a sí mismo. Conocía a Anita desde hacía unos cinco años y había sentido por ella algo más que amistad durante mucho tiempo.

Mucho más tiempo de lo que quería admitir.

Mucho más de lo que estaba dispuesto a reconocer.

De hecho, estaba...

Se puso de pie y empujó la silla. Atravesó la cocina a grandes zancadas, lleno de energía. Se sirvió un gran vaso de agua que luego no se bebió.

Se quedó mirando por la ventana, a la gran extensión de césped del patio de atrás. El columpio que los mellizos de Katie adoraban. El árbol al que Mark y él les encantaba trepar desde que eran pequeños. La bicicleta de Emily, olvidada fuera ,junto al árbol. Aquél era su hogar. Su vida.

Y por primera vez, todo pareció más brillante. Más dulce. Gracias a Anita. Las palabras de Mark retumbaban en su cabeza.

—Por todos lo diablos —dijo en voz alta—. Me estoy enamorando de ella.

Ahora sólo tenía que pensar qué diablos iba a hacer al respecto.

RESPIRAR despacio, soltar. Centraros. Pensad en vuestro paraíso –le dijo Jan a la clase.

–Mi paraíso es un jacuzzi –soltó Barbara–. Con una margarita en la mano.

–El alcohol y el embarazo no son buenos compañeros –dijo Jan con el ceño fruncido hacia su alumna.

Anita ahogó una sonrisa contra el cojín que había llevado. Aunque era muy cómodo, no lo era tanto como tener a Luke detrás. Había ido a la segunda clase sola. Decirle que se las podía arreglar sola y, después, llamarlo para que lo acompañara a las clases de preparación al parto no le parecía una buena idea.

Si pudiera ponerse cómoda, eso bastaría.

«Sí, claro», le dijo una vocecilla interior con incredulidad.

Se giró y se retorció, golpeando el cojín vigorosamente para dejarlo más mullido. Jan se acercó al aparato de vídeo con otra película en la mano. La clase dejó escapar un gemido colectivo. Anita arqueó la espalda y se llevó una mano a los riñones doloridos.

–Déjame a mí –le dijo la voz de Luke, con calidez y ternura, al oído. Con la mano aplicó presión en el lugar exacto, con más calidez y más ternura aún.

Ella se apartó hacia delante.

–¿Qué estás haciendo aquí?

–Soy tu colchón. Ahora concéntrate y respira.

–Pero...

–Nada de peros. Te dije que lo haría. Y sólo porque hayamos tenido un malentendido no voy a dejarte.

–Te dije que no me casaría contigo. Eso es algo más que un malentendido.

Luke sonrió y Anita tuvo la sensación de que se estaba guardando algo en la manga. Llevaba resistiéndose toda la semana. Ignorando las flores. Negándose a responder a sus llamadas. Haciéndolo lo mejor que podía para que le llegara el mensaje de que no quería nada con él.

–Un pequeño contratiempo, entonces. No escucho tu respiración.

Ella resopló unas cuantas veces.

–¿Un contratiempo?

–Date la vuelta y concéntrate en el vídeo –dijo él–. Creo que Jan va a poner la segunda parte.

–No pienso mirar. Me puedo imaginar de qué va a tratar.

–Yo pretendo verla y tomar notas. Quizá pueda servir para más adelante.

Ella se giró hacia él.

–¿De qué estás hablando? ¿No me oíste cuando te dije que no? No me voy a casar contigo, Luke.

No necesito a ningún caballero andante. Puedo cuidar de mí misma.

–Lo sé. No estoy intentando rescatarte –acercó la boca a su oído–. Sólo conquistarte.

Ella tragó con dificultad.

–¿Conquistarme? ¿Por qué?

–Si tienes que preguntármelo debe ser que tus hormonas no están funcionando correctamente –le dio un beso en la oreja, después, se echó para atrás, actuando con toda la inocencia de la que era capaz.

La película comenzó. Jan apagó las luces. Una buena idea, porque Anita sentía un calor terrible en la cara. Justo cuando se imaginaba que ya lo tenía todo controlado...

Aparecía él y lo ponía todo patas arriba.

¿Qué diablos estaba haciendo?

Besándola. Cortejándola. Bromeando con ella.

Tenía que intentar mantener la cabeza en su sitio. Con Nicholas, había ido demasiado deprisa y se había quemado. Al final, resultó que él era exactamente lo contrario de lo que ella necesitaba.

Intentó moverse hacia delante para alejarse de Luke, pero él se mantuvo contra ella, obligándola a recostarse y a ponerse cómoda.

Luke sabía exactamente cómo hacer para que encontrara la postura exacta. Decidió que no podía seguir resistiéndose, así que, se relajó y sintió que todos los dolores y las incomodidades del embarazo desaparecían.

Unos minutos no iban a hacerle daño, ¿verdad?

La cinta de ese día duró veinte minutos. Iba, sobre todo, de los primeros auxilios para los bebés.

Nada desagradable, ninguna mujer desnuda gritando.

Jan volvió a encender las luces.

–De acuerdo, clase –dijo dando unas palmadas para llamar la atención de todos–. Hoy vamos a hacer algo totalmente diferente. Una de las cosas que los papás tienen que aprender a hacer es a anticiparse a las necesidades de las mamás. A veces, en la sala de parto, lo mejor es no hablar. Justo ahora, vamos a trabajar sobre nuestra comunicación no verbal.

Les dijo a los hombres que se sentaran cara a cara con las mujeres y les pidió a las parejas que juntaran las manos.

–Ahora, mirad profundamente a los ojos de la mujer a la que amáis y decidle lo que estáis pensando.

Luke se sentó enfrente de ella y puso las manos en alto. Ella colocó las palmas contra las de él. Una chispa de conexión la recorrió al instante. Y, entonces, se dijo que no podía engañarse a sí misma.

Quería a Luke. Y no sólo se trataba de deseo físico. Era algo más. Algo emocional que le hacía sentir que él era parte de ella. Como si todavía tuviera un hueco que él pudiera rellenar.

Contuvo el aliento. Nunca había sentido nada igual. Dios Santo, tenía problemas.

Él clavó su mirada azul cobalto en los ojos de ella y ella no pudo apartarse. Todos y todo en la habitación se desvanecieron. Sólo estaban Luke y ella.

–Dile lo que estás pensando –dijo Jan, atenuando la iluminación–. Léele la mente a tu compañera –un murmullo invadió la habitación cuando las parejas empezaron a comunicarse.

–Me quieres –dijo Luke con dulzura–. Pero tienes miedo.

–Me muero por un helado, no por un hombre –dijo Anita, dejando escapar una risa nerviosa.

–No bromees con esto, Anita. Te estoy hablando en serio –le apretó las manos y se acercó un poco más–. Si hay algo que la muerte de Mary me ha enseñado es que la vida es corta. No dejes escapar tu mejor oportunidad de amar sólo porque tienes miedo.

–Yo no tengo miedo del amor.

–¿Ah, no? ¿Entonces, por qué me has estado evitando?

–No te he estado evitando.

–Hace una semana que no nos vemos. ¿Recibiste las flores que te envié?

Habían sido cinco ramos.

–Sí. Eran preciosas. Gracias.

–No quiero que me des las gracias. Quiero verte.

–Ya me estás viendo. Ahora se supone que tienes que leerme la mente.

–Me parece que no lo estoy haciendo muy bien.

Ella dejó escapar un suspiro.

–Estás muy equivocado.

Él la atrajo hacia sí.

–¿En qué estoy equivocado? ¿No estás interesada en mí? Mírame a los ojos y dímelo.

Ella lo miró y abrió la boca. «Dilo. Díselo y todo acabará. Luke se marchará. De todas formas va a irse», se dijo a sí misma. «Todos lo hacen».

Esa vez había dejado que todo llegara demasiado lejos e iba a sufrir mucho si no decía las palabras que tenía que decir.

–No estoy interesada en ti, Luke.

–Mientes fatal.

–¿Qué te hace pensar que estoy mintiendo? –él le soltó las manos y le apretó la cara con las palmas–. Porque he visto las lágrimas en tus ojos cuando lo decías. Sé que quieres besarme por la manera en que tu boca se abre y se cierra y por tu manera de respirar. Y porque te tiemblan las manos cuando te toco. Yo siento lo mismo, Anita. Quiero besarte. Lo deseo tanto que me duele el corazón. Puedes mentirte a ti misma todo lo que quieras. Pero a mí no puedes mentirme.

–¿Qué habéis aprendido, papás? –la voz de Jan devolvió a Anita a la realidad. Se alejó unos cuantos centímetros, realmente agradecida por la interrupción.

El corazón le iba más rápido de lo normal; seguro que Luke y la mitad de la clase podían oírlo. Se llevó una mano al pecho y se separó de él aún más.

–Yo he descubierto que Steve no tiene ni idea de cómo leer el pensamiento. Yo estaba pensando en un baño burbujeante y él, en sexo. Por el amor de Dios. Eso es lo último que tengo en mente.

–Siempre es lo último –murmuró él–. En cuanto diste el «sí, quiero»...

–Parece que tenemos que trabajar un poco más –dijo Jan animada, después, se volvió a la siguiente pareja. Por fin, les tocó a Luke y a Anita–. ¿Qué habéis aprendido?

–Que necesita un masaje y un trozo de pastel en cuanto acabe la clase –dijo Luke, evitando que Anita tuviera que responder.

Y maldito fuera, le había vuelto a leer la mente.

Le había costado mucho, pero, al final, había logrado convencerla de que compraran una galletas para llevar.

Caminaron hacia el parque por la calle principal. Ya era de noche y el pueblo estaba en silencio.

–Háblame de ti –le dijo él, indicándole un banco.

Anita se sentó, después, metió la mano en la bolsa y agarró una galleta con chocolate.

–¿Qué quieres decir? Me conoces desde hace cinco años. Sabes todo lo que hay que saber sobre mí.

–En los últimos días, no he conseguido hacer nada –se sentó a su lado y rechazó la galleta que le estaba ofreciendo–. ¿Y sabes por qué?

Ella le dio un mordisco a la galleta y él tuvo que controlarse para no darle un beso.

–De acuerdo, ¿por qué?

–Porque sólo podía pensar en ti. No soy un hombre que suela soñar despierto, ¿sabes?

Ella pestañeó.

–Es cierto. Ni siquiera recuerdo haberte visto pensativo.

Él se inclinó hacia delante, intentando encontrar las palabras para decirle lo que sentía por ella sin asustarla. Había demasiadas cosas en su mente, todas deseando salir disparadas. Desde que había comprendido lo que sentía, tenía una opresión en el pecho, como si fuera a explotar si se quedaba con ello dentro un minuto más.

–Pues, esta semana no he dejado de pensar en ti. Me preguntaba cómo habría sido tu infancia. Cuál sería tu color favorito. Si preferías los perros o los gatos. Si te gustaba la música pop o el rock –se encogió de hombros–. Cosas tontas, pero, cuando me dan las tres de la mañana y sigo sin poder dejar de pensar en ti, me parecen muy importantes.

Ella se alejó uno o dos centímetros. Una distancia imperceptible, pero lo suficiente para decirle que había dicho demasiado.

–Luke, yo...

–¿Por qué no empezamos por lo más fácil? ¿Cuál es tu color favorito?

Ella se mordió el labio.

–El rojo.

–Ves. No ha sido tan difícil. ¿Perros o gatos?

–Gatos. Los perros son demasiado dependientes.

–A mí me gustan los perros –dijo él con una sonrisa.

Anita se puso de pie y se dirigió hacia un parque infantil.

–Luke, esto es una locura. No estoy interesada en tener una relación contigo. Estoy aquí para criar a mi hijo. No para recrear el hogar perfecto. Yo no soy así.

–¿Por qué? Él se puso de pie y la tomó de la mano–. Creo que te estás mintiendo a ti misma. O a mí. ¿Por qué no puede ser así?

Ella dejó escapar una carcajada.

–Es un cuento de hadas. Y eso ya sabes que no existe –intentó soltarse, pero él la apretó con más fuerza.

–¿Qué te ha pasado, Anita? ¿Qué te ha pasado en la vida para pensar que no mereces ser feliz?

Ella sintió que se le escapaban las lágrimas; pero logró apartarlas con el dorso de la mano.

–Nada. Pero sé cómo es la vida. No puedes depender de nadie más que de ti mismo. Así que, no intentes convencerme del «vivieron felices para siempre». Es sólo una mentira inventada por los hermanos Grimm para vender más libros.

–¿Tan mal se portó Nicholas?

Anita se alejó de él y se sentó en uno de los columpios.

–No. Fui yo la que me imaginé algo distinto. Menos mal que me di cuenta antes de casarme.

–Así que, admites que te hubieras casado. O sea, que sí crees en la pareja.

–Sólo pasó porque estaba intentando superar algo.

–¿Superar qué?

–Nada.

–Anita no me mientas –intentó recordar algunas fechas. Cuándo había conocido a Nicholas. La sorpresa de la rapidez con la que se había comprometido con él. Se puso delante de ella y paró el columpio–. ¿Fue por mí?

Anita se pasó una mano por el pelo.

–Pensé que habíamos venido a comer galletas.

–Esa noche me porté como un tonto –dijo él–. Te besé y luego me asusté. Te dije algunas cosas que... –no era de extrañar que las mujeres pensaran que los hombres eran unos estúpidos, había necesitado dieciocho meses para despertar–. Te dije que no contaras conmigo. Que no estaba en posición de darte nada a cambio.

–Y que te ibas a marchar a Indiana –se levantó del columpio y pasó por su lado–. Es una vieja historia, Luke. Déjalo ya.

–Anita, ahora las cosas han cambiado mucho. Yo soy diferente. Tú eres diferente.

Ella se dio la vuelta.

–¿De verdad Luke? ¿Has cambiado mucho? Te conozco desde hace cinco años y te conozco muy bien. En la semana que llevo aquí no he visto grandes cambios.

–Quizá no has mirado bien.

–Ahí estás tú. Intentando que yo le haga frente a algunos aspectos de mi vida. ¿Por qué no le haces frente a la tuya? ¿Por qué has tenido que contratar a alguien para que llegue a tu hija? No es tan difícil conocerla. Es sólo que nunca te has acercado a ella. ¿Por qué?

Era su turno. Le había dado en su punto flaco.

–Hay cosas que no sabes, Anita.

–Míralo, ya vuelves a ser la tortuga. Te escondes, Luke. En el trabajo o en lo que sea. Yo ya no

quiero tener nada que ver con la gente que me deja
–le dejó la bolsa de galletas en la mano y se puso
de puntillas para darle un beso en la mejilla–. No
soy lo suficientemente fuerte para eso. Lo siento.

Después giró sobre sus talones y desapareció.

ESTO NO va a salir bien –dijo Matt Webster. Tenía a uno de los mellizos sobre las rodillas mientras Katie iba detrás del otro–. No les interesan las películas si no son de dibujos animados.

–Recuerdo que mi madre me decía que cuando yo era un bebé era bastante revoltosa –dijo Anita, tocándose la barriga–. Me imagino que pronto sabré lo que eso significa. Se acomodó en la manta, sobre un cojín que había llevado. Alrededor de ellos ya había varias docenas de familias. En medio de la explanada, habían colocado una gran pantalla y, a la derecha de ésta, un puesto de palomitas.

Ella forzó una sonrisa para que pareciera que se lo estaba pasando bien. Pero, desde la conversación que había tenido con Luke, allí mismo, la noche anterior, se sentía muy desdichada. Y estar en el mismo lugar, veinticuatro horas más tarde, no la ayudaba mucho.

¿Habría ido demasiado lejos? ¿Habría hablado demasiado? Al mencionarle la relación con su hija le había tocado donde más le dolía, lo había visto en sus ojos. Y lo último que ella quería era hacerle daño.

Dios Santo, ahora sí que lo había estropeado todo. Había perdido a un amigo y mucho más, pero no podía pensar en eso o se vendría abajo allí mismo.

–¿No es aquél Luke? –le preguntó Matt a Gracie.

La niña se levantó y saludó con una mano.

–Tío Lukie.

Anita se dijo que no iba a mirar. Que no le importaba. Que podía vivir en aquel pueblo con él sin que el corazón le diera un vuelco cada vez que oía su nombre.

«Mentirosa».

A escasos metros, Luke estaba colocando una manta para Emily y para él. Llevaba una nevera portátil y un par de bolsas de comida. Emily no parecía muy contenta de estar allí, pero a la vez, se la veía inquieta, como que no le resultaba indiferente.

Anita se giró y se apoyó sobre el codo. No le importaba si Luke estaba allí.

No le importaba si él no había mirado en su dirección, que ni siquiera le hubiera dicho hola.

–No le pegues. No te ha hecho nada –le dijo Matt a su hija.

–Se han quedado sin siesta –explicó su mujer mientras le daba al niño un poco de agua.

–Quizá deberíamos llevarlos a casa.

Katie se volvió hacia Anita.

–Lo siento muchísimo –dijo Katie, alzando la voz para que se le escuchara sobre el llanto del niño–. Te invité a venir y ahora tengo que marcharme.

–No importa, puedo quedarme a verla yo sola.

–¿Estás segura?

–Mi casa está al lado y hace una noche preciosa. No os preocupéis por mí, volveré dando un paseo.

–Bueno, si necesitas algo... –Katie miró en dirección a Luke.

Gracie se escapó de la mano de Matt y corrió hacia los columpios.

–Bueno, tenemos que marcharnos, antes de que nos echen. Te llamaré mañana. Podemos volver a tomar café juntas.

–Me encantaría.

Unos minutos más tarde, los mellizos habían desaparecido y Anita se acomodaba para ver la película.

Pero no era la cara de Montgomery Clift la de la pantalla. Ella veía a Luke. Y la actriz a la que estaba besando no era Deborah Kerr; era ella misma. Anita se giró hacia un lado para mirarlo.

Él la estaba mirando, tan fijamente que parecía una estatua. Ella sintió que se ponía colorada y, al mismo tiempo, los dos apartaron los ojos. Después, sus miradas volvieron a encontrarse, como quinceañeros.

Aquello era ridículo. ¿Qué le importaba a ella? Le había dicho que no lo necesitaba, que no quería tener nada con él.

Y si era así, ¿por qué tenía aquel sentimiento de pérdida? ¿Por qué su manta parecía tan vacía?

Luke no se había enterado de nada. Si alguien le hubiera preguntado si la película era en blanco y negro o en color, no habría sabido la respuesta.

Lo único que había visto desde que puso la manta sobre el suelo fue a Anita, sentada a escasos metros bajo un árbol, tan bonita como si fuera una pintura.

–Papá, esto es tan aburrido... –se quejó Emily–. ¿A quién le interesa ver a dos muertos dándose un beso?

–Esas personas no están muertas, Emily.

–Pero ahora sí. ¿De cuándo es esta película? ¿De hace cien años? Cuando hablaste de una película pensé que te referías al cine.

–Antes te gustaba venir aquí.

–¿Cuándo? ¿Cuándo tenía cinco años? Ya no soy una niña.

Él dejó escapar un suspiro.

–No, no lo eres.

–Hola, Em –un joven con una melena por debajo de los hombros se paró junto a ellos–. ¿Qué haces aquí?

–Nada –dijo ella, con un gesto de aburrimiento total. Luke se dio cuenta de que se estaba alejando de él.

–Hay una fiesta en casa de Lisa. Deberías ir.

–¿Ah, sí? –los ojos de la chica se iluminaron, después se encogió de hombros–. Sí, claro. Podría ir.

Por encima de su cadáver. Por nada del mundo iba Luke a dejar que su hija fuera a ninguna parte con un chico con más pendientes que ella. Lo tenía muy claro.

–Guay. Hasta luego –saludó a Luke con la mano y desapareció.

–Antes de que me preguntes nada, la respuesta es no. Ni siquiera se te ocurra que vas a salir con gente así.

–Papá. Ni siquiera sabes quién era.

–¿Justin Timberlake?

–No. Sólo Kevin Lewis. El chico más guapo del colegio. No me puedo creer que me haya hablado. ¡Y me ha invitado a una fiesta! Quiero ir.

–He dicho que no.

–Papá, me estás fastidiando la vida.

–Habrá otras fiestas, confía en mí.

Emily dio un golpe a la manta.

–No, con Kevin.

–Sí, con Kevin. Ahora mira la película.

Emily parecía enfadada, pero se concentró en la película un instante.

Por el rabillo del ojo, vio que Katie y Matt se marchaban con los niños, dejando sola a Anita. Pensó en invitarla, pero seguro que lo rechazaba. Su hermano le había dicho que la conquistara. ¡Como si fuera tan fácil! Seguro que su hija tenía más experiencia saliendo con chicos que él con chicas.

Por cierto, quizá Anita tenía razón y debía hablar francamente con su hija. Quizá si le dijera la verdad, lograría derribar el muro que había entre ellos.

Miró a su hija y decidió que aquél no era el momento. Pronto, se dijo a sí mismo. Pronto.

Se apoyó sobre los codos y miró hacia Anita. Ella apartó rápidamente la cara, como si lo hubiera estado mirando. Ummm, parecía que estaba más interesada de lo que estaba dispuesta a admitir.

Se puso de pie.

—Vuelvo enseguida —le dijo a Emily. Después, se dirigió hacia Anita.

Ella se puso recta.

—Luke. Hola. No sabía que ibas a venir a ver la película.

—Hacía mucho que no llevaba a mi hija a ver una película. Aunque creo que no he elegido bien porque opina que es la película más aburrida que ha visto en la vida. Pero... —se encogió de hombros—. Lo he intentado.

—Un sobresaliente en esfuerzo —dijo ella—. Intentarlo también es importante.

—¿Puede sentarse? —dijo una mujer detrás de él—. Estamos intentando ver la película.

Anita se echó para un lado, haciéndole un hueco en su manta. Después, dio unos golpecitos en el suelo.

—¿Estás segura? La última vez que te vi parecía que no querías compartir nada conmigo.

Ella se encogió de hombros.

—Sólo será un minuto. Probablemente quieres volver con Emily, ¿no?

—Oh, sí —dijo intentando ocultar su desilusión—. ¿Has hecho galletas? —preguntó al ver el cucurucho.

—De chocolate —dijo ella con una sonrisa, casi tímida.

¿Desde cuándo era tímida? ¿Acaso su presencia le afectaba más de lo que quería reconocer?

—Son mis favoritas —dijo él.

–Lo sé –ella jugueteó con los flecos de la manta–. Lo mencionaste durante la cena, ayer. Y yo iba a hacer galletas y se me ocurrió que podía hacerlas de chocolate.

Según aquello, parecía que había pensado en él. Luke dio un mordisco a una galleta con la esperanza de que Anita compartiera sus sentimientos. Quisiera o no reconocerlo.

Unas nubes negras cruzaron por encima de ellos, tapando la luna. El aire estaba cargado de humedad y parecía que iba a llover. Luke esperaba que la tormenta esperara y no estropeara aquel momento entre ellos.

–Siento lo de anoche –dijo él–. Me pasé, al meterme así en tu vida.

Anita giró la cabeza y el pelo le acarició los hombros. El contraste entre su vestido blanco y su bronceado era precioso. A Luke le dolían los dedos por la necesidad de acariciar esa piel, de acercarla a él, de besarla. Pero eso sólo lograría alejarla aún más.

–Yo también tuve la culpa –reconoció ella–. Estaba demasiado a la defensiva. Cuando alguien se acerca demasiado, mi primer instinto es echar a correr.

Él se rió.

–¿De qué te ríes?

–Estaba pensando. Dijiste que yo era una tortuga. Me imagino, que si yo soy una tortuga, tú eres la liebre.

Ella se apoyó sobre los codos y se rió.

–Menuda pareja, ¿no?

–Oh, sí –se apoyó sobre un codo y meneó la galleta que tenía en la mano–. Dicen que los opuestos se atraen.

Anita miró a la luna y dejó escapar un suspiro.

–No creo que la atracción haya sido nunca un problema entre nosotros.

–No, no lo ha sido.

En aquel instante, el cielo se abrió y la lluvia de verano comenzó a caer a raudales, acabando con los planes de Luke de pasar un rato agradable con Anita. Las familias se levantaron, recogiendo mantas, neveras y niños, y corrieron en busca de resguardo.

Luke ayudó a Anita a ponerse de pie. Ella agarró la manta.

–Quédate aquí, debajo del árbol. Voy a por Emily.

Luke corrió bajo al lluvia, entre la gente. Encontró su manta, su comida... pero no a su hija. Se puso una mano sobre los ojos y la buscó.

–¡Emily! –gritó.

Corrió un poco hacia la izquierda y volvió a gritar su nombre, un poco hacia la derecha y otra vez. No había ni rastro de la chica.

–¿La ves? –dijo Anita a su lado, con la manta sobre la cabeza.

–¿Qué haces aquí?

–Ayudarte a encontrar a Emily.

Él dejó escapar un suspiro.

–No vamos a encontrarla con este jaleo. Vamos a ponernos a cubierto, ya la buscaremos cuando deje de llover –la lluvia caía con fuerza en aquel momento–. Ve hacia el árbol mientras yo recojo, después iremos al pabellón.

Anita giró hacia el árbol, con la manta sobre la cabeza, con tan mala suerte que un fleco de la manta se le enganchó en la sandalia. Luke la vio caer a cámara lenta. Vio cómo tropezó con la manta y cayó al suelo de costado.

Corrió hacia ella y la agarró ya en el suelo.

–Anita, ¿estás bien?

–Creo... que sí.

La tomó en brazos y la llevó bajo el árbol.

–¿Estás segura?

–Creo que me he hecho daño en la rodilla.

Él miró hacia abajo y vio que tenía una rozadura y que la rodilla se le estaba hinchando por momentos.

–Deberíamos llamar a la Cruz Roja.

–No está tan mal.

–Sí lo está. Confía en mí.

Luke señaló hacia el pabellón.

–Te voy a llevar adentro. Allí hay un teléfono para llamar.

–Luke, puedo cuidar...

–No me digas que puedes cuidar de ti misma –dijo él con una sonrisa–. Por una vez, tienes que confiar en mí.

Ella se miró la rodilla, luego a él.

–Tienes razón.

–Tienes que decir eso más a menudo –se inclinó sobre ella y la tomó en brazos.

–No te acostumbres.

En cuanto Anita estuvo en los brazos de Luke, supo que jamás debía haber accedido. Estaba jugando con la parte más delicada de su cuerpo; mucho más que el tobillo.

La lluvia había empezado a dejar de caer con tanta fuerza y ya apenas caía una lluvia fina. Luke caminó con Anita en brazos, apretada contra su pecho.

Allí se estaba demasiado a gusto. Luke tenía razón. Ella era una liebre que corría cada vez que algo la asustaba. Si lo pensaba bien, nunca había tenido una relación seria, siempre se había marchado antes de comprometerse demasiado.

Y como la liebre de la fábula, estaba cansada. Cansada de actuar como si lo controlara todo.

Apoyó la cabeza en el pecho de Luke. La rodilla le dolía. Se dejó llevar y se dejó mimar. Sólo por esa vez, se dijo.

Llegaron al pabellón demasiado rápido. Antes de darse cuenta, él ya la había dejado sobre un banco de madera con tanto cuidado como si estuviera tratando con porcelana china.

—Quédate aquí. Voy a buscar ayuda. ¿Estás bien?

—Sí.

—Eres una chica dura, ¿eh?

Ella sonrió.

—No me rompo con facilidad.

Él se inclinó y le dio un beso en los labios.

—Ahora vuelvo. No me eches de menos. Vamos, no demasiado.

En cuanto se alejó, Anita sintió que lo añoraba. Su corazón le había dado un vuelco con aquel beso y el pulso iba a toda velocidad. Cuando él salió de la habitación, el sentimiento de vacío se cuadriplicó, como si se hubiera llevado una parte de ella con él.

Eso le dio pánico. No quería que Luke le importara. No quería enamorarse...

¿Enamorarse? ¿Cómo se le había ocurrido aquello? De ninguna manera se iba a enamorar de Luke. De eso nada. Siempre había tenido mucho cuidado con esas cosas. Ella sabía parar a tiempo. ¿O no?

Aquello no le gustaba nada. Amar a alguien implicaba sufrir por esa persona. El amor lo deja a uno vulnerable, abierto al dolor, a la decepción. Como una herida que nunca cura. Tenía que alejar aquellos sentimientos. Ahora. Antes de que le calaran demasiado hondo.

Cuando Luke volvió, unos minutos más tarde, su mirada azul conectó con la de ella. Llevaba aquella sonrisa maravillosa dibujada en el rostro y cuando tendió las manos hacia ella, en señal de amistad, de preocupación y de algo más, ella supo que se estaba engañando.

No había vuelta atrás. No iba a poder olvidarlo. Superar lo que ya sentía. Su corazón, por lo visto, había continuado avanzando, a pesar de que su cabeza había decidido retirarse hacía tiempo.

–Tenemos suerte –dijo él, totalmente inconsciente de la batalla interior de ella–. Me he encontrado con George, el encargado de estas instalaciones, y ha llamado por radio a la Cruz Roja. Estarán aquí en un par de minutos.

–Fantástico –colocó la pierna sobre el banco; ya no le dolía tanto–. Bueno, ahora ya puedes ir a buscar a Emily.

–Ha ido a una fiesta con Kevin.

–¿Kevin?

Luke sonrió.

–Según Em, el chico más «guay» del planeta. En mi opinión, es la peor pesadilla de cualquier padre. Con el pelo por aquí –dijo señalándose a los bíceps–. Y con más pendientes que neuronas.

Anita se rió.

–Ya sé por qué te molesta.

–La invitó a una fiesta en casa de una chica. Mercy es un pueblo pequeño y sé dónde viven todas las Lisas adolescentes.

–Si quieres ir a buscarla, por mí puedes ir. Yo puedo cuidar de mí misma.

Él la miró fijamente a los ojos.

–No, no puedes. No siempre. Hasta la propia Blancanieves tuvo que pedirle ayuda a los enanitos.

–Ella es la princesa de un cuento.

–Sí, y una princesa muy guapa.

–¿Y yo no?

–Tú, cariño, eres la mujer más preciosa que he visto en mi vida. Ni siquiera Blancanieves se podría comparar contigo.

Ella meneó la cabeza.

–¿Qué llevabas en esa nevera?

–Té helado –se puso en cuclillas para estar a su altura–. Desde el primer minuto que te vi, pensé que eras hermosa. Y desde que llegaste a Mercy...

bueno, te he visto con otros ojos. Hermosa es poco para describir cómo te veo.

–*Éste* no es el Luke que yo conozco. Tú antes no hablabas así.

Él le agarró las manos. Los dos sintieron el calor y algo más, algo casi eléctrico que los recorría.

–Nunca antes había tenido ningún motivo para hablar así. Nunca había sentido esto por nadie. Nunca. Sé que quizá suena como un cliché, pero ahora me despierto contento y me voy a la cama contento. Me paso el día canturreando, incluso después de nuestra discusión –la acercó a él y colocó las manos de ella en su pecho. Ella pudo notar el latido de su corazón, suave y, a la vez, firme–. Me he enamorado de ti, Anita. Hasta los huesos.

Anita abrió la boca y la volvió a cerrar. Se había quedado de piedra.

–¿Te... te has enamorado? ¿De mí?

El corazón le latía a toda velocidad.

¿Era aquello real? ¿O era una segunda parte de la petición de mano del otro día? ¿Se lo decía porque le daba pena que fuera a ser madre soltera? ¿O lo decía en serio?

–¿Te sorprende?

–¿Que si me sorprende? Me he quedado atónita.

–¿Por qué?

En aquel instante, dos hombres, uno alto y delgado y otro bajo y gordo, entraron en el pabellón. Los dos llevaban sendos maletines.

–Hola Luke, ¿qué tal? –preguntó el hombre delgado.

–Bien, Ted.

El hombre abrió el maletín sobre la mesa.

–Vaya, esta herida tiene mala pinta, señorita Ricardo.

–¿Sabe mi nombre?

–Esto es Mercy.

Ella se rió.

–Debería habérmelo imaginado.

Ted le limpió la herida y después le vendó la rodilla.

–Esto debería bastar. Asegúrese de mantener la pierna en alto y póngase hielo de vez en cuando para que le baje el hinchazón. No se mueva; le aconsejo que tenga a alguien al lado para que le lleve todo lo que necesite. Yo le recomendaría a Luke –dijo con un guiño–. Es muy bueno para ese tipo de cosas.

–Soy bueno para muchas cosas –le dijo Luke, con la boca pegada a su oído.

«Dios Santo. Si continúa así, hará conmigo lo que quiera».

Anita tuvo la impresión de que aquella rodilla iba a ser la menor de sus preocupaciones.

Luke llevó a Anita al coche. Al llegar a su casa, la volvió a tomar en brazos, abrió la puerta con una mano y fue a dejarla en el sofá. Le puso unos cojines en la espalda y otro bajo la pierna para que estuviera cómoda.

–Así –cuando acabó se sentó al lado de ella–. Cuando te caíste casi me da un ataque.

–¿Porque perdiste a Mary?

–No, aquello fue diferente –se miró las manos. Si quería que Anita le abriera el corazón, él tenía que abrírselo a ella primero. Eso era lo que había estado haciendo mal toda la vida; Anita tenía razón. No había sido Emily la que había construido un muro, sino que había sido él. Había llegado el momento de empezar a derribarlo y eso se hacía contando la verdad–. Nunca estuve enamorado de Mary.

–Pero... pero, yo pensé...

–Igual que todos. Nos llevábamos muy bien y teníamos muy buenas intenciones, en serio –le agarró una mano y se la apretó–. Es una ironía, la forma en la que murió, igual que empezamos.

–¿Qué sucedió?

–Iba a recoger a Emily al colegio. Se había liado con las compras y llegaba tarde. Yo estaba en el trabajo. Por supuesto. Ésa era mi vida entonces: trabajo y más trabajo.

–Por aquellos días trabajabas mucho.

Luke se pasó una mano por el pelo.

–Demasiado, Anita. Aquel día estaba lloviendo, así que, las calles estaban llenas. Mary se metió demasiado rápido en la calle del colegio de Em. Un tipo que se había quedado sin trabajo, y que se había pasado la tarde bebiendo para ahogar las penas, venía por la otra calle –Luke cerró los ojos y, durante un segundo horrible, volvió a visualizar las sirenas de la policía, el coche de Mary aplastado, el policía negando con la cabeza–. No vio la señal de stop. No vio el coche de mi mujer.

–Dios mío, Luke, lo siento.

–Dijeron que murió en el acto. No sintió nada. Al menos me queda eso –se pasó una mano por la cara, tomó aliento y continuó–: Aquel día no volví a la oficina. Ni el día siguiente, ni el siguiente. Cuando volví, sólo me quedaba la mitad del tiempo de lo que solía. Entonces, la empresa se vino abajo cuando el mercado empezó a decaer.

Luke se encogió de hombros y continuó.

–¿Sabes qué? Me alegro. Necesitaba despertar. Me mudé aquí y empecé algo más pequeño con Mark. Puedo trabajar en casa, las horas que quiera y puedo ver a mi hija y cenar con ella cada día. Por supuesto, ella no quiere ni verme, pero allí estoy yo –le pasó una mano por el brazo y, cuando volvió a hablar, lo hizo con un tono apagado–. Mary siempre estaba al lado de Emily cuando era pequeña. Conmigo no estaba tan unida. Cuando Mary murió, pensé que tenía que hacer algo para cambiar aquello. Aunque mi plan no ha funcionado de momento –dejó escapar una sonrisa–, no voy a darme por vencido.

Anita lo miró en silencio un instante.

–Has cambiado mucho.

–Más de lo que crees. Han sido dieciocho meses muy duros, Anita. He tenido mucho tiempo para pensar. Todavía soy un poco tortuga –dijo con una sonrisa–, pero estoy trabajando en ello.

Ella levantó una mano y le acarició la mejilla. Luke pensó que no podía haber nada más dulce en el mundo entero.

–Tengo que reconocer que me equivoqué contigo.

–No del todo.

–Sí –con un movimiento suave y seductor, acercó la boca a la de él.

En su mente estalló una fiesta de fuegos artificiales. Anita no se guardó nada. Metió los dedos entre su pelo y con los labios exploró cada centímetro de los de él, saboreando, pidiendo más. Él le mordisqueó el labio, jugueteando. Ella gruñó y abrió la boca y, con la lengua, le abrió los labios a él, pidiéndole que le devolviera el beso.

En la otra habitación se escuchó un golpe –Luke se separó, sobresaltado–. ¿Qué ha sido eso?

–Debe ser el ratón que ha invitado a unos amigos –murmuró ella con los ojos entrecerrados–. Sabe que he hecho galletas.

Él le dio un beso, después, otro.

–Eres muy dulce, ¿sabes?

–Lo intento –lo rodeó con los brazos y apoyó la cabeza en su pecho.

–Todavía no te lo he contado todo.

–¿Hay más?

Él asintió.

–Sí. Es algo que no sabía nadie, sólo Mark, y eso porque se lo ha imaginado –Luke tomó aliento–: Emily no es hija mía.

–¿Qué?

–Cuando estaba en el instituto, mi mejor amigo, Jeremy salía con Mary. Sus padres la odiaban. No era de muy buena familia y los padres de Jeremy pensaban que iba a ser su perdición. Le gustaba mucho salir. Una noche bebió demasiado –se puso de pie y paseó por la habitación–. Yo no quería que condujera. Mary también intentó pararlo; pero él no quiso hacernos caso. Se enfadó y se marchó en el coche –Luke hizo una pausa frente a la ventana, como si pudiera ver el pasado en el cristal.

–¿Y tuvo un accidente? –preguntó Anita.

–Sí. No... no salió de aquélla –giró la cara hacia ella–. Mary estaba embarazada de unas cuantas semanas. Intentó decírselo a sus padres, pero ellos le echaban la culpa de la muerte de Jeremy. Le dijeron que no querían saber nada de ella, ni del bebé. Los tres éramos inseparables. Ya sabes cómo son los adolescentes; la gente no sabía muy bien quién salía con quién porque siempre estábamos juntos.

–Así que ocupaste el lugar de Jeremy.

Luke volvió al sofá y se sentó a su lado.

–Sus padres eran pobres, no podían ayudar. Estábamos en el instituto, por el amor de Dios. Pero era más que eso. El bebé de Jeremy era lo único que nos quedaba de él. Los dos lo queríamos mucho –hizo una pausa. Su mirada buscó la de ella, esperando que entendiera. ¿Cómo podía explicar lo que había hecho?–. Era mi mejor amigo –dijo con un susurro–. ¿Qué otra cosa podía hacer?

–No hay muchos hombres que hubieran hecho eso.

Él meneó la cabeza.

–No lo sé.

Ella le tomó la cara entre las manos.

–Eres único, Luke. No sé si Emily sabe lo afortunada que...

–¿Cómo has podido? –la voz de Emily sonó chillona y desencajada detrás de ellos.

Luke se puso de pie de un salto.

–¿Cómo has entrado?

–Por la ventana. Unos de los chicos dijo que una mujer embarazada se había caído y me imaginé que podía ser Anita, así que, entré por la ventana para que no tuviera que levantarse a abrir la puerta. Pero, ahora, ya sé... –se calló un instante–. No puedo creerme que me hayas mentido –su voz se rompió y una lágrima le corrió por la mejilla.

Luke se acercó a ella.

–No lo entiendes, Emily.

Ella se apartó.

–Lo entiendo muy bien, papá. ¿O no debería llamarte papá? Y ahí estabais los dos, besándoos. Pensé que te importaba –dio media vuelta y salió de la habitación corriendo.

–¡Emily! –Luke corrió detrás de ella, pero ella corrió más.

Luke volvió dos horas más tarde, mojado y decepcionado. Había comenzado a llover de nuevo y tenía la ropa y el pelo empapados.

–No la he encontrado por ninguna parte. He llamado a la policía –se pasó la mano por el pelo.

Anita fue a buscar una toalla y se la pasó por los hombros.

–Necesita un poco de tiempo. Volverá.

–¿Y si se ha marchado para siempre?

Ella negó con la cabeza.

–Volverá. Está dolida, pero te quiere.

–Espero que tengas razón –dijo él, hundido.

Anita lo rodeó con los brazos para darle consuelo.

–Luke –lo envolvió con un abrazo tan apretado que parecían una sola persona.

–Oh, Anita. Te necesito tanto –apretó la cara contra su cabeza–. ¡Oh, Dios! Anita, te quiero –susurró.

Ella se echó un poco para atrás, su corazón le latía desbocado.

–Luke, esto... esto es demasiado rápido para mí.

–¿Por qué? –sus ojos se encontraron con los de ella–. ¿Porque tienes miedo del amor?

Ella miró al suelo.

–¿Ahora, quién es la tortuga? –preguntó él

Ella se dejó caer en el sofá.

–Tienes razón. No me gusta hablar de mi pasado con nadie.

–¿Conmigo tampoco?

Levantó la cara y se encontró con su mirada. Clara, llena de preocupación y... de amor. ¿La había mirado así alguien alguna vez?

Ella dejó escapar un suspiro.

–Mi madre murió cuando yo tenía diez años. Y no tuve la suerte de tener a un padre cerca. Ni siquiera lo conocí y mi madre nunca me habló de él. Así que, cuando ella murió fui de casa en casa. Un montón. Nadie quería a una niña mayor –se encogió de hombros como si aquello no le importara, pero la expresión de su rostro lo decía todo.

–¡Oh, cariño! –dijo él, acercándose a ella para acariciarle la mejilla.

–Cuanto mayor me hacía, peor iban las cosas. Cuando me convertí en una adolescente, me volví una rebelde: faltaba a clase, contestaba a todo el mundo... Nada que ver con el bebé dulce con el que una pareja podía soñar. Así que, seguí de casa en casa.

–¿En cuántas estuviste?

–Siete. Ocho –volvió a encogerse de hombros–. Perdí la cuenta.

–No entiendo por qué dejan que pasen cosas así.

–Me imagino que es mejor que un orfanato. A los dieciocho años, ya estaba sola. Afortunadamente, continué con mis estudios. Fui a una universidad pública, me saqué mi título, cuidé de mí misma. La mejor lección que aprendí fue que no debía encariñarme con nadie.

–¿Tan horribles fueron las familias?

–La mayoría no estaba tan mal. Pero cuando una me gustaba... –los ojos se le llenaron de lágrimas–. Bueno, ésa era la que tenía que dejar, ¿sabes? –se enjugó la cara–. Vaya, ya soy muy vieja para ponerme tan sentimental.

Él le agarró la cara con las dos manos y borró las lágrimas con los pulgares.

–Así que, viniste aquí, buscando un hogar.

–Me... me imagino que sí. Mi madre siempre me habló de lo feliz que había sido en su pueblo. No recordaba el nombre, así que, elegí Mercy, buscando esa felicidad.

–¿Y la has encontrado?

¿La había encontrado? ¿Había encontrado por fin un lugar donde echar raíces? ¿No era eso lo que siempre había buscado y que nunca había encontrado?

Alguien llamó a la puerta.

Luke se puso de pie de un salto.

–¿El señor Dole? –un policía de la ciudad apareció al otro lado de la puerta–. Creo que hemos encontrado a su hija.

Se habían equivocado.

Luke se dejó caer en el porche.

–¿Cómo han podido confundir a esa chica con mi hija? No se parecía en nada a ella.

Anita le puso una mano en la cabeza.

–Vamos a buscarla.

–Deberías estar tumbada en el sofá, sin moverte.

–No cuando tú me necesitas, Luke. Ya tendré tiempo de descansar cuando la encontremos.

Él le agarró la mano.

–Qué suerte he tenido al encontrarte.

–No ha sido suerte.

–¿El destino, entonces?

Ella negó con la cabeza.

–Cada uno tiene lo que busca.

–Permíteme que discrepe –se puso de pie y la siguió adentro–. Tú viniste aquí, entre todos los miles de pueblos elegiste éste. Fue el destino.

Ella hizo una pausa con la mano en el pomo de la puerta.

–Tal vez –dijo mientras abría la puerta.

Y, entonces, se la encontraron. Después de todo lo que habían buscado, allí estaba; sentada en el sofá, abrazándose las rodillas.

Luke corrió a su lado.

–Emily. ¡Oh, Emily! ¿Dónde has estado?

Anita se quedó atrás para dejarles un poco de intimidad.

–Volví a la fiesta –sollozó ella–. Pensé... que Kevin iba a hacerme caso porque yo estaba muy triste. Pero lo único que quería era pasárselo bien.

–Todos esos pendientes deben impedirle que piense correctamente –dijo él.

Emily lo miró con la cara llena de lágrimas y le dedicó una tibia sonrisa.

–Qué chiste tan malo, papá.

–Oye, nunca dije que yo fuera gracioso –su mirada conectó con la de Anita durante un segundo. Ella también había oído la palabra «papá» y el tono en el que la había pronunciado.

–Estuve pensando en todo lo que habías dicho y... me imagino que lo entiendo...

–Nunca pretendía que te enteraras de esa manera, Em. Quería decírtelo, pero estaba esperando el mejor momento.

Ella asintió, comprensiva.

–¿Tengo que marcharme? ¿A vivir con otra gente?

–Por supuesto que no, cariño. Yo siempre seré tu padre.

Emily volvió a asentir. Se sonó la nariz y volvió a agachar la cabeza.

–¿Vas a casarte con Anita?

–¿A ti te parecería bien?

Emily miró a Anita y se mordió el labio inferior.

–Sí. Es guay. Por mí, muy bien.

–Bien –dijo él agarrando la cara de su hija–. Tú eres la persona más importante de mi vida. Voy a intentar ser un mejor padre.

La niña abrazó a su padre y escondió la cara en su hombro.

–Oye, Anita ha hecho galletas. ¿Por qué no vamos a la cocina y tomamos algo?

–Eso estaría genial, papá.

Después de las galletas y del té, Emily se quedó dormida en el sofá de Anita. Se acurrucó allí, como la niña que todavía era, con una manta por encima y un gesto angelical en el rostro.

Luke llamó a todos para decirles que Emily estaba bien y volvió con Anita a la cocina. Se sentó frente a ella.

–¿Y nosotros? –le preguntó.

Anita se atrevió a mirarlo. Luke le había dicho lo que sentía. Había salido de su caparazón, y no sólo con ella, también con su hija. ¿Había alguna posibilidad de que los cuentos de hadas existieran?

–Esta liebre está cansada de correr.

–Entonces, déjame que cuide de ti una temporada –se levantó, dio la vuelta a la mesa y se arrodilló a su lado, tomándola de las manos–. Por si acaso lo has olvidado, te quiero–. Soltó una mano y se la llevó al bolsillo–. Una mujer muy inteligente me dio esto –dijo sacando el reloj del pato Donald–. Me dijo que viviera la vida con alegría.

–Me imagino que debo aplicármelo a mí.

–Sí.

A Anita la invadió un sentimiento de plenitud, como si, por fin, hubiera tomado el camino correcto. Aquello no iba rápido. Conocía a Luke desde hacía tanto tiempo que le parecía que lo conocía desde siempre. Era un buen hombre y ya no era el adicto al trabajo que ella recordaba; ahora, era un hombre comprometido que siempre pondría a su familia en primer lugar.

¿Qué más podía pedir?

Estaría loca si lo dejara ir.

–Odio que tengas razón –dijo ella, abriendo la mano para mirar el reloj.

–Cosa curiosa, porque a mí me encanta tenerla. Creo que deberías decírmelo cada día.

–Ummm –ella se llevó un dedo a los labios, pensativa–. Me imagino que será algo sobre lo que tengamos que comprometernos. Como lo de si vamos a tener un perro o un gato.

Él pestañeó. Dos veces. Ella podía ver cómo su mente procesaba las palabras.

–¿Has dicho...?

–¿Es que te está fallando el oído? He dicho que tendremos que aprender a comprometernos si es que vamos a estar juntos para siempre jamás. Es decir, si tu propuesta sigue en pie, claro.

–¿Qué? Claro. Por supuesto que sí.

Ella sonrió.

–Tengo que dejar una cosa clara.

–¿Qué?

Ella dudó un instante.

–¿Te quieres casar conmigo porque me amas o porque quieres darle un padre a mi hijo?

Él la tomó en brazos.

–Me voy a casar contigo porque me encanta como se te ondula el pelo en el cuello. Porque tus uñas rojas me vuelven loco. Porque eres lo primero en lo que pienso por la mañana y los últimos en lo que pienso cuando me voy a la cama. Y porque te quiero tanto que me parece que el corazón se me va a romper en dos si no me dices que sí.

Ella sonrió.

–Sí –se echó para delante y le dio un beso.

–Espera un minuto –dijo echándose para atrás–. ¿Por qué te vas a casar conmigo?

–¿Hace falta que lo preguntes?

–Tengo que asegurarme de que no te casas porque soy habilidoso reparando cosas –miró hacia la cocina que aún estaba a medias–. Veo que todavía necesitas algunos arreglos.

Ella le dio un codazo en el brazo.

–Me voy a casar contigo porque te quiero –le sonrió tiernamente–. Lo de reparar las cosas viene con el lote.

–Sabía que había algo más.

Ella sonrió.

–Siempre lo hay. Los finales felices sólo suceden en los cuentos de hadas.

–De acuerdo. Te ayudaré con la casa, pero me lo tienes que pagar –la mirada de su ojos era malvada.

–¿Pagártelo?

–Sí –dijo en un tono provocador–. Y quiero la mitad por adelantado. *Ahora* –acercó su boca a la de ella y la besó. Un beso intenso y apasionado.

Ya estaba en casa, pensó Anita. Allí, en los brazos de Luke. No había encontrado su hogar en un pueblo pequeño o en una casa desvencijada; lo había encontrado con el hombre al que amaba. Mientras él estuviera con ella, estaría en casa.

EPÍLOGO

QUIERES al pato Donald? –le preguntó Luke a Anita en el hospital.

Se había acercado a ella y, por fin, había dejado de dar vueltas por la habitación.

Desde que había despertado a su marido a las tres de la mañana para decirle que ya había empezado, Luke no había parado de pasearse arriba y abajo, como si fuera un tigre encerrado en una jaula demasiado pequeña.

–No necesito al pato Donald –dijo ella. No me sirve. Agárrame la mano y ayúdame con las respiraciones.

Él agarró su mano y la miró a los ojos. Su respiración suave y uniforme ayudó a Anita a calmarse y a encontrar la tranquilidad que necesitaba para hacer frente a las oleadas de dolor que le llegaban cada tres minutos.

–¿Así mejor?

–No te muevas y estaré bien.

Él sonrió.

–De acuerdo.

En la puerta se oyó jaleo y Luke y Anita se giraron para ver qué pasaba.

Barbara y Steve iban por el pasillo, con Jan detrás, dándoles amables consejos. Barbara iba sujetándose el vientre, gimiendo.

–Quiero una anestesia. Me lo prometiste. No me dijiste que tendría que recorrer todo el hospital.

–Caminar ayuda a que el bebé venga más rápidamente. La voz de Jan sonó tranquila, cargada de paciencia.

–Ya no quiero caminar más. Quiero a un anestesista.

Steve miró a Jan compungido.

–Enseguida, cariño, enseguida –le dijo a su mujer.

–No me digas cariño y haz algo. Por tu culpa estoy metida en esto. Ya puedes ir aprendiendo a cambiar pañales porque los vas a cambiar tú todos. Me las vas a pagar.

Luke miró a Anita y cuando sus ojos se encontraron, los dos estallaron en una carcajada.

–¿A pagar, eh? –dijo él.

–Yo te tengo algo de eso... –hizo una pausa para soplar y resoplar mientras tenía una contracción– preparado para ti.

Luke le apartó un mechón de pelo de la frente.

–No puedo esperar –se inclinó sobre ella y depositó un beso suave en sus labios.

–¿A qué viene eso?

–Por ser mi mujer. Por ser lo más maravilloso que me ha sucedido jamás. Por devolverme a mi hija.

Ella sonrió.

–Creo que eso lo hiciste tú sólo –cerró los ojos mientras tenía otra contracción. Cuando por fin acabó, tomó aliento–. Quédate conmigo, Luke, y creo que pronto te daré un hijo.

–Voy a quedarme junto a ti, Anita –le sujetó las manos con fuerza–.

Para siempre.

JAZMÍN™

JESSICA HART

PARAÍSO
TROPICAL

MARTHA miró su reloj: eran las cuatro menos veinte. ¿Cuánto tiempo más la haría esperar Lewis Mansfield?

Su secretaria lo había disculpado cuando llegó a las tres, la hora acordada. Le dijo que el señor Mansfield estaba muy ocupado. Martha sabía lo que significaba estar ocupado, pero en su situación no podía dar media vuelta e irse. Lewis Mansfield era la única oportunidad que tenía de ir a San Buenaventura, así que no le quedaba más remedio que esperar.

Confiaba en que se diera prisa. Noah se había despertado y estaba inquieto en su cochecito. Martha lo tomó en brazos y se acercó a mirar las fotografías en blanco y negro que colgaban de las paredes. No mostraban nada interesante: una carretera en medio de un desierto, una pista de aterrizaje, un puerto, otra carretera, esta vez con un túnel, un puente... Eran buenas fotos, pero Martha las prefería con algo de vida. Si al menos apareciera una persona, eso daría un sentido de la proporción a las estructuras. Una modelo en medio de...

–No puedo seguir pensando como una editora de moda —le dijo en voz baja a Noah–. Será mejor que cambie, ¿no? Ahora tengo una nueva profesión.

¿Ser niñera durante seis meses era una profesión? Desde luego, no era la idea que tenía en mente cuando acabó la universidad. Martha recordó su apasionante trabajo en *Glitz* y suspiró. Ser niñera no era precisamente deslumbrante.

Noah, de ocho meses, golpeó suavemente su frente contra el rostro de Martha y ella lo abrazó. Él estaba por encima de cualquier trabajo, por muy interesante que fuera.

Por fin, la puerta del despacho de Lewis Mansfield se abrió y apareció la secretaria.

—Lewis la recibirá ahora. Siento que haya tenido que esperar tanto —se disculpó y miró a Noah—. ¿Quiere que me quede con él?

—Gracias, pero ahora que se ha despertado, será mejor que esté conmigo —contestó—. ¿Puedo dejar el cochecito del bebé aquí?

—Claro —dijo la secretaria y bajando la voz, le advirtió—: Hoy no está de buen humor.

—Quizá se anime cuando descubra que yo soy la respuesta a sus oraciones —bromeó Martha. La secretaria le devolvió una fría sonrisa.

—¡Buena suerte!

Tras la puerta cerrada, Lewis revolvía los papeles de su mesa mientras esperaba a Martha, malhumorado. Había tenido un día horrible. Savannah se había presentado muy temprano en su casa en un estado lamentable, perseguida por numerosos reporteros deseosos de conocer todos los detalles del último episodio de su larga y tormentosa relación con Van Valerian.

Más tarde, tras conseguir tranquilizar a su hermana, había tenido que atravesar la nube de *paparazzi* que se encontraba apostada a la puerta de su casa. Había tardado más de lo habitual en llegar al trabajo debido al intenso tráfico y no habían parado de surgir problemas, uno tras otro, que había tenido que resolver con urgencia. Para acabar de arreglar las cosas, la niñera había aparecido a mediodía diciendo que su madre había sido ingresada en un hospital, dejando a Viola a su cargo hasta la noche.

«Al menos Viola se está portando bien», pensó Lewis, y miró hacia el rincón donde dormía plácidamente en su cochecito.

Tenía que aprovechar al máximo lo que quedaba de día. Le hubiera gustado no tener que recibir a Martha Shaw, pero Gill había insistido tanto en que su amiga era la persona perfecta para cuidar a Viola, que no había tenido otra opción que acceder.

Pero Lewis no estaba tan seguro. Gill era una amiga de Savannah y trabajaba en una prestigiosa revista. No podía imaginársela amiga de una niñera, y menos aún de la niñera tranquila, sensible y seria que él necesitaba.

La puerta se abrió.

—Martha Shaw —anunció su secretaria, y dejó paso a una mujer estilosa, precisamente del tipo que menos deseaba ver en aquel momento.

«Tenía que haberlo sospechado», pensó con amargura al ver lo atractiva que era. Tenía una bonita melena morena y una amplia sonrisa, pero era demasiado delgada. Se la veía frágil, como si se fuera a romper en dos, y a Lewis eso no le gustaba.

No parecía una niñera seria y sosegada. Martha Shaw transmitía nerviosismo. Estaba tensa y sus grandes ojos marrones se veían cansados. Además, no venía sola.

—¿Eso es un bebé? —dijo Lewis sin ni tan siquiera molestarse en saludar.

Martha observó como miraba a Noah, que no dejaba de chuparse el dedo mientras con sus grandes ojos azules curioseaba a su alrededor. Estaba claro que no se le escapaba un detalle a Lewis Mansfield, pero sus modales dejaban mucho que desear.

–Eso parece –contestó divertida.

–¿Qué está haciendo aquí?

Su alegría se topó con el gesto malhumorado de Lewis. No sólo era un maleducado, sino que además carecía de sentido del humor. Sintió que el corazón se le encogía. Aquel no era un buen comienzo para la entrevista.

–Este es Noah –dijo con su mejor sonrisa, en un intento de suavizar las cosas.

No recibió respuesta. Lewis Mansfield era la seriedad personificada. Era alto y fuerte, con un rostro serio y anguloso y unos ojos reservados. Era difícil creer que tuviera algo que ver con la glamurosa Savannah Mansfield, toda una celebridad famosa por su estilo de vida y su inestable forma de ser.

Gill la tenía que haber informado mejor. Le había comentado que, aunque Lewis podía parecer grosero, en el fondo era encantador.

–Seguro que os llevaréis muy bien –le había dicho.

Por el modo en que la miraba, Martha lo dudó. Se entretuvo estudiando el rostro de Lewis a la espera de que se disculpara por la larga espera o al menos que la invitara a sentarse. Tenía unas cejas muy oscuras y espesas que casi se unían sobre su nariz, lo que le daba un aspecto de enfado permanente. Buscó alguna señal de simpatía en sus ojos o en su boca, pero no tuvo suerte. Estaba enfadado y malhumorado. ¿Aquel hombre encantador? Desde luego que no.

Consciente de que no recibiría disculpa alguna, no estaba dispuesta a seguir perdiendo el tiempo, así que decidió ser ella la que rompiera aquel silencio.

–Se porta muy bien –dijo acariciando el pelo de Noah. Y cruzando los dedos, añadió–: No causará ningún problema.

–Ya he oído eso antes de otras mujeres que me han entregado a su bebé y luego se han marchado, dejándome solo con la responsabilidad de cuidarlo –protestó Lewis, y se levantó de su mesa.

Aquello no iba bien. Martha suspiró. Gill le había dicho que Lewis Mansfield era ingeniero y que dirigía su propia compañía. Además se estaba ocupando de cuidar al hijo de su hermana. No le había dicho claramente que él estuviera desesperado, pero Martha se había imaginado que así sería. Sin embargo, bastaba una mirada a Lewis Mansfield para comprender que en absoluto estaba desesperado.

Pensó en San Buenaventura y esbozó una sonrisa. Ese era su motivo para estar allí.

Decidió sentarse en uno de los sofás de cuero negro, sin esperar a que se lo ofreciera. Noah pesaba mucho y estaba cansada.

Colocó a Noah junto a ella, haciendo caso omiso a la cara de horror de Lewis. Pero, ¿qué pensaba que Noah podía hacer a su sofá? ¿Llenarlo de babas? Tan sólo tenía ocho meses.

–Gill me ha dicho que lleva unos meses cuidando al bebé de su hermana. Que se marcha una temporada a una isla del Océano Índico con la niña y necesita a alguien que le ayude a cuidarla. Gill sugirió que yo podría hacerme cargo de ella y así evitarle problemas durante su viaje.

–Es cierto que necesito una niñera –reconoció Lewis–. Savannah, mi hermana, está pasando una mala época. Se le hace difícil cuidar del bebé y más ahora que quiere ingresar en una clínica para recuperarse –añadió, como si Martha no estuviera al tanto de la azarosa vida sentimental y del actual divorcio de su hermana, del que informaban al detalle las páginas de *Hello!*

Martha sabía de todo aquello. En su trabajo en *Glitz* tenía que leer *Hello!* y esa costumbre había sido imposible de dejar. No podía reprochar a Lewis el tono de disgusto en su voz. Savannah Mansfield era toda una belleza, pero Martha intuía que seguía siendo una chiquilla mimada que cada vez que no se salía con la suya, pataleaba. Su matrimonio con la estrella de rock Van Valerian, que no era conocido precisamente por su buen carácter, había sido sentenciado desde el mismo momento en que anunciaron su compromiso en las portadas de las revistas, luciendo ostentosos anillos de diamantes.

Ahora Savannah iba a ingresar en una clínica famosa por su clientela, celebridades que, a juicio de Martha, acudían a ella para poder soportar la presión de ser tan ricos. Mientras, la pequeña Viola Valerian había sido abandonada por sus padres y dejada a cargo de su tío.

Martha sintió lástima por ella. Lewis Mansfield parecía una persona responsable, pero en absoluto alegre y cariñoso. Era un hombre atractivo. Seguro que si sonriera, tendría otro aspecto. Estudió su boca tratando de imaginárselo sonriendo o en actitud cariñosa. Sintió un escalofrío en la espalda y rápidamente desvió la mirada.

–¿Quién cuida actualmente de Viola? –preguntó, en un intento por alejar sus pensamientos.

–La misma niñera que se ha ocupado de Viola desde que nació, pero se va a casar el año que viene y no quiere estar lejos de su novio tanto tiempo –dijo. Finalmente añadió–: Necesito alguien que tenga experiencia con bebés y esté dispuesto a pasar seis meses en San Buenaventura.

Por el tono de su voz, Lewis parecía molesto por el hecho de que aquella mujer no estuviera dispuesta a alejarse del hombre al que amaba.

–¡Soy su chica! –dijo Martha alegremente, feliz de que por fin hubiera mencionado el motivo de la entrevista–. Usted necesita una persona que sepa cuidar de un bebé. Yo sé hacerlo. Busca a alguien que esté dispuesto a pasar seis meses en San Buenaventura. Yo quiero ir allí y estar seis meses. Yo diría que nos necesitamos mutuamente, ¿no?

Lewis la miraba con recelo. Estaba siendo demasiado locuaz.

–Usted no tiene aspecto de niñera –dijo él al cabo de un rato.

–Las niñeras de hoy en día no son aquellas regordetas y sonrosadas matronas de antes.

–Ya veo –contestó secamente. Estaba claro que él esperaba encontrar una mujer mayor que estuviera dispuesta a permanecer con la familia durante generaciones y que se dirigiera a él como señorito Lewis.

Ahora que lo pensaba, ¿cómo era que los Mansfield no tenían a una persona así? No sabía mucho sobre ellos, pero siempre había pensado que esa famosa familia era muy rica, de las que organizan fiestas inolvidables, viven intensos romances y disfrutan de la vida sin hacer nada de provecho. Hasta que vio a Lewis. Quizás él fuera la oveja negra.

–Que no llevemos moño no quiere decir que las niñeras actuales no sepamos cuidar perfectamente a los niños –dijo orgullosa y miró a Noah, que golpeaba el sofá con su mano regordeta.

–Ya lo veo –dijo Lewis sin mucha convicción, mientras miraba de reojo al bebé.

Martha buscó en la amplia bolsa que llevaba y sacó un sonajero con el que distraer a Noah. Éste lo tomó y lo agitó, haciéndolo sonar. Aquel sonido siempre le divertía y le hacía sonreír dulcemente. Era tan adorable... ¿Cómo podía alguien resistirse a la ternura de un bebé?

Miró a Lewis y observó que miraba indiferente al niño. Al menos, se había sentado en el sofá frente a ella.

–¿Es esta su ocupación actual? –le preguntó.

–Es mi única ocupación –contestó Martha lentamente–. Noah es mi hijo –añadió.

–¿Su hijo? Gill no me dijo que tuviera un hijo.

Gill tampoco había mencionado que fuera frío como un témpano de hielo, pensó Martha. No podía reprochárselo. Se había hecho con el puesto de editora de *Glitz* y ahora estaba ansiosa de deshacerse de ella y de mantenerla alejada, para asegurarse de que no trataría de recuperar su antiguo trabajo.

Todo parecía ir de mal en peor. A ese paso no conseguiría ir a San Buenaventura.

–Lo siento, pero creí que Gill le habría hablado de Noah.

–Tan sólo me dijo que se le daban bien los bebés, que estaba libre los próximos seis meses y que podría

partir de inmediato. Y que deseaba ir a San Buenaventura.

–Es cierto. Lo estoy... –Martha fue interrumpida
por Noah, que arrojó su sonajero a Lewis y rompió a
llorar–. Tranquilo, cariño –lo consoló, mientras reco-
gía el sonajero.

Pero ya era demasiado tarde. El bebé que dormía
en un rincón se había despertado y comenzaba a llori-
quear.

–¡Lo que faltaba! –protestó Lewis.

Martha se puso en pie de un salto, tomó a Viola y
la meció en sus brazos, hasta que el llanto se transfor-
mó en sollozos. Entonces, se sentó de nuevo en el
sofá y la puso sobre su regazo.

–Deja que te vea –dijo Martha observando al bebé–.
Eres preciosa, ¿lo sabes, verdad?

Martha pensaba que todos los bebés eran adorables, pero Viola era especialmente bonita. Tenía el cabello rubio y ondulado y los ojos azules, con largas
pestañas que brillaban humedecidas por las recientes
lágrimas derramadas. Sorprendida, no quitaba ojo a
Martha, que la miraba sonriente.

–¿Qué tiempo tiene? –le preguntó a Lewis, mientras hacía cosquillas a Viola provocando sus carcajadas–. Parece de la misma edad que Noah.

Aturdido por la sonrisa cálida del rostro de Martha,
Lewis se esforzó en responder:

–Tiene unos ocho meses –dijo después de hacer
los cálculos necesarios.

–¡Como Noah! –exclamó ella.

El niño empezaba a estar celoso por la atención que
estaba recibiendo Viola, así que Martha puso a ambos
sobre la alfombra. Los bebés se observaron fijamente.

–Parecen gemelos, ¿verdad?

–Si olvidamos que una es rubia y el otro moreno –repuso Lewis, dispuesto a no hacer ninguna concesión.

–Bueno, no gemelos idénticos –dijo Martha conciliadoramente–. ¿Cuándo es el cumpleaños de Viola?

–Creo que es el nueve de mayo.

–¿De verdad? –preguntó Martha sorprendida–. Ese día también es el cumpleaños de Noah. ¡Qué coincidencia! –exclamó, y observó a los bebés, que continuaban sobre el suelo, mirándose desconcertados–. ¡Esto es una señal! –añadió mirando a Lewis.

No parecía impresionado. Martha estaba segura de que él no creía en las casualidades del destino, así que no tenía ningún sentido preguntarle por su signo del horóscopo. Seguramente ni siquiera lo sabría.

–No me ha dicho por qué quiere ir a San Buenaventura –dijo él distraídamente. Se estaba fijando en el modo en que Martha sujetaba a Viola, en cómo sonreía a los dos bebés, en el resplandor que iluminaba su rostro. De repente, pensó que tenía que dejar de fijarse en aquellos detalles. No tenía tiempo para eso.

–¿Tiene que haber una razón para que alguien quiera pasar seis meses en una isla tropical? –dijo Martha.

Su tono de voz era neutro, pero Lewis tuvo el presentimiento de que escondía algo y frunció el ceño.

–Quiero asegurarme de que la niñera que venga con nosotros sabe en lo que se está metiendo –dijo secamente–. San Buenaventura está aislado, en medio del Océano Índico. La ciudad más cercana está a cientos de kilómetros. La isla es muy pequeña y no hay donde ir, salvo unas cuantas islas cercanas que son todavía más pequeñas.

En ese momento, Viola empujó a Noah y éste rompió a llorar. Lewis estaba al límite de su paciencia.

Quizá no había sido una buena idea poner juntos a los bebés. Martha recogió a ambos y los sentó sobre su regazo. Le dio el sonajero a Noah y un osito de peluche a Viola, que rápidamente se lo llevó a la boca.

–Lo siento –dijo Martha, y se giró hacia Lewis–. ¿Qué me estaba diciendo?

Lewis observaba a su sobrina, que miraba a Noah con el mismo gesto de soberbia que su madre y, por un momento, casi estalló en carcajadas. Reparó en Martha. Tenía que admitir que, a pesar de que no tenía aspecto de niñera, no se le daba nada mal.

De repente, recordó que Martha le había hecho una pregunta y que todavía no la había respondido. Se arrepintió de haberse distraído.

–Me estaba hablando de San Buenaventura –le dijo Martha afablemente.

Aquello lo irritó todavía más. Estaba quedando como un tonto. Se puso rápidamente de pie y caminó por la habitación.

–Un ciclón arrasó la isla el año pasado y destruyó muchas construcciones. Por eso tengo que ir. El Banco Mundial financia la construcción de un puerto y un aeropuerto, además de las carreteras de acceso. Es un gran proyecto.

–Pero todo eso llevará más de seis meses, ¿no? –preguntó Martha sorprendida.

Lewis soltó una carcajada.

–¡Por supuesto! Nosotros nos vamos a encargar de diseñar el proyecto y de supervisar la construcción.

Habrá un ingeniero allí destinado, pero quiero estar presente al menos durante la primera fase. Es un proyecto de gran envergadura y, en estos momentos, la compañía pasa por un momento difícil. Necesitamos que sea un éxito.

—Así que pasará seis meses preparando todo y luego volverá a Londres.

—Esa es la idea. Quizá tenga que permanecer algún tiempo más, depende de cómo vayan las cosas. Tendremos que hacer varias comprobaciones sobre el terreno, lo que puede provocar cambios de última hora en el diseño y, además, es importante establecer una buena relación con las autoridades locales. Esas cosas llevan su tiempo –dijo Lewis mientras sentía los ojos de Martha sobre él. Deseaba que dejara de mirarlo con aquella oscura e inquietante mirada que tanto lo turbaba, por lo que bruscamente concluyó–: De todas formas, Savannah estará recuperada y podrá hacerse cargo de Viola en seis meses. En cuanto al puesto de niñera, se trata de un trabajo para seis meses.

No tenía por qué darle explicaciones a Martha sobre el proyecto ni sobre los motivos por los que éste era tan importante, pensó Lewis. Podía estar dando la impresión de que le interesaba su opinión.

—Entiendo –dijo Martha.

—Lo que quiero decir es que no se trata de unas largas vacaciones en la playa. San Buenaventura no está preparado para el turismo y la comunidad extranjera es pequeña. Estaré muy ocupado y probablemente pase todo el día trabajando, incluso algunas noches. La persona que se encargue de Viola va a aburrirse unos cuantos meses. Tendrá que cuidar de la niña. El clima es fantástico, pero aparte de la playa no hay mucho más que hacer. Perpetua, la capital, es pequeña y las tiendas son escasas, con gran cantidad de productos importados. En ocasiones, pueden llegar a estar vacías durante meses.

—Ya veo —dijo Martha sonriendo.

Lewis frunció el ceño y metió las manos en los bolsillos.

—Quiero que tenga claro que si lo que espera encontrar es un paraíso, será mejor que lo olvide.

—No busco el paraíso en San Buenaventura —dijo Martha mientras lo miraba a los ojos.

—¿Qué busca entonces?

Por un momento, Martha dudó. Había confiado en no tener que contarle toda la historia en aquel momento, pero sería mejor ser franca desde un principio.

—Estoy buscando al padre de Noah.

—¿Cómo puede haber perdido a alguien tan importante? —preguntó y, con gesto burlón, añadió—: ¿O fue él quien la perdió?

Martha se sonrojó.

—Rory es biólogo marino. Está haciendo la tesis sobre algo relacionado con corrientes marinas y bancos de coral en un atolón de San Buenaventura.

—Si sabe dónde está, ¿por qué tiene que ir hasta allí para contactar con él? Seguro que tiene correo electrónico. Hoy en día, hay muchas maneras de comunicarse.

—No es tan fácil —dijo Martha—. Necesito verlo. Rory no sabe que existe Noah y no es una noticia para darle a través del correo electrónico. ¿Qué debería decir? Algo así como: «¿Sabes que tienes un hijo?»

—¿Es eso lo que le va a decir cuando lo vea?

–Creo que será mejor que se lo diga cara a cara. Así también conocerá a Noah.

–Y de paso, podrá sacarle un dinero, ¿verdad?

–No es una cuestión de dinero –repuso Martha. Sus oscuros ojos brillaban con furia–. Rory es bastante más joven que yo. Está todavía estudiando y apenas tiene recursos para vivir él, mucho menos para mantener un bebé. Económicamente no puede hacerse cargo de Noah y tampoco yo lo pretendo.

–Entonces, ¿para qué buscarlo?

–Creo que Rory tiene derecho a saber que tiene un hijo.

–¿Aunque no se haya preocupado de mantener el contacto?

Aquello era difícil de explicar a alguien como Lewis.

–Conocí a Rory a comienzos del año pasado. No fue una aventura. Me gustaba mucho y lo pasábamos muy bien juntos, pero éramos conscientes de que lo nuestro no duraría. Para empezar, nuestras vidas eran totalmente diferentes. Él estaba en Gran Bretaña asistiendo a unas conferencias para preparar su tesis y yo tenía un buen trabajo en Londres. Siempre supimos que él volvería a San Buenaventura para terminar sus estudios y para los dos fue... –se detuvo pensando las palabras adecuadas– un bonito encuentro.

–¿Él no supo que se quedó embarazada?

–Sí. Me enteré antes de que se fuera y se lo dije. Tenía que decírselo.

–¿Y aun así se fue? –preguntó interesado, y Martha lo miró con curiosidad.

–Lo discutimos y decidimos que ninguno de los dos estaba preparado para formar una familia. Yo estaba muy metida en mi trabajo, no podía imaginar un bebé en mi vida. El caso es que le dije que yo me ocuparía de todo, que no tenía por qué preocuparse –se detuvo recordando aquellos momentos. Todavía podía ver la expresión de alivio de Rory cuando oyó aquellas palabras–. Parecía lo más sencillo para todos, así que él volvió a San Buenaventura y yo cambié de opinión.

Martha miró a Noah y le acarició el pelo. Sólo pensar lo cerca que había estado de deshacerse de él, la estremeció.

Lewis la miraba con reservas. Estaba convencido de que todas las mujeres tenían por costumbre cambiar continuamente de opinión, sin preocuparse de las consecuencias que eso tenía para los demás.

–Déjeme adivinarlo. Su reloj biológico estaba corriendo, sus amigas estaban teniendo hijos y jugando a ser madres y usted también quiso probarlo –le dijo él secamente.

Martha se asustó por el tono amargo de su voz. ¿Qué pretendía? No podía dejarse amilanar; era su pasaje para San Buenaventura.

–Quizá tenga razón en lo del reloj biológico –admitió–. Tengo treinta y cuatro años y ninguna relación seria. Podía ser mi última oportunidad para tener un hijo. Antes, nunca me había preocupado ese asunto. Tuve un novio durante ocho años y, para los dos, nuestro trabajo era lo primero. Nunca hablamos de tener hijos y pensé que era un tema que no me importaba, hasta que me quedé embarazada. Es difícil de explicar, pero todo cambió cuando Rory se fue. Supe que no podría hacerlo y decidí quedarme con el bebé.

Lewis se mostraba indiferente.

–¿Por qué no le dijo que había cambiado de opinión?

–Sabía que él no podría hacer nada para ayudar. De todas formas, la última decisión era mía. No quería que Rory se sintiera responsable.

–¿También ha cambiado de opinión respecto a eso?

Martha lo miró con cautela. Había un tono de hostilidad en su voz que no lograba entender. No estaba segura de si era un odio hacia las mujeres en general o a las madres solteras en particular. Era una lástima. Se había hecho ilusiones al oírlo hablar de su proyecto con aquel entusiasmo, caminando enérgicamente por su oficina. Se había mostrado más cálido y accesible. Más atractivo. Incluso había llegado a pensar que no sería tan terrible pasar seis meses con él después de todo.

Ahora, ya no estaba tan segura.

MARTHA alzó la barbilla. Lo importante era convencer a Lewis para que le diera el trabajo. Necesitaba ir a San Buenaventura y le tenía que hacer entender lo importante que era para ella.

Miró a su hijo. Él era el motivo por el que estaba allí.

–Cuando Noah nació, mi vida cambió –comenzó a decir. Hizo una pausa para escoger las palabras, antes de continuar–. Bueno, es difícil de explicar a alguien que no tiene hijos. Las cosas que antes parecían importantes, ya no lo son. Ahora lo principal es Noah. Quiero darle todo lo que un niño necesita. Amor, seguridad, apoyo... –Martha se detuvo y suspiró–. Por eso quiero que conozca a su padre. Cuanto más crece, más consciente soy de que necesita un padre. No pretendo que Rory se sienta obligado, pero quiero darle la oportunidad de que elija si quiere ser parte de la vida de su hijo. Me gustaría que lo viera crecer y compartiera su vida, pero no quiero hacerme ilusiones hasta que Rory lo conozca. Por eso quiero ir cuanto antes a San Buenaventura.

Lewis no respondió inmediatamente. Volvió a sentarse y se quedó mirándola con una expresión indescifrable.

–Si es tan importante para usted, ¿por qué no compra un billete de avión y va hasta allí? –preguntó por fin–. No será difícil dar con él. ¿Para qué complicarse la vida y trabajar como niñera?

–Porque no puedo permitírmelo –contestó Martha con franqueza–. Usted mismo ha dicho antes que no es un destino turístico. El viaje es muy caro, especialmente si no sé cuánto tiempo voy a tardar en encontrar a Rory. No dispongo de tanto dinero en estos momentos.

–No soy ningún experto –dijo incrédulo, levantando una ceja–. Pero la ropa que lleva parece cara. Parece imposible que no pueda pagarse el viaje.

La miró de arriba abajo. Llevaba pantalones de ante, una bonita blusa y unas botas de tacón alto.

–Esta ropa me la compré antes de tener a Noah. Ahora, aunque pudiera no me la compraría –dijo mirando las manchas en los pantalones–. No es apropiada para cuidar a un bebé.

–Cuando dijo que tenía un buen trabajo, ¿no sería como niñera, verdad? –preguntó él irónicamente.

–No. Entonces era editora de moda de *Glitz*, una prestigiosa revista femenina. Me encantaba mi trabajo y tenía un buen sueldo –hizo una pausa y añadió–: Disfrutaba de un alto nivel de vida. Solía comer en restaurantes, pasaba maravillosas vacaciones... Pero nunca me preocupé de ahorrar. Vivía el momento y el futuro no me preocupaba.

Martha suspiró y recordó con qué facilidad se había gastado el dinero en zapatos y ropa de última moda. Sólo con el dinero que había gastado en taxis, hubiera tenido suficiente para vivir un año en San Buenaventura.

–Pero el futuro llega. ¿No puede volver a su trabajo?

–Lo intenté después de tener a Noah, pero fue difícil. Estaba tan cansada que no podía centrarme. Después de varios errores, la editora me dijo que iba a prescindir de mí –Martha se estremeció y continuó–: No la culpo. Las sesiones de fotos cuestan mucho dinero y no se puede perder ni un minuto porque la editora de moda no sepa ni en qué día vive.

–Tenía que haberlo pensado antes de tener al bebé –dijo Lewis fríamente.

–Y claro que lo hice. Por eso no tuve hijos antes, pero no me arrepiento de haber tenido a Noah. No quiero un trabajo absorbente que me haga tener que dejar al niño al cuidado de otra persona durante todo el día. Quiero estar con él ahora que es pequeño. He hecho algún trabajo por mi cuenta, pero no me da lo suficiente para seguir pagando la hipoteca de la casa que compré justo antes de tener a Noah –Martha se detuvo pensativa y continuó–: Es un piso fabuloso, con vistas al río, pero no puedo vivir allí y hacer frente a los gastos. Lo tengo alquilado y con la renta que obtengo, pago la hipoteca. Nosotros vivimos en un pequeño estudio y, francamente, apenas puedo pagar el alquiler en este momento.

–¿Y por qué no vende su piso? Si es tan bonito como dice, no será difícil hacerlo.

Lewis tenía una mentalidad evidentemente práctica, lo que no era extraño en un ingeniero, a juicio de Martha.

–Probablemente lo haga –dijo–. Pero no quiero tomar ninguna decisión hasta que haya hablado con Rory. Una vez lo haya hecho, sabré qué hacer. Por eso cuando Gill me dijo que necesitaba una niñera para ir a San Buenaventura, me pareció una oportunidad perfecta.

Sus ojos se encontraron con la fría mirada de Lewis.

–Para usted quizás pero yo no tengo garantías de que tan pronto llegue, dedique todo su tiempo a buscar a su amigo.

Martha respiró profundamente en un intento de mantener la paciencia.

–Le aseguro que cumpliré el contrato. En esos seis meses, tendré tiempo suficiente para encontrar a Rory, que conozca a Noah y se acostumbre a la idea de que tiene un hijo. Así no se sentirá obligado a tomar una rápida decisión. Si después de eso quiere que nos quedemos, bien. Si no, volveremos con usted y Viola. Al menos habré hecho lo posible para que conozca a su hijo.

Viola se estaba aburriendo. Había tirado el oso de peluche que había estado chupando y comenzaba a estar inquieta. Martha la puso sobre su regazo y le dio otro juguete de su bolsa para distraerla. La niña lo tomó alegremente.

Noah recogió el osito, molesto por la atención que su madre estaba prestando a su rival. Lewis miró como Martha se las apañaba con los dos bebés y frunció el ceño.

–No puede ser niñera –dijo bruscamente–. Apenas puede arreglárselas con dos bebés.

–¿Cómo que no? Ninguno está llorando –repuso Martha, deseando que Viola y Noah permanecieran tranquilos.

–Todavía no. Pero sentarlos en su regazo y entretenerlos con juguetes está bien durante un rato. ¿Qué pasará cuando los dos se pongan a llorar o sea la hora de comer?

–Las madres de gemelos consiguen arreglárselas –repuso Martha.

–Pero ellas están acostumbradas.

–Yo también me acostumbraré –dijo ella desafiante.

–Sea realista –dijo él. Estaba aturdido por la manera en que ella, sentada frente a él, lo miraba con aquellos grandes ojos marrones–. Tiene aspecto de no haber dormido bien últimamente. No creo que pueda ocuparse de dos bebés a la vez. No quiero tener que cuidar de usted y de Noah, además de Viola.

Lewis pensó que a aquella mujer le vendrían bien seis meses de sol para relajarse y recuperar el sueño perdido. Pero se detuvo y recapacitó. Los problemas de Martha Shaw no eran asunto suyo.

–Soy más fuerte de lo que parece –afirmó Martha–. Llevo ocho meses cuidando a un bebé y sé mejor que usted lo que eso supone. Estoy segura de que me las apañaré. Por favor, lléveme con usted. Viola es un encanto y cuidaré de ella como si fuera hermana gemela de Noah. Creo que nos necesitamos mutuamente.

Lewis arqueó una de sus cejas. Al momento, Martha se arrepintió de lo que acababa de decir. Por si fuera poco, sintió que se ruborizaba.

–Sé lo que quiere decir –dijo él secamente, y se puso de pie. Dio unos pasos y por fin, añadió–: He de decirle que accedí a verla por Gill. Insistió en que usted era la persona que necesitaba.

–Y así es –afirmó Martha dispuesta a no cometer más errores.

Lewis no estaba tan seguro. No podía imaginarse compartiendo una casa con ella durante seis meses.

Aquellos ojos, aquellos labios carnosos... podían ser muy tentadores. Además, tampoco parecía el tipo de niñera que él necesitaba.

–Debí haberle dicho a Gill que tenía otra candidata para el puesto –dijo, tratando de olvidar la idea de vivir con Martha durante seis meses–. He conocido a otra persona esta mañana y tengo que reconocer que me gustó mucho. Eve es una niñera con gran experiencia, muy... –aburrida, fue la única palabra que se le vino a la mente. Se detuvo un momento para buscar la palabra adecuada y concluyó–: Eficiente.

–Los bebés no necesitan eficiencia. Necesitan amor, paciencia y una rutina.

–Eve tiene muy buenas referencias. Estoy seguro de que sabe exactamente lo que un bebé necesita. Es una mujer muy sensible y no tiene compromisos. Así se podrá centrar en el cuidado de Viola, al contrario que usted. He de tener en cuenta que la niñera de Viola vivirá conmigo durante seis meses, así que es importante que nos llevemos bien. Eve parece seria y responsable, por lo que confío en que se adapte rápidamente.

–Entiendo –dijo ella, y se puso en pie. Dejó a Viola en su carrito y se despidió–. En ese caso, no hay nada más que decir. Gracias por su tiempo.

Recogió los juguetes y tomó a Noah en brazos.

–Lo siento –dijo Lewis bruscamente, como si le costara trabajo pronunciar las palabras–. No creo que hubiera funcionado.

Martha tomó otra cucharada de puré y se la ofreció a Noah. Éste apretaba los labios y sacudía la cabeza, negándose a abrir la boca.

–¿Por qué los hombres sois tan difíciles? —dijo empezando a impacientarse.

Noah ni se inmutó. Permanecía con la boca cerrada. En ocasiones, podía ser muy cabezota. Como Lewis Mansfield.

Martha suspiró. Se metió la cuchara en la boca y siguió leyendo los anuncios del periódico. Había decidido olvidarse de momento de San Buenaventura y buscar otro trabajo. El problema de muchos trabajos es que no pagaban lo suficiente para cubrir los gastos de guardería, así que estaba considerando seriamente un puesto de niñera o de empleada de hogar en el que pudiera tener a Noah con ella.

Continuó jugueteando con la cuchara mientras leía. De repente, el teléfono sonó. Sería Liz, que como todos los días llamaba para animarla.

–¿Hola? –dijo ladeando la cabeza para sujetar el aparato con su hombro, sin molestarse en sacar la cuchara de su boca.

–¿Martha Shaw?

Se le cayó el teléfono de la impresión. Era la voz de Lewis Mansfield. Recogió el teléfono antes de que llegara a tocar el suelo y se sacó la cuchara.

–Sí, soy yo –contestó Martha sorprendida.

–Soy Lewis Mansfield. Quería saber si seguía interesada en venir a San Buenaventura a cuidar de Viola.

Estaba enfadado. Era obvio que habría hecho cualquier cosa antes que llamarla, así que algo no había salido como él esperaba. Debía de estar desesperado, así que Martha decidió hacerle sufrir.

–Creí que ya tenía la candidata perfecta. ¿Cómo se llamaba?

–Eve –contestó Lewis molesto.

–Eso es, Eve. ¿No aceptó el trabajo?

–En un principio sí, pero una vez que hice todos los arreglos necesarios, me llamó y me dijo que no estaba interesada.

–¡Qué falta de seriedad! –exclamó Martha con ironía, disfrutando de la situación.

–El asunto es que nos vamos este fin de semana y no tengo tiempo de seguir buscando niñera. Si puede estar lista para entonces, me ocuparé de los billetes de avión para usted y su hijo.

–Pero usted cree que no nos llevaremos bien –le recordó Martha.

–Nunca dije eso.

–Lo dio a entender.

–Los dos tendremos que esforzarnos –dijo Lewis, que comenzaba a estar impaciente–. De todas formas, tendré mucho trabajo y apenas nos veremos. Si viene a San Buenaventura no tendremos más remedio que llevarnos bien.

–Lástima que se haya quedado sin una persona tan seria y responsable, tan..., ¿cómo era la palabra? ¡Ah, sí! Eficiente.

–La ventaja de Eve es que no tenía compromisos –dijo Lewis, enojado–. Confío en que usted sepa ser seria, responsable y eficiente. Y fuerte. Va a tener que serlo.

–¡Claro que lo seré!

–Francamente, estoy desesperado –admitió Lewis–. Usted me dijo que quería ir a San Buenaventura y ahora le estoy ofreciendo la oportunidad de hacerlo. Si acepta el trabajo, le enviaré rápidamente los billetes. Si no, dígamelo y buscaré otra solución.

Martha no estaba dispuesta a dejarlo escapar.

–Lo acepto.

En el avión, Martha tomó un sorbo de champán y trató de olvidar que Lewis estaba sentado al otro lado de los asientos. Les habían puesto en la primera fila para que los bebés pudieran dormir en unas cunas especiales. Cada uno se sentó en un extremo, dejando libres los cuatro asientos intermedios. Apenas habían tenido ocasión de hablar en el aeropuerto debido al voluminoso equipaje que llevaban y a las gestiones que tuvieron que hacer para facturarlo. Además, los bebés habían estado todo el tiempo despiertos y habían tenido que entretenerlos hasta que embarcaron.

Ahora Viola y Noah dormían. El avión había alcanzado su altura de crucero y había un suave murmullo producido por el resto de los pasajeros, a la espera de que les sirvieran el almuerzo.

Martha se sentía incómoda por el silencio que había entre ellos. Cada uno estaba en un extremo, lo que hacía imposible mantener una conversación. Lo peor era que el vuelo sería largo. Decidió acercarse a él, lo que supuso una serie de equilibrios para sujetar su copa y, a la vez, plegar las bandejas. Por no hablar de toda la parafernalia de juguetes que tuvo que mover de un asiento a otro. Finalmente, se sentó dejando un asiento libre entre ella y Lewis.

–¿Qué está haciendo?

–Intento ser sociable –dijo mientras se retiraba un mechón de pelo de la cara–. No podemos estar hablándonos a gritos todo el viaje hasta Nairobi.

–Creí que preferiría descansar.

Aquello sorprendió a Martha.

—Todavía no nos han servido el almuerzo. Además, no tengo sueño —sonrió—. Parece un buen momento para irnos conociendo. Después de todo, vamos a estar juntos seis meses y tenemos que irnos haciendo a la idea. Además, el vuelo desde Nairobi lo vamos a hacer en un avión más pequeño que éste y nos sentaremos muy cerca.

—Eso será lo más cerca que estemos el uno del otro —dijo Lewis secamente.

Martha suspiró.

—Mire, si lo prefiere me vuelvo a mi asiento. Siento haberme acercado —dijo a la vez que se desabrochaba el cinturón de seguridad.

—¡Quédese donde está! —exclamó enojado. Suspiró y cambiando el tono de su voz, añadió—: Discúlpeme, pero estoy muy preocupado últimamente y pierdo la paciencia enseguida. Las cosas en la oficina no van bien, la mitad de los proyectos están dando problemas, las negociaciones del puerto de San Buenaventura están paralizadas. Por si fuera poco, también está Savannah. Tiene razón, será mejor que nos vayamos conociendo.

Martha sintió lástima por él. Había leído en las revistas la última escena que había montado su hermana. Incluso había acudido la policía. Al final, el mismo Lewis la había llevado a la clínica ante la presencia de los periodistas, que no habían dejado de golpear las ventanillas del coche y de hacer preguntas sobre detalles íntimos de la vida de su hermana. Parecía cansado.

—No se preocupe. Ha tenido muchos problemas de los que ocuparse.

Martha estaba desconcertada. Ya se había acostumbrado a su carácter tan seco y, de repente, era amable y considerado.

–¿Cree que podemos empezar de nuevo? –preguntó Lewis, amablemente.

–Desde luego –contestó Martha y, alargando su mano, añadió con alegría–. Soy Martha Shaw.

–Encantado de conocerla –dijo Lewis sonriendo a la vez que tomaba su mano y la estrechaba entre la suya.

Martha deseó que no lo hubiera hecho. Sintió el roce de sus dedos fuertes y cálidos y se estremeció.

Rápidamente ella retiró su mano y tomó un largo sorbo de champán. No supo por qué había pedido aquella bebida. Había escrito numerosos artículos sobre la deshidratación que los vuelos largos producían y la necesidad de beber mucha agua para evitarla. Pero cuando vio que Lewis pedía una botella de agua decidió llevarle la contraria y pedir una copa de champán.

Había sido una tontería por su parte, especialmente ahora que Lewis parecía tan amable e incluso sonriente.

No sabía qué más decir. Miraba fijamente la pantalla que indicaba la ruta del avión, que en aquel momento volaba en dirección sur.

–¿Qué le pasó a Eve? –preguntó Martha por fin.

–¿Eve?

–La niñera perfecta –le recordó–. Aquella que era tan seria, responsable y eficiente. Aquella que no tenía compromisos.

–Ah, sí. Resulta que se enamoró –respondió Lewis distraídamente.

Se sentía aturdido. No sabía si era la sonrisa de Martha o el brillo de sus ojos. Miró el vaso de agua que sostenía en su mano. Desde luego, el alcohol no era el culpable. Lo más probable es que fuera la presión, pensó.

Martha se giró en su asiento y lo miró sorprendida.

—¿Se enamoró?

—Eso me dijo. La entrevisté el lunes, el martes aceptó el trabajo y el miércoles conoció a un hombre en una fiesta. El jueves me llamó y me dijo que iba a pasar el resto de su vida con él y que no quería venir a San Buenaventura.

—¿De verdad? —dijo Martha entre risas—. Así que después de todo, no era tan responsable.

—Eso parece. Ha dejado un buen trabajo para irse con un hombre al que acaba de conocer; es lo más ridículo que he oído nunca.

—A menos que se haya enamorado de verdad.

—¿Cómo puede haberse enamorado? —preguntó Lewis—. Apenas conoce a ese hombre.

—Entonces, ¿no cree en el amor a primera vista?

—¿Usted sí? —preguntó Lewis.

—Antes sí.

—¿Y qué le hizo cambiar de opinión?

—Descubrí que el amor a primera vista no dura —dijo Martha con una triste sonrisa. Se quedó mirando el vacío mientras lo recordaba—. Cuando conocí a Paul parecía el hombre perfecto. Nuestros ojos se encontraron y supe que era el hombre ideal. Pasé el resto de la noche con él y nos fuimos a vivir juntos una semana más tarde. Éramos almas gemelas. Al menos no hicimos la tontería de casarnos.

Aquella descripción de cómo se había enamorado incomodó a Lewis.

–¿Qué pasó?

–Lo habitual: la convivencia, las mentiras, el trabajo... Paul y yo hicimos cuanto pudimos, pero al final tuvimos que dejarlo. Separarnos fue difícil, después de todos los planes que habíamos hecho juntos –se quedó pensativa unos instantes, antes de continuar–. Tomé la decisión de no volver a pasar por lo mismo otra vez. Una relación ha de basarse en algo más que en la atracción física.

–¿Qué quiere decir? –preguntó Lewis, enarcando una ceja.

–Quiero decir que es mejor ser realista que dejarse llevar por el romanticismo. Para que una relación funcione, es más importante la amistad y el respeto que la atracción física.

–¿Fue eso lo que pasó con el padre de Noah? –preguntó Lewis y descubrió, sorprendido, que se sentía celoso.

–No, fue algo más que un flechazo. Ocurrió poco después de romper con Paul. Mi autoestima estaba por los suelos y entonces conocí a Rory en una fiesta. Era más joven que yo y muy atractivo. Acababa de llegar de San Buenaventura y su piel bronceada contrastaba con su cabello rubio. Había muchas mujeres bonitas en la fiesta y podría haberse quedado con cualquiera de ellas, pero se quedó conmigo toda la noche. Me sentí muy halagada. Si hubiéramos seguido más tiempo juntos, ¿quién sabe? –dijo, y sonrió–. Pero Rory tenía que volver a San Buenaventura. Los dos sabíamos que lo nuestro no podía durar, así que procuramos divertirnos y pasarlo lo mejor posible.

Lewis escuchó con atención sus palabras mientras observaba su rostro. A pesar de las finas arrugas alrededor de sus ojos, era muy atractiva. Sus labios carnosos eran tremendamente tentadores. No le sorprendía que Rory la hubiera escogido.

–¿Y el embarazo? –preguntó Lewis, que se estaba cansando de oír hablar de Rory.

–Fue un accidente –dijo Martha–. Fuimos a pasar el fin de semana a París y la última noche cenamos ostras. Yo tomaba anticonceptivos y aquellas ostras me sentaron mal. Estuve vomitando dos días y bueno... ocurrió. No fue la mejor manera de iniciar una familia, pero no cambiaría a Noah por nada del mundo –hizo una pausa antes de continuar–. De todas formas, no tiene por qué preocuparse. No saldré corriendo detrás del hombre de mis sueños como Eve. Soy mucho más realista ahora respecto al amor y, francamente, no quiero enamorarme otra vez.

CAPÍTULO 3

L EWIS recorrió con la mirada el rostro de Martha y se detuvo en sus ojeras.

–Parece cansada –dijo él.

–Lo estoy. No recomendaría a nadie criar a un hijo solo, especialmente si le gusta dormir –dijo ella con una amarga sonrisa–. Uno no se hace a la idea de lo cansado que puede ser hasta que no tiene un hijo. Entonces descubres lo que es pasar las noches sin dormir.

–Si es tan duro, ¿por qué todas las mujeres están deseando tener hijos?

–Porque la alegría que te proporcionan merece cualquier esfuerzo –dijo Martha, y se inclinó a acariciar la mejilla de Noah–. Merece la pena cada momento que pasas preocupándote de si estará bien o si será feliz o si le podrás dar todo lo que necesita.

–Todo eso suena muy bien, pero en mi opinión, hay muchas mujeres que tienen hijos sólo para satisfacer sus propias necesidades –afirmó Lewis con amargura–. Se preocupan más de sus deseos que de las necesidades de los niños. Y cuando ya no pueden más, ¿qué hacen?

–¿Entregárselos a sus hermanos para que los cuiden? –adivinó Martha, en clara referencia a Savannah.

–O a cualquiera que esté dispuesto a hacerse cargo para seguir haciendo lo que le dé la gana.

Se hizo un tenso silencio. Martha tenía la sensación de estar entrando en terreno peligroso.

–¿Por qué accedió a cuidar a Viola? –preguntó curiosa.

–¿Qué otra cosa podía hacer? –dijo Lewis encogiéndose de hombros–. Mi hermana estaba histérica, el bebé no dejaba de llorar... Savannah es muy inestable y últimamente no lo ha pasado bien. En su situación, no puede hacerse cargo de la niña. Además, el padre de Viola está en Estados Unidos o, al menos, allí estaba la última vez que supe de él –suspiró–. Soy el único que puede ocuparse de ella en estos momentos.

Martha lo observaba conmovida. Lewis había sido muy frío la primera vez que se habían visto. Le había parecido un hombre antipático y descortés, pero ahora se daba cuenta de que era un hombre bueno y decente.

–Debe de estar muy unido a su hermana si ella recurre a usted en busca de ayuda –dijo Martha después de un rato.

–En parte, es culpa mía que sea como es. Su madre había heredado una gran fortuna y la dejó cuando tenía cuatro años. Era una mujer muy guapa y caprichosa, como Savannah. Cuando se divorció de mi padre, se marchó a vivir a Estados Unidos, y dos años más tarde murió en un accidente de tráfico. Toda la herencia fue depositada en una fundación hasta que mi hermana cumpliera los dieciocho años, y desde entonces Savannah ha estado malgastando su fortuna –admitió con tristeza–. Es catorce años más joven que yo y no tuvo una niñez feliz. Siempre estuvo atendida por niñeras porque mi padre se desentendió de ella. Siempre estaba ocupado con su trabajo. Yo trataba de pasar las vacaciones con ella. Cuando ella tenía dieciséis años, mi padre murió. Siempre andaba metida en problemas y yo era quien resolvía todo. Tenía que haber sido más severo con ella. Quizás ahora no sería tan caprichosa.

–No fue culpa suya. Tuvo que ser difícil ocuparse de una adolescente. Seguro que lo hizo lo mejor que pudo.

–Helen siempre me decía que tenía que ser más estricto con Savannah –dijo Lewis abstraído.

–¿Quién es Helen? –preguntó ella con curiosidad.

–Mi novia.

¿Su novia? Martha sintió un pellizco en el estómago. Estaba sorprendida. ¿Cómo no había pensado que pudiera tener una novia? Tenía casi cuarenta años. Era inteligente, decidido, seguro y atractivo. Era lógico que tuviera novia.

–Estuvimos juntos algunos años –continuó Lewis–. Pero acabó cansándose de las escenas de Savannah cuando venía borracha o de sus llamadas en mitad de la noche. Helen tenía razón. He hecho que Savannah dependa de mí y nunca he dejado de mimarla. Pero su vida no ha sido fácil y no puedo volverle la espalda cuando me necesita. Al fin y al cabo, es mi hermana pequeña.

Martha se tranquilizó al escucharlo hablar en tiempo pasado.

–Parece usted un hombre muy familiar. ¿No le gustaría tener hijos? –dijo Martha mirándolo fijamente.

–No –contestó él tajante–. Con Savannah ya tengo suficiente familia.

–Pero sería diferente si tuviera sus propios hijos.

–Usted misma ha dicho que dan mucho trabajo, por no hablar de las preocupaciones...

–Y muchas alegrías –lo interrumpió Martha.

–Eso era lo que decía Helen.

–¿Ya no están juntos?

–No. Helen y yo teníamos lo que se dice una relación ideal. Es una mujer guapa e inteligente. Estuvimos juntos mucho tiempo. Por aquel entonces, yo viajaba mucho y ella ejercía de abogada. Éramos muy independientes, pero nos gustaba disfrutar del tiempo que pasábamos juntos. Todo fue perfecto hasta que sus hormonas se revolucionaron –dijo Lewis y cambió la expresión de su rostro–. Quiso tener hijos. No dejaba de decir que era el momento apropiado.

–Quizá lo fuera para ella –dijo Martha.

–No lo era. Había dedicado mucho esfuerzo a su trabajo y no podía tirarlo todo por la borda.

–Es sorprendente a lo que una mujer es capaz de renunciar por tener un bebé –dijo ella pensando en sus propias circunstancias.

–Helen no estaba dispuesta a renunciar a su trabajo. Ella quería tener un bebé y seguir trabajando en la firma de abogados. No entiendo para qué tener un hijo y dejarlo al cuidado de una niñera –sonrió y añadió con tono irónico–: Y según ella, el egoísta era yo.

–¿Qué pasó?

–Me dio un ultimátum. O teníamos un bebé o me dejaba. Así que me dejó –dijo esbozando una triste sonrisa.

–¿Se ha arrepentido alguna vez de su decisión?

–No –contestó Lewis–. A veces, la echo de menos. Si soy sincero, bastante a menudo –añadió mientras miraba pensativo el vaso que tenía entre las manos–. Es una persona muy especial. Fuerte, muy inteligente y, desde luego, muy guapa. ¡A saber qué habría sido de nosotros si hubiéramos tenido un hijo!

–Seguro que ahora sería feliz.

Martha se había imaginado muchas veces la sensación de aterrizar en San Buenaventura. Había pasado tantos meses pensándolo que no podía creer que ese momento por fin hubiera llegado. Se imaginaba mirando desde la ventanilla del avión el intenso azul del mar, las blancas playas con sus palmeras y el reflejo del sol en el agua. Pero la realidad fue muy diferente.

Unos cuarenta minutos antes de aterrizar, empezó a llover. Las turbulencias despertaron a los dos bebés, que se pusieron a llorar molestos por el cambio de presión que sentían en sus oídos.

Martha tomó a Noah y trató de calmarlo. Lewis no tenía problemas con Viola. Estaba tranquilo, como si no se percatara de los bruscos movimientos que el viento provocaba en el avión. Sus manos fuertes sujetaban a la niña, que, apoyada sobre su pecho, parecía más tranquila.

Martha era consciente de que estaba transmitiendo su propio pánico a Noah, lo que no ayudaba a calmarlo. Pero, ¿cómo podía tranquilizarse con todas aquellas sacudidas?

Lewis la miró preocupado.

–¿Está bien?

–En mi vida he estado mejor –dijo Martha con ironía. Se mordió el labio con tanta fuerza que se hizo sangre.

Lewis sujetó a Viola con una mano y con la otra se las arregló para soltar su cinturón de seguridad y sentarse junto a Martha.

–Déme su mano –le dijo, y se abrochó el cinturón.

Martha sujetó a Noah sobre su regazo. Se sentía avergonzada por estar tan asustada y, aunque le costara admitirlo, necesitaba sentir el contacto de Lewis. Si ella misma conseguía tranquilizarse, lo mismo haría Noah.

Cambió a Noah de posición y dejó una mano libre que Lewis estrechó firmemente.

–No hay ningún problema –le susurró con voz suave–. Esto suele ocurrir en la época de lluvias. Los pilotos están acostumbrados. En cuanto estemos bajo las nubes, todo volverá a la calma. Enseguida aterrizaremos. ¿Se encuentra mejor?

Lo que realmente la estaba haciendo sentir mejor era la calidez de sus dedos y la suavidad de su voz. Viéndolo allí sentado, con el bebé en sus brazos, transmitía una gran serenidad.

Martha se tranquilizó. También Noah se había calmado y se había acomodado sobre su pecho. Ella lo estrechó con su único brazo libre, deseando poder hacer lo mismo con Lewis y sentir la fortaleza de su cuerpo contra el suyo.

«Estoy perdiendo la cabeza», pensó. «Qué tonterías estoy pensando? Deben de ser las turbulencias»

A pesar de sus pensamientos, no le soltó la mano.

–En ocasiones, me gustaría poder llorar como un bebé –dijo temblando, más preocupada por las ideas que asaltaban su mente que por las sacudidas.

–Sé lo que quiere decir.

–¿De verdad? –preguntó Martha, observándolo de reojo. No era especialmente guapo. Tenía la nariz algo grande y las cejas espesas, pero había algo en él que lo hacía muy atractivo. Su mandíbula era prominente y la expresión de su cara era de permanente seriedad.

–Los bebés tienen una vida muy cómoda. Duermen lo que quieren, comen cuando quieren y pueden demostrar a los demás cuáles son sus verdaderos sentimientos. Cuando eres un bebé no tienes que pretender estar feliz cuando no lo estás o ser valiente cuando sientes pánico –dijo, y se giró sonriente a Martha antes de continuar–. O pretender que alguien te gusta, cuando no es así.

Algo más tarde, Martha trató de recordar lo que habían hablado durante el aterrizaje, pero no pudo. Había estado tan preocupada por agarrar la mano de Lewis y escuchar su cálida voz para tranquilizarse que no había prestado atención a sus palabras.

Martha se alegró. Por fin estaban en tierra. Ya no había motivo para agarrarse a su mano.

–¿Está bien? –se interesó él mientras desabrochaba su cinturón de seguridad.

–Sí –respondió Martha. Soltó la mano de Lewis y abrazó a Noah–. Gracias. No suelo ser tan miedosa.

–No se preocupe –dijo Lewis, y dejó a Viola en su cuna para agacharse a recoger los juguetes del suelo–. Se pasa mucho miedo la primera vez que se atraviesa una turbulencia como esa.

Mientras esperaban el equipaje en la terminal del aeropuerto, los bebés estaban inquietos. Martha se sentó. Parecía que llevaba toda la vida viajando. No sabía qué hora sería en San Buenaventura ni la diferencia horaria con Londres. Estaba cansada y le costaba un enorme trabajo mantener los ojos abiertos. Temía dormirse, así que se puso en pie y dio unos pasos mirando a su alrededor.

–Ahora entiendo por qué necesitan un aeropuerto nuevo –le dijo a Lewis, que examinaba con detenimiento el edificio–. Si no salen pronto nuestras maletas, creo que me voy a desmayar aquí mismo.

Cuando por fin finalizaron los trámites de la aduana, un agradable joven que se presentó como Elvis salió a su encuentro.

–Soy su conductor. Bienvenidos a San Buenaventura.

Martha nunca había visto llover con tanta intensidad. Apenas pudo ver el paisaje de camino a la ciudad. De pronto, Viola rompió a llorar con furia.

–No eres la única que está cansada –le susurró Martha. En momentos como ese, entendía la decisión de Lewis de no querer hijos.

Sentado en el asiento delantero, Lewis se giró y frunció el ceño.

–¿No puede hacer algo para que se calle? –gritó para hacerse entender.

–Puedo tirarla por la ventana, pero no creo que sea una buena idea –contestó ella irónicamente. Le dolía la cabeza. Todo lo que deseaba era dormir. En aquel momento, comenzó a llorar Noah también–. ¿Estamos cerca?

–En dos minutos llegaremos –le dijo Elvis.

Fueron los dos minutos más largos de su vida. Por fin llegaron a una casa de madera rodeada de un jardín espeso. Un amplio porche rodeaba la casa. Eso fue todo lo que Martha pudo ver mientras corrían del coche a la casa para protegerse del agua. A pesar de la escasa distancia, acabaron empapándose. Jadeante, Martha retiró el cabello mojado de su cara y se encontró frente a una mujer de aspecto maternal, no mucho mayor que ella.

–Esta es Eloise –dijo Lewis–. Vendrá todos los días a hacernos la comida y la limpieza, así usted sólo tendrá que ocuparse de los niños.

Martha cambió a Viola de brazo mientras Noah seguía llorando en su carrito. No iba a ser fácil cuidar de los dos niños.

Sonrió a Eloise, que ofreció sus brazos a Viola.

–Deje que tome a la niña –dijo la mujer cariñosamente–. Me encantan los bebés.

Viola miró con curiosidad aquella nueva cara y consintió que Eloise la agarrara. Dejó de llorar. Martha estiró sus brazos cansados y se inclinó para atender a Noah. Si a Eloise se le daban bien los niños, las cosas serían más fáciles.

Entraron en la casa. Era amplia y con escaso mobiliario. Probablemente fuera un lugar fresco y agradable si lo que se pretendía era huir del calor. Pero en aquel momento, a Martha le pareció húmedo y oscuro.

–¿Siempre llueve así? –le preguntó a Eloise.

–Mañana brillará el sol –contestó sonriendo.

Cuando terminaron de recorrer la casa y de deshacer el equipaje de los niños, prepararon las cunas. Eran cerca de las seis de la tarde en San Buenaventura y se había hecho de noche. Eloise se despidió.

–He dejado la cena preparada. Sólo tendrán que calentarla. Que pasen buena noche.

–¿Noche? –dijo Martha masajeándose el cuello mientras miraba a Eloise, que abría un gran paraguas y se marchaba–. ¿Cree que podremos irnos pronto a la cama? –le preguntó a Lewis.

–No, al menos que convenzamos a estos dos para que se duerman primero –dijo Lewis señalando hacia la alfombra donde Viola y Noah jugaban, golpeando el suelo con diferentes juguetes–. No parecen cansados.

Martha miró a los niños. Era cierto. Después de haber pasado la tarde llorando, los bebés estaban tranquilamente jugando.

–Les daré un baño y, con un poco de suerte, creerán que es hora de irse a la cama.

–¿Necesita que la ayude? –preguntó él mientras sacaba diversos documentos de su maletín.

Martha dudó. Lo lógico era contestar que no. Era la niñera y había insistido en que podría arreglárselas ella sola con los dos bebés. Y claro que podría hacerlo, se dijo, una vez hubieran establecido una rutina.

–Está bien, pero sólo porque es la primera noche. Así acostaremos a los niños antes –admitió, tragándose su orgullo.

Lewis dejó los últimos papeles sobre la mesa.

–Muy bien. Vamos –dijo él con alegría.

Se sentó en un taburete mientras observaba como Martha bañaba a los bebés. Ella estaba de rodillas, con las mangas de la camisa subidas y el pelo recogido detrás de las orejas. Sus ojos eran grandes y destacaban sobre la pálida piel de su rostro. Se la veía cansada. Los bebés reían contentos mientras jugaban con el agua, sin dar señal alguna de cansancio.

Era lógico, pensó Lewis. Los niños habían dormido durante casi todo el viaje. Martha y él habían soportado el largo vuelo a Nairobi, además de un retraso interminable para tomar la pequeña avioneta que los había llevado a su destino final. Martha no se había quejado en ningún momento de lo incómoda y estrecha que era, pero quizá no había reparado en el roce de sus brazos o la cercanía de sus rodillas.

Se habían sentado tan próximos que Lewis había podido oler su perfume. A Helen siempre le habían gustado los aromas intensos. Sin embargo, el de Martha era fresco y le hizo recordar el olor del hierba recién cortada. Todavía podía sentir los dedos de Martha aferrados a su mano, clavándole las uñas.

–¡Ay! –exclamó Martha de repente y se echó hacia atrás, sentándose sobre sus talones. El agua había salpicado su cara–. Veo que algunos todavía tienen energía para pasarlo bien –añadió riendo y lo miró.

Sus ojos marrones brillaban con alegría y Lewis sonrió. El cansancio parecía haberse desvanecido. Se la veía muy diferente a aquella mujer que había acudido a su oficina. Lewis se sintió conmovido por un extraño sentimiento que crecía en su interior.

–¿Algo va mal? –preguntó Martha, estudiando su rostro con preocupación.

–No –dijo Lewis, y desvió su mirada–. ¿Qué tengo que hacer?

Martha colocó una toalla sobre las rodillas de él. Sacó a Viola de la bañera y se la entregó, poniéndola sobre su regazo.

–¿Puede secarla?

Sacó también a Noah y lo puso sobre una toalla que había extendido sobre el suelo. Lo rodeó suavemente con ella y lo secó. Lewis hizo lo mismo con Viola, sin dejar de prestar atención al modo en que

Martha jugaba con el bebé, mientras le extendía polvos de talco y lo besaba sonoramente, provocando su risa.

Lewis imaginó la suave melena de Martha sobre su pecho y tragó saliva. Lo último que necesitaba en aquel momento era pensar en esas cosas. Él era el jefe y tenía que tratarla con el debido respeto. ¿Por qué se había tenido que enamorar Eve? Ella hubiera sido la niñera perfecta y ahora él no estaría allí sentado, soñando con las caricias del cabello de Martha sobre su piel y sintiendo celos de un bebé. Eve se las hubiera arreglado para cuidar a Viola ella sola mientras él estaría revisando un contrato y no en el cuarto de baño con un bebé en su regazo.

—Tenga —le dijo Martha, y le dio el frasco del talco—. Juegue con Viola. Necesita atención.

Lewis contempló el rostro de su sobrina. En su opinión, la niña ya había conseguido que se le prestara la atención suficiente durante las últimas horas. Pero decidió distraerse con ella para olvidar la sonrisa de Martha y el modo en que jugaba con Noah y lo cubría de besos.

Hizo cosquillas a Viola y ésta le devolvió una dulce sonrisa. Volvió a hacerlo y la niña estalló en carcajadas, intentando agarrar sus dedos y haciéndolo reír.

Quizá todo aquel asunto de cuidar bebés no fuera tan complicado, pensó Lewis. Levantó la mirada y se encontró con los ojos de Martha.

—Le gusta —dijo ella—. Debería jugar con Viola más a menudo.

Se sintió como un tonto sin saber por qué y decidió estarse quieto.

–La finalidad de contratar a una niñera es evitar hacer estas cosas –dijo bruscamente, en un intento de disimular su aturdimiento.

–Deje de protestar –le dijo Martha, sin dejarse amedrentar por su mirada. Se estaba acostumbrando al carácter de Lewis. Intuía que era un mecanismo de defensa más que una muestra de disgusto–. Viola es parte de su familia. Tan sólo le he pedido que la secara. Déjemela.

Martha tomó a la niña del regazo de Lewis.

–No tenga miedo. Yo me ocuparé de ponerle el pañal. ¿Puede sujetar a Noah mientras lo hago o es pedir demasiado?

–Está bien –dijo Lewis refunfuñando.

Se encontró con un rollizo bebé sobre su regazo. Recién bañado, desprendía un dulce olor. Ambos se miraron.

–¡Ay! –exclamó él. Noah había pellizcado su nariz y estaba sonriendo al ver la reacción de Lewis.

Martha rió.

–Es increíble la fuerza que tienen esos pequeños dedos, ¿verdad?

–Desde luego –dijo él frotándose la nariz–. La próxima vez seré yo quien se ocupe de los pañales.

–Se lo recordaré –dijo Martha, y meció a Viola en sus brazos–. Y ahora, a dormir.

CAPÍTULO 4

DIERON un biberón a cada bebé y los pusieron a dormir. Martha cerró la puerta suavemente y confió en que se durmieran pronto.

—Es curioso, pero ya no me siento tan cansada —dijo ella, mientras desentumecía los brazos—. Hace un rato me caía de sueño.

—¿Quiere cenar? —le preguntó Lewis—. Eloise nos ha dejado algo preparado.

Martha lo siguió a la cocina para ver de qué se trataba. Después de todo, se sentía hambrienta.

Lo que encontraron no parecía muy apetecible: arroz, estofado y un cuenco con una salsa de color rojo.

—Quizá tenga mejor aspecto cuando esté caliente —sugirió Martha.

Se sentaron a la mesa del comedor para cenar. Después de servirse empezaron a comer, pero tras unos segundos, se detuvieron.

—Esto no hay quien se lo coma —dijo él.

—Está repugnante —confirmó ella, dejando el tenedor a un lado.

—¿Qué es esto tan asqueroso? —preguntó Lewis mientras removía el estofado.

—No consigo distinguir ningún ingrediente —dijo, y tomó el cuenco con la salsa roja—. Quizá con esto mejore.

–Tenga cuidado –advirtió Lewis–. Seguro que es picante.

–Lo tendré –dijo ella, y se llevó el tenedor a la boca.

Martha nunca había probado nada como aquello. Sintió el ardor recorrer el interior de su nariz hasta llegar a los ojos, que se llenaron de lágrimas. Le quemaba la garganta y comenzó a toser bruscamente. Lewis se levantó y le trajo una botella de agua.

–Creo que me he envenenado –consiguió decir.

–Le advertí que tuviese cuidado –dijo Lewis.

–No me dijo que fuera una bomba.

–Nunca lo he probado, pero no confío en el aspecto de esas salsas.

Martha bebió más agua y alejó el plato.

–Pensé que la vida en una isla del Océano Índico sería perfecta. El mar, el sol, la comida... ¿Y qué me encuentro nada más llegar? Un diluvio y un estofado con una salsa que me ha destrozado las papilas gustativas de por vida.

–El tiempo mejorará –la animó Lewis.

–¿Y qué pasa con la comida? ¿Cree que esto es todo lo que Eloise sabe preparar?

–Probablemente. El gerente de la oficina la recomendó porque vivía cerca de aquí, pero no me dijo nada de que supiera cocinar.

–Cocinar es fácil. Una buena comida no necesita ser complicada, todo lo contrario, cuanto más sencilla, mejor –dijo Martha, encantada de hablar de su hobby favorito–. Además, teniendo en cuenta que estamos en una isla tiene que haber una gran variedad de pescados frescos que a la plancha con un poco de limón o mantequilla y una gran ensalada...

Se detuvo al ver que Lewis la observaba interesado.

—¿Cómo? –dijo él sorprendido–. ¿Sabe cocinar?

—¡Por supuesto que sé cocinar! –contestó Martha algo molesta–. ¡Me encanta cocinar! De hecho, si no hubiera sido periodista, me hubiera gustado ser... ¡Ah, no! De ninguna manera –dijo negando con la cabeza.

—¿Por qué no?

—Por si no lo recuerda, tengo que cuidar a dos bebés. No tengo tiempo de cocinar.

—Eloise la puede ayudar con los niños. Estará encantada, ya vio como le gustan.

—Sí, pero...

—¿No querrá comer esto durante seis meses? –la interrumpió señalando el estofado.

—No –dijo mirando con asco la comida que quedaba en el plato–. Sinceramente, no.

—¿Por qué no cambiamos nuestro acuerdo? Eloise puede cuidar de los bebés mientras usted cocina. También puede ayudarla con los baños y las comidas de los niños, además de ocuparse de la limpieza de la casa.

—No sé –dudó Martha.

—¿Qué le parece si le consigo un coche?

—Está dispuesto a cualquier cosa con tal de no comer este estofado, ¿verdad? –dijo mirándolo sorprendida.

—Así es. Ponga usted las condiciones.

—Esto se pone interesante –dijo divertida.

—Venga, Martha, ¿qué me dice?

Se quedó en silencio, haciéndole creer que lo estaba pensando. Pero ya había tomado una decisión. Eloise era encantadora, pero no tenía ni idea de cocinar a la vista de lo que había preparado. En cambio, ella disfrutaba cocinando. Podía ir al mercado y comprar fruta, verdura y pescado. De esa forma, comerían bien.

A Martha le gustó la idea. Si Eloise le echaba una mano con Viola y Noah, sería más fácil. Además, sería una agradable manera de distraerse.

–Está bien –dijo por fin.

Lewis sonrió. Martha advirtió que era la primera vez que lo veía sonreír. Había un brillo especial en sus ojos. Era tan sólo una sonrisa, pero no pudo evitar sentir un escalofrío en la espalda. La expresión de su cara se hizo más cálida. Parecía más joven y atractivo.

Martha se puso de pie, tratando de olvidar aquellos pensamientos.

–Veré si encuentro algo de fruta en la cocina –dijo ella.

Lewis la ayudó a recoger la mesa. Encontraron unos plátanos en la cocina y se fueron a la oscuridad del porche a comerlos.

–¡Qué bien huele! –exclamó Martha–. Me gusta el olor a tierra mojada después de la lluvia. Por cierto, ¿estamos cerca del mar?

–Sí, cualquier sitio en San Buenaventura está cerca del mar –repuso Lewis secamente. Y señalando hacia el jardín, continuó diciendo–: ¿Ve aquellas palmeras?

Martha miró en la dirección que le indicaba.

–Sí.

–Pues allí está la playa. Escuche.

Martha prestó atención y escuchó el sonido de las olas al romper.

–Qué sonido tan agradable –dijo Martha con alegría. Miró a Lewis y sonrió–. Este sitio me empieza a gustar.

Lewis se inclinó, tomó un plátano del racimo y se lo ofreció. Sus ojos se encontraron. Por alguna extraña razón, Martha sintió que su corazón latía con más fuerza.

–Gracias –le dijo ella.

Martha se alegró de tener algo entre las manos. Comenzó a pelar el plátano lentamente, pero antes de terminar se ruborizó.

«No seas tonta. Es sólo un plátano», se dijo.

No sabía qué hacer. Miró de reojo a Lewis. Tenía los codos apoyados sobre sus rodillas y estaba comiendo tranquilamente su plátano mientras miraba hacia el jardín.

Martha abrió la boca y tomó un bocado. Justo en ese momento, Lewis se giró y la miró.

–¿No le gustan los plátanos? –le preguntó mientras ella bajaba la mirada.

–Sí –dijo Martha.

Lewis terminó un plátano, dejó la cáscara sobre la mesa y tomó otro.

–¿No tiene hambre?

–No.

¿Cómo que no? Estaba muerta de hambre.

Martha sintió que su rostro se sonrojaba y confió en que la tenue luz del porche no lo revelara. No podía continuar sentada allí con un plátano pelado entre las manos. En cualquier momento, Lewis preguntaría por qué no se lo estaba comiendo y entonces, ¿qué le diría ella? ¿Qué comer un plátano frente a él le parecía tremendamente erótico? Sería un tema de conversación muy interesante para tratar la primera noche a solas con su nuevo jefe.

Rápidamente, se metió el plátano en la boca. Pero, ¿qué le sucedía esa noche? Ni que fuera una mojigata. Había hablado de sexo en muchas reuniones en *Glitz* para decidir los temas más interesantes para los lectores de la revista.

–¿Quiere otro?

–No, gracias –dijo Martha. Tenía la boca llena y, en aquel momento, no quería saber nada más de comer plátanos.

–No ha estado mal, al menos hemos podido comer algo –dijo Lewis tras terminar su segundo plátano–. ¿Podría ir mañana de compras y llenar la nevera? Enviaré un coche a recogerla.

–Buena idea –contestó Martha–. Le pediré a Eloise que me enseñe dónde está el mercado y haré la compra.

Se quedaron en silencio. Se sentía más relajada por el cambio de conversación.

Hacía calor y la humedad era intensa. Martha escuchó el suave murmullo del mar. También podía oír el zumbido de los insectos y el sonido de la brisa entre las ramas de las palmeras. Sintió que la tensión se desvanecía. Los bebés dormían tranquilamente y Lewis estaba sentado junto a ella. Estaba cansada y necesitaba dormir, pero era maravilloso estar allí en el porche, disfrutando de la oscuridad. Era la primera vez que Martha se sentía relajada en meses, por no decir en años. Había tenido muchas preocupaciones últimamente. Su relación con Paul, su trabajo, el embarazo, el bebé, el dinero... Sí, hacía mucho tiempo que no se sentía así.

Martha cerró los ojos y bostezó. Se encontraba bien en aquel lugar.

Últimamente, se había dedicado a cuidar de Noah y a buscar la manera de llegar a San Buenaventura, pero por fin estaba allí y podía relajarse.

Abrió los ojos y vio que Lewis la estaba observando con una expresión indescifrable. Se quedó mirándolo y sintió que su tranquilidad se desvanecía. Su corazón se aceleró.

Martha desvió la mirada y se puso de pie.

—Voy a ducharme y a la cama —dijo con voz nerviosa.

—Buena idea —contestó Lewis, y miró de nuevo hacia la oscuridad del jardín, tratando de no imaginársela desnuda bajo el agua de la ducha. También él se daría una ducha, pero fría.

A la mañana siguiente, Martha se despertó tarde. Tardó unos segundos en recordar dónde estaba. Tumbada en la cama, se quedó mirando fijamente el ventilador del techo. A su lado, Viola se estiraba. Con cuidado para no despertar a Noah, Martha se incorporó y se retiró el pelo de la cara.

Había sido una noche muy larga. Había tardado en dormirse y cuando por fin lo había hecho, los bebés se habían despertado. Primero lo hizo Noah y luego Viola. Y así durante toda la noche. En cuanto uno se dormía, el otro empezaba a llorar de nuevo.

De repente, Lewis había llamado a su puerta para preguntar si necesitaba ayuda. ¿O había sido tan sólo un sueño? Martha frunció el ceño y trató de aclarar sus pensamientos. Tras unos minutos, lo recordó todo con claridad. Lewis había aparecido descalzo, con el torso desnudo. Tan sólo llevaba puesto el pantalón del pijama. Había estado allí, en su habitación, medio desnudo en mitad de la noche.

Aunque en aquel momento apenas le había prestado atención, el recuerdo de aquella imagen la perturbó. Lewis le había preguntado si necesitaba que la ayudara y ella le había contestado que no era necesario que los dos estuvieran levantados atendiendo a los niños. Más tarde, había decidido meter a los dos bebés en su cama junto a ella, confiando en que así se calmarían. Tras unos minutos, los niños se habían tranquilizado y terminaron por dormirse. Finalmente, pudo descansar.

De repente, Viola abrió los ojos y comenzó a balbucear.

—Ya estás despierta, ¿eh? —dijo Martha sonriendo, y la tomó en brazos—. Vayamos a ver qué podemos desayunar.

Se oía ruido en la cocina. Quizá Lewis ya estaba levantado, pensó.

Martha se miró al espejo antes de salir de la habitación. Se aseguró que no hubiera restos de maquillaje en sus ojos. Su cabello estaba revuelto, pero no podía hacer nada hasta que se duchara.

Dejó a Noah durmiendo en la habitación y se fue a la cocina con Viola.

Lewis no estaba allí. Se sintió sorprendida cuando tan sólo se encontró con Eloise. Le dio los buenos días.

—¿Ha visto a Lewis? —preguntó Martha, tratando de no mostrar demasiado interés.

—Sí, ya se ha marchado a la oficina.

–¿Tan pronto? –dijo mientras colocaba a Viola en su sillita–. ¿Qué hora es?

–Casi las once.

–¡Las once! ¿Por qué no me ha despertado? –le preguntó a Eloise.

–El señor Mansfield me dijo que la dejara dormir –contestó–. Fue a verla a su habitación antes de irse, pero estaba durmiendo tan plácidamente que no quiso despertarla.

A Martha no le gustó la idea de que Lewis la hubiera observado mientras dormía. ¿Y si hubiera estado roncando o con la boca abierta? Aun así, le estaba agradecida, ya que había conseguido dormir unas cuantas horas seguidas y se sentía descansada.

Eloise se ofreció a cuidar de Viola mientras ella se duchaba. Cuando terminó, Noah ya se había despertado. Dio el desayuno a los niños y los vistió para ir a comprar. No fue hasta después de comer, mientras los niños dormían la siesta, cuando pudo recorrer toda la casa.

El lugar tenía un aspecto completamente diferente al de la noche anterior. La oscuridad y la humedad habían desaparecido. Hacía un día precioso. Lucía un sol brillante y soplaba una cálida brisa. Deslizó la puerta corredera de cristal que comunicaba el salón con el porche y salió.

–¡Qué maravilla! –susurró.

Allí se había sentado la noche anterior con Lewis y, en la oscuridad, había tratado de imaginar cómo sería el jardín. Ahora lo tenía frente a ella. Era una extensión de hierba rodeada de altas palmeras y de arbustos de flores exóticas y hojas brillantes. Una buganvilla de intenso color rosa se extendía sobre la cubierta del porche y, al pie de la escalera, había un jazmín cuyo intenso aroma había percibido la noche anterior.

Martha bajó los escalones y caminó tranquilamente por el césped hacia las palmeras, a través de las que se adivinaba el intenso color azul del mar y el brillo del sol sobre el agua. En ese punto, la hierba daba paso a la arena y de pronto se encontró en una pequeña playa.

–¡Oh! –exclamó Martha.

Se quedó fascinada contemplando el paisaje. Parecía estar viviendo un sueño.

Lejos de las sombras del jardín, hacía calor. Se quitó las sandalias y caminó plácidamente por la arena de la playa. Se acercó a la orilla y miró el mar. El agua tenía diversas tonalidades. De transparente pasaba a verde claro, a continuación a un intenso turquesa y, en el horizonte, se volvía azul oscuro.

Martha pensó en la lluvia del día anterior y en lo triste que se sintió cuando llegaron. Era como si ahora estuviera en otro lugar. Siguió caminando por la playa, sintiendo la calidez y suavidad de la arena en sus pies. Pensó que, por fin, había llegado al paraíso.

Lewis no regresó hasta las siete. Eloise había ayudado a Martha a bañar a los bebés antes de irse. Hacía rato que se había marchado, cuando Martha oyó el coche. En ese momento, sintió que su corazón se aceleraba.

Viola y Noah estaban sentados en el gran sofá del salón. Martha les estaba dando el último biberón.

¿Dónde se habría metido todo el día?, pensó. Tenía que buscar la manera de decirle a Lewis que era conveniente que pasara un tiempo con Viola antes de que la niña se fuera a dormir, pero no quería que él la malinterpretase y creyera que se había sentido sola o que lo había echado de menos.

Estaba dando el biberón a Noah cuando la puerta se abrió y apareció Lewis.

–Hola –dijo mirándolo por encima de su hombro. A pesar de que sintió deseos de hacerlo, decidió no preguntarle donde había estado todo el día.

Lewis parecía cansado.

–Siento llegar tarde –dijo, y puso su maletín sobre la mesa.

Tenía un aspecto extraño. No era sólo por la ropa que llevaba, sino por cómo la llevaba. Vestía unos pantalones elegantes y una camisa blanca de manga corta. No parecía encontrarse cómodo sin su traje y su corbata. Martha recordó sus días en *Glitz* y lo impecablemente que vestían los hombres que allí trabajaban. Trató de imaginárselo en alguna fiesta de la revista. Hubiera parecido una criatura de otro mundo.

Quizás él pensaba lo mismo de ella, pensó Martha mientras miraba su camisa sin mangas y sus pantalones vaporosos. Estaba llenos de manchas de la papilla de los niños. Había sido uno de sus conjuntos favoritos durante el verano pasado debido a la gran calidad del tejido y al diseño de las prendas. Tampoco ella estaba vestida para ir a una fiesta.

–Ha sido un día agotador –dijo Lewis, y se sentó en el sofá junto a ella–. Quería haber llegado a casa antes.

–No se preocupe –respondió Martha, disimulando su malestar–. ¿Qué hora es?

Lewis miró su reloj.

–Las siete menos seis minutos.

–¡Qué exactitud! –dijo Martha en tono irónico.

–Lo siento, llevo todo el día preocupado con pequeños detalles –dijo mientras Martha le miraba fijamente. Después de un momento, Lewis rió y añadió–: ¿Qué puedo decir? Al fin y al cabo, soy un ingeniero.

–Y que lo diga –dijo Martha sonriendo. Dejó a Noah a un lado y tomó en sus brazos a Viola para darle su biberón.

–¿Qué tal ha ido el día? –le preguntó Lewis mientras la observaba.

–Bien –contestó Martha sin dejar de mirar a Viola–. Este sitio es precioso. Llevé a los niños a jugar a la playa. Han disfrutado mucho del agua, pero hacía demasiado calor para ellos, así que al rato tuvimos que buscar una sombra. Después nos fuimos de compras. ¡Ah! Gracias por mandar el coche. El mercado estaba lejos para ir andando y hemos aprovechado para comprar muchas cosas.

–Eso suena tentador. No soportaría ese horrible estofado de Eloise otra vez.

–Eloise está encantada de no tener que cocinar.

–Eso me imaginé. Se puso muy contenta esta mañana cuando le hablé de los cambios. ¿Cree que funcionará?

–Por supuesto que sí –contestó ella. Se quedó callada unos instantes, mirando a Viola, antes de continuar–. Esta mañana nos levantamos muy tarde. Seguro que ya lo sabe.

Lewis se encogió de hombros. Deseaba poder olvidar la imagen de Martha cuando abrió la puerta de su habitación esa mañana. Era evidente que había hecho calor aquella noche. Se había asomado a su habitación y la había visto tumbada sobre las sábanas de la cama. Tan sólo llevaba puesta una camisa de hombre. Los niños habían pasado la noche junto a ella y, cuando se asomó, los tres dormían profundamente.

Lewis sintió que se le secaba la garganta y tosió. ¿Cómo era posible que se le secara la garganta en un clima tan húmedo?

–Debía de estar cansada –dijo él–. Los niños han pasado casi toda la noche despiertos.

–¿Cómo lo sabe? ¿Acaso vino a mi habitación? –dijo, y lo miró fijamente con sus grandes ojos marrones.

–Sí, lo siento. Pensé que necesitaba ayuda. Llamé a la puerta, pero no me oyó y decidí entrar. Si prefiere que no lo vuelva a hacer, dígamelo.

–No, no importa –dijo Martha contrariada–. No estaba segura de si lo había soñado o no.

Aquella respuesta sorprendió a Lewis. Ambos se miraron en silencio. Martha se quedó pensativa y recordó el aspecto de Lewis. Todavía lo veía allí en su habitación, en mitad de la noche, descalzo y con el pecho desnudo mientras ella, con una amplia camisa, dejaba al descubierto algo más que sus muslos. Había usado aquella camisa de algodón para dormir desde que Noah había nacido.

Martha sintió un escalofrío recordando la escena. En aquel momento, hubiera sido muy fácil haber rozado la piel desnuda de Lewis. ¿Qué hubiera pasado entonces? De sólo pensar en ello se quedó sin aliento. Hizo un esfuerzo por apartar aquellos pensamientos.

–No quiero que se sienta obligado a ayudarme. Me ha contratado para que cuide a Viola, y si llora en mitad de la noche soy yo la que se tiene que ocupar.

No debía olvidar que la niñera era ella y él era su jefe.

Lewis se frotó la nuca.

–Ese es el problema con los bebés –se detuvo pensando las palabras–. Con ellos no es posible mantener la intimidad. Uno contrata a una niñera para que los cuide y antes de que se dé cuenta, está en su habitación medio desnudo en mitad de la noche.

Así que él también había estado pensado en aquella escena. Martha estaba aturdida. No sabía si alegrarse o no, por lo que decidió cambiar de tema.

–En cuanto los niños se acostumbren, dormirán de un tirón toda la noche –dijo ella–. Y nosotros no tendremos que andar paseando de madrugada medio desnudos.

Viola terminó de tomarse el biberón y Martha le dio ligeros golpecitos en la espalda para sacarle el aire, mirándola con una dulce sonrisa. Tras unos instantes, emitió un sonoro eructo que hizo que Lewis y Martha se rieran.

–¡Esa es mi chica! –dijo Lewis.

Viola los miraba extrañada. Sin saberlo, había conseguido hacer desaparecer la tensión de aquel momento. De repente, lanzó los brazos hacia su tío.

–¿Quiere tomarla en brazos? –preguntó Martha, y Lewis se sobresaltó.

–¿Para qué?

–No se asuste. No tendrá que hacer nada. Sólo abrácela –dijo, y depositó a la niña en los brazos de Lewis antes de que siguiera quejándose–. Aquí tiene un cuento. Léaselo.

Intentó hacerlo, pero Viola no mostró ningún interés por el libro. Estaba más preocupada en el rostro de su tío y en meter sus pequeños dedos en su boca, en tocar su nariz y en tirarle del pelo.

–¿Por qué no se está quieta como Noah? –protestó Lewis señalando al niño, que estaba tranquilamente sentado sobre el regazo de su madre siguiendo con atención el cuento.

–No tengo ni la menor idea –dijo Martha a punto de estallar en carcajadas–. Será una cuestión genética.

–Seguramente –convino Lewis pensando en su hermana. Aunque Viola tuviera sólo ocho meses, ya se hacía evidente que tenía el mismo carácter que Savannah.

–Espere que Viola crezca y empiece a discutir. Va a necesitar mucha disciplina.

–Eso será tarea de sus padres –dijo Lewis mientras sacaba los dedos de Viola de su oreja–. Eso no es asunto mío.

A Lewis, aquellas palabras le sonaron familiares.

MARTHA sintió lástima de Lewis y tomó a Viola en sus brazos para llevársela a la habitación a dormir. La niña rompió a llorar.

—Creo que le ha gustado jugar con usted –dijo ella.

Lewis se frotó la nariz. Todavía sentía los pequeños dedos pellizcándolo.

Por fortuna, los dos bebés se durmieron enseguida.

—Rápido –dijo Martha–. Vamos a cenar, no vaya a ser que se despierten.

Había preparado una salsa para acompañar el pescado que había hecho a la parrilla. Lewis estaba sorprendido de aquella sencilla y deliciosa comida.

—Creo que al final ha sido una gran suerte que Eve se enamorara y renunciara al trabajo –dijo Lewis sonriendo.

—Muchas gracias –contestó Martha, molesta por el hecho de que le recordara que no había sido la primera elegida para el puesto.

La verdad era que también ella estaba contenta de que Eve se hubiera enamorado. De no haber sido así, no estaría ahora en aquel bonito lugar.

Lewis se ofreció para recoger la mesa.

—Ahora vaya y póngase cómoda –dijo él–. Voy a la cocina a preparar café.

Era maravilloso sentirse atendida. Martha se sentó en el porche y se relajó. Corría una suave brisa y se escuchaba el vaivén de las olas, además de los sonidos de la cocina. Era agradable la sensación de tener a Lewis cerca y saber que en cualquier momento aparecería en el porche y se sentaría junto a ella.

No es que lo estuviera deseando, pensó. Pero en el fondo se sentía confusa. ¿Por qué tuvo la sensación de que no podía respirar cuando Lewis apareció y le sirvió el café?

Martha le dio las gracias sin darle mayor importancia. Al fin y al cabo, tan sólo se trataba de un café.

Lewis se sentó a su lado y se echó hacia atrás, cerrando los ojos. Parecía muy cansado, pensó ella mientras contenía el impulso de acariciar su cabello.

El reflejo de la luz del salón a través de la puerta de cristal endurecía sus rasgos. Recorrió con la mirada su rostro, las marcadas mejillas, la prominente mandíbula... Se detuvo en los labios. Recordó cómo desaparecía la fría expresión de su rostro cada vez que sonreía.

Si una sonrisa tenía ese efecto, ¿qué pasaría con un beso? Lewis era tan introvertido y reservado que era difícil imaginárselo como amante. O quizá no, pensó Martha mientras con los ojos fijos en su boca lo imaginaba acercándose a ella y abrazándola estrechamente contra su cuerpo. Sus manos fuertes la recorrían mientras sus cálidos labios se unían a los suyos y...

Martha suspiró y desvió la mirada. Al pensar en el roce de aquellos labios sintió un profundo escalofrío que le recorrió la espalda.

Tomó un sorbo de café. Tenía que dejar de pensar en aquellas cosas, se dijo, y comportarse con normalidad.

–¿Ha tenido un día difícil? –preguntó Martha con la voz entrecortada.

Lewis abrió los ojos y se giró para mirarla.

–Ha sido más bien frustrante –respondió–. Se tarda mucho en tener todo listo.

–Yo creí que según llegaba, comenzaba la construcción –dijo Martha.

–Tardaremos unos quince meses en ponernos manos a la obra.

–¡Quince meses! –exclamó ella sorprendida. Tras unos instantes, añadió–: ¿Por qué se tarda tanto tiempo en empezar a construir?

–¿Por qué este repentino interés por la construcción? –preguntó Lewis con suspicacia.

–Tan sólo quería sacar un tema de conversación –dijo Martha–. Además, si vamos a vivir juntos los próximos seis meses, será mejor que sepa a lo que se dedica.

Lewis pareció estar de acuerdo con aquella observación. Siguió hablando de informes y exploraciones. Iba a contratar a varios profesionales para realizar los estudios topográficos e hidrológicos, además de los análisis financieros.

–Tendré que organizar alguna cena cuando lleguen –dijo Lewis–. ¿Se atreve a prepararla usted misma o prefiere que encargue la comida a algún restaurante?

–No se preocupe, yo me puedo encargar –respondió Martha rápidamente–. Me gusta cocinar. Además, así podré conocer a otras personas.

Lewis pensó que, a pesar de llevar en la isla sólo un día, Martha ya extrañaba la vida social. Eso lo irritó.

–Está bien –dijo él, tratando de disimular su malestar.

Se quedaron callados. Martha estaba abstraída escuchando el ir y venir de las olas y el murmullo de la brisa. Mientras, Lewis seguía concentrado en sus propios pensamientos. El silencio era cada vez más tenso y ambos se encontraban incómodos.

–Siga hablándome del proyecto –dijo Martha.

Lewis siguió explicando las ventajas e inconvenientes de ocuparse del diseño y de la construcción de dos proyectos tan importantes.

Martha no prestó demasiada atención a lo que él decía. Le gustaba observarlo cuando hablaba y ver cómo se entusiasmaba con lo que decía. Para tratar de mostrarse interesada, de vez en cuando le hacía alguna pregunta.

–¿Qué es un EIM?

–Son las siglas de Estudio de Impacto Medioambiental –contestó Lewis. El modo en que Martha lo miraba lo había desconcertado. Pero ahora que estaba explicando su proyecto, se sentía más tranquilo–. El Banco Mundial nos obliga a realizar estudios sobre el impacto que cualquier construcción pueda tener sobre el hábitat local antes de financiarla. Así que un botánico se encargará de realizar los del aeropuerto y un biólogo marino, los del puerto. Vamos a tener que hacer una gran excavación para los barcos, y eso puede afectar a los peces de gran tamaño como los tiburones y... –se detuvo al ver la cara de sorpresa de Martha–. ¿Qué?

–¿Va a contratar a un biólogo marino? –preguntó Martha. Se sintió culpable de no haberse acordado de Rory desde su llegada. El único motivo para ir hasta allí era encontrarlo. Ahora lo había recordado.

–¿Qué sucede? –preguntó él. Sospechaba que Martha estaba pensando en el padre de Noah.

–Rory es biólogo marino y está especializado en este lugar.

Lewis frunció el ceño. Había sido un día muy largo y había conseguido relajarse después de disfrutar de la cena que Martha había preparado. Tras romper con Helen, se había acostumbrado a pasar las noches en solitario. Se sentía a gusto sentado allí en el porche y teniendo a alguien con quien hablar al final del día. Había llegado a olvidar el motivo por el que Martha estaba en San Buenaventura, pero era evidente que ella no.

–Estos proyectos son muy importantes –dijo él, y trató de que su enojo no se hiciera evidente–. No puedo ir por ahí buscando a algún Tom, Dick o Harry para que trabajen para mí, sólo porque sean novios de la niñera.

Martha se sonrojó.

–No le estaba pidiendo que contratara a Rory –dijo ella avergonzada–. Pensé que quizá diera con algún biólogo que lo conociera y así poder averiguar su paradero.

–Es posible que alguien lo conozca.–admitió Lewis secamente. De hecho, estaba seguro de que así sería, ya que no eran tantos los biólogos marinos que podían emitir un EIM en aquel lugar.

–Cuando contrate a ese biólogo, ¿le preguntará si conoce a Rory? –dijo Martha con tono amable. No lograba entender por qué Lewis estaba molesto.

–Si me acuerdo lo haré. Tengo cosas más interesantes que hacer que pensar que en buscar a su novio –repuso secamente Lewis–. De todas formas, antes de hacer el informe marino hay que ocuparse de otras cosas. Pasará algún tiempo hasta que necesitemos un biólogo.

–En ese caso, será mejor que yo misma me ocupe de buscar a Rory. No puede ser tan difícil dar con él en una isla tan pequeña.

–Imagino que no –contestó fríamente. Cada vez estaba más enfadado–. No es asunto mío lo que haga en su tiempo libre, pero le recuerdo que está aquí para cuidar de mi sobrina. No le permito que la deje aquí con Eloise mientras usted persigue a su biólogo.

Martha apretó los labios y se puso de pie. ¿Cómo se atrevía a insinuar que iba a olvidarse de Viola?

–No se preocupe, lo recordaré –dijo entre dientes. Se dio media vuelta y entró en la casa, tratando de tranquilizarse. No quería perder el control y decir algo de lo que luego tuviera que arrepentirse.

¿Por qué había tenido que mencionar a Rory?, pensó Martha. Hasta ese momento, la velada había sido muy agradable. Había disfrutado del olor de las flores, del murmullo del mar y de la suave brisa. Incluso se había sorprendido al comprobar que Lewis era un hombre muy interesante.

Ya en la cama, Martha retiró la sábana bruscamente. Hacía mucho calor y no tenía sueño. Además, estaba enfadada. Lewis había sido muy desconsiderado con ella, pensó. En el fondo, seguía siendo tan frío y grosero como la primera vez que lo vio en Londres. Se había sentido ofendida. Ella había sido franca y le había dicho por qué quería ir a San Buenaventura. ¡Ni que le hubiera pedido que recorriera la isla en busca de Rory! No necesitaba su ayuda y estaba dispuesta a demostrárselo. Ella sería la niñera perfecta y se ocuparía de buscar a Rory.

Por fin consiguió descansar, y a la mañana siguiente se sentía relajada. Antes de las siete ya estaba en la cocina con los niños, preparándoles el desayuno. Llevaba la vieja camisa que usaba para dormir y estaba descalza. El café se estaba haciendo cuando entró Lewis.

–Buenos días –dijo ella. Trató de mostrarse cordial y evitó mirarlo a los ojos.

Lewis estaba apesadumbrado.

–¿Quiere algo para desayunar? –preguntó Martha, en un intento de demostrar su eficiencia.

–Tomaré un café, gracias –respondió. Parecía desconcertado.

–Está recién hecho –dijo señalando la cafetera.

Lewis se sirvió una taza. Observó que Martha le daba un vaso de plástico a cada bebé para entretenerlos. Llevaba puesta esa camisa otra vez, la que dejaba ver sus piernas desnudas. Cada vez que la veía no podía dejar de pensar que Martha estaba desnuda bajo aquella suave tela. Trató de olvidar ese detalle y se concentró en el café.

–Siento lo de anoche –dijo Lewis de repente.

Martha se giró.

–¿Anoche?

Después de que Martha se hubiera ido a su habitación, Lewis se había quedado pensando. No le había gustado el modo en que se había comportado. Trató de convencerse de que todo lo había hecho para asegurarse de que Viola estuviera bien atendida y de que Martha no se olvidara de ella tan pronto como encontrara a Rory. Pero tenía la desagradable sensación de que se había comportado como un hombre celoso.

–Fui muy desconsiderado. Sé que está aquí para encontrar al padre de Noah –dijo Lewis–. Le será difácil encontrarlo en su tiempo libre. Así que preguntaré por ahí y trataré de averiguar algo de Rory. ¿Le parece bien?

Martha se quedó mirándolo fijamente. ¿Por qué se estaba disculpando? La noche anterior había sido muy descortés y ahora volvía a mostrarse amable. Aquel carácter tan cambiante la desconcertaba. Sería más fácil si fuera más estable, así sabría a qué atenerse. Pensó rechazar su ofrecimiento, pero no pudo.

–De acuerdo –dijo Martha por fin.

–En cuanto sepa algo se lo diré. Aunque no será hasta dentro de un tiempo –le advirtió.

–No se preocupe. No tengo prisa. Después de todo, tengo seis meses por delante.

Lewis dejó la taza en el fregadero.

–Será mejor que me vaya –dijo, y antes de salir por la puerta, añadió–: Por cierto, bonita camisa.

Martha se quedó paralizada en mitad de la cocina con una divertida expresión en su cara y un biberón en la mano. Miró sus piernas desnudas y recordó la expresión de Lewis. Noah emitió un gritó para llamar la atención de su madre y que, de una vez, le diera el desayuno.

«Bonita camisa». Martha sonrió recordando sus palabras y, por fin, atendió a Noah.

Tan sólo llevaba una semana en San Buenaventura y a Martha le parecía toda una vida. Había sido fácil adaptarse a vivir allí y, con la ayuda de Eloise, los días transcurrían apaciblemente. Desechó la ropa de su selecto vestuario y se limitó a vestir con camisetas de tirantes y pareos.

Cada día iba al mercado, cocinaba y conversaba con Eloise. Después jugaba con los niños, a los que había empezado a llamar los gemelos. Algunos días se quedaban en el porche. Otros, se ponían sombreros y bajaban a la playa. En la orilla, Noah disfrutaba chapoteando, pero Viola rompía a llorar en cuanto sus pies tocaban el agua.

Martha no se cansaba de observarlos. Savannah había enviado muchos juguetes para Viola, pero no eran necesarios. Una vieja cacerola y una botella de plástico eran suficientes para que la niña jugara.

Hacía años que no se sentía tan relajada, pensó mientras observaba a los gemelos durmiendo la siesta a la sombra de las palmeras. Cuando trabajaba en *Glitz*, había llevado un ritmo de vida frenético: los cotilleos, las fiestas, las continuas prisas para preparar los reportajes... Lo había pasado muy bien, pero no lo echaba de menos. Ahora, veía todo aquello muy lejano y superficial, como si perteneciera a otro mundo.

¿Cómo iba a echar de menos aquella vida si ahora estaba en el paraíso? Pero había algo que no la dejaba ser feliz, reflexionó.

Había conseguido un buen trabajo en un sitio precioso. Los bebés se portaban muy bien y no ocasionaban ningún problema. Parecía una vida feliz, pero en ocasiones se sentía sola.

Cada día, Martha esperaba el regreso de Lewis con anhelo. Aunque le costaba reconocerlo, se sentía feliz cada vez que lo veía entrando por la puerta. Era como si su día no empezara hasta que él llegaba a casa. En ese momento, Martha se sentía más viva. Y no era porque Lewis se mostrara dicharachero, al contrario. Muchas veces se mostraba serio y solía haber un tono amargo en sus palabras. Su afán de analizar cada cosa la molestaba y, en ocasiones, llegaban a discutir. Él se sentaba meditabundo y reflexivo, pensando cada palabra antes de pronunciarla. Aquello la enojaba.

Necesitaba conocer a otras personas, decidió Martha. Ese había sido siempre el consejo en las páginas de *Glitz*. Tenía que hacer un esfuerzo y hacer más vida social. También tenía que tratar de encontrar a Rory.

Una mañana, Lewis le preguntó si tenía planes para el día. Martha lo miró sorprendida.

–¿Planes? No, ¿por qué?

–Hoy es domingo, su día libre. Pensé que querría descansar. Si quiere, llévese el coche. Puede dejar a Noah y a Viola conmigo.

Martha no sabía qué decir.

–Bueno, la verdad es que no había pensado hacer nada especial –dudó–. Además, no quiero dejar a Noah y tampoco creo que sea una buena idea separarlo de Viola ahora que se han acostumbrado a estar juntos.

Era una mala excusa, pero Lewis pareció aceptarla.

–En ese caso, ¿qué le parece si comemos fuera? –sugirió él–. El gerente de la oficina me ha hablado de un restaurante que está al otro lado de la isla, donde el pescado es excelente. Así, no tendrá que cocinar hoy. No es más que una cabaña, pero está en la playa y los gemelos podrán jugar tranquilamente.

Martha lo miraba fijamente. Era imposible saber lo que Lewis pensaba en cada momento. ¿Por qué estaba siempre tan serio? ¿Realmente quería invitarla a comer o sólo pretendía ser cortés con ella? Martha decidió aceptar la invitación, fuera cual fuese la razón.

–Parece un plan perfecto –dijo–. Gracias.

–Es lo mínimo que puedo hacer. Usted me ha salvado de comer el estofado de Eloise –dijo Lewis con una tímida sonrisa en sus labios–. Y no olvide traerse el traje de baño. Me han dicho que esa playa es estupenda para nadar.

Llegaron al restaurante, que resultó ser tal y como le habían informado a Lewis, una cabaña. Las paredes eran de madera y planchas de hojalata y estaba abierta por un lado. Las mesas estaban colocadas bajo sombrillas hechas de hojas de palmeras y el menú estaba garabateado en una pizarra. Servían la cerveza muy fría y el pescado era el más fresco que Martha había probado nunca.

–¡Qué sitio tan peculiar! Incluso parece que vamos a tener niñeras –dijo ella divertida al ver cómo Viola y Noah eran atendidos por las mujeres que ocupaban una mesa próxima a ellos. Viola estaba encantada de ser el centro de atención –. Su sobrina es muy coqueta. Mire cómo se comporta para que se fijen en ella. Me gustaría saber cuál es su secreto para mejorar mis técnicas.

Lewis contempló a Martha, que estaba sentada al otro lado de la mesa, frente a él. Sonreía mientras miraba a los bebés. Estaba bronceada y había ganado algo de peso. Parecía otra mujer distinta a la que había conocido en su oficina.

Lewis estudió su rostro con detenimiento. No era especialmente guapa. Tenía la nariz grande y los labios demasiado gruesos. Se adivinaban pequeñas arrugas alrededor de los ojos. Pero ahora que se la veía tan relajada estaba más atractiva. Se estaba acostumbrando a ella, a sus ojos, a su pelo, al modo en que sonreía a los bebés.

—No creo que su técnica necesite mejoras —comentó Lewis espontáneamente.

—Se sorprendería —dijo Martha con cierta ironía—. Desde luego, nunca he tenido la habilidad de Viola para llamar la atención.

—En ocasiones tiene muy mal genio —dijo él—. Noah es más tranquilo. Confío en que algo de esa tranquilidad se le pegue a Viola.

—Eso es difícil —contestó Martha mirando a su hijo con orgullo—. Noah tiene el mismo carácter que su padre: es tranquilo e independiente.

—¿Realmente puede saber a quién se parece? Es sólo un bebé.

—Claro que sí. Físicamente no le encuentro parecido conmigo, y el carácter es el de su padre. Rory es muy tranquilo —afirmó Martha y sonrió—. Para mí, fue una novedad conocer a alguien tan dulce. Estaba todo el día rodeada de personas egocéntricas. Rory nunca se molesta en destacar ni en llamar la atención, no le hace falta.

—¿No será que le da todo igual? —preguntó Lewis con voz grave.

Martha se quedó pensativa y tomó un sorbo de cerveza.

—No —dijo después de unos instantes—. Creo que lleva una vida muy cómoda y no necesita esforzarse por nada. Es muy guapo y simpático y congenia con todo el mundo. No le preocupa el dinero, lo único que le interesa es disfrutar de la vida.

–Eso está bien si hay alguien que se ocupe de resolver los problemas, de tomar decisiones y de asumir responsabilidades mientras uno se relaja y disfruta.

Había un tono amargo en su voz. Martha lo miraba con curiosidad.

–Parece que está pensando en alguna persona concreta. ¿Quizá su hermana?

–¿Savannah? –Lewis se rió–. No, aunque sea irresponsable no es una mujer tranquila.

–Entonces, ¿de quién se trata?

–Pensaba en mi madre –admitió Lewis–. Nunca ha sabido asumir obligaciones.

–No sabía que tuviera madre. Nunca me ha hablado de ella –dijo Martha, y tomó otro sorbo de cerveza.

Lewis se encogió de hombros.

–Pasé poco tiempo con ella. No tardó en cansarse de mi padre y de mí. Nos abandonó cuando yo tenía seis años.

¡Seis años! Martha no podía creer que una madre fuera capaz de dejar a un hijo de seis años.

–¿Por qué se fue?

–Quería encontrarse a sí misma. Creo que todavía no lo ha conseguido –dijo Lewis con amargura.

–¿Todavía vive?

–Sí. Por lo que sé, se dedica a recorrer el mundo. No le gusta vivir siempre en el mismo lugar, y menos entre cuatro paredes. Siempre está en alguna comunidad buscando paz y amor. Creo que está convencida de que, si pasa un mes en la misma postura o comiendo determinados alimentos, el mundo cambiará.

Lewis tomó un sorbo de cerveza y miró al mar.

–¿Alguna vez la ve?

–De vez en cuando. Para mí, mi madre es una desconocida excéntrica en continua búsqueda de nuevas terapias.

Martha miró a Noah, que estaba en brazos de una de las mujeres. No podía imaginarse abandonándolo. Sentía lástima por Lewis. Ahora comprendía el resentimiento que mostraba hacia las mujeres, después del modo en que se comportaban las de su propia familia.

Observó de reojo a Lewis, que estaba mirando el mar. Estaba serio, enfrascado en sus pensamientos.

–Yo siempre quise despreocuparme de todo, pero no pude –confesó Martha–. Fui una buena estudiante y tenía mucha ambición. Mi sueño era trabajar en una revista. Me gustaba mucho mi trabajo, pero se convirtió en el centro de mi vida. Siempre debía tener cuidado con los que me rodeaban. Estaban deseando que cometiera el más mínimo error para pisotearme –hizo una pausa y Lewis se giró para mirarla–. Con esa tensión, no consigues relajarte nunca y disfrutar de las cosas. Ahora me doy cuenta del estilo de vida que llevaba.

Lewis la miró a los ojos.

–Pero ahora su vida ha cambiado.

CAPÍTULO 6

MARTHA sonrió.

–Noah es el que me ha cambiado. No creo que yo sola hubiera sido capaz de hacerlo. Nunca tenía tiempo ni para pensar las cosas –se quedó callada unos instantes, sumida en sus pensamientos, antes de continuar–. Cuando nació Noah, mi vida cambió totalmente. Tenía un trabajo fantástico, un buen sueldo y una intensa vida social y, de repente, todo desapareció. Pero no me arrepiento –dijo mirando a Lewis con una sonrisa en los labios–. Le agradezco que me haya dado este trabajo. Es fantástico poder tomarse la vida con calma en un sitio como éste. No sé cuánto tiempo más hubiera podido soportar. Sólo llevo aquí una semana y me siento mejor. Muchas gracias.

Se quedó pensativa recordando lo sola que se había sentido. La mayoría de sus amigos trabajaban en *Glitz*, así que tan pronto como dejó su trabajo, perdió el contacto con ellos. Llevaban ritmos de vida diferentes. Ellos no tenían compromisos ni hijos a los que atender. Trabajaban mucho y podían pasar las noches de fiesta en fiesta, igual que había hecho ella antes de nacer Noah.

–No tiene por qué dármelas –repuso Lewis–. Está haciendo un buen trabajo. Confío en que siga así durante los próximos seis meses.

Lewis miró al mar, pero la imagen de Martha sonriendo se había quedado fijada en su mente.

–Por supuesto que sí.

–¿Seguro? Me ha hablado de su ritmo de trabajo, su intensa vida social, ¿no cree que esto pueda resultarle aburrido?

«No si estamos juntos», se dijo Martha. Por un momento pensó que había pronunciado aquellas palabras en voz alta. De haberlo hecho, ¿qué explicación le hubiera dado?

Martha contempló el reflejo del sol en la arena y los brillos del agua. Se quedó abstraída y se olvidó de que tenía una cerveza fría entre las manos y de que estaba sentada en una incómoda silla de madera. Tampoco fue consciente de las risas que provenían de la mesa de al lado, ni del aroma que desprendía el pescado cocinándose sobre la parrilla. En aquel momento, sólo existía Lewis, allí sentado frente a ella, intensamente atractivo.

–Tengo que hacer un esfuerzo por conocer a otras personas –dijo Martha en un intento por salir de su ensimismamiento–. Esta semana hemos estado muy ocupados organizándonos, pero ahora que ya nos hemos adaptado, me gustaría involucrarme en alguna actividad.

–¿Qué le parece si un día de estos deja a los gemelos con Eloise y viene a comer a la ciudad? Le presentaré a algunas personas.

Martha lo miró con incertidumbre. ¿Por qué ese repentino interés en ampliar su vida social? A lo mejor se había cansado de ella. Si era así, tenía que demostrarle que era capaz de arreglárselas sola y que no dependía de él para nada, que tenía otras preocupa-

ciones además de esperar su llegada a casa cada noche. Precisamente, era eso lo que había estado haciendo: depender de él, pensó Martha. Aquello tenía que
cambiar.

–¡Sería fantástico! –dijo Martha tratando de mostrar entusiasmo.

–La avisaré –repuso Lewis contrariado por su exagerada reacción.

Se acercaron a la mesa de al lado y recogieron a
los bebés para darles de comer.

Entre dos era mucho más sencillo ocuparse de los
niños, pensó Martha. Aunque Eloise siempre la ayudaba, con Lewis era diferente.

Mientras los bebés dormían a la sombra de las palmeras, Martha y Lewis comieron. El pescado era delicioso, pero Martha tenía la mente en otro sitio. Observaba atentamente a Lewis y apenas podía retirar la
mirada de sus manos y de su boca. Deseaba acariciar
aquellos fuertes brazos y entrelazar los dedos con los
suyos.

Tragó saliva e intentó buscar un tema de conversación. Se sentía aturdida. Le hizo preguntas sobre el
proyecto, la compañía y el amigo con el que había decidido asociarse tres años atrás.

–Tenemos pocos empleados en este momento
–dijo Lewis contrariado ante el repentino interés de
Martha. Había observado un cierto nerviosismo en
ella–. Tenemos un ingeniero encargado del proyecto
en cada lugar y yo hago visitas de vez en cuando para
asegurarme de que todo va bien.

–Entonces, tendrá que viajar mucho, ¿no?

–Sí, Mike está casado y tiene niños pequeños. Trabaja en nuestras oficinas centrales de Londres. Como

no tengo familia ni obligaciones que me retengan, yo soy el que viaja.

–¿Y no se cansa?

–¿De viajar? –preguntó Lewis.

–No, de estar solo y no tener quien lo espere en casa.

Se quedaron en silencio sin dejar de mirarse fijamente. Tras unos momentos, Lewis desvió la mirada.

–Hace tiempo que decidí no tener hijos –dijo seriamente–. No quiero ser responsable de traer niños al mundo y que pasen por lo mismo que pasamos Savannah y yo.

–No tiene por qué ser así. No todas las madres abandonan a sus hijos.

–Quizás –dijo Lewis con rostro severo–. Por cierto, ayer recibí un correo electrónico de Helen.

Helen. La novia perfecta. Aquella a la que tanto echaba de menos.

–¡Qué bien! –dijo Martha tratando de mostrar emoción.

–Me dice que ha tenido una hija y que es muy feliz.

–Eso es estupendo –dijo Martha, preguntándose si realmente se alegraba o si en el fondo se sentiría celoso.

–Ya ha vuelto al trabajo. Me dice que la niñera es fantástica –dijo y en tono irónico, añadió–: Parece que soy el único que no tiene interés en formar una familia.

–Mire, estamos aquí disfrutando de una tranquila comida de domingo. Los bebés duermen la siesta. A la vista de los demás, parecemos una familia.

Lewis se giró y miró como dormían Noah y Viola.

–Pero no somos una familia.

–Oficialmente no. Pero somos un hombre y una mujer con dos niños que viven juntos. Somos una familia provisional.

–Esa es la cuestión. Una familia no puede ser provisional –protestó Lewis–. Las familias han de permanecer unidas.

La sonrisa se borró del rostro de Martha. Pensó en lo que quería para Noah y para ella. Desde luego, ella tampoco quería algo provisional.

–¿Qué va a hacer hoy? –le preguntó Lewis a la mañana siguiente mientras tomaba el último sorbo de su café.

–Lo de siempre –dijo Martha mientras le limpiaba las manos a Viola–. ¿Por qué?

–Quizá le gustaría venir a la ciudad a comer conmigo. Eloise se puede ocupar de los niños.

–Me encantaría –dijo Martha. Trató de no mostrar su entusiasmo ante la idea de Lewis. Se trataba de una comida, no de una cita. No había motivo para que su corazón se acelerase de aquel modo.

–¿Sobre las doce y media le viene bien?

–Perfecto.

Esperó a que se fuera y entonces sonrió.

–No me miréis así –dijo a los niños, que se habían quedado embelesados mirándola–. No hay ningún inconveniente en que vayamos juntos a comer. No voy a hacer ninguna tontería.

Como enamorarse de un hombre que había dejado bien claro desde el principio que no quería formar una familia, pensó Martha. Noah necesitaba una familia. Lewis no había vuelto a hablar de buscar a Rory, pero ella no quería preguntarle. Realmente ni siquiera había vuelto a pensar en él.

Tenía que encontrar a Rory. Los días pasaban y ella ni siquiera lo había intentado. Había estado tantos meses pensando en cómo ir a San Buenaventura para que Noah conociera a su padre... Sin embargo, ahora no le preocupaba. Aquello estaba mal, pensó Martha. Rory era el padre de Noah y la razón por la que había ido hasta allí. Tenía que encontrarlo.

Quizá Lewis le presentara a algunas personas durante la comida. Podía preguntarles si conocían a Rory. Ese era un buen motivo para acudir. Además, prefería la compañía de otras personas a comer con Lewis a solas.

Eligió uno de sus vestidos favoritos: era de colores claros y muy vaporoso. Habían quedado en encontrarse en un restaurante de la calle principal de Perpetua. Martha planeó llegar antes que Lewis, pero en el último momento las cosas se complicaron y se le hizo tarde. Además, con las prisas se olvidó el paraguas en la casa y la lluvia que caía terminó por empaparla.

Llegó al restaurante veinte minutos tarde. Se detuvo en la entrada y trató de secarse la cara y mesarse los cabellos. Estaba completamente mojada. El vestido estaba empapado y revelaba el contorno de su cuerpo. Desde donde estaba, buscó con la mirada a Lewis y lo encontró sentado en una mesa al otro lado del restaurante. Estaba con una atractiva mujer de la edad de Martha. Era rubia y muy elegante. Por un momento, se olvidó de su vestido mojado y estudió la situación.

Lewis parecía sentirse a gusto en su compañía. Estaba sentado hacia delante, escuchando y, en ocasiones se le veía asentir con la cabeza.

A Martha se le encogió el corazón. ¿Por qué estaba aquella mujer allí? Quizás, al ver que ella no llegaba, Lewis la había invitado a su mesa y ahora disfrutaban de un agradable almuerzo, pensó. Entonces, ¿qué pintaba ella allí? Decidió que no tenía motivo para quedarse.

Pero se quedó paralizada en el sitio. No podía dejar de observarlos. De pronto, Lewis la vio y le hizo un gesto con la mano para que se acercara. Estaba serio y Martha no supo qué hacer. Ya no podía escapar. Atravesó el restaurante dejando un reguero de agua a su paso. Llevaba el vestido completamente pegado al cuerpo y el pelo caía mojado sobre su frente.

Lewis se levantó cuando llegó a la mesa.

–¿Dónde se ha metido? Estaba empezando a pensar que le había pasado algo.

–Su sobrina no paraba de llorar. Cuando por fin conseguí calmarla ya era tarde y, para colmo, con las prisas me olvidé el paraguas.

–Ya veo –dijo Lewis observándola de arriba abajo. Le ofreció una silla entre él y su acompañante–. Será mejor que se siente.

–Gracias –dijo Martha. De cerca, aquella mujer era todavía más atractiva.

Lewis hizo las presentaciones. La mujer se llamaba Candace Stephens.

–Candace es la directora de un complejo hotelero que se acaba de inaugurar en la isla.

–Confiamos en beneficiarnos del nuevo aeropuerto y que muchos turistas vengan a visitarnos –dijo con una amplia sonrisa.

Martha la observó. Era evidente que aquella mujer estaba interesada en algo más que en el aeropuerto de Lewis.

—Martha es la niñera de Viola —dijo Lewis.

Estupendo, pensó Martha. Lewis la hizo sentir insignificante. Así que sólo era la niñera de Viola, ¿no?

—También soy la cocinera —añadió desafiante.

—Tiene que ser un trabajo fantástico. Tan sólo depende de uno mismo. Además, cocinar parece muy relajado, seguro que mucho más que pasar el día en aburridas reuniones. Y no me refiero a nuestras reuniones, Lewis —dijo con una amplia sonrisa mientras ponía su mano sobre la de él.

Martha observó a Candace con desagrado. Había dejado claro que ellos celebraban importantes reuniones sobre el modo de fomentar el turismo en la isla, mientras ella tenía un trabajo insignificante.

—Cuidar a dos bebés no es precisamente relajado —dijo Martha secamente.

—¿Dos bebés? —preguntó Candace asombrada—. Creí que sólo estabas con tu sobrina —dijo girándose hacia Lewis.

Era evidente que entre Candace y Lewis había cierta familiaridad y que habían estado hablando de asuntos personales. Martha tomó la carta del menú y la abrió bruscamente. No sabía qué la había irritado más: si el hecho de que él le hubiera hablado de Viola o de que hubiera eludido mencionar a Noah.

—Noah es el hijo de Martha —aclaró Lewis—. Tiene la misma edad que Viola, así que están todo el día juntos.

Lewis evitó observar a Martha, pero le resultó imposible. Estaba sentada a su lado y era difícil quitar la

vista del vestido mojado que llevaba y que era tan re-
velador. Vio que una gota de agua recorría su cuello
hasta llegar al escote. Deseaba alargar la mano y tocar
su piel húmeda.

No le había gustado la manera en que algunos de
los hombres que estaban en el restaurante se habían
girado para mirarla al pasar. Se arrepintió de haberla
invitado a comer. Era difícil pensar que la atractiva
mujer que estaba a su lado era la niñera de Viola y,
por tanto, su empleada.

Le había prometido presentarle a otras personas y
estaba decidido a cumplir su promesa. Pensó que con-
geniaría con Candace, pero ahora se daba cuenta de
que se había equivocado: aquellas mujeres no se so-
portaban a pesar del intento que hacían por mostrarse
educadas.

—Así que tiene un bebé, ¿eh? —preguntó Candace.

—Sí —contestó Martha secamente sin ni tan siquiera
levantar los ojos de la carta—. Soy madre soltera.

—¡Qué valiente! —exclamó Candace.

Martha la miró.

—¿Por qué dice eso? —dijo Martha desafiante.

—Tiene que ser difícil criar a un hijo sola —dijo Candace en tono de lástima, lo que exasperó a Martha—.
Tengo amigas que han pasado de ser brillantes mujeres de negocios a estar todo el día hablando de pañales y biberones. Tenían fantásticas carreras y lo han
dejado todo por ser madres. ¿Y todo para qué? ¿Para
estar todo el día pendientes de sus hijos y no poder
dormir? —se detuvo y suspiró—. Francamente, la idea
de ser madre no me atrae en absoluto.

—Desde luego, no creo que fuera una buena madre
—le dijo Martha tranquilamente—. Tiene mucho en co-

mún con Lewis. Él tampoco tiene ningún interés en ser padre, ¿verdad?

Lewis frunció el ceño. Candace lo miró con mayor interés. A partir de ese momento, ignoró a Martha y acaparó totalmente la atención de Lewis hablando tan sólo de negocios.

Martha no supo qué hacer. Se concentró en la comida y en observar las tácticas de Candace. Trató de adivinar los pensamientos de aquella mujer. Probablemente se habría sentido defraudada al enterarse de que no comerían solos y que estarían acompañados por la niñera de Viola. Pero seguramente, cuando Candace la vio llegar, sus temores se desvanecieron al comprobar que Martha no era una rival a tener en cuenta a la vista del aspecto que presentaba. Además, la falta de interés en tener hijos era otro punto en común con Lewis a su favor.

Candace estaría pensando que era el prototipo de mujer que Lewis necesitaba. Una mujer profesional totalmente dedicada a su carrera. Ese debía de ser el motivo por el que una y otra vez hacía referencia a su trabajo. ¡Pero si era tan sólo directora de un hotel!, pensó Martha. No hacía falta ser un genio para organizar los turnos de los recepcionistas y asegurarse de que las camareras cambiaban las toallas de las habitaciones. Por la importancia que se daba, cualquiera diría que acababa de descubrir un remedio contra el cáncer.

Era difícil adivinar qué pensaba Lewis de ella. Martha lo estudiaba con detenimiento. Había hecho algún intento por incluirla en la conversación, pero Candace no lo había permitido. Estaba dispuesta a desplegar todos sus encantos para diferenciarse de Martha y no dejarla hablar.

Martha la observó detenidamente. Era alta y muy guapa. Tenía una piel maravillosa y los ojos verdes. Su dorada melena estaba recogida en una trenza. Pero era muy aburrida. Aunque quizás a Lewis eso no le importaba.

Suspiró y dejó caer el tenedor. Recordó la emoción con la que había acudido al restaurante. Se había hecho demasiadas ilusiones respecto a Lewis. Si hubiera sabido lo que iba a pasar...

–Será mejor que me vaya –dijo en cuanto terminó de comer–. No está bien dejar a Eloise sola con los niños tanto tiempo. No se levante –añadió mientras Lewis movía su silla hacia atrás–. Por favor, quédense y terminen de comer.

Lewis fue a decir algo, pero Candace la interrumpió.

–Me tomaré un café –dijo mostrando una amplia sonrisa de satisfacción.

–Hasta luego –se despidió Martha fríamente–. Gracias por la invitación.

–Está muy callada –dijo Lewis, mientras ella preparaba la cena de aquella noche.

–Ya sabe que mi único tema de conversación son los biberones y los pañales. No quiero aburrirlo.

Lewis la observaba pensativo. Cuando estaba con ella, nunca se aburría. Pero era evidente que en aquel momento estaba enfadada, y no era difícil conocer el motivo.

–Mire, siento mucho lo de la comida. Invité a Candace porque usted misma me dijo que quería conocer a otras personas. Creí que congeniarían.

–¿De verdad? –dijo Martha mientras cortaba enérgicamente unas hojas de lechuga–. ¿Qué le hizo pensar eso?

Lewis se encogió de hombros.

–Parecen de la misma edad, las dos son solteras...

–Ah, claro, y por eso se supone que podemos hacernos amigas aunque no tengamos nada en común,
¿no? –lo interrumpió.

–Eso no lo sabía cuando invité a Candace a comer
–dijo Lewis tratando de ser amable–. Me la presentaron en una reunión de trabajo. Acababa de llegar a la
isla y estaba sola. Apenas la conozco.

–No me dio esa impresión. Ella parecía conocerlo
muy bien –dijo Martha cortando bruscamente un tomate–. No hay ninguna duda de que tiene muy claro
de quién quiere hacerse amiga.

Lewis la miró contrariado.

–¿Qué quiere decir?

–Venga, Lewis, es evidente que Candace está interesada en usted. Nunca me he sentido tan fuera de lugar. Ella estaba deseando que me fuera y los dejara
solos.

–Ya se lo he dicho. Apenas la conozco –dijo Lewis enojado.

–Bueno, eso siempre puede cambiar –repuso Martha con una sonrisa irónica–. Candace es la mujer perfecta para usted. Los dos están totalmente entregados
a su trabajo. Para ustedes es más importante conseguir
contratos que tener una familia. Además, así podrán
reírse juntos de personas como yo, cuyas únicas preocupaciones son el amor y la dedicación a sus hijos.

Lewis apretó los labios. No entendía por qué estaba tan enfadada. El almuerzo no había ido bien, pero

no era culpa suya que no hubieran congeniado. Al menos, él le había presentado a Candace y ella debería estar agradecida por ello. No soportaba que las mujeres actuaran tan irracionalmente.

Él también estaba enfadado. Además, no había podido evitar pensar en Martha durante toda la tarde y la sensualidad de su cuerpo bajo aquel vestido mojado.

Apenas había podido concentrarse en el trabajo esa tarde.

Cuando llegó a casa, la encontró con unos pantalones y una camisa sin mangas, totalmente diferente a como la había visto en el restaurante, con el vestido mojado y pegado a su piel, marcando cada una de sus curvas. Se sintió defraudado.

–¿Cómo dice? –preguntó Lewis abstraído en sus pensamientos al percatarse de que ella le estaba hablando.

–Le estaba diciendo que viniera a sentarse a la mesa.

–Sí, por supuesto –dijo él.

Viola no dejó de llorar durante la cena y Martha se tuvo que levantar varias veces para atenderla.

–Creo que se ha resfriado –dijo mientras le tocaba la frente–. Si no se encuentra mejor por la mañana, llamaré a un médico.

Martha le dio un jarabe a la niña, pero apenas la calmó. La noche fue larga: Viola se despertaba una y otra vez llorando. Tan pronto como Martha conseguía que se durmiera, volvía a despertarse.

Una de las veces, Noah también se despertó y rompió a llorar. Martha trató desesperadamente de consolar a los niños. De repente, Lewis apareció.

–Parece que necesita que la ayude.

Martha estaba muy cansada para protestar. No sabía qué hora era y se estaba volviendo loca con los llantos de los bebés.

–¿Puede ocuparse de Noah mientras yo le doy un poco de agua a Viola?

Martha fue a la cocina y preparó un biberón. Se sentó en el sofá del salón y acunó a Viola en sus brazos mientras la niña bebía. Por fin, dejó de llorar y todo se quedó en silencio.

Martha reclinó la cabeza en el respaldo del sofá y suspiró aliviada.

Lewis paseaba junto a las puertas correderas de cristal que daban al porche. Llevaba puestos unos pantalones grises de pijama y sujetaba a Noah contra su pecho desnudo con sus fuertes manos. Martha lo contempló. Estaba acariciando la espalda del niño mientras Noah se abrazaba a su cuello y se chupaba el dedo. Aquello era señal de que estaba a gusto.

–¿Qué tal está Viola? –preguntó Lewis en voz baja.

–Mejor. Creo que podrá dormir.

–Parece que este jovencito también se ha dormido.

Se acercó y se sentó junto a ella. Martha sintió que cada uno de sus sentidos se agudizaba.

–Por fin podremos dormir esta noche –dijo él mientras estiraba las piernas.

–Sí –contestó ella sin quitar la mirada de sus pies. Quería evitar mirar cualquier otra parte de su cuerpo.

Estaba sentado muy cerca de ella, tanto que podía tocarlo. Sus manos deseaban acariciarlo y recorrer cada centímetro de su cuerpo. Pero no podía ser.

Noah necesitaba un padre y a Lewis no le gustaban los niños, así que no tenía ningún sentido iniciar una relación con un hombre que no quería formar una familia. Con él, ella y su hijo no tenían futuro.

Tampoco es que fuera un hombre guapo, pensó Martha. Su nariz era grande y sus cejas, muy marcadas. Era serio y severo, tremendamente racional. Era obstinado y riguroso. No había ningún motivo para encontrarlo atractivo.

Tampoco encontraba sentido al deseo que tenía de acariciarlo, de probar sus labios y sentir el calor de sus manos sobre su cuerpo.

No había ninguna razón para todo aquello. Martha dejó escapar un suspiró y Lewis se giró para mirarla.

–Debe de estar cansada. Voy a dejar a Noah en la cuna y enseguida vuelvo por Viola –dijo Lewis.

Eso debía de ser. El cansancio le hacía tener aquellos extraños deseos. Además, era de noche y muy tarde. La brisa tropical estaba intensamente perfumada y se oía el suave murmullo de las olas. Estaba cansada. Por eso, su corazón latía rápidamente y sentía que la sangre fluía con fuerza por sus venas.

–Me llevo a Viola también –dijo Lewis cuando regresó. Se inclinó y tomó a su sobrina de los brazos de Martha. El roce de sus manos sobre su piel desnuda fue suficiente para que el corazón de Martha latiera desbocado.

Tenía que levantarse e irse a dormir, pero estaba tan cansada que no podía moverse. Le temblaba todo el cuerpo.

«Es el cansancio», pensó Martha. «Sólo eso, cansancio».

CAPÍTULO 7

ES HORA de irse a la cama –le dijo Lewis cuando volvió al salón. Se quedó de pie frente a ella.

Martha abrió sus grandes ojos. Había algo extraño en su voz, pero no supo distinguir el qué.

–Estoy demasiado cansada para moverme. Creo que me quedaré aquí a dormir.

–Será mejor que se vaya a la cama –le dijo Lewis, y alargó su mano.– Deje que la ayude a levantarse.

Martha miró su mano y se quedó pensativa. Parecía como si estuviera ante un momento crucial de su vida en el que tenía que tomar una decisión fundamental para su futuro. Si decidía aceptar su ayuda, su vida tomaría un rumbo y, si no lo hacía, tomaría otro.

Pero, ¿qué tonterías estaba pensando? Se encontraba tan cansada que no podía pensar con lucidez. Lewis tan sólo le estaba ofreciendo su ayuda para levantarse.

Lo miró y sonrió forzadamente.

–Lo siento, estoy agotada –dijo, y se agarró a su mano.

Tan pronto como sintió el roce de sus dedos, supo que había cometido un error. Lewis tiró de ella, pero sus piernas flaquearon y se hubiera caído si él no la hubiera agarrado por la cintura para evitarlo.

Martha dejó escapar un gemido al sentir su cuerpo tan próximo al de él. Era fuerte y firme como tantas veces había imaginado. El hombro desnudo de Lewis se hallaba a escasos centímetros de su boca. Podía sentir el olor de su piel.

Pensó en dar un paso y separarse de él, pero no se movió de donde estaba. Se sentía paralizada y su cabeza parecía no reaccionar. Algo surgió de su interior que le hizo levantar la cabeza y mirarlo a los ojos. Le costaba respirar.

Se quedaron allí parados mirándose intensamente durante unos instantes que se hicieron eternos. Lo que ocurrió a continuación, rompió el silencio. ¿Quién besó a quien? ¿Quién había tomado la iniciativa? Eso ya no importaba. Lo que realmente importaba era que toda la tensión se había desvanecido y que se estaban besando apasionadamente.

Jadeantes, se dejaron caer sobre el sofá sin parar de besarse. Martha lo estrechó entre sus brazos y lo atrajo hacia sí con fuerza. Se sentía al borde del desmayo. Por fin estaba tocando aquel cuerpo que tanto había deseado. Saboreó sus labios y acarició su espalda desnuda, desde la cintura hasta sus anchos hombros.

Lewis buscaba su boca con pasión. Sus manos ansiosas se deslizaban sobre ella, desde los muslos hasta la piel que escondía su camisa.

Martha se dejó llevar. Había tratado de convencerse de que no lo deseaba, pero ahora comprobaba que no era así. Lo rodeó con sus brazos mientras continuaban besándose. Rodaron y Lewis se colocó sobre ella. Inclinó suavemente la cabeza de Martha hacia atrás y comenzó a besar su cuello. El roce de sus labios sobre su piel la hicieron estremecer. La cabeza le daba vueltas. Lewis respiraba entrecortadamente.

De repente se escuchó el llanto de un bebé. Lewis apoyó su cabeza sobre el hombro de Martha. Tras unos segundos, se incorporó y la miró directamente a los ojos. La expresión de su mirada se había transformado.

–¿Qué estoy haciendo? –dijo Lewis.

Nunca antes un hombre la había besado como lo había hecho él ni se había sentido tan deseada como con él. Pero nunca los besos habían acabado de manera tan brusca. Estaba claro por el gesto de su cara y por sus palabras que Lewis no había querido besarla y que se arrepentía de haberlo hecho.

–Viola está llorando –logró decir Martha–. Será mejor que vaya.

Lewis escondió el rostro en sus manos, mientras ella se levantaba y se colocaba la camisa. Con piernas temblorosas, llegó a la habitación y, tras unos momentos, la niña se tranquilizó y se volvió a dormir.

Martha se quedó observando a Viola. Le hubiera gustado estar dormida como ella.

Por la expresión que había visto en Lewis, era fácil adivinar que no volvería a tocarla. Martha se entristeció por ello. ¿Había sido culpa suya?, se preguntó. Quizá lo había obligado a besarla. Quizás él no se había atrevido a apartarse de ella para no hacerla sentir mal. No recordaba cómo había empezado todo. Se sonrojó pensando lo maravilloso que había sido acariciar su cuerpo y sentir sus labios fundiéndose en un beso.

Volvió a contemplar a los bebés y deseó estar junto a ellos, dormida. Así despertaría y descubriría que todo había sido un sueño y que no había hecho el ridículo frente a Lewis. Todavía podía sentir el calor de sus manos sobre su piel y el sabor de sus labios. Aquellas sensaciones no habían sido un sueño.

Tenía que regresar y hacerle frente. Pero, ¿qué le diría? «Lo siento Lewis, me he dejado llevar por las hormonas». Siempre podía decir que estaba aturdida por el cambio horario. Aunque eso tampoco era una buena excusa para revolcarse con Lewis en el sofá.

Martha se mesó los cabellos desesperada.

–¿Viola está bien?

La voz de Lewis en el rellano de la puerta hizo que su corazón diera un vuelco. Tuvo que inspirar profundamente antes de contestar.

–Sí, está bien –dijo sin mirarlo.

–¿Y usted? –preguntó dubitativo.

–Estoy bien.

Se quedaron callados. Entonces, Lewis se dio media vuelta.

–Me voy a dormir –dijo indiferente mientras salía de la habitación.

Instantes después, Martha escuchó cómo cerraba la puerta de su dormitorio.

Así que Lewis daba el asunto por resuelto. Si iba a pretender que nada había pasado entre ellos, no sería ella la que perdiera el tiempo en averiguar los motivos por los que había ocurrido.

Se sentía confundida. Por una parte, era un alivio olvidar lo que había pasado, pero por otra, no quería hacerlo. ¿Cómo podía Lewis olvidar lo ocurrido? Quizás hubiera sido ella la que lo había iniciado todo, pero aquello había sido cosa de dos. Si Viola no hubiera llorado...

Se quedó absorta en sus pensamientos. Imaginó lo que podía haber pasado si Viola no los hubiera interrumpido. Sentía unos deseos incontenibles de llamar a la puerta de Lewis y rogarle que terminara lo que había empezado.

Aunque, ahora que lo pensaba detenidamente, tenía que reconocer que lo mejor era olvidarlo todo. Martha dejó escapar un largo suspiro. Era una situación embarazosa para ambos, pero eran adultos y tenían que comportarse. Lo mejor sería ignorar que se habían besado. Olvidar sus caricias y el sabor de sus labios. Si Lewis podía hacerlo, ella también podría. Al menos, estaba dispuesta a intentarlo.

–Le debo una disculpa.

Lewis dejó su taza sobre la encimera y miró a Martha.

Apenas había dormido. Se sentía agotada y frustrada. Estaba convencida de que Lewis no diría nada de lo que había pasado la noche anterior y, por supuesto, ella tampoco lo haría.

Pero allí estaba él, sacando el tema a relucir. Martha no tenía fuerzas para hablar. Ni siquiera se había molestado en vestirse y en esos momentos se sentía muy incómoda. Ahora Lewis sabía que no llevaba nada bajo la camisa.

–No necesita disculparse –dijo ella.

–Yo creo que sí.

Lewis tensó los músculos de su mandíbula. Le hubiera gustado no volver a ver aquella camisa. Recordó como se había deslizado y había dejado al descubierto uno de sus hombros, mientras consolaba a

Viola la noche anterior. No había podido quitar los ojos de su piel, imaginando su suavidad. En aquel momento, aunque se la veía cansada, la había encontrado muy sensual y atractiva.

Su intención no había sido besarla. Había intentado controlar sus emociones. Ella era su empleada y ese era motivo suficiente para evitarla. Cuando le tendió la mano, su único propósito había sido ayudarla a levantarse.

Pero Martha había tropezado y él la había sujetado por la cintura para impedir que se cayera. Había sentido su suavidad y calidez y no había podido evitar dejarse llevar. El olor de su piel, tan próxima, había hecho que su mente se quedara en blanco, y lo siguiente que supo fue que estaban retozando en el sofá. Todos sus propósitos e intenciones de respetarla habían desaparecido, y el deseo y la pasión se habían apoderado de él. Sólo un estúpido se hubiera detenido en aquel momento para evitar besarla.

—Nunca debí sobrepasarme con usted anoche —dijo, y se encogió de hombros—. No pretendía besarla. No sé cómo ocurrió, lo siento. Es imperdonable que la tomara de esa manera y que... —Lewis se detuvo sin saber cómo continuar. Ambos recordaron lo que había pasado después—. Quería decirle eso, que lo siento. Usted trabaja para mí y no me comporté correctamente anoche. La he contratado para que cuide de Viola no para que... —Lewis no se atrevió a terminar la frase. Si seguía así, iba a empeorar las cosas en vez de resolverlas—. Quédese tranquila. Le aseguro que no volverá a suceder.

Martha lo miró desconcertada. Lewis era un hombre orgulloso y tenía que ser difícil para él disculparse. No era justo que él se sintiera culpable por lo que había pasado entre ellos.

–No se preocupe. Son cosas que pasan. Los dos estábamos cansados y nos dejamos llevar. Ninguno de los dos fue consciente de lo que estábamos haciendo.

Lewis se quedó sorprendido. No parecía intimidada. ¿Cosas que pasan? ¿Es que acaso ella vivía situaciones como aquella con frecuencia? Al menos, debía alegrarse de que se lo hubiera tomado tan serenamente y no hubiera hecho la maleta o llamado a su abogado para presentar una demanda.

–Me alegro de que se lo tome así. Pero quiero que sepa que lo siento y que no volverá a ocurrir.

Martha hubiera preferido que sus palabras hubieran sido otras.

–Será mejor que ambos lo olvidemos –contestó Martha.

–Estoy de acuerdo, eso será lo mejor –asintió Lewis.

Claro, tenían que olvidarlo. ¿Cómo no se le había ocurrido a él sugerirlo? Hubiera sido más fácil que todo lo que había dicho.

Pero Lewis tenía muchas cosas en la cabeza y no pensaba con claridad. Los proyectos no iban todo lo bien que esperaba. Se habían encontrado con un problema legal para la adquisición de los terrenos colindantes con la ampliación del aeropuerto. Lo último que podía hacer era perder el tiempo por un simple beso. Tenía cosas más importantes de las que ocuparse.

A pesar de que evitaba pensar en Martha, le era difícil olvidar el calor de su boca y la suavidad de su piel. A medida que los días iban pasando, Lewis se sentía más confuso. Los recuerdos volvían una y otra vez a su mente y no podía hacer nada por evitarlo.

Desesperado por no conseguir olvidar lo acontecido, estaba más malhumorado que de costumbre. Sus empleados trataban de evitarlo y, en casa, la situación era incómoda para ambos. A pesar del esfuerzo que tanto él como Martha hacían por continuar como si nada hubiera pasado entre ellos, la tensión era evidente.

Todo le recordaba a Martha: el salón, con el sofá que había sido el escenario donde todo había ocurrido; el porche, donde tantas veces se habían sentado por las noches a hablar. Ya nunca lo hacían y Lewis añoraba aquellas charlas.

Lewis la veía en la cocina cada mañana, preparando el desayuno de los niños. Apenas se daban los buenos días. La veía allí, descalza y con aquella camisa y sentía deseos de abrazarla y estrecharla entre sus brazos. Deseaba decirle que no soportaba más aquella situación, que así no podían seguir y que, por más que lo intentaba, no conseguía borrarla de sus pensamientos. Pero no podía hacerlo. Martha era la niñera de Viola y, por tanto, su empleada. ¿Por qué tenía que repetírselo una y otra vez? Además, era muy buena haciendo su trabajo. Dedicaba a los niños toda su atención y los trataba con mucho cariño. También era buena cocinera. No estaba dispuesto a perderla como empleada.

Lewis trató de convencerse de que Martha no era el tipo de mujer que le gustaba. A él siempre le habían atraído las mujeres independientes. Se ponía nervioso cuando le hablaban de compromisos. Era evidente que eso era lo que Martha buscaba: un compromiso. Tenía un hijo y quería formar una familia, con todas las complicaciones que ello implicaba. Lewis no tenía ningún interés en sentar la cabeza y formar una familia. Estaba claro que lo único que sentía por ella era una fuerte atracción física.

Además, Martha nunca había mostrado ningún interés por él, salvo aquella noche en el sofá. Había dejado claro desde el principio que su prioridad era encontrar al padre de Noah.

Necesitaba distraerse, decidió Lewis. Así que un día, al encontrarse con Candace a la salida de la oficina, decidió invitarla a comer. No estaba seguro de si lo hacía por él o por demostrar algo a Martha, pero aun así la invitó.

Candace era una mujer más de su estilo, se dijo Lewis mientras la observaba durante la comida. Era fría, racional y muy atractiva. Tenía claro que su prioridad era el trabajo. Candace no tenía tiempo para bebés. Tenía su vida organizada y no quería compromisos a largo plazo. Era perfecta para él.

–Mañana no cenaré en casa –anunció Lewis mientras cenaban aquella noche.

Martha se estaba sirviendo ensalada.

–¿Por qué? –preguntó mirándolo.

–Hay una fiesta en el hotel que dirige Candace Stephens –dijo. Se sentía obligado a darle una explicación–. Me preguntó si quería acompañarla y pensé...

¿Por qué no reconocía que tenía una cita con Candace?

–No necesita darme explicaciones –lo interrumpió Martha–. Lo que haga con su vida es asunto suyo. Pero le agradezco que me lo diga –añadió cortésmente.

–¿Estará bien aquí sola?

–Claro que sí –dijo con una sonrisa forzada–. Ya estoy acostumbrada.

No era cierto. Aunque ya no hablaban como antes, le gustaba saber que Lewis estaba cerca. Sus sentidos se ponían en alerta cada vez que llegaba a casa. Se despertaba a mitad de la noche y recordaba aquel cálido beso que se habían dado.

Ahora tenía que aceptar que Lewis iba a salir con Candace. Era duro verlo salir con otra mujer, pero tenía que acostumbrarse.

–Quizás Eloise se pueda quedar a hacerle compañía si usted quiere.

Martha lo miró fríamente.

–No se preocupe, sé cuidarme sola.

Lewis frunció el ceño. No le gustaba cuando se ponía sarcástica.

–Sólo quería asegurarme que estaría bien.

Si así fuera, no estaría dispuesto a salir con Candace.

–Por favor, acuérdese de preguntar por Rory, a ver si alguien lo conoce –dijo Martha levantando la barbilla.

Rory. El novio por el que estaba obsesionada. Lewis se había olvidado de él.

–¿Todavía no lo ha encontrado? –preguntó Lewis arqueando las cejas.

–¿Cuándo cree que puedo hacerlo? Me paso todo el día en casa.

–Creí que salía cada día.

–Sólo voy al mercado a hacer la compra.

Probablemente había muchas cosas que podía haber hecho, y más contando con la ayuda de Eloise.

Pero no estaba dispuesta a reconocer que ni siquiera había intentado buscar al padre de Noah.

Lo cierto era que había pensado más en Lewis que en Rory.

Aquella noche en la fiesta, Lewis no pudo dejar de pensar en Martha. Candace estaba muy guapa con un vestido plateado que acentuaba su gélida belleza. No pudo dejar de compararla durante toda la noche con Martha. Echaba de menos la mirada de sus ojos oscuros y su cálida sonrisa; era totalmente opuesta a Candace.

No soportaba los actos sociales y la velada se le hizo interminable. Candace estuvo ocupada saludando a otros invitados y Lewis no dejó de mirar la puerta. Era como si confiara en que Martha apareciera de un momento a otro.

Tan pronto como pudo, se despidió de Candace y se fue a casa, pero cuando llegó, Martha ya se había ido a la cama. Se sintió decepcionado y se sentó en la oscuridad del porche.

—¿Se lo pasó bien anoche? —le preguntó Martha a la mañana siguiente.

Lewis se encogió de hombros.

—Era una de esas fiestas en las que estás con mucha gente pero no llegas a conocer a nadie —dijo Lewis, y la miró a los ojos—. Ninguna de las personas con las que hablé conocía a Rory.

Martha se quedó paralizada. Se había olvidado de que le había pedido que preguntara por Rory.

–Alguien lo tiene que conocer. Este sitio es pequeño.

–Quizás haya más suerte en la recepción que el Alto Comité celebra la próxima semana –dijo Lewis–. He aceptado una invitación en su nombre, así que usted misma podrá preguntar.

–¿Una invitación? ¿Para mí? –dijo mientras limpiaba la nariz de Viola.

–Suelen invitar a todos los británicos que están en la isla –dijo Lewis, y tomó un sorbo de café, recordando el placer con el que había pronunciado su nombre la noche anterior–. Les hablé de usted y comenté que estaba deseando salir y conocer a otras personas. Así que me dijeron que nos harían llegar unas invitaciones para asistir. Si no encuentra a alguien en esa fiesta que conozca a Rory, es que no está en la isla.

–Muchas gracias por acordarse de mí –dijo Martha dubitativa–. Se lo agradezco.

Su voz había sonado triste. Tenía que haberse mostrado entusiasmada con la idea, pensó Martha. Gracias a Lewis, estaba más cerca de encontrar a Rory. Tenía que estarle agradecida por eso y porque se estuviese preocupando de incluirla en la vida social de la isla.

Quizás Lewis estuviese interesado en Candace. Martha pensaba que era una mujer muy fría, pero eso no era asunto suyo. Tenía que demostrarle que no le importaba lo que él hiciera con su vida.

Trató de contenerse. Sus pensamientos vagaban peligrosamente. Lewis había hecho un esfuerzo por ser amable con ella y estaba decidida a hacer lo mismo por él. Empezaría por ser agradable con Candace, o parecería que estaba celosa de ella.

Por supuesto, eso no era cierto. No era más que una tontería.

–Si quiere, puede corresponder la invitación de Candace invitándola a cenar en casa un día de estos. Estaré encantada de preparar la cena –dijo Martha–. Podría preparar algo especial, y no se preocupe por mí, prometo quedarme en la cocina y no molestar.

Tomó primero a Noah y después a Viola de sus sillitas y los dejó en el suelo. Los niños disfrutaban allí sentados golpeando una cacerola con cucharas de madera. Era una buena forma de mantenerlos entretenidos, aunque bastante ruidosa.

–Francamente, no creo que pudiera disfrutar de la comida sabiendo que estará encerrada en la cocina –dijo amablemente Lewis.

Se quedó pensativo. No tenía ningún interés en pasar una velada a solas con Candace.

–Como usted quiera.

–Le diré lo que podemos hacer: mañana llegan un ingeniero hidráulico, un botánico y un economista para preparar los informes para el Banco Mundial. Se quedan sólo unos días en el hotel de Candace y sería agradable ofrecerles una cena en casa en lugar de cenar todos los días en restaurantes. Podría invitarlos la próxima semana, y avisaría a Candace también.

Martha sonrió alegremente. Le gustaba cocinar y, además, en el fondo se alegraba de que Lewis no fuera a cenar a solas con Candace.

–Cocinaré algo especial –prometió Martha.

Eligió el menú para la cena con suficiente antelación. Ese día se levantó temprano para poder ir pronto al mercado y disponer del tiempo suficiente para hacer los preparativos y arreglarse para estar guapa. Había decidido preparar una cena exquisita. Quería ser la anfitriona perfecta y demostrar a Candace que tener un hijo no era impedimento alguno para hacer otras cosas. Todo iba a salir bien.

Y así habría sido si Eloise hubiera ido a trabajar, pero su madre se había caído y había tenido que llevarla al hospital. Martha tuvo que cocinar y limpiar la casa, sin dejar de atender a los gemelos. Viola estuvo especialmente caprichosa durante todo el día y Noah acabó vomitando sobre el sofá. Cuando llegó al mercado, no quedaba el pescado que había pensado cocinar.

A toda prisa, se aseguró de que Noah no estuviera enfermo y como pudo volvió a limpiar el salón. Al mismo tiempo, tuvo que calmar la rabieta de Viola y se olvidó de lo que tenía en el horno. De vuelta a la cocina, comprobó que ya era demasiado tarde: la salsa se había consumido, las verduras estaban deshechas y el postre que con tanto esmero había preparado se había quemado.

Cuando llegó Lewis la ayudó a acostar a los niños. Estaba tratando de improvisar algo para la cena, cuando los primeros invitados llegaron. No tuvo tiempo de arreglarse y convertirse en la anfitriona perfecta como había deseado.

Se secó las manos en un paño de cocina para recibir a los invitados. De camino a la puerta, se miró en el espejo y vio las manchas que lucían la camiseta y el pantalón que llevaba puestos.

Aquello le gustaría a Candace. Estaría encantada de confirmar sus expectativas y comprobar que no había podido organizar la cena. Era precisamente lo que esperaba de una mujer con hijos.

–¡Parece cansada! –le dijo Candace a modo de saludo nada más verla.

Continuó haciendo comentarios sobre el aspecto de Martha hasta que consiguió que todos se fijaran en ella. Justo lo que Martha necesitaba.

Candace estaba impecable con un vestido blanco. Frente a ella, Martha parecía invisible. El botánico y el economista eran jóvenes y se les veía impresionados por la belleza de Candace.

El ingeniero hidráulico resultó ser una mujer con la que Martha congenió enseguida. Se llamaba Sarah, estaba a punto de casarse y deseaba tener hijos pronto.

Después de cenar salieron al porche y mientras Candace hablaba de negocios con los hombres, Martha y Sarah charlaron sobre bebés.

Martha se dio cuenta de que Lewis las observaba. No le importaba que se enterara de su conversación. Para ella, era más interesante hablar de Viola y Noah que de análisis financieros, proyectos, comprobaciones y todas aquellas cosas de las que discutían al otro lado del porche.

Sarah la había oído referirse a los niños como los gemelos y le confió que estaba preocupada porque en la familia de su prometido había varios gemelos.

—Debe de ser agotador criar a dos hijos a la vez —le dijo a Martha.

—No sé cómo se las arreglan algunas madres —dijo Martha pensando en el día que había tenido.

—Tienes suerte de tener a Lewis —observó Sarah, mirando cómo Lewis servía el café—. Es la primera vez que trabajo con él y estoy encantada. Su compañía tiene muy buena reputación. Seguro que está tan ocupado que no tiene muchas oportunidades de ejercer de padre.

–No se le da mal –dijo Martha, y pensó en cómo la había ayudado a acostar a los niños unas horas antes. De pronto, cayó en la cuenta–. ¿No creerás que...? No, Lewis no es el padre de ninguno de los dos.

–Yo creí que eras su esposa –dijo Sarah contrariada.

–No, no soy su esposa. Creí que lo sabías.

Martha contempló a Lewis, que estaba dejando la cafetera sobre la bandeja. Vio que sonreía y sintió un escalofrío en su interior. Como si hubiera oído lo que estaban hablando, Lewis la miró y Martha retiró rápidamente sus ojos de él.

–No creas, no está tan claro –dijo Sarah levantando las cejas. Se había estado fijando en el modo en que Lewis y Martha habían intercambiado miradas durante toda la noche.

S E HIZO el silencio al otro lado del porche y las palabras de Sarah fueron oídas por todos.

–¿Qué es lo que no está claro? –preguntó Candace.

Sentía curiosidad por saber qué no estaba claro para dos mujeres que no tenían nada mejor que hacer que pasarse la noche hablando de bebés.

–Sarah pensaba que Lewis y yo estábamos casados. Pero sólo soy la niñera.

–Siento el malentendido, Sarah –dijo Lewis–. Debí de haber presentado a Martha correctamente cuando llegasteis, pero estábamos solucionando un problema en la cocina –y mirando a Sarah, añadió–: Se está ocupando del cuidado de mi sobrina.

–Nos referimos a Viola y Noah como los gemelos porque nacieron el mismo día –explicó Martha.

–Entiendo –dijo Sarah, aunque no parecía haber entendido nada–. Entonces el padre de Noah...

–Está aquí en San Buenaventura –la interrumpió Martha–. De hecho, me preguntaba si alguno de ustedes lo conocería. Es biólogo marino y se llama Rory McMillan. Estoy tratando de localizarlo.

Sarah negó con la cabeza.

–Ese nombre no me dice nada, pero acabo de llegar aquí. Si oigo algo, te avisaré. ¿Qué aspecto tiene?

Martha miró a Lewis.

–Es impresionante. Alto, bronceado, rubio, ojos azules, con un cuerpo perfecto. Lo reconocerás en cuanto lo veas.

–Entiendo que tengas ganas de encontrarlo –dijo Sarah sonriendo con complicidad.

Lewis estaba apoyado en la barandilla del porche y parecía molesto.

–A mí tampoco me dice nada ese nombre –dijo Candace participando en la conversación–. Hay muchos proyectos marinos en otras islas cercanas y en ocasiones, los científicos se quedan en nuestro hotel cuando vienen a comprar cosas o a recoger el correo. Martha, si quiere, puedo preguntar por él.

Martha frunció el ceño. No quería nada que viniera de Candace. Agradecía cualquier ayuda que pudiera tener para encontrar a Rory, pero no quería que Candace metiera la nariz en sus asuntos. Era evidente que a aquella mujer le gustaba ser el centro de atención de todas las conversaciones y por algún motivo se veía amenazada por Martha.

–Es muy amable por su parte –respondió educadamente–. Pero no quiero que se moleste por mí. La semana próxima voy a ir a la recepción del Alto Comité. Yo misma podré preguntar si alguien lo conoce.

–¡Ah! ¿La han invitado a la recepción? –preguntó Candace sorprendida. Por el tono de su voz, era evidente que no daba crédito a que Martha hubiera sido invitada.

El día de la recepción Noah y Viola se quedaron dormidos pronto, así que tuvo el tiempo necesario para ducharse con calma y arreglarse el pelo.

–Volveré pronto de la oficina –le dijo Lewis por la mañana–. Quizás podamos ir juntos.

Martha estaba contenta. En otro tiempo ni se hubiera molestado en acudir a una aburrida recepción diplomática, pero hacía tanto tiempo que no iba a ningún sitio ni tenía la oportunidad de arreglarse, que estaba muy excitada por la novedad.

Decidió ponerse uno de sus vestidos favoritos de la época de *Glitz*. Le había costado una fortuna, a pesar del descuento que le había hecho el diseñador.

En la percha no parecía gran cosa, pero una vez puesto era espectacular. La tela era suave y tenía una bonita caída que impedía que se arrugara. Martha se sentía muy favorecida con aquel vestido de color dorado, a modo de túnica y sin mangas. Iluminaba su piel y resaltaba su figura.

Era la primera vez que se lo ponía después del nacimiento de Noah y seguía quedándole sensacional. Se lo puso y se miró al espejo. Con aquel vestido, los zapatos y el maquillaje que llevaba puesto, parecía una persona completamente diferente. La antigua Martha había vuelto, aquella que nunca pensó que sería feliz de pasar el día en camiseta y pareos.

Últimamente no había cuidado su aspecto, pensó. Por eso Candace la veía como a una matrona. Esta noche le mostraría que una mujer además de ser madre podía seguir siendo atractiva.

Lewis estaba hablando con Eloise en el salón. Cuando Martha entró, él se giró y se quedó callado, mirándola anonadado. Llevaba una chaqueta de vestir blanca y pajarita negra y estaba tan atractivo que Martha se quedó sin aliento nada más verlo. También él parecía haberse impresionado al contemplarla. La sonrisa de su rostro se esfumó y durante unos minutos se quedó mirándola intensamente.

Martha se sentía feliz. Había conseguido sorprenderlo y llamar su atención, sacándolo de su estado de permanente enojo.

—Está muy... diferente —balbuceó Lewis.

¿Diferente? ¿Era eso todo lo que se le ocurría decir? Podía haber sido más directo y haberle dicho que no le gustaba. Martha se sintió herida y su autoestima comenzó a desvanecerse.

Entonces pensó que podía ser incluso peor. ¿Y si pensaba que se había puesto tan guapa sólo por él? Quizás pensaba que su intención era atraerlo para volver a besarlo. Aquella expresión en el rostro de Lewis podía ser reflejo del desagradable recuerdo que le producía aquel beso. Parecía temer que volviera a suceder.

Sólo de pensarlo, se sintió mortificada. Se le hizo un nudo en la garganta. Todavía le quedaba orgullo y decidió sacar fuerzas de flaqueza. Tenía que convencer a Lewis de que lo último que deseaba era volver a besarlo.

—Gracias —dijo Martha con una sonrisa—. Quería estar guapa. Como me dijo que todos los británicos estarán allí esta noche, es posible que me encuentre a Rory. Quiero que me vea lo mejor posible.

Se quedaron en silencio unos instantes.

—Claro —dijo Lewis—. Se me olvidaba que espera encontrárselo en esa fiesta.

—Para eso vine hasta aquí —dijo Martha sonriendo. Al menos si se lo repetía una y otra vez, ella misma se convencería de que su objetivo era Rory.

¿Cómo era posible que lo hubiera olvidado? ¿Por qué había sido tan estúpido de admitir que no lo recordaba? Lewis no dejó de hacerse esas preguntas una y otra vez. Martha nunca le había ocultado el verdadero motivo de haber aceptado ese trabajo allí.

No había sabido cómo reaccionar al verla salir de su dormitorio. Estaba acostumbrado a verla en camisetas o con pareos, o con aquella camisa con la que dormía. No le agradaba la ropa que Martha se había puesto aquella noche. Se la veía sofisticada y deseosa de pasárselo bien, además de atractiva.

Lewis prefería verla en la cocina, entre cacerolas, mientras probaba cada plato que preparaba. O sentada en el suelo jugando con los bebés. Le gustaba la niñera, no la editora de moda. Pero a Martha no le importaba lo que le gustaba a él.

—Será mejor que nos vayamos —dijo Lewis bruscamente—. No querrá que lleguemos tarde.

La recepción del Alto Comité se celebró en un gran edificio colonial rodeado de enormes jardines. Era uno de los eventos sociales más importantes del año en Perpetua. Había mucha gente y todo el mundo lucía sus mejores galas.

¿Y si Rory estaba también allí? Martha sintió pánico. ¿Qué le diría? Había hablado a Lewis tanto de él que no podría ignorar su presencia. Confiaba en que la idea de ponerse una chaqueta fuera motivo suficiente para que Rory no sintiera deseos de acudir a la recepción en caso de haber sido invitado.

—¡Hola! —dijo Candace sonriente, y se aferró al brazo de Lewis. Era evidente que lo había estado buscando y se sentía encantada de tenerlo por fin a su lado—. Te estaba esperando.

–¡Hola! –dijo Martha. Candace se quedó mirándola sorprendida.

–¡Martha! –dijo Candace, y soltó el brazo de Lewis mientras la sonrisa de sus labios desaparecía–. Apenas la reconozco.

–Es que hoy es mi noche libre.

–En ese caso, tendremos que asegurarnos de que lo pase bien –dijo Candace tratando de contener sus celos–. Le presentaré a algunas personas.

Martha pensó que aquel ofrecimiento no era más que una estrategia para separarla de Lewis. Podía haberle dado las gracias y haberle dicho que no tenía por qué preocuparse. Lewis apenas le había dirigido la palabra en el coche. Estaba segura de que no aprobaba su aspecto. O quizás estaba asustado pensando que en cualquier momento se le podía insinuar. Fuera lo que fuera, no estaba dispuesta a soportar a aquellos dos durante toda la noche.

Martha levantó la barbilla.

–Se lo agradezco mucho, pero ya he estado en otras fiestas y creo que seré capaz de conocer a otras personas yo sola –dijo, y girándose hacia Lewis, añadió–: Lo veré más tarde.

Se despidió con la mano al estilo *Glitz* y se dio media vuelta. Se sentía segura con el vestido y los zapatos que se había puesto.

Después de tanto tiempo sin vida social, se asustó de encontrarse sola en medio de tantas personas desconocidas, pero la experiencia de las fiestas a las que había asistido pronto se hizo patente. Martha desplegó todos sus encantos y al cabo de un rato se sintió perfectamente integrada en la sociedad de Perpetua, como si llevara años allí.

Lo habría pasado mejor si no hubiera estado tan pendiente de Lewis. A pesar de que trataba de moverse por la fiesta, siempre lo veía. Trataba de ignorarlo pero inconscientemente sus sentidos parecían estar atentos a cada movimiento de Lewis.

Lewis no parecía estar disfrutando, pensó Martha. Era evidente que no se sentía a gusto en la fiesta. Daba la impresión de que estaba fuera de lugar. Sus sonrisas eran totalmente forzadas. Martha incluso sentía lástima por Candace, que no se había separado de su lado. Seguro que ella también se había dado cuenta de que Lewis se aburría. ¿Por qué había asistido a la fiesta?, se preguntó. Se podía haber quedado en casa. Ahora, estaría disfrutando del sonido del mar y de la tranquilidad del porche.

Estaba claro el motivo por el que Candace seguía junto a él, pensó Martha molesta. Lewis tenía un aspecto formidable y su porte lo hacía destacar del resto de los hombres.

De repente, Martha sintió deseos de irse de la fiesta. Como si hubiera leído sus pensamientos, Lewis la miró desde el otro lado del jardín y sus ojos se encontraron.

Fue como si el resto de las personas desaparecieran. Ella tampoco quería estar allí, conversando con extraños. Quería estar en el porche, junto a él.

–¿Va todo bien?

De repente, Martha se dio cuenta de que el hombre con el que estaba hablando había detenido su conversación y la miraba preocupado. Retiró la mirada de Lewis y bebió de su copa.

–Si, lo siento. Estoy bien –se disculpó, pero no era cierto, no se encontraba bien. Se sentía asustada por lo que acababa de descubrir.

Deseaba a Lewis. No era el padre que buscaba para Noah ni el hombre perfecto para ella, pero lo deseaba como nunca había deseado a ningún hombre antes. Ansiaba acercarse a él y pedirle que la llevara a casa y que la besara como la había besado aquella noche. Quería volver a casa para rodearlo con sus brazos y entregarse a él.

¿Cuánto tiempo había permanecido mirando a Lewis? Martha se sintió aturdida y desorientada. Se arriesgó a mirarlo de nuevo, pero en aquel momento charlaba con otro invitado y parecía relajado. Parecía tranquilo, no como ella, que estaba temblando. Deseaba salir corriendo de la fiesta.

No había razón para seguir engañándose. Estaba enamorada de Lewis, a pesar de que no era el hombre adecuado para ella. Lo amaba y no podía hacer nada para impedir lo que sentía.

Todo lo que tenía que hacer era mantener la calma. Lo peor que podía hacer era confesarle sus verdaderos sentimientos. La rechazaría inmediatamente y ella y Noah tendrían que irse y nunca más volvería a verlo.

Era mejor mantener en secreto sus sentimientos. Todavía faltaban meses para que su contrato terminara y podían pasar muchas cosas en ese tiempo.

Por el momento, necesitaba concentrarse en sus sentimientos y en lo que iba a hacer. Los músculos de la cara comenzaban a dolerle de tanto sonreír. Estaba deseando irse a casa, pero temía quedarse a solas con él. Tenía que controlar sus emociones.

Por eso, cuando Lewis se acercó para preguntarle si quería volver a casa, Martha le dedicó una amplia sonrisa.

–La fiesta está empezando –dijo tratando de hacerle ver que se estaba divirtiendo.

–No quiero que se haga demasiado tarde para Eloise –dijo Lewis, que había conseguido por fin separarse de Candace –. No me parece justo.

–No creo que tenga inconveniente si nos quedamos un rato más.

Lewis frunció el ceño.

–No quiero quedarme más tiempo. Si quiere que la lleve a casa, tendrá que venirse ahora.

Martha deseaba abrazarlo y besarlo para hacer desaparecer su mal humor. ¿Cómo podía amar a un hombre tan difícil?, se preguntó.

–No se preocupe –dijo tratando de contenerse.

–Yo mismo la puedo llevar a casa si quiere –se ofreció el hombre que estaba junto a ella.

Martha había estado muy ocupada pensando en Lewis para fijarse en él, pero recordó que se lo habían presentado y que se llamaba Peter.

A Lewis no pareció gustarle aquel comentario.

–¿De verdad podría llevarme? Sería muy amable por su parte. Muchas gracias –le dijo Martha, y le dedicó una gran sonrisa.

Se giró hacia Lewis. Se sentía mejor ahora que no tenía que volver a solas con él. No tendría que preocuparse por mantener sus manos controladas. Deseaba acariciarlo, confesarle sus sentimientos y pedirle que la abrazara ardientemente.

–Váyase –le dijo a Lewis–. Estaré bien.

–No es usted la que me preocupa –dijo Lewis secamente–. Pensaba en Eloise. Estará deseando irse a su casa.

–Usted estará allí –le recordó.

El rostro de Lewis se tensó.

–Por si se le ha olvidado, déjeme que le recuerde que yo no soy la niñera.

Martha dudó. La única manera que tenía de salir airosa de aquella situación era haciéndole frente. Con un poco de suerte, Lewis no se percataría del verdadero motivo por el que no quería volver a casa con él.

–Discúlpame –le dijo a Peter con tono de víctima–. Parece que voy a tener que irme. Mi jefe me reclama.

–Ahórrese sus palabras –le dijo Lewis, visiblemente irritado–. Si tiene tantas ganas de quedarse, quédese. Me da igual.

–¡Perfecto! –contestó Martha. Era extraña la sensación que Lewis le producía. Por un lado, la irritaba, pero por otro deseaba arrojarse a sus brazos y pedirle que la llevara a casa con él.

Tuvo que contenerse para no salir corriendo tras él. Ahora tenía que quedarse en la fiesta y pretender que estaba pasando un buen rato con Peter. Éste insistió en llevarla a la única discoteca de Perpetua. En otra época, Martha era la última en abandonar la pista de baile, pero ahora todo lo que quería era irse a casa.

Eran casi las dos cuando Peter la llevó de vuelta. Habían sido las cuatro horas más aburridas de su vida. Temía el momento de la despedida, por si Peter se había hecho ilusiones de recibir una muestra física de gratitud. Por suerte, Lewis estaba sentado en el porche y se levantó al verlos llegar.

– Gracias por una noche tan agradable –dijo Martha mientras abría la puerta del coche.

–¿Dónde ha estado? –le preguntó Lewis viéndola subir los escalones del porche. Peter arrancó el motor del coche y se marchó.

–Disfrutando de la vida nocturna de Perpetua.

–¿Hasta las dos de la madrugada?

–Eso es lo que tiene la vida nocturna –dijo Martha con ironía–. Que sólo ocurre por la noche. Ya veo que para usted, la noche acaba a las diez, pero para los demás lo mejor viene después de la medianoche.

–Me podía haber avisado que no volvería a casa después de la recepción –protestó Lewis.

–Podía haberlo hecho, pero no lo hice por dos motivos –contestó ella, y pasó a su lado en dirección al salón, antes de continuar–: Primero, porque pensé que estaría en la cama durmiendo y segundo, porque no tengo que darle explicaciones de lo que hago en mi tiempo libre.

–No podía quedarme dormido sabiendo que no estaba en casa –dijo Lewis furioso–. No sabía dónde estaba o con quién. No sabía lo que estaba haciendo. ¿Y si la hubiera necesitado?

Martha se sentó en el brazo de sofá y se quitó los zapatos.

–¿Para qué me podía necesitar?

–Podía haberles ocurrido algo a Viola o Noah –contestó Lewis tras unos instantes.

–¿Están bien?

–Sí, no se preocupe.

Martha se frotaba los pies. Aquellos zapatos eran muy bonitos, pero incómodos para bailar.

–Le diré una cosa –dijo ella–. La próxima vez que salga, lo llamaré cada hora para decirle donde estoy. ¿Le parece bien?

Lewis se quedó serio ante su ocurrencia.

–¿Qué quiere decir la próxima vez? –le preguntó–. ¿Va a verse con ese hombre otra vez?

Martha se quedó silenciosa.

–No hemos quedado en nada firme pero, ¿quién sabe? –dijo airosa–. Peter es muy agradable –mintió.

Las cejas de Lewis se fruncieron, uniéndose sobre la nariz.

–Creí que estaba buscando al padre de Noah.

–Claro que sí, pero no he encontrado a nadie que lo conozca.

–Y mientras, se entretiene buscando un sustituto, ¿no? –dijo Lewis, mientras caminaba de un lado a otro del salón. Martha lo miraba furiosa.

–¿Qué quiere decir?

–He visto el modo en que hablaba con los hombres que había en la recepción –dijo él en tono acusador–. Parecía estar buscando una alternativa en caso de que Rory no aparezca.

Los ojos de Martha brillaban con furia.

–Mi hijo se merece lo mejor. Tiene derecho a tener un buen padre. Puede que su verdadero padre no quiera hacerse cargo de él, pero no por ello voy a dedicarme a buscar al padre perfecto en todas las fiestas a las que asista.

–¿Y por qué no ha dejado de flirtear en toda la noche?

–No he estado flirteando. Usted y Candace me dejaron claro que estaba de más, así que decidí dejarlos solos. Mi única intención era ser amable.

–¿Amable? –preguntó Lewis pronunciando lentamente cada sílaba–. ¿Qué quiere decir exactamente?

–Bueno, hace tiempo que no consulto su significado en el diccionario –dijo Martha con ironía, tratando de contener su enojo–. Pero creo que tiene que ver con ser educado, sonreír y mostrar interés por otras personas, que era exactamente lo que hice. No sé a dónde quiere ir a parar.

Se hizo una pausa. Lewis retiró su mirada.

–No me ha gustado –dijo. Parecía que le costaba hablar–. No me gusta verte prestando atención a otros hombres. Tampoco me gusta ver que otros hombres se interesan por ti. Estoy celoso –añadió tranquilamente, mirándola directamente a los ojos y tuteándola por primera vez–. Quiero que seas amable sólo conmigo.

Aquellas palabras fueron tan inesperadas que Martha se quedó ensimismada observándolo sin saber qué decir. No estaba segura de haber entendido bien lo que le acababa de decir.

–¿Por qué? –preguntó de manera estúpida.

–¿Que por qué? Mírate –dijo Lewis y se giró–. ¿Qué hombre no te desearía? Esta noche estás espectacular.

Martha abrió la boca para decir algo, pero se contuvo.

–Creí que no te gustaba mi vestido –fue todo lo que consiguió decir tras unos instantes.

–No es el vestido lo que no me gustó –dijo encogiéndose de hombros.– Lo que no me gustó fue que quisieras ir a esa fiesta. Habría preferido que te hubieras quedado en casa conmigo.

–¿Por qué? –dijo Martha. Estaba confusa.

Lewis se acercó y tomó los zapatos de sus manos, dejándolos caer sobre el suelo de madera.

Martha sintió que el corazón le latía con fuerza. Tenía la boca demasiado seca para hablar. Sentía el calor de su mirada y no podía retirar sus ojos de los de él. Se quedó paralizada disfrutando de ese momento. Temía que, si se movía, aquel instante desaparecíera.

–¿Tú por qué crees? –le preguntó mirándola con intensidad–. Estoy seguro de que sabes que no he podido dejar de pensar en el beso que nos dimos y en desear volver a acariciarte. Cada vez que te veo con esa camisa que te pones para dormir, siento deseos de quitártela. Quiero desabrocharte los botones uno a uno muy lentamente. Quiero acariciarte como lo hice esa noche y acabar lo que empezamos.

Martha humedeció sus labios.

–Pero parecías molesto.

–No era la primera vez que deseaba besarte, pero no debí hacerlo de aquella manera.

–¿Y si te digo que me gustó? –dijo Martha con voz temblorosa, y lo miró directamente a los ojos–. De hecho, yo también lo deseaba.

–¿De verdad? –preguntó Lewis dubitativo.

Martha dejó escapar un largo suspiro. Quería olvidarse del futuro y pensar tan sólo en el presente y en lo que deseaba en ese instante. No quería pensar en nada más que no fuera en Lewis y en sus ojos, sus manos, su boca y en el calor de su cuerpo junto al suyo.

–Sí –contestó ella.

Lewis tomó las manos de Martha entre las suyas.

–¿Estás segura?

–Lo estoy, ¿y tú?

–¿Que si estoy seguro? –dijo Lewis, y soltó una carcajada–. Llevo tiempo pensando en esto. Sí, claro que estoy seguro.

Lewis inclinó su cabeza y sus labios se unieron en un cálido beso que se prolongó durante largos segundos hasta que tuvieron que separarse para recuperar el aliento. Lewis acarició con sus manos la suave melena de Martha.

–Estoy completamente seguro.

A partir de ese momento, no fueron necesarias más palabras.

Cuando Martha se despertó a la mañana siguiente, estaba apoyada contra la espalda de Lewis. Él estaba tumbado boca abajo y parecía estar dormido. Le besó el cuello.

Él se movió ligeramente y ella lo volvió a besar, esta vez en el hombro.

No obtuvo respuesta. Martha se incorporó y decidió emplearse a fondo. Comenzó a besarlo en el cuello y siguió hasta el lóbulo de la oreja, volviendo por su mejilla hasta la comisura de los labios.

–¿Estás despierto? –susurró, al advertir una ligera mueca en sus labios.

–No –contestó suavemente Lewis.

–¿Ni tan siquiera un poquito?

–No –dijo de nuevo él. Entonces, se giró por sorpresa, se colocó sobre ella y la besó.

Martha sonrió con satisfacción y se desperezó bajo el cuerpo de Lewis.

–¿Qué hora es? –preguntó.

Lewis se incorporó para mirar el reloj que había sobre la mesilla de noche.

–Es demasiado pronto para levantarnos –contestó, y volvió a acomodarse sobre el cuerpo de Martha, descansando la cabeza sobre su cuello–. Parece que los bebés todavía duermen.

–En ese caso, siento haberte despertado –dijo Martha rodeándolo con sus brazos–. ¿Quieres seguir durmiendo?

Se quedaron en silencio y, por un momento, Martha pensó que dormía hasta que sintió sobre su piel cómo se reía.

–No creo que pueda hacerlo ahora –dijo Lewis mientras comenzaba a bajar besando su cuello–. ¿Y tú? ¿Tienes sueño?

–No –dijo Martha jadeante al sentir cómo sus manos la recorrían–. No tengo nada de sueño.

ASÍ COMENZÓ una época dorada para Martha. En algunos aspectos nada había cambiado. Lewis iba a trabajar cada día y ella seguía ocupándose de la cocina y de los niños.

Pero otras cosas sí que habían cambiado. Martha nunca se había sentido tan realizada, tan completa, tan viva. Nunca antes había sentido que la felicidad pudiera llegar a ser una sensación física. Sentía un estremecimiento interior que se extendía por todo su cuerpo cada vez que estaba con él.

Era feliz cuando miraba a los bebés; cuando desde el porche vislumbraba el reflejo del mar entre las palmeras; cuando se despertaba cada mañana junto a Lewis y recorría con su mano su ancho pecho; cuando lo besaba y disfrutaba del olor de su piel.

Lewis estaba feliz. En ocasiones, Martha se detenía observando cómo jugaba con los niños y sentía que su corazón se derretía. Cuando llegaba a casa, lo primero que hacía era besarla y tomar en sus brazos a Noah o a Viola y hacerles carantoñas hasta hacerlos gritar de alegría. En esos momentos se sentía locamente enamorada de él.

Más tarde, cuando los bebés dormían, se sentaban en el porche y hablaban. Muchas veces Martha perdía el hilo de la conversación pensando en lo que sucedería un rato más tarde, en la cama. Entonces, sentía un escalofrío de placer. Sabía que una mirada era suficiente para que Lewis la hiciera sentar sobre su regazo. En cualquier momento, ella podía alargar su mano y acariciarlo. Y cuando no pudieran esperar más, él la llevaría a la cama y le haría el amor.

Nunca hablaban del futuro. En ocasiones, Martha trataba de imaginar lo que pasaría una vez transcurrieran los seis meses. Pero rápidamente se contenía. No quería pensar en ello. Sólo quería disfrutar el presente. Lewis también parecía feliz. Quizá se estuviera acostumbrando a vivir en familia, pero no quería preguntarle. Prefería que fuera él quien sacara el tema. En el fondo, Martha sabía que tenía que encontrar a Rory. Tenía que hablarle de su hijo, pero no tenía prisa por hacerlo. Todo lo que le preocupaba era el presente.

Así que disfrutaba de cada momento. Ella era feliz y Noah también. No podía pedir más.

—¿Qué te parece si organizamos otra cena? —le preguntó Lewis un día.

Ella puso una cacerola sobre la lumbre y sintió un escalofrío recorrer su espalda. Sonrió.

—¿A quién quieres invitar? —dijo, mientras Lewis la tomaba por la cintura.

—Al ingeniero residente y su esposa, al gerente y a un par de contratistas. También podemos invitar a Candace.

—¿Candace? —dijo Martha sorprendida—. ¿Por qué?

—Tiene muchos contactos y pueden venirnos bien —respondió Lewis—. Será de gran ayuda.

Martha apretó los labios tratando de contenerse y se deshizo de los brazos de Lewis. Pretendió estar consultando una receta.

–Está bien –dijo Martha por fin.

–¿No estarás celosa de Candace, verdad? –preguntó él con tono de sorna.

–No –mintió ella, pero sus ojos se encontraron con los de él y no le quedó más remedio que admitir lo evidente–. Bueno, quizás un poco. Es tan perfecta...

Lewis la hizo girar y la tomó con fuerza por la cintura. La miró fijamente.

–No tienes por qué estar celosa de ella –le dijo.

Martha observó la expresión de su rostro y lo que allí vio hizo que su corazón latiera desbocado. Ningún hombre miraría a una mujer de aquella manera si estuviera interesado en otra, y menos un hombre como Lewis. Estaba siendo inmadura.

–Sí, lo sé –dijo por fin. Pero sentía ningún deseo de volver a ver a Candace.

Esa vez, la cena no fue el desastre que había sido la vez anterior. Martha controló todo a la perfección e incluso tuvo tiempo suficiente para arreglarse. Pero no pudo dejar de sentirse intimidada por la estricta perfección de Candace. Parecía que, hiciera lo que hiciera, siempre había algún descuido y ello se debía al hecho de ser madre.

Pero no le importaba. Si tenía que elegir entre ser la mujer perfecta o ser madre, tenía clara cuál sería su elección. Aun así, era un placer poder combinar ambas facetas.

Lewis y ella se comportaron como si nada ocurriera entre ellos. Pero Candace enseguida se percató que había algo entre ellos. Martha se dio cuenta de que no dejaba de observarlos con sus fríos ojos azules.

Candace no hizo ningún comentario, pero en cuanto se produjo el primer silencio en la conversación, aprovechó la ocasión y, dirigiéndose hacia Martha, le preguntó si había conseguido encontrar a Rory.

Martha miró a Lewis y observó con disgusto cómo la expresión de su rostro se endurecía al oír mencionar el nombre de Rory. Si la intención de Candace era recordar el propósito de su viaje, había acertado plenamente.

–No, todavía no –respondió Martha tras unos instantes de duda.

–Es una historia muy romántica –dijo Candace dirigiéndose al resto de invitados–. Martha perdió el contacto con el padre de su bebé y ha venido hasta aquí sólo para buscarlo, así que si alguno conocéis a algún biólogo marino, tenéis que avisarla.

Aquel comentario era una manera indirecta de decir que se acostaba con cualquiera, que se había quedado embarazada en un descuido y, por ello, había decidido atravesar continentes en busca de Rory, el padre de su hijo, con quien ni siquiera se había molestado en mantener el contacto.

Estaba claro que Candace estaba decidida a hacer todo lo posible por alejarla de la vida de Lewis, pensó Martha. Si hubiera estado segura de los sentimientos de Lewis, aquella situación habría sido divertida. Pero tenía la impresión de que sus desagradables comentarios lo estaban afectando.

Candace trató de sacar el tema de la maternidad y lo difícil que parecía ser para Martha, pero nadie mostró interés, así que acudió a otro de sus temas favoritos: los niños. Lo hizo de una forma muy astuta, elogiando en primer lugar a Martha por su paciencia.

A continuación recordó a los presentes, principalmente a Lewis, lo absorbentes que podían ser los bebés. Por último, preguntó a Lewis si esperaba tener noticias de su hermana en breve.

–Savannah debe de estar deseando tener a su hija de vuelta con ella –dijo Candace–. Debo decir que es admirable cómo te has ocupado del cuidado de Viola, trabajando a la vez en esos proyectos tan importantes.

–Es Martha quien se ha ocupado de cuidarla –dijo con tono cortante, que Candace pareció no advertir.

–Sí, cierto. Sé que es una niñera maravillosa –dijo poniendo a Martha en su sitio–. Pero no has tenido más remedio que hacerte cargo de tu sobrina. Recuerdo cuando me dijiste lo importante que era para ti tener una casa ordenada y tranquila. Estoy totalmente de acuerdo. Con un bebé cerca, eso será imposible, ¿no?

Le faltó recordarle que su vida volvería a ser perfecta tan pronto como se deshiciera de Viola y, de esa manera, ya no tendría sentido que Martha y Noah permanecieran allí, pero poco le faltó para hacerlo. Lewis permanecía callado y Martha temía que las palabras de Candace hubieran provocado el efecto que tanto buscaba.

Martha sintió que se le helaba la sangre. Habían sido muy felices. Candace no podía echarlo todo a perder de aquella forma.

Temía el momento en que los invitados se marcharan. Imaginaba que Lewis estaría recordando cómo solía ser su vida. Pero en cuanto la puerta se cerró después de que se hubieran ido, él suspiró aliviado.

Martha estaba recogiendo las tazas de café, convencida de que le diría que no quería continuar su relación con ella. Por eso, cuando Lewis se acercó y tomó sus manos, se sorprendió.

–Déjalo –le dijo Lewis–. Podemos recoger todo esto mañana. Vámonos a la cama.

No dijo nada más. Le hizo el amor con tanto apasionamiento que Martha se quedó temblando. Se sentía satisfecha y a la vez preocupada. Él también estaba pensativo.

–¿Qué pasa? –le preguntó en voz baja, tumbados uno junto al otro.

–Nada –respondió Lewis.

No podía explicarle lo que había sentido mientras escuchaba los comentarios de Candace. Había deseado que se callara de una vez. No le gustaba oír hablar de Rory ni pensar en el futuro, pero Candace le había obligado a imaginar cómo sería su vida sin Martha y los bebés.

Por primera vez, Lewis se cuestionaba qué era lo que quería realmente. Le gustaba estar con Martha. La deseaba y se sentía a gusto en su compañía. ¿Estaba preparado para sentar la cabeza y pasar el resto de su vida con ella?

No, aquello no era amor, se dijo Lewis. Tan sólo era que se había acostumbrado a ellos y no podía imaginar cómo sería su vida lejos de su lado, cómo sería volver a casa y encontrársela vacía.

Eso es lo que pasaría si Savannah aparecía y decidía llevarse a Viola. Y todo era posible conociendo lo caprichosa y variable que era su hermana. Tomar precipitadamente un avión para recoger a su hija se correspondía con la manera irreflexiva de ser de Savannah.

Claro que tampoco quería ocuparse de Viola de por vida ni pretendía que Martha se quedase con él para siempre. Lo que quería era... El caso es que no sabía qué quería. Se sentía cansado y confundido, y eso no le gustaba.

Nada había cambiado, se dijo para reconfortarse. Martha era tan reacia como él a implicarse en una relación más seria. Había dejado claro que estaba buscando al padre de Noah y él no estaba preparado para asumir ese papel, así que si transcurrían los seis meses sin señales de Rory, ella se iría.

Y ahí acabaría todo.

Inconscientemente, abrazó a Martha con fuerza.

–¿Eres feliz? –le preguntó.

Ella se incorporó y lo miró tiernamente.

–¿Ahora mismo? –preguntó, y se inclinó ligeramente para besarlo–. Sí, lo soy.

En aquel momento, era muy feliz, se dijo Martha. No quería pensar en el futuro, ya que era evidente que Lewis tampoco quería hacerlo.

Los días fueron pasando y después las semanas, y cada vez era más difícil sacar el tema. Era más sencillo evitarlo, ya se preocuparían del futuro cuando llegara.

Una tarde, apareció Candace en el porche.

–Pasaba por aquí –dijo–. Pensé en pasar a saludar.

Martha no pudo disimular su sorpresa.

–Lewis aún está trabajando –respondió en un intento de ser amable–. No volverá hasta dentro de un rato.

–No he venido a verlo a él, sino a usted –dijo Candace.

No le quedó más remedio que invitarla a tomar algo. Hablaron de cosas triviales mientras Martha preparaba té. Después, salieron al porche a tomarlo,

donde Martha había colocado a los niños en sus sillitas. Les dio unas galletas para mantenerlos tranquilos.

–Tenía que venir a felicitarla –dijo Candace mirando con desagrado el modo en que Viola estaba
manchándose mientras comía la galleta.

Martha estaba atendiendo a Noah, por lo que creyó no haber escuchado bien las palabras de Candace.

–Perdón, ¿a quién quería felicitar? –le preguntó
Martha una vez Noah se quedó tranquilo.

–A usted –dijo, y la miró de manera extraña–. Tiene que estar emocionada.

Martha comenzó a tener una sensación desagradable. No sabía de qué se trataba pero estaba segura de
que no le iba a gustar.

–Si supiera de qué está hablando, quizás.

–De haber encontrado al padre de Noah.

Martha se quedó paralizada.

–¿Rory? –preguntó lentamente.

–Sí, Rory McMillan. ¿Es él, verdad? –dijo Candace y se acomodó en su silla, disfrutando del efecto
que sus palabras habían producido en Martha–. Es
una coincidencia que esté en el equipo que Lewis ha
formado para realizar el estudio del puerto.

«Sí, una coincidencia», pensó Martha.

–¿Dónde lo ha conocido?

–Lo cierto es que no lo he conocido –dijo Candace–. Vinieron al bar del hotel el otro día. Cuando me
enteré de que trabajaban en un proyecto marino, Rory
ya se había ido. Les pregunté si lo conocían y fue
cuando me enteré de que trabajaba para Lewis.

Candace se quedó mirando fijamente a Martha,
que se contenía. Deseaba matar a Lewis, o mejor primero a Candace y luego a Lewis.

–Podía haberle enviado un mensaje a Rory pidiéndole que se pusiera en contacto con usted, pero pensé que si trabajaba con Lewis, él mismo se lo diría.

–Desde luego –dijo Martha entre dientes.

Pero lo cierto, era que no se lo había dicho.

Cuando Lewis llegó a casa esa noche, enseguida se dio cuenta de que algo no iba bien.

Aunque Martha trataba de contenerse, la tensión era evidente. No quería decir nada hasta que los bebés se hubiesen dormido.

–¿Me vas a contar qué es lo que sucede? –le preguntó Lewis nada más cerrar la puerta de la habitación.

–Estoy muy enfadada –dijo Martha. Entró en el salón y se cruzó de brazos intentando mantener el control. Temía romper a llorar de la ira que sentía.

Se giró y miró a Lewis desde una distancia considerable.

–Me he enterado de que has contratado a unos biólogos para que elaboren el estudio sobre los efectos medioambientales que conlleva la construcción de un puerto.

La expresión del rostro de Lewis se heló. Aquel era el momento que tanto había temido.

–Sí –dijo confiando en que no conociera toda la verdad.

–Uno de ellos es Rory McMillan, ¿verdad? El hombre al que he estado buscando desesperadamente desde que llegué aquí.

Estaba claro que Martha lo sabía todo. En el fondo, Lewis lo había sospechado desde el momento en que llegó a casa esa noche. Pero no estaba de acuerdo en que lo hubiera buscado desesperadamente.

–¿Quién te lo ha dicho? –preguntó Lewis.

Los ojos de Martha brillaban con furia.

–Desde luego, no la persona que tenía que haberlo hecho. Por desgracia, me he tenido que enterar por tu amiga Candace. No ha podido esperar a contármelo ella misma.

–¿Candace? –dijo Lewis y frunció el ceño–. ¿Cómo lo ha sabido?

–Eso no importa. Lo que importa es que tú lo sabías y no me lo dijiste.

¿Acaso no se daba cuenta que eso le había dolido? Martha tragó saliva y contuvo las lágrimas.

–¿Cuánto tiempo hace que conoces a Rory?

–No lo conozco –contestó Lewis poniéndose a la defensiva–. Yo sólo hablo con el jefe del proyecto, un tal Steve. Decidió enviar a un par de biólogos. Se presentaron como John y Rory. No tenía ninguna certeza de que se tratara de él.

–Pero podías haberlo imaginado.

–Sí –admitió, recordando cómo había reconocido a Rory desde el mismo momento en que entró en su oficina. Impresionante era la palabra que Martha había utilizado para describirlo. Alto, bronceado, rubio, de vivos ojos azules. Aquel era el hombre que tenía frente a él. Desde ese mismo instante, lo odió.

–¿Cuánto hace de eso? –preguntó Martha con tono frío.

Lewis suspiró.

–Unos diez días.

–¡Diez días! –exclamó Martha. Deseaba gritar del mismo modo en que solía hacerlo Viola cuando se encaprichaba de algo. En su lugar, decidió caminar enérgicamente de un lado a otro del salón.

Lewis se quedó pensativo. ¿Por qué no se lo había dicho antes? Era difícil explicar la terrible sensación que lo invadió, tan cercana al pánico, cuando conoció a Rory. Estaba claro que aquello suponía el fin de su relación con Martha. Temía que tan pronto como lo viese, cayera rendida a sus pies.

Era un hombre joven y atractivo, y desprendía un encanto innato del que él carecía. Además, era el padre de Noah. ¿Qué podía él ofrecer comparado con todo aquello?

No estaba dispuesto a admitir que tenía miedo de que Martha tomara a Noah y lo abandonara a él por Rory. Por eso decidió que no había necesidad de que Martha supiera en aquel momento que había localizado a Rory. Pensaba decírselo más adelante, cuando Rory hubiera regresado al atolón. Así Martha daría con él cuando hubieran transcurrido los seis meses.

—Pensaba decírtelo, pero nunca encontraba el momento adecuado –dijo por fin. Aquella no era una buena excusa, pero tenía que intentar arreglar las cosas–. Quería que Rory se concentrara en el informe. Tiene que estar listo cuanto antes y tampoco tenías necesidad de contactar con él inmediatamente.

—Claro, lo primero es el informe –explotó Martha–. ¿Acaso se te había olvidado que él era la razón por la que vine hasta aquí?

Lewis se sentía acorralado. Todo lo que hacía parecía empeorar las cosas.

¿Sería Martha la que le hacía perder la calma? Lewis era conocido por su habilidad para resolver los problemas inmediatamente y su capacidad de tomar decisiones rápidas en las más duras negociaciones. Pero ahí estaba, tartamudeando y dando estúpidas explicaciones.

—Viola estaba enferma y tú tenías muchas cosas en la cabeza.

—Sí, una de ellas era encontrar al padre de Noah. Me habría gustado que hubieras sido tú el que me hubiera dado las buenas noticias.

—No sabía que sería una noticia buena —repuso Lewis.

Ella lo miró furiosa.

—¿Qué quieres decir?

—Me dijiste que eras feliz —le recordó.

—Eso era antes de saber que eres capaz de mentirme sobre algo tan importante para mí.

Lewis tensó los músculos de la mandíbula.

—Además, no creo que Rory sea un buen padre para Noah. Es demasiado joven y no parece que se preocupe por nada. No me lo imagino cambiando pañales. Cuando está aquí, no sale de los bares y el resto del tiempo lo dedica al proyecto que está llevando a cabo en una minúscula isla deshabitada. Un atolón no es lugar para criar a un bebé.

—No eres tú el que tiene que decidir quién es buen padre para Noah y quién no —dijo Martha mirándolo con frialdad—. Lo cierto es que Rory es su padre y no hay nadie que pueda negar eso. Y francamente, tú no eres el mejor para hablar de la paternidad. Probablemente, Rory es mejor padre que tú. Al menos, él no es un mentiroso.

—Yo no he mentido.

—Entonces, cuando te pregunté si te había ocurrido algo interesante durante el día, como hacía cada noche cuando volvías a casa, y tú no me contaste que habías

estado con el padre de mi hijo, el hombre al que llevaba meses buscando, ¿no me estabas mintiendo?

Lewis se dejó caer en una de las sillas y apoyó los
codos sobre las rodillas, dejando escapar un suspiro.

–Mira, lo siento –dijo después de un largo silencio–. Pero no es el fin del mundo. Rory no va a ir a
ningún sitio. Querías encontrarlo y lo has hecho. No
entiendo cuál es el problema.

Martha lo miró con incredulidad. ¿De verdad no
entendía cuál era el problema? Era como hablar con
un ser de otro planeta.

–Haces que parezca que estoy haciendo una montaña de un grano de arena. ¿Puedes imaginar cómo
me sentí cuando Candace vino a hablarme de Rory?
Vino y se sentó ahí a regodearse. Sabía que tú no me
habías dicho nada. ¿Tienes idea de lo humillada que
me sentí? –se detuvo y tomó aire antes de continuar.
No podía evitar que su voz temblara–. ¿Tienes idea
de lo que se siente cuando descubres que el hombre
con el que duermes y en el que confías, te miente para
evitar contarte algo tan importante y además es tan
estúpido que no entiende por qué te enfadas?

A pesar de su disgusto, Martha tenía esperanzas
de que Lewis le dijera que no se lo había contado por
miedo a perderla.

–No quería que olvidaras que si estás aquí es porque estás contratada. ¿Cómo iba a ocuparme de cuidar a Viola mientras tú ibas tras Rory McMillan?

¿Contratada? ¿Era eso todo lo que le preocupaba?
Sintió que su corazón se encogía y los ojos se le llenaron de lágrimas.

–No te preocupes, no olvido el contrato –dijo ella
secamente–. Pero no hay nada en él que diga que no

puedo hablar con Rory hasta que transcurran los seis meses –se paró al escuchar la bocina de un coche–. Ese debe de ser mi taxi.

¿Taxi? ¿Qué taxi? Lewis la observó cruzar el salón y tomar su bolso. Se sentía sorprendido y a la vez defraudado.

–¿A dónde vas?

–Voy a buscar a Rory y a hablar con él.

–¿Ahora? –preguntó, poniéndose de pie.

–Sí, ahora. No se me ocurriría interrumpirlo mientras está trabajando en ese informe tuyo, así que por la noche es el mejor momento para buscarlo. Dijiste que pasa todo su tiempo libre en los bares, así que no será difícil encontrarlo. La ciudad es pequeña.

–Y, ¿qué pasa con los bebés?

–Puedes encargarte tú –le contestó–. Dadas las circunstancias, es lo menos que puedes hacer.

Lewis la miró desesperado. Martha se iba; tenía la mano en el pomo de la puerta. Deseaba salir tras ella y rogarle que se quedara, pero estaba demasiado enfadada. No creería nada de lo que le dijera en ese momento.

–¿Cuándo volverás?

–Cuando haya hablado con Rory –contestó ella desde la puerta. Su mirada era gélida–. No me esperes levantado.

Cerró la puerta y se fue.

Encontró a Rory en el tercer bar. Estaba sentado con otras personas, todos vestidos con pantalones cortos y camisetas. Eran jóvenes y estaban bronceados. Parecían salidos de una película.

Martha miró a Rory desde el otro extremo del bar y dudó. Era totalmente diferente a Lewis. Parecía más joven de lo que recordaba, pero su encanto era evidente a la vista de la joven rubia que estaba sentada junto a él, que no dejaba de mirarlo y de reír a carcajadas.

No era el momento adecuado. Rory estaba ocupado y, a juzgar por la situación, no deseaba ser interrumpido.

Pero, ¿qué podía hacer? La única alternativa que tenía era volver a casa con Lewis. En el fondo era lo que quería hacer, pero recordó con tristeza los motivos que le había dado para ocultarle el paradero de Rory: el informe medioambiental y su contrato. ¿Cómo iba a volver y admitir que ni siquiera había hablado con Rory?

Martha tomó aire y se dirigió a la mesa de Rory.

–Hola, Rory.

Rory la miró y, tras unos segundos, la reconoció.

–¿Martha?

–Creí que no te acordarías de mí –dijo Martha forzando una sonrisa.

–Claro que sí –aseguró. Se puso de pie y la abrazó–. Me alegro de verte. Eres la última persona que esperaba encontrarme aquí, por eso he tardado en reconocerte. Además estás muy cambiada.

–¿De verdad? –preguntó Martha sorprendida–. ¿En qué he cambiado?

Pero Rory estaba acercando una silla para que se sentara y no contestó. Llamó a la camarera y le pidió otra cerveza.

–Chicos, moveos –dijo Rory a sus acompañantes, haciéndole sitio a su lado.

A pesar de que la joven rubia disimuló su enfado, Martha se sintió incómoda. No quería que su presencia molestase a nadie.

—Os presento a Martha —dijo Rory, y a continuación le fue diciendo el nombre de todos los demás, aunque el único nombre que Martha consiguió retener fue el de Amy, la chica rubia—. Conocí a Martha el año pasado cuando estuve en Londres. Es editora de moda.

Nadie dijo nada, pero todos la miraron incrédulos. Fue la prueba de lo mucho que San Buenaventura la había cambiado. Se había ido de casa tan enfadada que no se había cambiado de ropa ni se había maquillado. Se sentía avergonzada de las arrugas alrededor de sus ojos y de las canas que asomaban en su oscura melena.

—¿Y qué estás haciendo aquí? —le preguntó Rory con entusiasmo.

—Estoy trabajando —dijo Martha.

—¿Un reportaje de bikinis en la playa?

—No exactamente —contestó Martha. Aunque no le apetecía, tomó un sorbo de cerveza—. De hecho, estoy trabajando como niñera.

Se hizo una larga pausa y finalmente Rory rompió en carcajadas.

—Me tomas el pelo, ¿verdad? No te imagino con niños.

Martha mantuvo la sonrisa con dificultad.

—Es verdad.

Rory la miró fijamente.

—Siempre pensé que eras muy elegante —dijo él desconcertado— ¿Por qué dejaste tu estupendo trabajo para ser niñera?

–Quizá necesitaba un cambio de aires.

Rory ladeó la cabeza, sorprendido todavía por su cambio de imagen. No estaba seguro de que Martha estuviera bromeando.

–¿De verdad trabajas como niñera?

–Sí –asintió y suspiró–. Creo que incluso conoces a la persona para la que trabajo: Lewis Mansfield.

Incluso pronunciar su nombre le producía malestar.

–¿Lewis? Sí, lo conozco –dijo Rory, y sonrió–. Ese hombre da miedo. Por cierto, ¿lo has visto sonreír alguna vez?

Martha pensó en su sonrisa cada vez que la hacía sentar en su regazo, cada vez que se bañaba con Noah en el mar, cada vez que acariciaba su piel.

Martha tragó saliva. Tenía que contenerse y no romper a llorar.

–A veces.

–A mí no me sonríe nunca –afirmó Rory tomando su cerveza–. Creo que no le gusto.

–Pero, ¿por qué no ibas a gustarle? –intervino Amy.

–Creo que está celoso de mí –bromeó Rory–. ¿Tú que crees, Martha? Debes de conocerlo bien.

–Sí, bastante bien –dijo Martha sintiendo una ligera presión en el pecho.

–Parece un tipo muy serio. Me recuerda a mi profesor de matemáticas.

–A mí me recuerda al de geografía –dijo alguien más de la mesa–. Cuando se te queda mirando, sientes que tienes doce años y que está a punto de castigarte por hablar en clase.

Todos estallaron en carcajadas y Martha se mordió el labio.

–Lleva un tiempo conocerlo –dijo Martha.

Ya no podía soportarlo más. No quería seguir en aquel ruidoso bar, oyendo como aquellos jóvenes criticaban a Lewis. No lo conocían como ella. No tenían ni idea de cómo era.

Además, allí no iba a poder hablar con Rory tranquilamente. No era la situación adecuada para comunicarle que era padre, con sus amigos allí presentes. Es más, tendría que gritar para hacerse oír por encima de la música.

Así que siguió sonriendo, terminó su cerveza y entonces se despidió.

–Será un placer quedar otro día para seguir charlando –le dijo a Rory–. ¿Qué tal si quedamos mañana para comer?

–Bien –contestó sorprendido. La rodeó con sus brazos–. Me alegro de verte otra vez, Martha. Me acuerdo mucho de lo bien que lo pasamos en Londres. Disfrutamos mucho juntos, ¿verdad?

–Sí –contestó Martha, y se deshizo de su abrazo.

Debía sentirse feliz de que él estuviera tan contento de verla. Pero pensar en retomar la relación que mantuvieron no le agradaba en absoluto. Y no era que él no fuera atractivo. Lo era y mucho. Pero sencillamente, no era Lewis.

CAPÍTULO 10

AL DÍA siguiente, Martha se llevó a Noah a su cita y se aseguró de llegar pronto para conseguir una mesa tranquila. Al llegar, Rory no se sorprendió de verla con un bebé y le hizo unas cuantas carantoñas al niño mientras se sentaba a la mesa.

–Así que trabajas como niñera, ¿eh? ¿Es éste el bebé al que cuidas?

–Es mi hijo Noah –contestó Martha con cierta cutela.

–¿Tu hijo?

Se quedó pensativo y rápidamente llegó a la conclusión acertada. Después de todo no era estúpido. Su cara cambió.

–Sí, eso es –dijo suavemente Martha, segura de que ya Rory lo había adivinado–. Y también es hijo tuyo.

Al principio, Rory se quedó tan impresionado que no pudo articular palabra. Lo único que hizo fue quedarse observando a Noah fijamente, casi sin pestañear.

Martha lo convenció de que no quería pedirle ningún tipo de ayuda económica.

–No es por el dinero –insistió–. Sólo quiero que Noah conozca a su padre.

Rory se tranquilizó al comprobar que no iba a te-ner que destinar una parte de su sueldo para el cuida-do del niño. Se fue haciendo a la idea de que era pa-dre y empezó a entusiasmarse.

En otra época, Martha había encontrado aquel en-tusiasmo entrañable, pero ahora le parecía ingenuo e infantil. Al contrario de Lewis, Rory no sabía lo que implicaba cuidar de un bebé. No quería desanimarlo ya que, después de todo, había ido tan lejos sólo para darle aquella noticia.

Rory propuso que ella y Noah se fueran a vivir con él y Martha se sintió arrinconada.

—Los demás vuelven mañana al lugar donde se está realizando el estudio, pero yo me quedo para ter-minar el informe del puerto —explicó Rory—. Me que-daré un mes aproximadamente y tendré la casa sólo para mí. Tú y Noah podéis venir a vivir conmigo y así nos iremos conociendo.

Ese era su sueño. ¿No era eso lo que quería cuan-do decidió ir a San Buenaventura? Debería de estar encantada de que todo estuviera marchando tan bien, pensó. Rory había reaccionado estupendamente, me-jor de lo que ella imaginaba. Rory tenía a Noah sobre sus rodillas y lo estaba haciendo reír. Todo parecía perfecto.

Pero no lo era. Martha no quería mudarse a vivir con él inmediatamente. No quería dejar a Viola. Ni a Lewis.

—Sería maravilloso —dijo ella—. Pero no podemos hacerlo ahora mismo. Tengo que cuidar de otro bebé y el contrato no se acaba hasta dentro de dos meses.

—Para entonces, ya habré vuelto al proyecto. Allí dormimos al aire libre, así que será difícil hacerlo con

Noah. Seguro que se nos ocurre qué hacer con el otro bebé. ¿Por qué no le preguntas a Lewis?

Aquello era sorprendente: el padre de Noah estaba deseando pasar un tiempo con su hijo. ¿Cómo podía negarse a ello?

–Está bien –contestó Martha–. Le preguntaré.

–¿Qué tal fue tu comida? –le preguntó Lewis aquella noche cuando llegó a casa.

La noche anterior había estado pensando en el modo tan estúpido en que se había comportado. Se había convencido de que aquello era lo más adecuado después de todo. Si las cosas hubieran seguido como estaban, pronto se habría encontrado comprometido con el tipo de relación que siempre había evitado.

Quizás era lo mejor que Rory hubiera aparecido. Confiaba en que Martha se hubiera calmado y así poder terminar las cosas de manera civilizada.

No había podido dejar de torturarse durante todo el día con la imagen de Rory y Martha juntos.

–Muy bien –dijo Martha.

Estaba más tranquila. La furia de la noche anterior había desaparecido, pero se la veía cansada y tensa. Lewis deseaba estrecharla entre sus brazos y abrazarla hasta que la tensión de su cuerpo desapareciera.

Desvió la mirada. Deseaba pedirle perdón, pedir que olvidara lo que había pasado y que volvieran a estar como antes. Pero era muy tarde para eso.

–¿Ha conocido Rory a su hijo? –preguntó Lewis, tratando de olvidar sus pensamientos.

–Sí –contestó Martha–. Quiere que pasemos con él las próximas semanas, pero le he explicado que tengo que cuidar de Viola hasta que termine el contrato.

–No te preocupes por eso –dijo Lewis, haciendo un gran esfuerzo–. Él era el motivo de que quisieras venir a San Buenaventura, así que ya lo he arreglado todo con Eloise. Ella cuidará de Viola durante el día.

Martha tragó saliva.

–¿Y por las noches?

–Me las arreglaré yo solo –dijo Lewis con indiferencia–. Tampoco soy un inútil.

–¿Y qué pasa con el contrato? –preguntó Martha.

¿Cómo era posible que no le preocupara más el dichoso contrato? Lewis se había referido a él una y otra vez para hacer que ella y Noah se quedaran y de repente ahora, parecía estar deseoso de librarse de ellos.

–No seré yo el que rompa una familia feliz –dijo Lewis con tristeza–. No soy ningún monstruo. Estaba claro lo que querías y ahora lo has conseguido, no voy a insistir en que cumplas tu contrato.

–Podríamos considerar que se trata de unos días libres –dijo Martha. No quería parecer desesperada, pero no sabía lo que Lewis pretendía.

–No creo que quieras comprometerte a nada –dijo él–. No sabemos lo que va a pasar. Quizás a Rory le guste tanto la vida en familia que no quiera volver al proyecto. Mañana llamaré a Savannah, a ver si está lista para hacerse cargo de Viola. Si es así, ya no te necesitaré.

Aquello le dolió. Ni siquiera iba a intentar persuadirla.

No tenía elección. No podía insistir en quedarse con Viola después de lo que había dicho la noche anterior, pero decir adiós a aquella preciosa niña era una de las cosas más difíciles que había hecho nunca. Había llegado a quererla mucho y la iba a echar de menos. A ella y a su tío.

Hasta el último minuto Martha tuvo esperanzas de que Lewis cambiara de opinión. Su última mañana transcurrió con una extraña normalidad. Viola y Noah se habían despertado temprano y estaban desayunando en la cocina cuando entró Lewis. Se sirvió una taza de café.

Martha cerró los ojos y deseó dar marcha atrás en el tiempo. Él se acercaría como cada mañana y la besaría. Luego, por la noche, cuando volviera de trabajar reiría y jugaría con los niños. Pero ya nada de eso iba a suceder. Esa noche, cuando volviera, ella ya se habría ido. Por mucho que lo deseara, las cosas no iban a cambiar.

Lewis terminó su café y dejó la taza. Su cara parecía una máscara, pero vio como sus ojos se posaban sobre Noah y, por un momento, la expresión de su rostro se suavizó.

–Tengo que irme –dijo bruscamente–. Gracias por todo.

¿Gracias por todo? ¿Así se despedía? Martha pensó en todo lo que habían compartido, en las conversaciones en el porche y en las cálidas noches de las que habían disfrutado. Sintió deseos de arrojarle algo a la cabeza.

Estaba enfadada con Lewis y con ella misma, pensó mientras hacía la maleta. Sabía cómo era él y lo que quería. ¿Por qué entonces se había dejado llevar por sus sentimientos?

Todo era culpa suya. Había terminado olvidándose de lo que era su prioridad. Noah necesitaba un padre y ella tenía que haberse preocupado de procurarle una buena familia, no de las caricias y los besos de Lewis.

Ahora tenía la oportunidad de arreglarlo. Rory era el padre de Noah y parecía encantado con la idea de ser padre. Era la oportunidad de construir un futuro para su hijo.

Martha cerró de golpe la maleta. Se dijo que ella era una mujer práctica y no estaba dispuesta a dejarse llevar por romanticismos. Era hora de dar por concluida su relación con Lewis y de seguir con su propia vida.

Pero primero tenía que despedirse de Viola. Esa mañana, la niña estaba muy simpática. Era encantadora cuando estaba así, pensó Martha sintiendo un nudo en la garganta. Cuando el taxi llegó y la niña se dio cuenta de que Martha y Noah se marchaban dejándola allí, rompió a llorar.

Eloise no podía consolarla.

—Debería quedarse —dijo Eloise a Martha con tristeza—. Éste es su sitio.

Martha apenas podía hablar.

—No puedo —dijo con voz entrecortada.

—No sé por qué tiene que irse.

Lo cierto era que Martha tampoco lo sabía. Sólo sabía que Lewis le había dicho que ya no la necesitaba.

Las lágrimas corrían por las mejillas de Martha al despedirse de Viola.

—Volveré a verte —prometió Martha—. Ahora, será mejor que me vaya.

En aquel momento, Eloise también había comenzado a llorar.

Rory no entendió por qué Martha estaba tan triste.

–No te preocupes, Viola estará bien –le dijo Rory después de explicarle Martha lo difícil que había sido despedirse–. Al fin y al cabo, los bebés no se enteran de quién los cuida.

Llevaba cinco minutos ejerciendo de padre y, de repente, ya era todo un experto en bebés, pensó Martha. Estaba demasiado cansada para corregirlo. Aun así, hizo un esfuerzo y trató de mostrar entusiasmo cuando él le enseñó la casa.

–¿Qué te parece? –le preguntó cuando acabaron de recorrerla.

Martha pensó que era horrible. Era una casa pequeña y cuadrada, con pocos y destartalados muebles. La nevera estaba llena de cervezas y poco más. Parecía un basurero más que una casa.

El jardín estaba descuidado y lleno de botellas vacías. El salón estaba repleto de papeles, tubos de ensayo, latas de refresco vacías y revistas científicas. El aire acondicionado emitía un molesto ruido.

Descorazonada, Martha abrazó a Noah mientras miraba a su alrededor. No había porche, ni ventiladores de techo ni playa al otro lado del jardín. Y lo que era peor, no estaban Eloise ni Viola ni Lewis.

Aunque ahora estaba a punto de formar una familia.

–Esta es mi habitación –dijo Rory. Estaba tan desordenada que el resto de la casa parecía impecable en comparación.

Retiró la ropa que estaba en el suelo y se sentó sobre la cama.

–Tendremos que retomarlo donde lo dejamos –dijo sonriendo con picardía.

Martha trató de animarse. Rory era guapo, rubio, atractivo y la deseaba a ella, con sus patas de gallo y sus estrías. Debería estar feliz, pero no lo estaba.

–No creo que sea una buena idea –dijo Martha desde la puerta–. Al menos de momento. Será mejor que nos vayamos conociendo poco a poco antes de dormir juntos.

Quién sabe si después de todo sería mejor estar con un hombre joven con encantadores ojos azules y cuerpo perfecto que con un hombre maduro.

–Antes tampoco nos conocíamos –dijo Rory sorprendido.

Era cierto, pensó Martha con tristeza.

–Entonces era diferente –fue todo lo que pudo decir para tranquilizarlo–. Además es posible que Noah se despierte en medio de la noche. Será mejor que duerma con él hasta que se acostumbre. Así tendremos tiempo de conocernos y después, ¿quién sabe?

Era una buena idea, pero no parecía una manera alegre de iniciar una nueva vida en familia para Noah.

Martha recordó las largas noches que había pasado con Lewis, llenas de pasión y deseo. Pero rápidamente apartó esos pensamientos. Estaba intentando crear una familia para Noah.

Tal y como Martha había dicho, Noah estuvo intranquilo aquella primera noche. No paró de llorar y ella, cansada, sintió deseos de hacer lo mismo. Echaba de menos la casa en la playa. Echaba de menos a Viola y echaba de menos a Lewis.

Hizo cuanto pudo por tranquilizar a Noah y que dejara de llorar, pero las paredes parecían de papel y el llanto se oía por toda la casa. A la mañana siguiente, Rory estaba agotado.

–Imagino que son los inconvenientes de ser padre –bromeó.

–Me temo que sí –dijo Martha. Aunque lo justo era que se turnaran para atender al bebé por la noche, pensó ella. Incluso Lewis se levantaba alguna noche para que Martha pudiera descansar.

Tenía que dejar de pensar en Lewis.

–¿Quieres que prepare algo para cenar? –preguntó ella.

Rory no mostró ningún entusiasmo. Martha pensó que con el poco dinero del que disponía, era probable que prefiriera gastarlo en cerveza. Una rápida mirada a la cocina revelaba los escasos enseres de los que disponían.

Dedicó todo el día a recoger y limpiar la casa, lo que fue un gran error. Cuando Rory llegó a casa se enfadó mucho.

–Pero, ¿qué has hecho? –preguntó mientras miraba a su alrededor–. Ahora, ¿cómo sabremos dónde está cada cosa?

Más tarde, tras darse una ducha, Rory se disculpó.

–Lo siento, he tenido un mal día. No sé qué tiene ese Lewis contra mí, pero parece que no hago nada bien –dijo, y sonrió antes de continuar–. Venga, vamos a dar una vuelta y a tomar una copa.

Martha tuvo que recordarle que era la hora de dormir de Noah.

Rory trató de consolarse jugando con Noah, pero era evidente que se aburría. Una vez Martha acostó al niño, ambos se sentaron a la luz de la única bombilla del salón y hablaron de muchas cosas.

«Es un buen chico», pensó Martha. «Es inteligente, guapo y divertido. Además, es el padre de Noah. Seguro que nos llevaremos bien.»

En el fondo de su corazón, sabía que se estaba equivocando. Rory no era Lewis.

Martha oyó que Viola estaba llorando cuando llamó a la puerta. Después de unos minutos, Lewis abrió.

–¿Sí? –dijo Lewis sin mirar. De repente, advirtió que era Martha y se quedó petrificado.

Llevaba a Viola en brazos, envuelta en una toalla. La niña lloraba con fuerza. Era maravilloso volver a verlos otra vez, pensó Martha, y sonrió satisfecha. Noah también parecía contento de ver a Lewis y a Viola.

–¡Martha! –dijo Lewis dando un paso hacia ella. En su rostro había una expresión de felicidad que Martha supo reconocer, pero enseguida Lewis trató de disimularla.

Podía disimular cuanto quisiera. Martha sabía que también estaba feliz de volver a verla.

–¿Puedo ayudar? –sugirió Martha, y dando un paso hacia él, tomó a Viola en brazos a la vez que le entregaba a Noah.

Lewis deseó estrecharla entre sus brazos y asegurarse que no se trataba de un sueño, que era cierto que Martha estaba frente a él.

–Venga, vamos a secarte –dijo Martha a Viola, y se dirigió al cuarto de baño.

Lewis no supo qué decir al ver pasar a Martha a su lado. Se fijó en las maletas que un taxista estaba dejando en el porche y después miró a Noah y le sonrió. El niño golpeó su frente contra Lewis a modo de saludo.

—Bienvenido —le dijo en voz baja—. Me alegro de verte otra vez.

Dio media vuelta y se dirigió al cuarto de baño.

—Martha, ¿qué sucede? —dijo tratando de mantener el control—. ¿Qué haces aquí?

—He venido a cumplir mi contrato —contestó sin molestarse en mirarlo.

Lewis cerró los ojos. Había deseado tanto oír aquellas palabras que temió que fueran parte de un sueño. Cuando volvió a abrirlos, allí seguía ella.

—¿Qué ha sido de Rory? —preguntó Lewis.

Martha se quedó quieta y lo miró directamente a los ojos.

—Me equivoqué. Creí que lo que necesitaba Noah por encima de todo era un padre y una familia pero, ¿y si la familia no es feliz? —dijo, y continuó poniendo el pañal a Viola—. He estado pensando mucho estos dos días y he cambiado de opinión. Lo que realmente necesita Noah es tener unos padres felices, tanto si estamos juntos como si estamos separados. ¿Hay leche?

El brusco cambio de tema dejó a Lewis sin habla. Tras unos instantes, contestó.

—Sí, en la cocina.

Lewis preparó dos biberones y cada uno se sentó en un lado del sofá para dárselo a los bebés.

—¿Qué le dijiste a Rory? —preguntó Lewis.

—Le dije que no iba a funcionar, que pasara lo que pasara, él seguiría siendo el padre de Noah y que confiaba en que mantuviéramos el contacto para que Noah pueda conocerlo cuando sea mayor. Pero que era mejor que cada uno siguiera con su vida. Así que me fui.

–¿Cómo reaccionó?

–Creo que fue un alivio para él –dijo Martha reflexionando–. Rory estaba dispuesto a intentarlo, pero después de estos días se ha dado cuenta de que no está preparado para asumir compromisos. También me ha dicho que vendrá de vez en cuando para ver a Noah.

–¿Y qué pasa contigo? –dijo Lewis mientras incorporaba a Viola.

–Yo intentaré ser feliz.

–¿Cómo?

–Para empezar, espero que me dejes volver a mi trabajo.

–¿Aunque me haya comportado como un estúpido?

–No eres ningún estúpido –contestó Martha mientras le daba unos golpecitos en la espalda a Noah–. Echaba de menos a Viola y Noah también. Así que decidimos hacer un esfuerzo y soportarte para poder estar con ella.

Lewis la miró. No sabía si estaba bromeando hasta que Martha lo miró y estalló en carcajadas. Aquello lo tranquilizó.

No hablaron más hasta que pusieron a los dos bebés a dormir, pero era como si todo estuviera dicho.

Se sentaron en el porche. Martha respiró los aromas de la noche. Disfrutó de la brisa y del familiar sonido de las olas. A su lado estaba Lewis. Cerró los ojos y recordó la expresión de su cara cuando la vio llegar. Sólo había estado tres días fuera, pero sentía como si hubiera vuelto a casa tras un largo viaje.

—¿Así que has regresado para estar con Viola? —preguntó Lewis.

—Sí, en parte —contestó Martha sin abrir los ojos.

—¿Hay algún otro motivo?

Martha abrió los ojos y contempló la buganvilla.

—Este es el lugar donde más feliz he sido en toda mi vida. Nunca hubiera sido feliz con Rory. Es una gran persona pero... —giró la cabeza y mirándolo, añadió—: Él no es como tú.

Por fin lo había dicho. Tomó aire y se relajó.

Se hizo una larga pausa.

—¿Has vuelto por mí? —preguntó Lewis en un tono de voz que la hizo estremecer.

—Sé que lo nuestro no durará eternamente. Sé que no quieres tener una familia. Pero pensé que podíamos aprovechar estos dos meses y pasar el tiempo que nos queda juntos —dijo Martha, y suspiró antes de continuar—. No pido nada más. Sólo dos meses, sin compromisos ni obligaciones.

—Nuestras obligaciones son hacia Viola y Noah.

—Sí, pero me refiero a nosotros.

—¿Será eso suficiente para que seas feliz? ¿Dos meses y adiós?

—Quiero disfrutar de este tiempo contigo y pensar sólo en el presente.

—¿Por qué? —preguntó Lewis suavemente.

—Sabes perfectamente por qué.

—Quiero que lo digas —dijo él, y la atrajo para que se sentara sobre su regazo—. Ven aquí y siéntate.

—Te quiero, te necesito —dijo Martha. Fue más fácil pronunciar aquellas palabras de lo que había imaginado.

Lewis sonrió y acarició su espalda, haciéndola estremecer.

–Dilo otra vez –susurró él.

–Te quiero con pasión. Te deseo como nunca antes había deseado a ningún hombre. No me siento completa si no estoy contigo. Te he echado tanto de menos...

–¡Vaya cambio! –exclamó Lewis sonriendo–. Antes tenías otra idea del amor, mucho más práctica.

–Es cierto que he cambiado –dijo Martha mientras le daba suaves besos–. Me gusta verte sonreír, cómo me acaricias y me haces estremecer. Me gusta dormir junto a ti y sentir que mi corazón...

–Yo también te quiero –la interrumpió Lewis.

–¿De verdad?

–No te sorprendas –dijo él mientras acariciaba su melena. Se puso serio antes de continuar–. Yo también te he extrañado. Cuando te fuiste... no sé cómo explicar lo que sentí. Fue como si mi mundo se hubiera quedado a oscuras. Cuando te vi esta tarde en la puerta, todo volvió a resplandecer –la miró profundamente a los ojos y añadió–: Te quiero, Martha.

Él se inclinó y la besó. Martha se entregó al placer de corresponderlo, y lo atrajo hacia sí, mientras se fundían en un largo y cálido abrazo. Se sentía amada e inmensamente feliz. Todo lo que deseaba era acariciarlo, besarlo y sentir su calor.

Se pusieron de pie y Lewis la llevó a su habitación. Cayeron juntos sobre la cama y se entregaron el uno al otro.

Pasó un largo rato hasta que volvieron a hablar. Estaban tumbados, con sus cuerpos entrelazados, disfrutando del momento que acababan de compartir.

–No será ésta una manera de convencerme para que te readmita en tu trabajo, ¿verdad? –dijo Lewis mientras ella acariciaba su pecho.

Martha rió y besó su hombro.

–¿Y crees que funciona? –dijo ella divertida.

–No lo sé. Hay un pequeño problema. Creo que no voy a necesitar una niñera. He hablado con Savannah –explicó Lewis ante la atónita mirada de Martha–. Ha dejado la clínica y está dispuesta a rehacer su vida.

–¡Eso es fantástico! –dijo Martha, tratando de mostrarse entusiasmada.

Suspiró. Era mentira. No se alegraba en absoluto de la noticia. Incluso se sentía celosa. Acababa de regresar y no quería volver a perder a Viola. Pero, ¿cómo podía decirle lo que realmente sentía? Al fin y al cabo, Savannah era la madre de Viola.

–¿Cuándo vendrá Savannah a recogerla?

–No, no vendrá. En la clínica ha conocido a un hombre que trabaja en la televisión y que la ha convencido para que presente un programa. Quiere llevársela a Estados Unidos, así que me ha pedido que me ocupe de la niña durante otros seis meses.

–¿Y qué le has dicho?

–Le he dicho que no puede dejar a Viola cada vez que le venga bien, que si deja a Viola conmigo es para siempre. Está claro que es su madre y que puede verla cuando quiera, pero la niña necesita saber que tiene un hogar, independientemente de lo que su madre haga. Y ese hogar estará junto a mí.

–¿Qué le pareció a Savannah?

–Le pareció una buena idea –contestó Lewis mirándola de reojo. Sonrió–. Ella no es tan buena madre como tú.

–Pero a ti no te gustan los niños, ¿no?

–Ya ves, yo también he cambiado de opinión –aseguró Lewis. Se incorporó y se apoyó sobre un codo, sin dejar de mirarla–. Me he acostumbrado a vivir en familia y cuando tú y Noah os fuisteis, en seguida me di cuenta de que me iba a ser muy difícil volver a estar solo. Sin vosotros, está claro que esto no es un hogar –acarició la mejilla de Martha antes de continuar–. Ahora que has vuelto, todo vuelve a ser perfecto.

Martha sonrió y lo rodeó con sus brazos.

–Sigo sin comprender por qué no vas a necesitar una niñera, especialmente a partir de ahora que Viola va a vivir contigo.

–No, no necesito una niñera –dijo Lewis, sacudiendo la cabeza–. Te necesito a ti. Necesito estar contigo para hacer de cada sitio nuestro hogar. Creo que tendrás que quedarte conmigo más de dos meses.

–Por mí no hay inconveniente. ¿Cuánto tiempo crees que será necesario?

–Mucho, mucho tiempo.

–Creo que no habrá problema.

–¿Estás segura? –dijo Lewis.

–Estoy más segura de lo que nunca he estado en mi vida –contestó Martha, y le dio un dulce y largo beso.

–Entonces, me gustaría que fuera para siempre.

–Espero que pagues un buen sueldo –bromeó Martha.

–No estaba pensando en un sueldo –dijo mirándolo a los ojos–. Estaba pensando en casarme contigo.

–¿Y qué obtengo yo de todo esto? –preguntó ella divertida.

–Formarás una familia para Noah, conmigo y con Viola –Lewis se puso serio y continuó–: ¿Qué me dices?

–La verdad es que no podría pedir más.

–¿Es eso un sí?

–Depende de cuál sea la pregunta –dijo ella mientras él la abrazaba.

–Y si la pregunta fuera: ¿quieres casarte conmigo?

–Entonces, mi repuesta sería: ¡sí!

JAZMÍN™

SUSAN FOX
POR EL AMOR DE UNA MUJER

Oren McClain sabía que Stacey Amhearst no tenía más remedio que aceptar su matrimonio de conveniencia. Pero Stacey estaba secretamente enamorada de él y estaba dispuesta a hacer lo posible para que el matrimonio funcionara. ¿Conseguiría ser la mujer de McClain en algo más que el nombre?

SHIRLEY JUMP
SEGUNDO AMOR

Anita Mercado se había mudado al pueblo para darle un hogar a su futuro bebé. Estaba sola, pero había aprendido que no necesitaba a nadie, ni siquiera a Luke Dole, un padre soltero con quien una vez había fantaseado. Pero ¿cómo podía una mujer embarazada y sola evitar a su primer amor, cuando él era tan irresistible?

Luke nunca había soñado con que volvería a ver a Anita… y menos que esta estuviese embarazada. La había dejado escapar una vez, pero no iba a cometer de nuevo el mismo error. Porque ahora Anita lo necesitaba, y él iba a enseñarle lo que significaba ser padre.

N.º 588

JESSICA HART
PARAÍSO TROPICAL

Martha Shaw era una madre soltera que acababa de convertirse en la niñera de la sobrina del guapísimo Lewis Mansfield... y estaba a punto de pasar seis meses en una isla tropical con él y con los niños. Martha no tardó en enamorarse locamente de su atractivo jefe, pero él parecía feliz en su condición de soltero despreocupado y sin planes de pasar por el altar. ¿Sería capaz de arriesgarlo todo y decirle lo que sentía por él?

Las mejores novelas de...
AMOR COMPRADO

JACQUELINE BAIRD
Comprada por un magnate

El multimillonario griego Luke Devetzi estaba dispuesto a cualquier cosa con tal de compartir otra noche de pasión con Jemma Barnes...

Fue entonces cuando descubrió que el padre de Jemma tenía graves problemas económicos y necesitaba ayuda urgentemente. Luke estaba dispuesto a ayudar... pero sólo si Jemma accedía a convertirse en su esposa.

KAY THORPE
Comprada por un millonario

Leonie había rechazado la atrevida proposición de Vidal porque era un hombre arrogante, mujeriego... y con un atractivo sexual tan arrollador, que la hacía temblar.

Ahora el millonario portugués había vuelto a su vida... y Leonie no podría escapar. Vidal podría saldar viejas deudas y convertirla en su amante, y ella no podría hacer otra cosa que aceptar...

Pero Vidal no quería una amante, quería una esposa. Y tenía intención de conseguirlo.

N.º 93

DESEO
JESSICA LEMMON

INTERCAMBIO DE GEMELOS

La representante Kendall Squire necesitaba desesperadamente que el actor Max Dunn saliera del retiro que él mismo se había impuesto. Como representante de su gemelo, cabía la posibilidad de que hubiera cerrado un acuerdo para que su cliente hiciera un anuncio sin concretar un pequeño detalle: su disponibilidad. Max sería el sustituto perfecto, pero cuando Kendall fue a su cabaña en la montaña para proponerle la idea, acabaron atrapados en una tormenta de nieve. Pronto convencer a Max para que se hiciera pasar por su hermano dio paso a una negociación mucho más íntima.

N.º 568

LOS SUEÑOS SE CUMPLEN

Conseguir una entrevista con el actor Isaac Dunn era un sueño hecho realidad para la creadora de pódcast Meghan Squire. Pero cuando él le pidió hacerse pasar por su novia, ¡tuvo que pellizcarse para saber si estaba o no soñando! Sería un acuerdo temporal, lo justo para contentar a la prensa. Sencillo. Al menos hasta que su atracción demostró ser de todo menos fingida y acabó en embarazo. De pronto la pregunta del millón era si estaban preparados para un compromiso de verdad.

BIANCA.

SUSANNE JAMES
LEGADO ENVENENADO

Años después de abandonar a Helena, Oscar Theotokis reapareció con sus ojos negros y su sonrisa arrebatadora, desafiando su determinación de no volver a caer bajo sus encantos.

Pero Oscar no había podido borrar a la preciosa inglesa de sus pensamientos. Y se había prometido que, si alguna vez se casaba, no sería por sentido de la responsabilidad, sino por simple y puro deseo.

MICHELLE REID
EL HOMBRE QUE LO ARRIESGÓ TODO

Para Franco Tolle, el chico de oro de la *jet set* europea, la vida era solo una carrera de lanchas motoras que surcaban el Mediterráneo más azul. Rico y famoso, el joven heredero era un hombre temerario al que nada le importaba. Pero una vez corrió un riesgo demasiado alto... Presa de un arrebato de pasión, le puso un anillo de boda a Lexi Hamilton... Unos meses más tarde, sin embargo, serían unos perfectos extraños.

N.º 504

Y la vida le pasaría factura; una factura muy larga...